Gift für liebe Gäste

ECON Krimi

Beim nächsten Mord wird alles anders
Die besten ECON-Frauenkrimis

Dorothy Cannell, *Femmes Fatales* (TB 25972)
Diane Mott Davidson, *Süß ist der Tod* (TB 25973)
Kathy Hogan Trocheck, *Saubere Geschäfte* (TB 25974)
G. A. McKevett, *Nicht ohne meine Schokolade* (TB 25975)
Andrea C. Busch, *Mord stinkt zum Himmel* (TB 25976)
Janet Neel, *Der leuchtende Engel des Todes* (TB 25978)
Jill Churchill, *Schmutz und Sühne* (TB 25979)

Zum Buch

Kochvorführungen, Cocktailparties und festliche Abendessen gehören zum Service des Catering-Unternehmens, bei dem Darina ihrer Freundin Eve aushilft. Eine angenehme Beschäftigung für die gelernte Köchin – allerdings nur solange, bis eine Kollegin an einer Pilzvergiftung stirbt. War es ein tragischer Unfall oder vorsätzlicher Mord? Und wenn es Mord war, hat es möglicherweise die Falsche getroffen? Während der polizeilichen Untersuchung gerät das Personal von »Wooden Spoon« unter starken Druck, und das Geschäft geht zurück. Daher setzt sich Darina selbst auf die Spur des Täters, keine leichte Aufgabe, insbesondere als eine zweiter Mord geschieht.

Zur Autorin

Janet Laurence, die mit ihrem Mann im Somerset, England, lebt, ist es sehr erfolgreich gelungen, zwei Hobbys miteinander zu verbinden: das Kochen und das Schreiben von Kriminalromanen. Im ECON Taschenbuch Verlag sind von ihr drei weitere kulinarische Krimis erschienen: *Unser Service: Doppelmord* (TB 25080), *Vorspeise: Mord* (TB 25989) und *Arsen und Sahnehäubchen* (TB 25081).

Janet Laurence

Gift für liebe Gäste

Ein Darina Lisle-Krimi

Aus dem Englischen
von Karin Haag

ECON Taschenbuch Verlag

Veröffentlicht im ECON Taschenbuch Verlag

Der ECON Taschenbuch Verlag
ist ein Unternehmen der ECON & List Verlagsgesellschaft

Neuausgabe 1998
2. Auflage 1998

First published by McMillan London Limited, London
Titel des englischen Originals: A Tasty Way to Die

Aus dem Englischen übersetzt von: Karin Haag
Umschlaggestaltung: Init GmbH, Bielefeld
Titelabbildung: Reiner Tintel, Bielefeld

Druck und Bindearbeiten: Ebner Ulm
Printed in Germany
ISBN 3-612-25977-6

Für meine Mutter
und zum Andenken an meinen Vater

Ich möchte mich an dieser Stelle bei einigen Personen für ihre Mühe bedanken, mit der sie mir bei den Recherchen für dieses Buch geholfen haben. Es sind dies in alphabetischer Reihenfolge: Covent Garden Supply Company, Tim Cramp of Party Ingredients (es sollte sich eigentlich von selbst verstehen, aber ich betone trotzdem, daß die Ereignisse, die in diesem Buch geschildert werden, nicht das geringste mit deren Aktivitäten zu tun haben), Dr. Audrey Dunlop, Professor Desmond Laurence, Detective Sergeant Jim Mallon von der Avon and Somerset Constabulary und Digby Meller. Personen und Handlung dieses Buches sind frei erfunden. Ihre Namen und Taten haben keine Ähnlichkeit mit denen lebender oder toter Personen, es sei denn durch Zufall.

Die Kochvorführung geriet allmählich außer Kontrolle. Als Darina den Custard-Pudding aus der Mikrowelle nahm, sah sie, daß sich auf seiner Oberfläche eine blasige Haut gebildet hatte. Noch bevor sie den Löffel durch die Masse zog, wußte sie, daß sich das Wasserbad zu sehr erhitzt hatte und der Pudding deshalb käsig geworden war.

»Das ist ein gestockter Custard«, erklärte sie ihrem Publikum mit ernster Miene und hielt die Form so, daß man die Nachspeise in dem Spiegel, der über ihr angebracht war, sehen konnte.

Ein erschrecktes Raunen ging durch die Reihen der ungefähr dreißig Frauen, die vor der Demonstrationsfläche Platz genommen hatten.

»Ich habe diesen Mikrowellenherden noch nie getraut«, schnaubte eine dickliche ältere Frau, wobei die vergoldeten Knöpfe auf ihrem Chanel-Kostüm und die zahlreichen Goldketten um ihren Hals im hellen Licht der Scheinwerfer blitzten und funkelten.

»Ich fürchte, das war mein Fehler und nicht der des

Geräts.« Darina mußte sich zwingen, ruhig zu bleiben. Was man ihr allerdings nicht ansah, denn so, wie sie dort stand, groß, in einen blütenweißen Overall gekleidet, ihr blondes Haar mit einer weißen Schleife zu einem Zopf gebunden, wirkte sie wie die Verkörperung von Effizienz und Souveränität. Nichts an ihrem makellosen Äußeren verriet, daß ihr Magen vor Aufregung Purzelbäume schlug. Sie hob ihr Kinn noch ein klein wenig höher und sagte ganz ruhig: »Ich habe den Pudding zu heiß werden lassen, das ist alles. Wahrscheinlich ist dieser Herd leistungsstärker als meiner.«

»Und Sie haben während der letzten Backphase auch noch auf die höchste Stufe geschaltet.« In der Stimme dieser Zuschauerin lag ein leicht vorwurfsvoller Ton, und nachdem sie ihren Kommentar abgegeben hatte, wandte sie sich mit einem selbstzufriedenen Lächeln an ihre Nachbarin.

Darina bezwang den Impuls, sie zu fragen, warum sie das nicht gefälligst hätte sagen können, als sie den Herd programmierte. »Zum Glück ist nicht alles verdorben«, meinte sie statt dessen, gab den Pudding in eine Schüssel und rührte ihn kräftig durch. »Sehen Sie, ist das nicht die reinste Zauberei?«

Ein paar Frauen aus dem Publikum stießen kleine Schreie des Entzückens aus, als Darina langsam die nun wieder sämig glatte, blaßgelbe Masse in eine zweite Schüssel goß.

»Und was bedeuten diese kleinen schwarzen Flokken?«

Bei der Frage dieser jungen Frau entspannte sich Darina etwas, denn alles, was diese bisher wissen wollte, hatte von ehrlichem Interesse gezeugt.

»Das ist die Vanille.« Mit diesen Worten hob sie eine dünne, fast schwarze Schicht aus der Backform. »Erinnern Sie sich daran, wie sie sich abgesetzt hat, nachdem wir die Milch eingerührt und alles anschließend passiert haben? Daraus entsteht dann im Ofen diese Hülle, die dem Ganzen ein wundervolles Aroma gibt. Man kann sie zwar nicht mehr für einen Custard verwenden, aber sie eignet sich noch gut, um den Feinkristallzucker für Kuchen oder Biskuits zu aromatisieren. Sie brauchen sie nur abzuspülen und können sie dann in einer Dose aufbewahren.« Darina kam wieder in Schwung, und die Verspannung in ihrem Nacken ließ nach.

Plötzlich rief eine Frau aus dem Publikum: »Passen Sie auf, der Savarinkuchen!« Am anderen Ende der Kochinsel floß ein Hefeteig über den Rand seines Backblechs und tropfte langsam auf die Arbeitsplatte. Er sah aus wie Urschleim aus einem Science-fiction-Roman.

»Aha«, rief Darina, griff in die Ablage unter der Platte und holte eine neue Schüssel hervor. »Ein weiterer Beweis für die Wichtigkeit einer präzisen Zeitplanung.« Dabei ermahnte sie sich innerlich: Ruhig bleiben, nur keine Panik! »Man muß den Teig in den Ofen geben, bevor er diesen Zustand erreicht. Jetzt müssen wir die Masse erst eine Weile stehenlassen, bevor wir sie wieder aufgehen lassen können.« Sie schaufelte den Teig vom Blech in die Schüssel und rührte ihn ein paarmal durch, um den Vorgang zu beschleunigen. Dann, nachdem er wieder die richtige Konsistenz hatte, wurde der Hefeteig zurück auf das Blech gegeben, das ihre Assistentin in der Zwischenzeit kurz abgespült und mit Butter eingefettet hatte. Darina stieß einen Seufzer der Erleichterung aus, als sie sah, daß die Äpfel für das Früchtekompott in der Mitte bereits in Apfelwein gekocht und die kandierten Orangenschalen ebenfalls fertig vorbereitet waren. Es hätte ihr den Rest gegeben, wenn jetzt auch noch die Äpfel zerkocht wären oder wenn sie sich beim Schneiden der Orangenschalen verletzt hätte.

Sie goß die Apfelsoße ab, ließ sie zusammen mit Zucker zu einem Sirup kochen und nahm dann aus dem kleinen Kühlschrank ein Biskuitblatt, das mit geschmolzener Schokolade und Kastanieneiscreme bestrichen war: Darina hatte es in den Kühlschrank gelegt, weil das Eis zu weich war, um es einzurollen. Jetzt sank ihr Herz vor Schreck, als sie sah, daß die Schokolade in der Kälte so hart wie Zement geworden war. Es war nicht mehr daran zu denken, daraus eine Rolle zu formen. So ein idiotischer Fehler!

Warum hatte sie sich bloß zu dieser Vorführung überreden lassen? Schließlich hatte sie Eve gewarnt, daß sie in so etwas kaum Erfahrung hatte und es wahrscheinlich nicht schaffen würde.

»Natürlich schaffst du das«, hatte ihre Freundin geantwortet und dabei absolut überzeugt geklungen. »Hör mal, es geht bloß um ein paar nette Kleinigkeiten zum Dessert, nichts Kompliziertes, und die Frauen sind alles andere als anspruchsvoll. Die Hälfte von ihnen schläft nach dem Mittagessen ein, und die übrigen wollen lediglich ein paar Anregungen für ihre nächste Dinnerparty und kein Diplom in Kochkunst. Wir können es jedenfalls nicht mehr absagen. Ich bin im Fernsehstudio, und da Claire krank ist und Jo nun auch ausfällt, bist du unsere einzige Rettung.«

Darina war ziellos durch die South Audley Street in

Mayfair geschlendert, als sie mit Eve Tarrant zusammenstieß, die gerade aus der Delikatessen- und Weinhandlung Hobbs & Co. trat. Eve war mit mehreren Einkaufstüten bepackt und hatte sie zunächst ärgerlich angefahren: »Passen Sie doch auf!« Dann erkannte sie ihr Gegenüber und stieß einen Schrei des Entzückens aus. »Na sowas, Darina Lisle! Wo hast du denn die ganze Zeit gesteckt? Komm, laß uns zusammen zu Mittag essen.«

Sie waren in die italienische Trattoria an der nächsten Ecke gegangen, und Darina konnte nicht umhin, Eve für ihre ungezwungene Selbstsicherheit zu bewundern, mit der sie den besten Tisch auswählte und die Kellner freundlich, aber bestimmt kommandierte.

Dabei lehnte sie sich in ihrem Stuhl zurück und betrachtete eingehend die Freundin, die sie seit fast acht Jahren nicht mehr gesehen hatte.

Eve war klein und so zierlich, daß sich Darina mit ihren fast ein Meter achtzig vorkam wie eine Riesin neben einer Elfe. Das einzig Große an Eve waren ihre strahlendblauen Augen, die wie Saphire aus ihrem schmalen Gesicht leuchteten.

Ihre Züge waren fein und leicht asymmetrisch, die Nase saß nicht ganz in der Mitte, und der Mund war etwas schief, was ihrem Gesicht eine überaus aparte Note gab. Eingerahmt wurde es von einer wilden Pracht dunkelblonder Korkenzieherlocken mit goldenen Strähnchen. Ihre Kleidung sah aus, als habe sich ein avantgardistischer und sündhaft teurer Designer eine neue Variante eines Reitanzuges einfallen lassen, die nur eine Frau ohne Hüften tragen konnte.

Eve blätterte durch die Speisekarte, überflog das Angebot und gab sie dem höflich wartenden Kellner mit ihrer Bestellung für beide zurück. Dann spielte sie nervös mit dem Besteck, ordnete Messer und Gabel neu, drehte den Porzellanteller um und studierte den Stempel des Herstellers auf der Rückseite. Als sie damit fertig war, hob sie den Kopf und sah Darina in die Augen. »Ich habe dich seit unseren gemeinsamen Kochkursen nicht mehr gesehen. Du bist doch damals weggegangen, um dich aufs Land zurückzuziehen. Bist du da immer noch?«

»Nein, die letzten Jahre war ich in London. Ich habe einen Catering-Service betrieben, das Geschäft aber vor kurzem an eine Freundin verkauft.«

Darina verspürte keine große Lust, näher auf dieses Thema einzugehen, schließlich ließ sich die Geschichte von dem wertvollen Haus in Chelsea, das ihr ermordeter Cousin ihr vererbt hatte, nicht so nebenher erzählen.

»Aber ich habe ein paarmal von dir in der Zeitung gelesen. Gehört dir nicht dieser todschicke Catering-Service, der für die elegantesten und teuersten Cocktailparties und Festessen verantwortlich ist?«

Eve lachte. »Na ja, du weißt doch, daß man viel verlangen muß, damit die Leute glauben, es sei ihr Geld wert. Aber wir bieten jetzt auch noch etwas Neues an, nämlich Schnellkochkurse. Und das läuft wirklich gut, die Interessenten stehen förmlich Schlange bei uns. Natürlich betreiben wir nach wie vor den Catering-Service, das bringt uns schließlich den größten Teil unseres Umsatzes. Jo Parkins kümmert sich hauptsächlich darum, während Claire Montague und ich die Kurse leiten und uns um eine stärkere Präsenz in den Medien bemühen. Allerdings ist das im Moment ziemlich schwierig.« Eve hielt einen Moment lang inne und sah ihre Freundin an. Dann fragte sie: »Hast du nicht gesagt, du habest dein Geschäft verkauft? Und was machst du jetzt?«

»Ach, ich warte erst mal ab und sehe mich ein bißchen um.« Darina blieb absichtlich vage. »Aber wie kommt's, daß du heute mittag Zeit hast? Ich meine, ist da nicht auch ein Kochkurs?«

»Nein, sie finden nicht jeden Tag statt. Unser letzter hat gestern aufgehört, und der nächste beginnt erst am Montag. Ein Photograph benutzt heute unsere Vorführküche als Kulisse, und ausnahmsweise haben wir am Abend auch keine Veranstaltung. Claire bereitet alles für morgen vor, und ich bin kurz weggegangen, um noch ein paar spezielle Zutaten einzukaufen.«

Nachdem der Kellner das Essen gebracht hatte, meinte Eve beiläufig: »Und du hast also nichts Besonderes vor im Moment. Sag' mal, könntest du da nicht für ein paar Tage bei uns aushelfen?«

»Kochkurse leiten?« Darina erschrak. »Die einzige Kochvorführung, zu der ich mich bisher habe überreden lassen, war für eine Wohltätigkeitsveranstaltung unserer Gemeinde.« Sie verschwieg, daß sie sich dabei entsetzlich gefühlt hatte. Das Kochen war ihr Leben, sie bereitete mit Leichtigkeit ein Abendessen für zwölf, ein Buffet für fünfzig und Cocktails für hundert Personen zu, aber sie zu bitten, die Zubereitung einiger einfacher Gerichte vor einem Publikum zu demonstrieren, war, als würde man von ihr verlangen, den Sterbenden Schwan in der Oper von Covent Garden zu tanzen.

»Nein, nicht die Vorführungen«, beruhigte sie Eve, während sie mit ihrer Gabel die Spaghetti auf dem Teller hin und her schob. »Ich dachte an den Catering-Service. Jo hat heute morgen angerufen. Ihr Vater liegt im

Sterben, und sie muß deshalb zu ihrer Familie nach Leeds fahren. Morgen steht auf dem Programm ein Brunch für zweihundert, eine kleine Dinnerparty, ein Picknick, das wir für die Pilzwanderung am Samstag vorbereiten müssen, und nicht zu vergessen Lady Waldens Cocktailparty morgen abend. Am Sonntag geben wir selbst ein Festessen für vierzig geladene Gäste, es ist der erste Geburtstag vom Wooden Spoon, so nennen wir unsere Kurse, und am Montag ... Aber ich brauche wohl nicht weiterzureden, du kannst dir sicher vorstellen, daß wir unbedingt eine zuverlässige Hilfskraft brauchen, bis Jo wieder zurück ist. Es handelt sich wirklich nur um ein paar Tage, und es gibt niemanden, den ich lieber bei uns hätte als dich.« Sie sah ihr Gegenüber flehend an.

Darina dachte eine Weile nach. Sie hatte das Haus in Chelsea zum Verkauf angeboten, und es hatten sich mehrere Interessenten gemeldet. Außerdem hatte sie geplant, zwei Landhäuser zu besichtigen, die ebenfalls zum Verkauf standen, um zu sehen, ob sie sich möglicherweise zu einem kleinen Hotel umbauen ließen. Aber es sprach nichts dagegen, den Interessenten ihr Haus vom Immobilienmakler vorführen zu lassen, und ihre Reise aufs Land konnte sie ebenso für ein paar Tage verschieben. Eve hatte geklungen, als ob sie wirklich Hilfe brauchte, und Darina hatte auf der Kochschule immer gern mit ihr zusammengearbeitet. Warum zögerte sie also jetzt? Ihr wurde bewußt, daß sie ein wenig mehr Zeit für sich selbst haben und ihre neugewonnene Unabhängigkeit genießen wollte.Sie hatte sich gerade den Luxus eines außergewöhnlich teuren Friseurbesuchs gegönnt. Und sie hatte sich auf einen langen Einkaufsbummel gefreut, mit der Aussicht auf einige weitere erholsame Tage, bis der Alltag sie wieder einholen würde. Aber für Egoismus war jetzt keine Zeit, denn Eve war in Schwierigkeiten – und schließlich ging es nicht darum, vor Publikum zu arbeiten.

Und nun war genau das eingetreten, was sie am meisten gefürchtet hatte: Sie stand vor einer Gruppe von dreißig überkritischen Frauen der gehobenen Mittelklasse – und alles ging schief. Es war ja nicht Claires Schuld, daß sie plötzlich an einer Magen-Darm-Grippe erkrankte, aber sie hätte sich auch kaum eine schlechtere Zeit dafür aussuchen können. Und nun dieses kulinarische Desaster. Was sollte sie bloß tun?

Darina holte tief Luft und legte den mit Schokolade und Eiscreme beschichteten Teig auf die Arbeitsfläche unter dem Spiegel. »Und jetzt habe ich eine kleine Überraschung für Sie«, teilte sie ihren Zuhörerinnen mit. »Wir werden diesen Nachtisch anders zubereiten, als es in Ihren Rezepten steht.«

Darina nahm ein großes Messer und begann, den Kuchen in gleichgroße, rechteckige Scheiben zu zerteilen, die sie anschließend übereinanderschichtete. Dann zerschnitt sie diesen Block in drei schmale Streifen und preßte sie wieder aneinander, wobei sie den mittleren Streifen umdrehte.

»Sehen Sie sich bitte dieses Schachbrettmuster an«, sagte sie, indem sie das Endstück von dem Kuchen abschnitt. »Wir geben den Rest wieder zurück in den Kühlschrank, während ich diese Scheibe hier herumgehen lasse.« Sie wickelte den Kuchen in Alufolie, und ihre Assistentin stellte ihn in das Kühlfach.

Darina stieß einen Seufzer der Erleichterung aus, als

sie hörte, wie eine Welle anerkennender Kommentare durch die Reihen der Zuschauerinnen ging. Durch diesen Erfolg ermutigt, zeigte sie den Frauen noch, wie man einen gefrorenen Savarinkuchen auftaute, ihn in warmem Sirup einweichte, die pochierten Äpfel zusammen mit Orangenscheiben in die Mitte gab und schließlich das Ganze mit kandierten Orangenschalen dekorierte. Dann hatte sie es fast geschafft. Jetzt mußte nur noch die Eisbombe zusammengestellt werden.

Die Eismaschine hinter ihr kam zum Stillstand. Darina drehte sich um, um eine Form und die Schüssel mit Schokoraspeln zu holen, deren winzige Kringel sie zuvor so sorgfältig mit einem Kartoffelschäler aus einem Block Schokolade gehobelt hatte. Sie geriet erneut in Panik, als sie bemerkte, daß sie die Schüssel zu nahe am Herd hatte stehenlassen und die Schokoraspel schon fast zerschmolzen waren. Es war sicher das Beste, wenn sie diesen Fehler ehrlich zugab.

»Das ist nicht mein Tag heute«, wandte sie sich wieder an ihr Publikum, während sie die kleine Schüssel in die Mikrowelle gab und sie auf die niedrigste Stufe stellte. »Ich hätte die Schokoraspel im Kühlschrank aufbewahren sollen.« Dann bestrich sie das Innere der Form mit etwas Eiscreme, teilte den Rest in zwei Teile, gab die geschmolzene Schokolade dazwischen und zog schwungvoll eine Gabel durch die Masse. »Wenn wir die Torte jetzt aufschneiden, haben wir ein Marmormuster in der Mitte, statt der etwas spektakuläreren Variante, bei der beim Anschneiden die Schokoraspel hervorquellen.«

»Und Sie haben damit zwei Dessertideen in einem«, kommentierte Eve Tarrant, während sie auf die Demonstrationsfläche zuging.

»Ein perfektes Beispiel dafür, wie wichtig es ist, nicht in Panik zu geraten«, fuhr sie fort, während sie sich dem Publikum zuwandte. »Wenn etwas schiefgeht, gibt es fast immer eine Möglichkeit, die Situation zu retten. Allerdings nur, wenn Sie nicht in Panik geraten. Denn falls es wirklich keine Alternativen gibt, hilft Ihnen Panik auch nicht weiter.« Sie lächelte aufmunternd.

»Und jetzt möchte ich Ihnen noch zeigen, was wir heute im Fernsehen präsentiert haben.« Sie setzte die große Platte, die sie getragen hatte, nieder, und als sie das Tuch abhob, kam darunter eine bunte Auswahl belegter Sandwiches zum Vorschein. Die Frauen erhoben sich von ihren Stühlen und kamen nach vorne, um die Köstlichkeiten in Augenschein zu nehmen. Da waren Garnelen auf grünen Salatblättern aufgereiht und mit zwei Ringen aus Zitronenschale garniert – eine Kreation, die man 'rush hour' nennt, wie Eve erläuterte –, hauchdünne Scheiben aus zartrosa Roastbeef, die wellenförmig auf einer Lage Kartoffelsalat mit Schnittlauch verteilt waren und in einen Fächer aus aufgeschnittenen Gewürzgurken mündeten, Törtchen aus geräuchertem Lachs, gefüllt mit Kräuterrahmkäse und mit Dill bestreut, sowie ein kunstvolles Arrangement aus Hühnerbrust und gekochtem Ei auf Lollo Rosso, dessen bronzefarbene Blattränder den perfekten Hintergrund für das helle Fleisch abgaben.

»Sie werden nicht glauben, wie schwierig es für mich war, das hier für Sie aufzuheben. Die Fernsehleute wollten nämlich sofort alles aufessen. Morgen vormittag werden wir lernen, wie man solche garnierten Sandwiches zubereitet, und nachmittags befassen wir uns dann mit Cocktailparties. Abschließend möchte ich Sie noch darauf hinweisen, daß sie alle Küchenmesser, Kasserollen und sonstigen Kochutensilien, die Darina während ihrer Vorführung benutzt hat, in unserem Verkaufsraum erwerben können.« Nach diesen Worten verließen die Frauen fröhlich plaudernd den Vorführraum.

Nachdem Eve sich vergewissert hatte, daß auch die letzte der Zuschauerinnen gegangen war, ließ sie sich auf einen Stuhl fallen. »Gut gemacht, Darina. Ich merke schon, du hast den Bogen in Nullkommanichts heraus.« Ihr Blick fiel auf den Schachbrettkuchen. »Eine neue Erfindung, wie ich sehe.«

Darina berichtete kurz, was passiert war, und fragte dann, wie es im Fernsehen gelaufen sei.

»Gar nicht so schlecht.« Eve konnte ein wenig Selbstzufriedenheit nicht verbergen. »Es war allerdings auch nicht sehr schwierig. Gute Sandwiches sind eine Frage der Zusammenstellung, und ich habe sie mit Absicht ganz einfach belassen, damit es keine Probleme geben konnte.« Darina warf einen Blick auf die Platte mit Eve's raffinierten Kreationen. Wenn das einfach war, was würde Eve dann kompliziert nennen? Aber die Arbeit schien sie tatsächlich nicht im mindesten erschöpft zu haben. Sie trug eine smaragdgrüne Taftbluse mit hohem Kragen und weiten Ärmeln zu einem grün und blau karierten Rock, in dem ihre Wespentaille hervorragend zur Geltung kam und sie ungemein schick aussah.

»Der Produzent hat was von ein paar Ideen für weitere Sendungen gemurmelt, deshalb glaube ich, daß wir da jetzt sozusagen einen Fuß in der Tür haben.«

»Wie ist es dir überhaupt gelungen, die erste Sendung zu bekommen?« fragte Darina neugierig.

»Ich wußte, daß der Produzent auf einer Party sein würde, die wir ausrichten sollten, und habe mich auf die Gästeliste setzen lassen. Dann habe ich ihn einfach angesprochen und ihm von meinen Ideen für eine Kochsendung erzählt. Er hat mich sofort zu einer Vorführung eingeladen.« Eve stand auf und streckte sich. »Jetzt muß ich noch Claire anrufen, um zu fragen, wie es ihr geht. Du hast auch nichts von ihr gehört, nehme ich an? Na ja, wahrscheinlich hat sie sich irgendwo einen Virus eingefangen; es dauert eine Weile, bis das ausgestanden ist. Ich bin gleich wieder zurück und helfe dir bei den Vorbereitungen für die Dinnerparty heute abend. Du weißt noch, was sie bestellt haben?«

»Einzelne Soufflés aus Spinat mit Sardellenwürze, Fasan an Brombeercoulis, Pistazienpüree, Vichy-Karotten, Kartoffeln mit Wellenschliff, Kiwis in glasierter Sauce Sabayon und Savarinkuchen mit Apfeldekoration.« An dieser Stelle wies Darina zu dem Backblech mit dem nun beinahe vollständig aufgegangenen Teig. »Das war auch eine der Katastrophen heute nachmittag. Ich hoffe nur, daß es Claire bis morgen besser geht, denn diese Vorführungen sind wirklich nicht meine Stärke.«

»Du brauchst nur ein bißchen Übung, Darina. Und solche kleinen Probleme gibt es doch immer mal wieder. Was zählt, ist, daß du offensichtlich imstande bist, mit ihnen fertig zu werden. Und jetzt deck' diese Platte bitte wieder zu und bringe sie nach unten. Das wird wohl reichen für unser Mittagessen.« Mit diesen Worten spazierte sie aus der Vorführküche.

Darina sah sich um. Das schmutzige Kochgeschirr war bereits in der Spülmaschine gesäubert und wieder eingeräumt worden. An jedem Ende der Demonstrationsfläche befanden sich vier in die Wand eingelassene Öfen. Dazwischen erstreckte sich eine große Arbeitsfläche mit einer Herdplatte. Die Regalbretter darunter waren mit Geschirr, Pfannen und anderem Kochgerät gefüllt. Vier große und zwei kleine Spülbecken sowie vier Kühlschränke vervollständigten die Einrichtung. In der Mitte des Vorführraumes konnten zwei große Koch- und Arbeitsplatten für Kochkurse installiert werden, die mehreren Stuhlreihen weichen mußten, wenn, wie heute, Kochvorführungen auf dem Programm standen.

An den Wänden hingen Plakate mit den Abbildungen von Kräutern, Pilzen, Weinanbaugegenden in Frankreich und Italien, einige gemalte Stilleben mit Früchten sowie Sträuße aus getrockneten Kräutern und Knoblauch- und Zwiebelzöpfe. In einer Ecke stand ein Gitter aus hellrotem Metall, in dem Löffel, Scheren, Spachtel, kleine Siebe, Schöpfkellen und andere Küchenutensilien aufbewahrt wurden. Es war nicht nur eine funktionelle, sondern auch eine ausgesprochen attraktive Einrichtung, um in die Kochkunst eingeführt zu werden.

Darina nahm das Blech mit dem Savarinteig, balancierte es zusammen mit der Platte, auf der die Sandwiches lagen, die Treppe hinunter, ging an dem kleinen Verkaufsraum vorbei, wo die Frauen gerade Küchenmesser ausprobierten und Eismaschinen kauften, und betrat die Catering-Küche. Es wurde langsam Zeit, die Schrecken der Kochvorführung zu vergessen und mit den Vorbereitungen für die heutige Abendgesellschaft zu beginnen.

Eve schloß die Tür zu ihrem Büro und ließ sich auf ihren Schreibtischstuhl sinken. Sie überflog den Stoß von Rechnungen und Briefen, der auf ihrem Schreibtisch lag, und warf dann alles mit einer ungeduldigen Geste in einen bereits überquellenden Ablagekorb. Dann drehte sie sich schwungvoll auf ihrem Stuhl herum. Durch die weißen Jalousien vor dem Fenster konnte sie die Rückseiten der eleganten Stadthäuser sehen, die einen kleinen Hof begrenzten.

Ein fahles Sonnenlicht fiel in den Hof. Die Häuser auf der gegenüberliegenden Hofseite traten in den Hintergrund, als ihr Blick an der langen Reihe Mülltonnen entlangwanderte und an dem Anbau haften blieb, in dem die Catering-Küche lag. Eve dachte mit Befriedigung an die gleichermaßen professionelle und attraktive Einrichtung, an die Öfen, Herde und Spülen aus Edelstahl, an die großzügige Arbeitsfläche und die blendend weiß getünchten Wände. Gleich würde sie wieder hinübergehen und Daisy Delameres Dinnerparty vorbereiten, ein Essen, das mit Sicherheit zu dem bereits nicht unbeträchtlichen Ruf des Wooden Spoon beitragen würde.

Eve überlegte, wie sie diesen Abend am sinnvollsten organisierte. Sollte sie das Essen servieren und Darina bitten, den Speisen in der Küche den letzten Schliff zu geben, oder sollte sie besser selbst in der Küche bleiben, um sicherzugehen, daß jeder einzelne Menügang so präsentiert wurde, wie sie es wollte?

Sie sah auf ihre Armbanduhr und stellte fest, daß es Zeit war, sich umzuziehen. Aber zunächst mußte sie Claire anrufen.

Das Telefon läutete mehrere Male, bevor sich eine schwache Stimme meldete: »Eve, wie nett von dir, daß du anrufst. Ja, es geht mir schon etwas besser. Aber es war wirklich furchtbar. Ich hätte nie gedacht, daß eine simple Magen-Darm-Grippe einen so fertig macht.«

Eve wickelte sich eine Locke um den Finger. »Eine Freundin von mir hatte vor einigen Wochen das gleiche. Ihr ging es genauso furchtbar wie Dir jetzt – aber sie ist jetzt wieder völlig in Ordnung.«

»Du weißt nicht zufällig, ob noch einer der anderen Gäste am Sonntag krank geworden ist?« Claires Stimme klang zögernd.

Eve runzelte die Stirn und antwortete: »Nein, Monica hat angerufen, um zu sagen, wie sehr es Ralph und ihr gefallen hat – kein Wort davon, daß einem von ihnen das Essen nicht bekommen wäre. Kenneth war heute vormittag hier, um seine Vorbereitungen für den Phototermin am Donnerstag zu treffen und hat völlig gesund ausgesehen. Von Elizabeth und den anderen habe ich noch nichts gehört, aber auch Joshua und ich fühlen uns pudelwohl.« Sie hielt einen Moment lang inne und fragte dann entsetzt: »Du glaubst doch nicht etwa, du hast eine Lebensmittelvergiftung, oder?«

»Ich habe mich nur gefragt, ob mit den Pilzen alles in Ordnung war.« Claire äußerte diese Vermutung so vorsichtig, daß ihre Worte kaum hörbar waren.

Eve runzelte erneut die Stirn. »Du meinst, du hättest vielleicht einen giftigen erwischt? Das glaube ich nicht.«

»Na ja, da war schließlich dieser eine, vor dem uns Ralph so besonders gewarnt hat.«

»Aber den hat er doch sofort beseitigt, und außerdem alle anderen, bei denen er auch nur den geringsten Zweifel hatte. Nein«, fuhr sie bestimmt fort, »Ralph Cox ist ein absolut zuverlässiger Pilzkenner. Ich bin ganz sicher, es ist nur eine Magengrippe. Du mußt dich warmhalten, reichlich Wasser trinken und erst wieder zur Arbeit kommen, wenn es dir wirklich besser geht. Darina kommt schon zurecht.«

»Wie macht sie sich denn?«

Eve kicherte. »Erstaunlich gut. Während ihrer Kochvorführung ist zwar so ziemlich alles schiefgelaufen, was nur schieflaufen kann – es war beinahe klassisch –, aber sie war absolut souverän und hat sich sozusagen mit einer neuen Nachtischkreation gerettet. Jetzt muß ich aber Schluß machen, Claire, heute abend ist Daisys Dinnerparty.«

Sie legte das schnurlose Telefon auf die Aufladestation zurück, blieb noch einen Moment lang still sitzen, sprang dann plötzlich voller Energie auf und öffnete eine Tür in der Ecke des Raumes, hinter der eine kleine Duschkabine zum Vorschein kam. Während sie die Kleider ablegte, drehten sich ihre Gedanken um die Pilzwanderung am letzten Samstag.

Es war ein phantastisch schöner, sonniger Herbsttag gewesen und so warm, daß sie ihre Leinenhose und ein Leinenoberteil in einem warmen Goldton tragen konnte, von dem sie wußte, daß er wunderbar zu ihren Haaren paßte. Joshua hatte sie auf eine Art und Weise angesehen, die sie an die Zeit erinnerte, als sie frisch verliebt waren. Ein Schauer lief über ihren Rücken, und der kam keineswegs von dem eiskalten Wasser, das auf sie niederprasselte.

Ralph hatte die Gruppe tief in einen Wald in Sussex geführt und sie dabei auf ungenießbare, schwammförmige Pilze aufmerksam gemacht, die an Baumstämmen wuchsen, und auf den gräßlichen Tintenpilz mit seinem spitzen Hut, den nur ein Idiot für eßbar halten konnte, wie Eve gedacht hatte, der aber anscheinend ganz harmlos war, jedenfalls, solange es sich um ein junges Exemplar handelte.

Ralph liebte es, die Führung zu übernehmen, die Regeln zu bestimmen und die Leute mit seinem Wissen zu beeindrucken. Er war ein unglaublicher Macho; seine Instinkte waren jederzeit unter der dünnen Decke von Kultiviertheit spürbar. Als sie ihre Pilzwanderung zum Mittagessen unterbrachen, hatte sie einen Blick von ihm aufgefangen, der ihr Blut in Wallung brachte. Hatte Joshua es bemerkt?

Nein, er war vollauf damit beschäftigt, Claire beim Auspacken der Picknickkörbe zu helfen und die verschiedenen Salate anzurichten, die Darina zubereitet hatte. Er hatte lautstark seine Bewunderung geäußert, und das zu Recht, denn Darina war wirklich eine außerordentlich gute Köchin geworden. Eve hatte ihr nur gesagt, wie viele Personen teilnehmen würden und welche Zutaten eingekauft worden waren, und im Handumdrehen hatte sie die Salate gezaubert. Das Arrangement war nicht so spektakulär wie eines der ihren, aber es sah sehr hübsch aus und schmeckte vorzüglich. Schade, daß sie Darina nicht früher getroffen hatte. Sie wäre die ideale Partnerin. Ausgesprochen einfallsreich – vielleicht sogar zu einfallsreich? Einer von Claires großen Vorzügen war, daß sie nie versucht hatte, die erste Geige zu spielen.

Eve rieb sich kräftig mit einem Badehandtuch ab, bis sich ihre Haut rötete. Wann hatte Ralph noch einmal diesen giftigen Pilz gefunden? War es nach dem Mittagessen? Nein, vorher. Der Pilz hatte so harmlos ausgesehen, aber Ralph hatte ein furchtbares Getue gemacht und darauf bestanden, sich gründlich die Hände zu waschen, nachdem er ihn weggeworfen hatte. Er hatte sogar eine kleine Flasche mit Seifenwasser aus einer geräumigen Tasche in seiner Lederjacke gezogen. Er hatte erklärt, daß der Verzehr sogar dieses kleinen Exemplars absolut tödlich sei, und sie bekam noch jetzt, beim Gedanken an seine Worte, eine Gänsehaut.. Sich vorzustellen, daß dieses kleine Ding ein Leben auslöschen könnte!

Aber der Pilz war zerstört worden, und damit war es absolut unmöglich, daß er zusammen mit den anderen Pilzen, die bei ihrer Feier zum einjährigen Bestehen des Wooden Spoon als Vorspeise gereicht wurden, gegessen worden war.

Und was für ein erfolgreiches Festessen war das gewesen. Eve schob den Gedanken an giftige Pilze beiseite und dachte zufrieden an den Beifall, den sie dafür bekommen hatte. Dann schlüpfte sie in eine blau-weiß gestreifte Kochhose, knöpfte die kurze weiße Husarenjacke zu, kämmte sich die wilden Locken aus dem Gesicht und bedeckte sie mit einem weißen Kopftuch. Dann warf sie das feuchte Badetuch in den Wäschekorb, prüfte, ob der Schreibtisch aufgeräumt war, und ging in die Küche.

Spät am Abend brachte Darina die letzte der dreißig Servierplatten aus Lady Delameres elegantem Speisesalon in die Küche. Eve stellte eine altmodische Geschirrspülmaschine an und meinte: »Ich fürchte, den Rest müssen wir mit der Hand spülen, es dauert sonst zu lange.« Sie nahm sich einen Apfelschnitz von der Platte mit den Resten des Savarinkuchens, steckte ihn in den Mund und lächelte glückselig. »Himmlisch, meine Liebe, einfach himmlisch.«

Während Darina die schmutzigen Teller neben dem Spülbecken stapelte, sagte sie: »Die Leute waren ganz begeistert von dem Essen.«

»Oh, das ist Musik in meinen Ohren. Was haben sie gesagt? Erzähl schon!« Eve ließ heißes Wasser in das Becken laufen, gab reichlich Spülmittel dazu und begann, das Geschirr abzuwaschen.

Darina lächelte. Eve war wie ein kleines Kind, das genau wußte, daß es seine Sache sehr gut gemacht hatte und trotzdem das Lob der Erwachsenen als Bestätigung brauchte. Also wiederholte sie die Kommentare, die sie gehört hatte, während sie sorgfältig das Silberbesteck abtrocknete. »Und dann hat noch jemand gesagt, er habe Hemmungen, etwas zu essen, weil sein Teller ein wahres Kunstwerk sei«, beendete sie ihren Bericht. »Er hat recht, es ist einmalig, wie du die Speisen komponierst.«

»Es macht mir einfach Spaß«, antwortete Eve schlicht. »Wenn ich ein Essen anrichte, ist das wie eine Meditation für mich. Ich werde absolut ruhig und entspannt dabei, und es ist, als ob das Leben plötzlich perfekt wäre.«

»Und – probierst Du Deine Köstlichkeiten auch?« fragte Darina neugierig, wobei sie an ihren ständigen Kampf mit den Pfunden dachte und Eve anschaute, die so aussah, als wisse sie gar nicht, was eine richtige Mahlzeit bedeutet.

»Na ja, natürlich liebe ich gutes Essen, aber für mich ist der Geschmack eins mit der Optik. Es muß phantastisch aussehen, dann schmeckt es auch phantastisch.«

»Ich glaube, ich werde noch viel von dir lernen.«

»Aber Darina, du bist eine wunderbare Köchin.« Eve klang aufrichtig, und Darina merkte, daß sie sich geschmeichelt fühlte. »Das Essen, das du für das Picknick am Samstag zubereitet hast, war großartig.«

Und du hast kaum etwas davon gegessen, dachte Darina und erinnerte sich, wie Eve herumgestochert und jeden Bissen mit einem Schrei des Entzückens bedacht hatte, was etwas übertrieben wirkte in Anbetracht der winzigen Mengen, die sie tatsächlich zu sich genommen hatte. Aber vielleicht war das eben die Art, wie sie sich ernährte, hier ein wenig, da ein wenig.

»Ich wünschte nur, du hättest an unserem Festessen am Sonntag teilnehmen können, das war wirklich etwas Besonderes. Allein die Pilze waren absolut göttlich.«

Darina mußte wieder lächeln. Die Begeisterung ihrer

Freundin war einfach entwaffnend, obwohl man sich kaum vorstellen konnte, wie es diese zerbrechliche Gestalt fertigbrachte, ein viergängiges Mittagsmenü für vierzig Personen zu kochen und dabei noch die Gastgeberin zu spielen. Allerdings war Claire ja noch da gewesen, um zu helfen.

»Mit wem hattest du dieses Rendezvous, weswegen du nicht kommen konntest?« fragte Eve jetzt mit leicht anzüglichem Unterton, und Darina spürte, wie sie errötete.

»Es war nur eine Verabredung mit einem Freund, aber ich konnte ihm unmöglich absagen, denn wir hatten dieses Treffen schon seit Urzeiten geplant.«

»Mir kannst du nichts vormachen, es war doch sicher jemand ganz Spezielles.«

Darina protestierte zwar, aber Eve lächelte nur wissend, während sie frisches Spülwasser in das Becken laufen ließ.

War William Pigram etwa jemand Spezielles, fragte sich Darina, während sie sorgfältig eine Gabel abtrocknete. Sie mußte zugeben, daß er Charme hatte. Er war größer als die meisten Männer, die sie kannte, und überragte sie sogar, wenn sie Schuhe mit hohen Absätzen trug. Außerdem hatte er einen scharfen Verstand und war auf erfrischende Weise humorvoll. Aber er war Polizist, ein Kriminalbeamter, der sie einmal beinahe wegen Mordes verhaftet hätte, und wenn sich dieser schreckliche Verdacht schließlich als falsch herausgestellt hatte, dann hatte sie das nicht ihm zu verdanken.

Als er sie angerufen und zum Mittagessen eingeladen hatte, war es ihr erster Impuls gewesen, abzulehnen. Dann hatte er ihr erklärt, daß er für ein paar Urlaubstage aus Somerset nach London komme, und wenn ihr Sonntag mittag nicht passe, dann könnten sie sich doch zu einem Abendessen in der folgenden Woche verabreden. Daraufhin war ihr das Mittagessen am Sonntag als die weniger verfängliche Alternative erschienen, und sie hatte zugesagt. Als sie dann Eve getroffen hatte und zu dem Festessen eingeladen wurde, hätte sie eine perfekte Ausrede gehabt, um William anzurufen und das Treffen abzusagen. Aber sie hatte es nicht getan.

Statt dessen hatte sie ihn am Sonntag in ihrer Wohnung mit dem Gefühl erwartet, daß sie das Ganze nur schnell hinter sich bringen wollte. Und auch als sie ihm die Tür öffnete, tat sie es eher widerstrebend. Als er sie jedoch mit so offensichtlicher Wiedersehensfreude anstrahlte, hatte sie plötzlich gemerkt, wie sich ihre Stimmung hob.

Sie hatte ihn auf einen Drink hereingebeten. Er nahm ein Glas Weißwein und sah sich interessiert in ihrem Wohnzimmer um.

»Das ist also ihr Chelsea-Domizil. Sehr schön. Das hier gefällt mir besonders«, mit diesen Worten legte er eine Hand auf eine der Säulen, auf denen eine Bogenkonstruktion ruhte, die den Raum in zwei Hälften teilte. Dann ging er weiter herum, betrachtete sich die Bilder an den Wänden, nahm eine oder zwei der vielen kleinen Kostbarkeiten in die Hand, die auf den antiken Möbeln verteilt waren, und blieb dann vor den Glastüren stehen, die in den Garten mit einem steinernen Pfad, einigen Blumenbeeten und zwei antiken Statuen führten.

Ein wenig scheu beobachtete sie ihn, während er durch den Raum ging und die Einrichtung studierte, von der sie noch immer nicht ganz glauben konnte, daß sie tatsächlich ihr gehörte. Er bewegte sich absolut frei und sicher und wirkte dabei keineswegs aufdringlich, sondern so, als würde er sich problemlos in diese Umgebung einfügen. Offensichtlich hatte er die erstaunliche Gabe, die Atmosphäre des Hauses in sich aufzunehmen und gleichzeitig widerzuspiegeln.

»Es ist ein besonders schöner Raum, und er paßt zu Ihnen. Ich sehe Sie vor mir, wie Sie hier sitzen und ein Buch lesen oder fernsehen.«

»Das stimmt. Ich wohne wirklich gern hier, aber ich fürchte, nicht mehr lange. Ich verkaufe das Haus.«

»Tatsächlich?« Es klang schockiert.

»Ich kann es mir einfach nicht leisten. Haben Sie eine Ahnung, wie hoch die Betriebskosten für so ein Haus sind? Und außerdem war es doch schließlich Ihr Vorschlag, daß ich mit dem Verkauf mein 'Traumhotel' finanzieren sollte.«

Er lächelte verschmitzt und sah dabei aus wie ein frecher Schuljunge. »Aha, also alles meine Schuld, ja? Na gut, dann lassen Sie uns jetzt gehen. Ich habe einen Tisch im Connaught reserviert. Sie wollten mir ja nicht sagen, wo man sonntags am besten zu Mittag essen kann, deshalb habe ich meinen Onkel um Rat gebeten.«

Voller Vorfreude – Darina hatte selten die Gelegenheit, Michel Bourdins Kochkünste zu genießen – holte sie ihren Mantel und ließ ihn ein Taxi herbeiwinken.

Es war ein sonniger Tag, beinahe so warm wie der vorangegangene, und während der Fahrt erzählte sie William von der Pilzwanderung. »Ich habe nie gewußt, wie viele Sorten eßbarer Pilze in Sussex wachsen. Sie hätten sehen sollen, welche Mengen die Leute gesammelt haben, und das schon vor dem Mittagessen. Ich glaube, hinterher sind es sogar noch viel mehr geworden.«

»Sie haben sich nicht an der Suche beteiligt?« Inzwischen hatten sie das Restaurant betreten, und William hatte sie an ihren Tisch geführt und ihr einen Platz angeboten, von dem aus sie den holzgetäfelten Raum bestens überblicken konnte.

»Nein, ich habe nur die Speisen für das Picknick hingefahren und später die Reste und das Geschirr wieder mitgenommen. So mußten die Gäste am Ende der Wanderung nicht zurücklaufen, und Eve und Claire haben bei ihrer Rückkehr eine saubere Küche vorgefunden.«

»Was ist aus all den Pilzen geworden?«

»Eve hat sie für die Vorspeise des Essens benutzt, das sie heute gibt.« Darina erzählte ihm kurz von dem einjährigen Jubiläum.

William sah sie amüsiert an. »Sie waren doch sicher ebenfalls eingeladen. Ich fühle mich geschmeichelt.« Sie lachte, und er fuhr etwas wehmütig fort: »Na ja, ich kann mir denken, daß sie gedacht haben, wenn Sie heute absagen, würde ich Sie mit meiner Einladung zum Abendessen nerven. Nein, sagen Sie nichts, es tut mir leid, daß Sie diesen Eindruck hatten. Aber jetzt erklären Sie mir lieber, wie Sie beim Wooden Spoon gelandet sind. Ich dachte, Sie hätten Ihren eigenen Catering-Service?«

Darina erzählte, wie sie das Unternehmen an ihre Mitarbeiterin übergeben hatte, um sich den Traum von einem eigenen Hotel zu erfüllen, von ihrem zufälligen Zusammentreffen mit Eve, sprach kurz über deren Firma und beschrieb einige der Speisen, bei deren Zubereitung sie am Freitag geholfen hatte.

William zog eine Grimasse. »Das klingt wie die Art von Essen, die ich nicht ausstehen kann. Ein Maximum an Form mit einem Minimum an Substanz. Während dieses hier nicht nur toll aussieht, sondern auch noch ein richtiges Essen ist.« Damit hob er die Gabel mit einem Bissen der Spezialität des Hauses, Beef Wellington, zum Mund und kaute es genüßlich.

»Ja, ich habe Sie bereits als den Rindsbraten-Typ klassifiziert.«

»Und was soll das heißen?«

»Daß Sie etwas kultivierter sind als der Steak-Typ.«

»Aber genauso ein Macho wie der, stimmt's? Nur keine Ausflüchte, das ist doch das, was Sie von mir denken. Aber das Spiel gefällt mir. Mal sehn, wie ich Sie klassifizieren würde.«

Darina wartete geduldig, während seine grauen Augen sie forschend betrachteten.

»Ich hab's: Crème brulée. Man muß sich zuerst durch die verbrannte Kruste beißen, aber dann wird man durch die köstliche Creme darunter reichlich belohnt.«

»Ich gehe mal davon aus, daß das als Kompliment gemeint war.«

»Es ist eine meiner Lieblingsnachspeisen«, sagte er und erhob sein Weinglas. »Und wie ist es mit Ihrer Freundin Eve – mit welcher Speise würden Sie sie vergleichen? Nach allem, was Sie mir über sie erzählt haben, sehe ich sie als eine von diesen komplizierten Vorspeisen mit einem langen französischen Namen, die ungemein schick aussehen und nach nichts schmekken.«

»Offensichtlich habe ich da einen falschen Eindruck von ihr vermittelt. Ihre Art der Kochkunst ist einfach nicht mein Stil, aber ich lerne eine Menge von ihr. Durch Eve wird mir bewußt, wie wenig Phantasie ich beim Kochen habe. Sie wäre niemals damit zufrieden, ein Kotelett lediglich als Kotelett zuzubereiten. Es muß mindestens gefüllt oder in Teig gewickelt oder in einer speziellen Soße gekocht sein. Daneben sieht meine Art, die Speisen auszurichten, wie das Mittagessen in einem Kindergarten aus.«

»Ich erinnere mich daran, daß Sie ganz fabelhaft kochen.«

Darina dachte an die historischen Rezepte, die sie während des traumatischen Wochenendes, an dem sie William zum ersten Mal begegnet war, zubereitet hatte. William hatte offensichtlich den gleichen Gedanken, denn er fuhr fort: »Aah, das war ein Essen nach meinem Geschmack. Und ich glaube, das kommt auch wieder in Mode. Die Franzosen nennen es *cuisine gran'mère*, dabei schmeckt es ganz und gar nicht so wie »bei Muttern«.

Meine Mutter ist nämlich eine grauenhafte Köchin. Glücklicherweise macht sie sich meistens nicht einmal die Mühe zu kochen – sie ernährt sich und meinen Vater von Tiefkühlkost und sagt, als Politikerin sei sie viel zu beschäftigt, um ihre Zeit in der Küche zu verplempern. Wenn sie Gäste zum Essen hat, engagiert sie jemanden, der kocht. Wahrscheinlich sind es Leute wie meine Mutter, denen Sie und Ihre Freundin ihr Geschäft zu verdanken haben.«

»Auf Ihre Mutter«, sagte Darina und erhob ihr Glas mit dem ausgezeichneten Wein, den William ausgewählt hatte. Sie fühlte sich ungemein wohl. Das Essen war hervorragend, und das Ambiente in seiner Mischung aus Herrenclub und Landhaus ebenso gepflegt wie entspannend. Das Restaurant war angenehm gefüllt mit interessant aussehenden Gästen, und am interessantesten fand sie den, der ihr gegenüber saß. Alle Vorbehalte waren wie weggeblasen. Vielleicht hatte sie sich in letzter Zeit zu sehr auf ihre berufliche Karriere konzentriert und dabei vergessen, wie angenehm es sein konnte, mit einem attraktiven Mann auszugehen.

»Wir sollten das wiederholen«, meinte William, während er sich den Brot-und-Butter-Pudding, eine weitere Spezialität des Hauses, schmecken ließ. »Wie wär's mit einem Abendessen in der nächsten Woche?«

»Wo wohnen Sie?«

»Bei meinem Onkel und meiner Tante in der Nähe vom Sloane Square – gar nicht weit von Ihnen, übrigens.«

Darina überlegte. Das war offensichtlich der Onkel, der das Connaught vorgeschlagen hatte. Obwohl William behauptete, nicht zu wissen, wohin man in London am Sonntag zum Essen ausging, hatte er keine Hemmungen gezeigt, in einem der exklusivsten Restaurants der Stadt zu speisen und auch angesichts der Preise nicht einmal mit der Wimper gezuckt. Er entsprach ganz und gar nicht ihren Vorstellungen von einem Polizisten. Hatte er ihr damals nicht erzählt, er habe seine berufliche Laufbahn im Außenministerium begonnen und sei dann in der Londoner Geschäftswelt tätig gewesen, bevor er Polizist wurde? Das erklärte wohl seine unaufdringliche Weltgewandtheit.

»Also, wie sieht's aus mit einem Abendessen?« drängte er sanft.

Darina zögerte nicht. »Das wäre schön. Ich weiß nicht, wie lange Eve mich noch braucht, aber ich bin sicher, ich kann mir einen der nächsten Abende freihalten.«

»Wunderbar. Dann rufe ich Sie morgen an.«

»Es ist besser, wenn ich Sie anrufe, denn ich arbeite morgen den ganzen Tag und wahrscheinlich auch am Abend.«

Er gab ihr die Nummer seines Onkels und schlug dann einen kleinen Spaziergang über den Grosvenor Square zum Hide Park vor.

»Ach, das ist schön«, rief Darina aus, während sie mit den Füssen die vielen Blätter aufwirbelte, die sich unter den Bäumen angesammelt hatten. »Ich vermisse das Landleben. Was gibt's Neues in Somerset?«

»Nicht viel«, meinte er lakonisch.

»Wie steht's mit der Verbrechensbekämpfung? Irgendwelche Morde oder dergleichen?«

»Nein, es gab in letzter Zeit keine besonders dramatischen Vorkommnisse, nur die üblichen Fälle – Diebstahl und jugendlicher Vandalismus.«

»Und damit kommen Ihre Kollegen diese Woche auch ohne Sie zurecht?«

»Na ja, gerade so.«

Sie schlenderten angeregt plaudernd von Knightsbridge in die Sloane Street und die King's Road entlang, bis sie vor Darinas Haus ankamen. Seine Gesellschaft war so angenehm, daß sie es ein wenig bedauerte, als er ihre Einladung zum Tee dankend ablehnte.

»Ich würde schrecklich gern, aber ich habe meinem Onkel und meiner Tante versprochen, daß ich sie zu einem Wohltätigkeitskonzert begleite. Ich freue mich aber schon sehr auf unser nächstes Essen.« Er winkte ihr zum Abschied kurz zu und ging dann die Straße zurück.

»Ich wette, es war der, mit dem du auch am Mittwoch abend ausgehst«, nahm Eve jetzt ihre Spekulationen wieder auf, nachdem sie den letzten Topf geschrubbt und das Spülwasser abgelassen hatte.

»Bist du auch sicher, daß du mich da nicht brauchst?«

»Das dürfte kein Problem sein, obwohl wir am Mittwoch die Dinnerparty für Monica Cox ausrichten. Sie ist die Frau von Ralph, dem Pilzexperten. Er hat einen Großhandel für Früchte und Gemüse und beliefert die besten Restaurants und Hotels in London. Monica ist äußerst anspruchsvoll, und deshalb bestellt sie das Essen immer bei uns. Aber solange du uns bei den Vorbereitungen helfen kannst, müßten wir am Abend schon klarkommen. Claire sollte dann wieder gesund sein, und vielleicht ist Jo bis dahin auch wieder zurück. Also geh ruhig aus und mach dir einen schönen Abend.«

Claire kam am nächsten Morgen. Sie sagte zwar, es ginge ihr besser, aber Darina fand, daß sie schrecklich aussah: Um ihre glanzlosen Augen lagen tiefdunkle Schatten, und ihr rundes Gesicht war eingefallen und bleich. Eve wollte nicht, daß sie gleich mit einer Vorführung begann, sondern ließ sie Darina bei der Zubereitung der Speisen für eine größere Mittagsgesellschaft helfen.

Claire war äußerst geschickt und kompetent in ihrer Arbeit. Sie bereitete zunächst eine Forellenmousse zu und füllte sie in kleine Rouladen aus geräuchertem Lachs. Dann garnierte sie die Mandeltörtchen mit Cremefüllung, die Darina zubereitet hatte, mit wilden Erdbeeren. Sie arbeitete schweigend und war völlig in ihre Aufgabe vertieft, so wie Darina selbst. Was für ein Kontrast, dachte Darina, zu Eves ununterbrochenem Redefluß von Anweisungen, Ratschlägen und Gesellschaftsklatsch, den sie von sich gegeben hatte, als sie gemeinsam das Essen für die gestrige Abendgesellschaft zubereitet hatten.

Claire war sozusagen der Mond neben Eves Sonne, ein Opal neben einem funkelnden Diamanten. Es dauerte eine Weile, bis man erkannte, wie schön sie war. Ihr wohlproportionierter Körper versteckte sich unter ein wenig Babyspeck, und da half es auch nicht gerade, daß sie sich in einen weiten Rock und eine ausgebeulte Strickjacke gehüllt hatte. Ihr hellblondes Haar war zu einem Bubikopf frisiert und mit einem Samtband aus dem Gesicht gehalten. Ihre Augen waren so blau wie die eines Säuglings. Wo Eve vor Aufregung und Ideen sprühte und funkelte wie ein Feuerwerk, war Claire ein Ruhepol aus Charme und Tüchtigkeit.

Während Darina eine schier endlose Reihe von Lammsteaks mit Gänseleberpastete bestrich und in Blätterteig wickelte, begann sie, sich Sorgen zu machen. Ihrer Mitarbeiterin schien es alles andere als gut zu gehen. Etliche Male tat sie einen Fehlgriff und schüttelte verwirrt den Kopf, und dann hielt sie inne und sah sich um, als wäre sie gerade von einem fremden Planeten in diese Küche gebeamt worden. Sie war völlig verändert im Vergleich zu Freitag, als Darina zum ersten Mal mit ihr zusammengearbeitet hatte. Da hatte sie Claire nur neidlos bewundern können für die Geschwindigkeit, mit der sie unglaubliche Mengen von gefüllten Kartoffeln, gehacktem Lammfleisch und Mini-Hamburgern in Babybrötchen produziert und es dabei geschafft hatte, die ganze Zeit ruhig und gelassen zu bleiben.

Jetzt glasierte Claire bedächtig das letzte Erdbeertörtchen und plazierte es vorsichtig auf der Servierplatte. Dann rieb sie sich mit der Hand müde über die Stirn. »Was kommt jetzt? Ich kann gar nicht klar denken.«

»Du setzt dich jetzt sofort hin, und außerdem hättest du gar nicht erst kommen dürfen. Emily und ich können das hier fertig machen.« Darina schaute zu der jungen Assistentin hinüber, die gerade das Gemüse zubereitete. »Wir müssen doch nicht servieren, oder?«

»Nein, dafür haben sie ihr eigenes Personal. Wir richten das Essen nur an.«

»Na schön, dann sind wir so gut wie fertig damit, und für heute abend ist auch nichts mehr vorgesehen. Du kannst also wirklich nach Hause gehen, Claire. Und du solltest morgen auch noch im Bett bleiben. Eve und ich schaffen das schon.«

Claire lächelte schwach. »Eve wird sofort alle Hebel in Bewegung setzen, um weitere Aufträge an Land zu ziehen. Sie hält es nicht aus, wenn mal weniger zu tun ist. Aber wenn du und Emily das Essen hier allein zum Kunden bringen könnt«, dabei wies sie auf den Tisch, auf dem in dichter Reihe die Platten standen, »dann werde ich jetzt wirklich nach Hause gehen, ich fühle mich noch ganz schwach. Ich setze nur noch schnell Teewasser auf. Eve braucht nach einer Kochvorführung immer ihre Tasse Kräutertee. Wollt ihr auch welchen?«

»Laß mich das machen«, sagte Darina, nahm Claire den Kessel ab, füllte ihn mit Wasser und stellte ihn auf den Herd. Als sie sich umdrehte, stand Claire vor ihr und hielt ihr eine Schachtel mit kleinen, in Musselin gebundenen Teebeuteln entgegen. Typisch Eve, ihr Kräutertee war natürlich von der exklusivsten Sorte.

Dann holte sie eine Flasche Kognak, der zum Kochen verwendet wurde, goß etwas davon in ein Glas und reichte es Claire. »Hier, trink das.« Sie sah zu, wie Claire das Glas mit leicht zitternder Hand zum Mund hob, einen Schluck von der bernsteinfarbenen Flüssigkeit nahm und das Gesicht verzog, als sie ihr durch die Kehle rann. Dann sagte Darina: »Ich habe gehört, Eves Festessen war ein Riesenerfolg.«

Claire lächelte fast so strahlend wie sonst. »Oh ja, das Essen war großartig, und alle haben sich bestens unterhalten.«

»Das muß dich völlig erschöpft haben – kein Wunder, daß dich der Virus gleich so umgeworfen hat.«

Claire schloß einen Moment lang die Augen. »Ja, es war alles sehr hektisch, aber Eve hatte es so perfekt organisiert, daß ich hinterher eigentlich gar nicht so müde war. Ich habe mich erst später am Abend so mies gefühlt.«

»Wer war denn alles eingeladen?«

»Ach, es waren viele interessante Gäste da. Hauptsächlich unsere besten Kunden, Freunde und Leute aus der Geschäfts- und Medienwelt.« Claire wirkte wieder lebhafter. »Man hat ja normalerweise nicht die Gelegenheit, mit so bekannten Persönlichkeiten ins Gespräch zu kommen, und das hat mir wirklich Spaß gemacht. Ich hätte zum Beispiel nie gedacht, daß Clive Thompson so charmant ist.«

»Wer ist Clive Thompson?«

»Ein bekannter Geschäftsmann. Eve behauptet, daß es nicht mehr lange dauert, bis sich die gesamte Lebensmittelbranche in seinem Besitz befindet. Als ich sah, daß ich neben ihm sitzen würde, wurde mir ganz mulmig zumute. Worüber unterhält man sich mit einem Mann wie ihm? Wahrscheinlich hätte er auch lieber neben Eve gesessen, aber ich glaube, dann hat er unsere Unterhaltung auch sehr nett gefunden.«

»Und worüber habt ihr euch unterhalten?« Darina bemerkte besorgt, wie sich ihr Gegenüber erneut mit dem Handrücken über die wachsbleiche Stirn strich und leicht den Kopf schüttelte, als sei ihr schwindelig.

»Och, nichts Besonderes, über das Essen und das Leben auf dem Land – er wohnt in der Nähe meiner Eltern.« Nach diesen Worten stöhnte sie leise auf, und ihr Körper krampfte sich zusammen.

Darina sah auf ihre Armbanduhr, dann sagte sie: »Bleib, wo du bist, ich bin in einer Minute zurück.« Dann lief sie in das Büro, wo Jackie, Eves Sekretärin, gerade in rasender Geschwindigkeit Adressen auf Briefumschläge tippte. »Claire ist völlig fertig. Könntest du ihr bitte ein Taxi rufen?«

»Natürlich, sofort. Die Ärmste. Übrigens, Jo hat eben angerufen. Ihr Vater wird heute beerdigt, und sie ist morgen wieder zurück. Ich glaube, sie wollte eigentlich Eve fragen, ob sie noch etwas länger bleiben könnte, aber als sie hörte, daß Claire so krank ist, hat sie gleich gesagt, sie käme morgen wieder.«

»Das ist gut. Meinst du, sie kommt rechtzeitig, um uns mit der großen Cocktailparty morgen abend zu helfen? Ich glaube nicht, daß Claire bis dahin wieder auf dem Damm ist.«

»Ja, ich denke schon, sie wollte einen frühen Zug nehmen.« Die Sekretärin war eine sehr schlanke und sehr lebhafte Frau. Sie trug eine Brille mit riesigen Gläsern, und ihre Kleidung zeugte von einem Talent für die unmöglichsten Farbzusammenstellungen. Heute trug sie einen senffarbenen Pullover über einem himbeerroten Wollrock. Obwohl man meinen könnte, sie sei farbenblind, überzeugte sie doch durch ihre sonstigen Fähigkeiten. Noch während sie mit Darina sprach, hatte sie die Nummer der Taxizentrale gewählt und einen Wagen bestellt.

Während Jackie telefonierte, nahm Darina einen Prospekt vom Tisch. Die Vorderseite zeigte eine Farbaufnahme der Vorführküche, darüber war ein großer Kochlöffel mit roter Schleife montiert. *Clubmitgliedschaft zu Weihnachten* stand darunter in Buchstaben, die von Stechpalmenzweigen umrankt waren. Darina schlug den Prospekt auf und las den Text über den Wooden-Spoon-Club, der seinen Mitgliedern ein vierteljährlich erscheinendes Mitteilungsblatt, Preisnachlässe auf Kochgeräte, die regelmäßige Zusendung von Rezepten und Tips für Gastgeber bot. Bei einem Eintritt bis zum Ende des Jahres wurde ein Einführungspreis von 25 Pfund angeboten, während der jährliche Mitgliedsbeitrag sonst bei 35 Pfund lag.

»Das ist Eves neuester Werbegag«, meinte Jackie. »Wir haben den Prospekt an alle Kunden verschickt, und die Resonanz ist überwältigend. Außerdem haben wir es natürlich durch die Presse verbreiten lassen, weil wir hoffen, daß die Zeitschriften den Kochclub als Weihnachtsgeschenkidee aufnehmen.«

Es läutete an der Tür. »Das wird das Taxi sein.«

Wenige Minuten später half Darina der kreidebleichen und geschwächten Claire in das Fahrzeug und fragte sie: »Bist du sicher, daß du zurechtkommst? Soll ich nicht lieber mit dir kommen?«

Claire lächelte matt. »Nein, das ist wirklich nicht nötig. Ich habe mir bloß zu viel zugemutet. Dabei ging es mir heute schon sehr viel besser als gestern. Ich brauche nur noch ein bißchen mehr Bettruhe, und dann bin ich sicher bald wieder gesund.« Der Fahrer drehte sich zu Darina um und rief: »Sie sollten ihr eine Kotztüte mitgeben, Miss. Ich will hier keine Sauerei in meinem Taxi.«

Darina lief ins Haus und kam mit einer großen Schüssel zurück, die sie zusammen mit einem sauberen Handtuch der unglücklich dreinschauenden Claire in die Hand drückte. »Soll ich nicht lieber einen Arzt holen? Nein? Na gut, aber ruf an, wenn du etwas brauchst.«

Das Taxi fuhr los, und Darina ging zurück ins Haus, um die Lieferung der Speisen zu organisieren.

Als sie in den Flur trat, kam gerade eine Gruppe fröhlich schwatzender Frauen die Treppe herunter, gefolgt von Eve, die ihnen hinterherrief: »Und vergessen Sie nicht, um Punkt zwei Uhr geht es weiter.« Dann wandte sie sich an Darina. »Zwei Stunden, um einen Einkaufsbummel zu machen. – Ich frage mich, ob ich die Mittagspause nicht noch etwas kürzen könnte. Aber die Frauen scheinen nichts mehr zu lieben als die Geschäfte auf der Oxford Street. Wie ist es dir heute vormittag ergangen?«

»Ich wollte gerade die Sachen in den Lieferwagen bringen. Hat deine Sekretärin den Schlüssel? Ach ja, und ich habe Claire in ein Taxi gesetzt und nach Hause geschickt. Sie war völlig fertig.«

»Dummes Ding, sie hätte gar nicht erst kommen dürfen. So eine Magengrippe kann einen völlig fertigmachen.«

»Eve«, rief Jackie aus ihrem Büro. »Ich habe Mrs. Thompson am Apparat. Kannst du ihr für heute abend ein Essen für zwölf Personen ausrichten?«

»So kurzfristig? Also wirklich, was die sich einbildet!«

Eve lief ins Büro und nahm Jackie den Telefonhörer aus der Hand. Darina folgte ihr.

»Mrs. Thompson, wie nett, von Ihnen zu hören. Was hat ihr Mann gemacht? Tatsächlich? Männer können so *unglaublich* gedankenlos sein, nicht wahr? Nun gut, solange es nichts besonders Kompliziertes sein soll – wir sind nämlich im Moment so gut wie ausgebucht –, aber bei einer so treuen Kundin wie Ihnen kann ich unmöglich Nein sagen. Ich schlage also vor: Gänseleber mit Salade tiède, Hühnerbrust gefüllt mit Krabben und Ingwer, dazu Mousse von Karotten in Spinatblättern und Pommes de terre dauphine, dann eine Käseplatte mit hausgebackenem Brot und zum Abschluß drei Sorbets in Tulpenkelchen mit frischen Früchten.« Am Ende ihres Menüvorschlags nannte sie einen Preis, bei dem Darina schwindelig wurde. Verglichen damit hatte sie ihren eigenen Kunden die reinsten Schleuderpreise berechnet.

Eve beendete das Telefongespräch und wählte sofort eine andere Nummer. Ihre Augen funkelten vor Vergnügen. »Das ist ein hübscher kleiner Auftrag. Darina, Liebes, das kannst du doch sicher noch erledigen, ja? Jackie bestellt die Zutaten, und du kannst sie dann auf dem Rückweg von deiner Mittagslieferung abholen. Ich möchte mit Joshua Tarrant sprechen, bitte.« Während sie auf die Verbindung wartete, trommelte Eve mit einem Finger auf die Tischplatte. Dann klemmte sie sich den Telefonhörer zwischen Kinn und Schulter.

Mit veränderter, weicherer Stimme sagte sie: »Josh? Ich bin's. Sag mal, kannst du mir einen großen Gefallen tun? Du weißt doch, daß ich heute abend einen Termin habe, um diesen Beitrag über uns im Radio zu besprechen. Und jetzt hat gerade Marina Thompson mit einer phantastischen Bestellung angerufen. Ihr Mann Clive hat ein paar Kollegen vom Vorstand eingeladen, um eine Firmenübernahme zu besprechen. Es kommen zwölf Personen. Wie gesagt, es ist ein toller Auftrag, aber die Sache ist die, daß Darina jemanden brauchen wird, der ihr beim Servieren hilft. Könntest du da nicht noch mal als Butler einspringen? Nein, Claire geht es immer noch nicht gut, wir mußten sie gerade wieder nach Hause schicken. Jo ist auch noch nicht zurück, und du weißt ja, wie unbrauchbar Emily für so etwas ist – sie kann nicht einmal eine Schüssel reichen, ohne daß sie den Inhalt in den Schoß des wichtigsten Gastes leert –, und ich will Darina auch keine von den Aushilfen mitgeben, der sie jede einzelne Handbewegung erklären müßte. Bei dir weiß ich, daß alles gut läuft, du machst das so hervorragend. Und ich muß einfach zu dieser Besprechung gehen. Du weißt, wie wichtig der Spot für uns ist, ganz London hört diesen Sender. Es ist wirklich nur für diesen einen Abend. Bitte, Liebling.«

Darauf gab es eine lange Pause, während der Eve aufmerksam lauschte. Eine Hand hatte sie auf ihre fast nicht vorhandene Brust gepreßt, als wolle sie damit die Spannung in ihrem Körper zurückhalten. Dann schloß sie kurz die Augen und lächelte glücklich. »Tausend Dank, Liebling. Ich sage es Darina, das wird sie sicher beruhigen.«

Sie gab ihm die Adresse und legte den Hörer auf. »Alles klar. Joshua kommt gleich zu den Thompsons. Er ist ein erstklassiger Butler, ihr beide werdet den Abend mit links schaffen. Hier sind übrigens die Schlüssel für den Lieferwagen, du machst dich am besten gleich auf den Weg, damit das Mittagessen rechtzeitig da ist. Sag Emily bitte, sie soll mir meinen Kräutertee bringen und dann alles für die Nachmittagsvorführung vorbereiten. Jackie, mach mal eine Pause mit den Adressen und komm mit in mein Büro. Ich muß dir noch ein paar Briefe diktieren.«

Darina nahm die Autoschlüssel und ging in die Küche. Bei Eve »aushelfen«! Zu einer aufreibenden Vollzeitbeschäftigung hatte sich das »Aushelfen« ausgewachsen.

Nachdem er den Hörer aufgelegt hatte, starrte Joshua Tarrant wütend auf den Monitor, der hinter unzähligen Papierstößen auf dem Schreibtisch beinahe verschwand. Verfluchte Eve! Wie üblich brachte sie mal wieder andere dazu, ihre Arbeit zu machen. Natürlich war der Radiobeitrag wichtig für sie, aber sie verschwendete nicht einen Gedanken daran, daß auch seine Arbeit wichtig sein könnte. Schließlich war auch sie ganz scharf auf den Vorschuß, den er für das Buch bekommen hatte. Und nun, so kurz vor dem Abgabetermin, war es noch immer nicht fertig. Warum, verdammt nochmal, hatte sie nicht einen dieser Aushilfsbutler angeheuert? Aber er wußte sehr gut, warum – niemals würde Eve für etwas bezahlen, was sie auch umsonst haben konnte. Die Frage war also vielmehr, warum hatte er sich wieder einmal breitschlagen lassen?

Weil er diesem Ton in ihrer Stimme einfach nicht widerstehen konnte, und weil sie ihn trotz allem immer noch auf eine Art faszinierte, die … Er unterbrach abrupt seinen Gedankengang und nahm eine Pressemitteilung des Landwirtschaftsministeriums zur Hand, die ihm selbst nach dreimaligem Lesen unverständlich geblieben war und die Position der Regierung im Hinblick auf den Anbau von Raps und dessen Gefährdung durch einen bestimmten Schädling eher verschleierte, denn erklärte. Irgendwas war faul an dieser Geschichte, und er beschloß, gewisse Kontakte zu aktivieren, um der Sache auf den Grund zu gehen. Er kannte ein paar Botaniker, die entzückt wären, ihn, den anerkannten Landwirtschaftsjournalisten, mit ihrem Fachwissen zu beraten. Und dann war da noch dieser blitzgescheite Bursche, den er neulich auf der Landeskonferenz des Bauernverbandes getroffen hatte. Hatte er ihm nicht erzählt, daß er selbst Raps anbaute? Joshua zog seinen Kalender unter einem Papierstoß hervor und überflog seine Notizen. Dann legte er ihn wieder auf den Tisch, starrte auf das Telefon und unterdrückte schließlich das dringende Bedürfnis, eine ganz andere Person anzurufen.

In diesem Augenblick legte sich eine Hand auf seine Schulter und drückte sie sanft. Aus den Augenwinkeln sah er lange, rotlackierte Fingernägel, die über seine verspannten Muskeln strichen. »Unterbreche ich ein Genie bei der Arbeit, oder würde ein hungriger Computersklave gern mit mir zu Mittag essen?«

»Warum nicht?« Er lächelte Elizabeth Chesney kurz zu, erhob sich und nahm sein Jackett von der Stuhllehne. Dann verließen sie das Büro, dessen hektische Betriebsamkeit nun etwas nachgelassen hatte; die meisten Mitarbeiter waren zur Mittagspause in einen der wenigen Pubs gegangen, die es in der ziemlich trostlosen Umgebung des neuen Bürogebäudes gab.

Sie waren ein schönes Paar, er Anfang dreißig, mittelgroß, markantes Gesicht mit durchdringenden Augen, dessen Rauhigkeit etwas gemildert wurde durch die volle Pracht seiner rostbraunen Haare. Seine Begleiterin war ungefähr so groß wie er, und ihre Gesichtszüge waren fast ebenso markant wie seine. Sie hatte dunkle, weit auseinanderstehende Augen, ausgeprägte Wangenknochen und einen weitgeschwungenen Mund. Ihr dunkles Haar fiel in Wellen auf die Schultern. Sie wirkte eher apart als schön; ihr Mund war ein wenig zu schmal, die Nase ein wenig zu spitz, und ihre Augen hatten einen scharfen Blick, dem nichts entging. Als sie ins Tageslicht trat, sah man, daß sie wohl eher um die vierzig als um die dreißig Jahre alt war.

Wenig später stellte Joshua ein Bier und einen Whisky auf den kleinen Tisch, den sie noch ergattert hatten, und sah zu, wie seine Begleiterin das Innere des Sandwiches, das sie bestellt hatte, untersuchte. »Warum du dir solche Sorgen über dein Essen machst und dabei dieses Zeug trinkst, werde ich nie begreifen.« Mit diesen Worten schob er ihr den Whisky über die Tischplatte.

»Unsinn, das ist ein reines Naturprodukt und tausendmal besser für die Gesundheit als das synthetische Bier, das du da trinkst. Apropos gesundes Essen, gehst du heute nachmittag zu dieser Salmonellen-Pressekonferenz? Ich dachte, wir könnten vielleicht zusammen hinfahren.« Elizabeth hob ihr Glas und trank einen großen Schluck.

»Ich kann nicht. Ich habe meinen Artikel für morgen noch nicht fertig, und ich dachte, Lebensmittelvergiftungen wären dein Metier. Hast du nicht immer gesagt, darüber sollte der Gourmetkritiker schreiben und nicht der Journalist für Landwirtschaftsfragen? Du kannst mir allerdings gerne die Pressemitteilungen mitbringen.

Könnte ganz nützlich sein zu wissen, mit welchem Trick sie uns als nächstes linken wollen. Die Konferenz wird doch von einem Hühnerzüchterverband gehalten, stimmt's?«

»Ja, aber zum Glück servieren sie uns kein Mittagessen.«

»Was mich an etwas erinnert: Du hast dich doch nach Eves Festessen am Sonntag nicht irgendwie schlecht gefühlt, oder?«

»Nur weil ich gefressen habe wie ein Schwein, ich werde bald mal wieder eines meiner Entschlackungswochenenden einlegen müssen. Eve ist wirklich eine phantastische Köchin, und damit hat sie es wahrscheinlich auch geschafft, dich mir abspenstig zu machen.« Die Bemerkung klang ein wenig spitz, und nach einer kurzen Pause fuhr sie fort: »Warum? Willst Du damit etwa andeuten, daß wir salmonellenvergiftetes Geflügel gegessen haben? Außerdem dachte ich, es hätte schottische Moorhühner gegeben und keine Hühner aus Massentierhaltung.«

»Ja, das ist richtig, aber Claire ist ziemlich krank. Eve meint, es sei eine Magen-Darm-Grippe, aber ich frage mich, ob es nicht doch am Essen gelegen haben könnte.«

»Wenn sie die einzige ist, der es hinterher so schlecht ging, ist das doch ziemlich unwahrscheinlich. Es sei denn, irgendein Schädling ist mutiert. Man weiß ja nie heutzutage. Die Regierung müßte die Lebensmittelproduzenten einfach viel strenger kontrollieren, sie kümmert sich immer noch viel zu wenig um die Nahrungskette. Du solltest wirklich mit zu dieser Pressekonferenz kommen.« Elizabeth nahm einen weiteren Schluck aus ihrem Whiskyglas und kicherte. »Aber wem sag ich das? Eigentlich ziemlich überflüssig, ausgerechnet dem Autor von *Gefahren der landwirtschaftlichen Produktion* erklären zu wollen, er solle sich über die Salmonellenverseuchung von Hühnern informieren. Übrigens, wie kommst du mit deinem neuen Buch voran?«

Joshua zog eine Grimasse. »Um die Wahrheit zu sagen, nicht besonders gut. Ich scheine nie genug Zeit zu haben, um endlich mit den Recherchen fertig zu werden. Es gibt noch mehrere wichtige Themen, über die ich mich viel genauer informieren müßte. Und wie verkauft sich dein letztes Buch?«

»Mein Agent sagt, der Verleger wäre begeistert über den Absatz. Ich hätte nie gedacht, daß die Leute sich so für türkisches Essen interessieren würden, aber anscheinend geht es weg wie warme Baklava. Sag' mal, wie läuft eigentlich Eves kleine Firma?«

Joshuas Lachen klang ein wenig hohl. »Kleine Firma ist gut. Ich kann mir nicht vorstellen, daß ein Chemiekonzern eine kompliziertere Infrastruktur hat als ihr Betrieb. Dabei sage ich ihr immer wieder, ihr größtes Problem ist, daß sie zu wenig Leute hat. Jetzt, wo die Kochkurse so gut angelaufen sind, müßten sie unbedingt jemanden für den Catering-Service einstellen. Wie Jo das allein schaffen soll, ist mir ein Rätsel. Die einzige Hilfe, die sie hat, sind ein paar nicht besonders zuverlässige Aushilfskräfte, und jetzt, wo Jo verreist und Claire krank ist, wird es besonders dramatisch. Wenn Eve nicht zufällig diese Davina oder Darina getroffen hätte, wäre der ganze Betrieb schon längst zusammengebrochen. Und jetzt hat sie mich auch noch überredet, bei einer kurzfristig bestellten Dinnerparty heute abend einzuspringen.«

»Aha, jetzt verstehe ich. Du bist mies gelaunt, weil Eve es mal wieder geschafft hat, dich dazu zu bringen, etwas zu tun, was du nicht willst. Du solltest wirklich langsam lernen, Nein zu sagen.« Elizabeth blickte in ihr leeres Whiskyglas. »Diesen Rat könnte ich mir allerdings ebensogut selbst geben. Ich habe ihr eine Kochvorführung versprochen – kostenlos.«

»Kostenlos?«

»Na ja, anscheinend erwartet sie das von einer Kochbuchautorin. Eve steht auf dem Standpunkt, es sei eine gute Werbung für meine Bücher, die ich dort auch verkaufen könne, und das sei Bezahlung genug. Deshalb habe ich auch gefragt, wie ihr Geschäft läuft. Versteh mich nicht falsch, ich bin gerne bereit, ihr einen Gefallen zu tun, aber wenn sie in Geld schwimmt, sehe ich keinen Grund, warum ich nicht ein angemessenes Honorar fordern sollte. So eine Vorführung macht viel Arbeit, und ich muß anschließend noch meinen Artikel schreiben. Aber ich erwarte tatsächlich, daß ich dort einige Bücher los werde. Die Leute kaufen immer gerne signierte Exemplare. Und der Erlös aus dem Verkauf geht allein an mich. Allerdings weiß ich nicht so recht, ob türkisches Essen das Richtige ist für ihre Damen – das ist schließlich eine ziemlich bäuerliche Küche, und ich dachte, die Hausfrauen aus der High Society, die ihre Kochkurse besuchen, hätten es mehr mit der Haute Cuisine.«

»Noch einen?« fragte Joshua und wies auf ihr leeres Glas.

Elizabeth sah auf ihre Armbanduhr. »Leider nein.

Wenn ich rechtzeitig zu dieser Pressekonferenz kommen will, muß ich jetzt los. Ach, wie gemütlich war das doch in den guten alten Fleet Street-Zeiten.« Sie nahm ihre große Handtasche, versicherte sich, daß sie ihren Notizblock eingesteckt hatte, und verließ unter lebhaftem Winken und Grüßen etlicher Kollegen den Pub.

Nachdem sie gegangen war, starrte Joshua minutenlang trübsinnig in den Schaum auf dem Boden seines Bierglases, bevor er sich langsam erhob und zu seinem Schreibtisch zurückkehrte.

Früh am Mittwoch morgen schrillte Darinas Wecker. Sie stöhnte laut, zwang sich aufzustehen und schleppte sich in die Dusche. Es war bedenklich, wie schnell sie die Routine verlernt hatte, mit der sie früher ihr gestriges Programm erledigt hätte: Am Tag ein großes Essen zubereiten, es am Abend servieren und alles wieder aufräumen. Nach drei Wochen süßem Nichtstun kam es ihr vor, als bräuchte sie eine Ausbildung bei der Marine, um wieder ihre alte Kondition zu bekommen.

Aber sie mußte zugeben, daß der gestrige Abend auch Spaß gemacht hatte. Eves Mann hatte sich als ebenso effizienter wie angenehmer Mitarbeiter entpuppt. »Ich habe mir neben dem Studium ein bißchen Geld als Kellner und Butler verdient«, hatte er erklärt, als sie hinterher sein fachmännisches Können lobte.

»Und dabei haben Sie Eve kennengelernt?« fragte Darina, während sie vorsichtig einen Stapel kostbarer Porzellanteller in die Spülmaschine räumte.

»Nein, das war viel später, auf einem Presseempfang.

Ich war inzwischen als Journalist für verschiedene Zeitungen tätig und hatte angefangen, mich auf Landwirtschaftsthemen zu spezialisieren. Man hatte mich eingeladen, um einen Artikel über einen neuen Fleischersatz aus Sojabohnen zu schreiben, und Eve hatte man engagiert, um seine vielseitigen kulinarischen Verwendungsmöglichkeiten zu demonstrieren.« Joshua brachte ein Tablett, das mit Kristallgläsern beladen war, und stellte es neben dem Spülbecken ab.

»Und kaum hatten Sie einen Bissen von ihrem köstlichen Soja-Burger gekostet, da haben Sie sich prompt in die Köchin verliebt?«

»Soja-Burger? Sie machen wohl Witze. Eve hat aus dem Fleischersatz solche Köstlichkeiten gezaubert, daß man jedes Fleisch dafür hätte stehen lassen. Aber das Essen hatte mit ihrer Wirkung auf mich ziemlich wenig zu tun. Es war ...«. Er hielt inne und polierte geistesabwesend das Tablett mit einem Küchenhandtuch. »Es war absolut einzigartig. Ich hatte so etwas noch nie vorher erlebt – *coup de foudre* nennen die Franzosen es, glaube ich. Und bei ihr war es dasselbe. Zwei Monate später haben wir geheiratet.«

Sein Gesicht verzog sich zu einem breiten Grinsen. »Meine Mutter dachte damals, Eve sei schwanger, und als dann doch kein kleiner Tarrant unterwegs war, war sie erst erleichtert und dann schrecklich enttäuscht.«

»Hätten Sie denn gerne Kinder?« Darina sah forschend in sein intelligentes, etwas zerknittertes Gesicht und fragte sich, wie er wohl als Vater sein würde.

Joshua nahm das letzte der gespülten Gläser und trocknete es sorgfältig ab. »Das arme Kind, das Eve zur Mutter hätte! Sie hat doch kaum Zeit, Ehefrau zu sein, geschweige denn, sich um ein Baby zu kümmern.« Er stellte das Glas auf ein Tablett und sagte: »Ich bringe die Gläser in den Anrichteraum und gehe dann mal in den Salon, um zu sehen, ob sie noch Kaffee wollen. Und mit etwas Glück schnappe ich vielleicht sogar ein paar Bemerkungen auf, aus denen sich schließen läßt, welche Firma sie übernehmen wollen.«

Mit diesen Worten verließ er die Küche, und Darina fragte sich, ob Clive Thompson wohl wußte, daß sein Butler ein Journalist war. Dann fiel ihr ein, daß Claire gesagt hatte, er sei zu ihrem Festessen eingeladen gewesen. Aber selbst wenn er Joshua nicht wiedererkannt hatte, würde er wohl kaum den Fehler begehen, vor dem Personal eine Indiskretion zu äußern. Und bald darauf kam Joshua auch ziemlich enttäuscht in die Küche zurück. »Sie haben nicht die geringste Andeutung fallen lassen, sie haben sich noch nicht einmal gegenseitig beim Namen genannt. Ich habe also rein gar nichts in der Hand, worauf ich unseren Informanten in der City ansetzen könnte. Schade, das hätte uns wahrscheinlich eine hübsche Stange Geld eingebracht.«

Während der restlichen Arbeit blieb er schweigsam, und Darina hatte den Eindruck, daß er in seinem Kopf die wenigen Sätze, die er im Salon aufgeschnappt hatte, hin- und herwälzte und versuchte, in ihnen irgendeinen Anhaltspunkt zu finden. Es war wie in einem Detektivspiel, als würde man ein Indiz von allen Seiten betrachten, um zu sehen, ob sich dadurch eine Lösung ergäbe. Aber anscheinend hatten ihm die Haie, die sie an diesem Abend gefüttert hatten, nicht den Gefallen getan, ihm auch nur den geringsten Hinweis auf das Opfer ihrer geplanten Übernahme zu geben. Wieviel

Geld hätte Joshua wohl dafür bekommen, wenn er herausbekommen hätte, um welches Unternehmen es ging? Und – war er nur hinter dem Geld her, oder wurde er von seinem unbändigen journalistischen Ehrgeiz angetrieben?

Darina ordnete ihre Gedanken, schlüpfte in Rock und Bluse und steckte einen frischen Overall in ihre Tasche. Dann verließ sie das Haus und gönnte sich den Luxus eines Taxis. Das war ein weiterer Grund, das Haus zu verkaufen: Ein guter Anschluß an öffentliche Verkehrsmittel gehörte leider nicht zu seiner Ausstattung. Die Busse waren äußerst unzuverlässig, und es war zu weit, um zur nächsten U-Bahn-Station am Sloane Square zu laufen, besonders heute, wo es darauf ankam, daß sie pünktlich war. Zu Mittag stand ein Geschäftsessen für zwölf Personen auf dem Programm und am Abend die Cocktailparty für hundert Gäste. Und so wie es aussah, mußten Eve und sie alles allein schaffen, mit ein wenig Unterstützung von Emily, die zwar hilfsbereit, aber leider ziemlich unfähig war.

»Sie ist ein liebes Mädchen«, hatte Eve einmal zu ihr gesagt, »und würde es so gern lernen, also habe ich sie als Lehrling genommen. Allerdings hab ich ihr auch gesagt, daß sie dafür ein bißchen bei der Arbeit helfen muß, und das funktioniert eigentlich ganz gut.«

»Unbezahlte Dienstmagd«, fiel Darina dazu ein, aber sie behielt es für sich.

Eve war bereits in der Küche, als sie ankam, und wog die Zutaten ab. Als Darina eintrat, stieß sie einen Seufzer der Erleichterung aus. »Gottseidank, du bist pünktlich. Claire hat gerade angerufen und gesagt, daß sie kommt, wenn wir sie dringend brauchen, aber sie fühlt sich noch immer nicht wohl. Ich hoffe nur, daß Jo im Laufe des Tages wiederkommt, sonst müßte ich dich bitten, auf deinen freien Abend zu verzichten. Ich kann mir keine Pannen mit den Aushilfskräften leisten, besonders nicht bei Monica.«

Mit leichtem Schrecken fiel Darina ein, daß sie an diesem Abend mit William zum Essen verabredet war. Sie hatte es völlig vergessen.

»Wie war die Besprechung beim Rundfunk gestern abend? Hast du etwas erreicht?« fragte Darina, während sie mit den Vorbereitungen für die Torte begann.

Eves Gesicht hellte sich auf. »Wir haben uns bestens verstanden. Sie konnten mir zwar nichts versprechen, aber sie haben gesagt, sie würden mich im Frühjahr ganz bestimmt eine Probeaufnahme machen lassen, und ich solle schon mal Ideen sammeln.«

Während der nächsten Stunden kochten sie ohne Unterbrechung für das Mittagessen der Direktoren, schickten Emily mit genauen Anweisungen zum Servieren und fingen an, das Menü für die Cocktailparty zuzubereiten. Monica hatte zusätzlich noch eine große Kasserolle bestellt. »Sie sagt, das sei für ungefähr zwanzig gute Freunde, die sie nach der Party zu einem Mitternachts-Snack bittet – aber was sie mit Freunden meint, sind Ralphs beste Kunden. Sie will etwas Einfaches, aber es muß sehr gut sein. Ich habe also beschlossen, einen Rindsbraten à la Bourguignonne, ein paar Pasteten und eine Käseplatte zu machen. Ach Schätzchen, denk nachher bitte daran, die Lebensmittellieferung zu kontrollieren, der Brie dieses Händlers ist manchmal zu fest.«

Sie arbeiteten weiter, ohne eine Mittagspause zu machen, und nach einer Weile waren die Tische übersät mit Platten, auf denen die kunstvoll belegten Sandwiches angerichtet waren: Zuckererbsen an Frischkäse mit leichter Muskatnußwürze, winzige Jungkartoffeln, die ausgehöhlt, mit Kaviar gefüllt und mit fein geschnittenen Zwiebeln bestreut waren, Wachteleier, gefüllt mit einer kremigen Mischung aus Eigelb, Rahm und geraspelten Haselnüssen – als Darina mit dieser kniffligen Arbeit endlich fertig war, konnte sie keine Wachteleier mehr sehen –, Vollkornbrot mit geräuchertem, in hauchdünne Scheiben geschnittenem Lachs – eine leichte Aufgabe, bei der sie sich ein wenig entspannen konnte – kleine runde Toastscheiben mit einer Rosette aus Gänseleber in Aspik, Pizzabrot mit schwarzen Oliven – wieder eine sehr aufwendige Sache, da sie jede Scheibe in Fließbandarbeit mit unterschiedlichen Zutaten belegten –, Fleischklößchen, die Darina nach einem Rezept zubereitete, das sie vor vielen Jahren einem schwedischen Koch abgebettelt und mit denen sie immer großen Erfolg gehabt hatte –, kleine Kammmuscheln in Speckstreifen und schließlich am Spieß gegrillte Hühnerbrustfilets in einer Joghurtmarinade. Während Darina auf die vielen Speisen wies, die unmittelbar vor dem Servieren gekocht oder aufgewärmt werden mußten, erkundigte sie sich nach der Ausstattung in Monicas Küche.

»Da brauchst du dir keine Sorgen zu machen. Monica hat die modernste und bestausgestattete Küche, die du dir vorstellen kannst. Einen Herd, einen riesigen Ofen und zwei Mikrowellen. Wir brauchen heute abend also keine zusätzlichen Kochgeräte mitzunehmen.«

Endlich war alles fertig. Emily war bereits vorgefahren, um sich um die Getränkelieferung und die beiden Barmixer zu kümmern, die Eve angeheuert hatte. »Und ruf mich an, falls es ein Problem gibt oder falls *irgend etwas* vergessen wurde. Streng bitte nicht dein kleines Köpfchen an, alles, was du tun mußt, ist nachsehen, nachsehen und nochmals nachsehen, ob alles so ist, wie ich es dir gesagt habe.«

Emily blieb ganz gelassen und fröhlich. Sie mochte zwar ungeschickt sein, aber sie reagierte nie beleidigt auf Eves bissige Bemerkungen, wenn sie wieder mal bei einer der Hilfsarbeiten, die Eve ihr gnädig auftrug, gepatzt hatte. Und sie kochte eine Kanne Tee nach der anderen für sie oder mahlte die Bohnen für Darinas Kaffee, da Eve natürlich kein Instantpulver in ihrer Küche erlaubte. An diesem Nachmittag wollte Darina jedoch Zeit sparen und bat statt dessen um eine Tasse Kräutertee, den sie dann erstaunlich belebend fand.

Sie zählte die Silberplatten mit den Schnittchen nach und fragte Eve, ob sie den Lieferwagen holen solle.

»Ja bitte, das wäre nett. Es sieht übrigens so aus, als müßtest du uns heute abend doch helfen. Jo ist immer noch nicht da.«

Darina sah auf ihre Armbanduhr. »Dann muß ich William wohl absagen. Ich rufe ihn gleich an.« Sie war selbst überrascht, wie enttäuscht sie darüber war, daß aus ihrem gemeinsamen Abendessen nichts wurde.

Beide gingen ins Büro. »Hast du etwas von Jo gehört?« fragte Eve.

Gerade als Jackie zur Antwort den Kopf schüttelte, klingelte das Telefon, und nach ein paar Sekunden reichte sie Eve den Hörer mit den Worten: »Es ist Jo, aufs Stichwort.«

Eve fragte sofort: »Wo bist du? Ich dachte, du wolltest längst hier sein …« Dann hielt sie inne und lauschte dem Redeschwall der offensichtlich furchtbar aufgeregten Anruferin. Jackie und Darina spürten, daß etwas geschehen war.

»Aber …« unterbrach Eve schließlich. »Aber nein, hör zu, Jo, ich hatte doch keine Ahnung. Nein, es schien ihr heute morgen besser zu gehen. Na ja, sie war natürlich noch nicht ganz gesund, sonst wäre sie ja zur Arbeit gekommen, aber auch nicht ernsthaft krank … Ja gut, ruf Joshua an und sag ihm, was passiert ist. Natürlich kann ich nicht kommen, heute abend ist Monicas Dinnerparty, und ich könnte dich gut hier gebrauchen, aber ich verstehe, daß du nicht kannst. Wir schaffen es schon.« Die Stimme am anderen Ende schien sich etwas zu beruhigen, und nach einigen weiteren Worten beendete Jo das Gespräch.

Eve legte den Hörer auf und starrte einen Moment lang auf den Apparat. Dann hob sie den Kopf und sagte: »Claire ist anscheinend sehr krank. Jo hat sie in einem schrecklichen Zustand gefunden, als sie in die Wohnung kam, um ihr Gepäck abzustellen und sich für die Arbeit umzuziehen. Sie hat sofort den Arzt angerufen, und der hat einen Krankenwagen geschickt, um Claire in die Klinik zu bringen. Jo fährt mit ihr. Sie war total hysterisch und hat *mir* vorgeworfen, ich hätte mich nicht genug um Claire gekümmert.« Eve klang empört. »Wieso sollte ich auch? Ich hatte doch keine Ahnung, daß sie so krank war. Gestern hat sie doch gar nicht so schlecht ausgesehen, oder? Was meinst du, Darina, du hast doch mit ihr gearbeitet?« Sofort reagierte Darina auf den leise anklingenden Vorwurf in Eves Worten und bereute, daß sie gestern Claire nicht doch selbst nach Hause gebracht hatte. Aber dann antwortete sie ruhig: »Sie sah geschafft aus, aber ich hatte nicht den Eindruck, daß es so schlimm war. Wie hat sie denn heute morgen am Telefon geklungen?«

»Das ist es ja, sie klang ganz munter. Ich meine, sie hat sogar angeboten, heute zur Arbeit zu kommen, wenn wir sie brauchen, wieso also jetzt dieser Rückfall?«

»Was sagt denn der Arzt?«

»Keine Ahnung, Jo hat nur unzusammenhängendes Zeug geredet. Ich rufe nachher Joshua an und frage ihn, ob sie sich bei ihm gemeldet hat und etwas klarer war. Ich habe ihn übrigens gefragt, ob er uns heute abend nochmal helfen würde, aber er sagte, er müßte unbedingt arbeiten. Dieses verdammte Buch verschlingt seine ganze Zeit. Darina, Liebes, es scheint, als müßtest du noch ein bißchen länger bei uns bleiben. Und jetzt kannst du deinen Freund anrufen, ich bringe dann den Lieferwagen zum Hinterausgang.«

Darina holte ihren Kalender aus der Tasche, fand die Nummer von Williams Onkel und nahm den Telefonhörer ab. Dabei dachte sie, daß Joshua ihr fast leid tat. Selbst Eve konnte doch wohl kaum erwarten, daß er ihr öfter als einmal in der Woche aus der Klemme half. Und was war bloß mit Claire passiert? Sie hoffte, daß es nichts Schlimmes war. Aber jetzt, im Krankenhaus und mit den entsprechenden Medikamenten würde sie sicher bald wieder gesund werden.

»Hallo? Ich möchte bitte mit William Pigram sprechen.« Die Stimme des Mannes am anderen Ende sagte, daß er seinen Neffen holen werde. Während sie wartete, versuchte Darina, sich zu entspannen. Hoffentlich würde William ihre Absage nicht als eine Abfuhr mißverstehen. Aber er verstand nicht nur, sondern hatte auch noch eine glänzende Idee: »Was Sie brauchen, ist noch ein Paar Hände. Wie wär's, wenn ich auch mithelfe? Was muß ich anziehen, um als Butler aufzutreten?«

Auf diese Idee wäre Darina nie gekommen, und so stotterte sie verwirrt: »Eves Kellner tragen immer ein schwarzes Jackett, graugestreifte Hosen und eine graue Krawatte. Aber Sie können doch nicht, ich meine, haben Sie sowas denn schon mal, das heißt, ...«

»Sie können ganz beruhigt sein, ich habe in meinem Leben so viele Butler kennengelernt und war auf so vielen Dinnerparties, daß ich weiß, was sich gehört. Und wie ist die Adresse?«

Darina fragte Jackie danach und nannte sie ihm. »Okay. Ich komme dorthin, sobald ich kann.« Nachdem er aufgelegt hatte, schüttelte sie lächelnd den Kopf. Dieser Mann war voller Überraschungen. Aber was würde Eve dazu sagen?

»Ich habe noch jemanden zur Verstärkung angeheuert«, erklärte sie, als sie Eve beim Lieferwagen traf.

»Großartig«, war ihr Kommentar. »Solange er seine Sache gut macht und nicht versucht, dich vor allen Leuten anzumachen, können wir seine Hilfe bestens gebrauchen.«

Dreißig Minuten später parkte William den Wagen vor einer stattlichen Villa in Highgate. Er trug jetzt ein Paar gestreifte Hosen, eine Smokingjacke und eine graue Krawatte, die er sich von seinem Onkel geliehen hatte. Hinter einem halbkreisförmigen Rasenstück in der Mitte der Auffahrt stand die schwere Eingangstür des Hauses weit offen, und alle Fenster waren hell erleuchtet. Von dieser Straßenseite aus gesehen wirkte es wie ein perfektes Puppenhaus mit antiken Möbeln und Kristallüstern in Miniaturausführung. Aber es waren wirkliche Menschen, die man in den großen Empfangsräumen erkennen konnte und die auf weißverhangenen Tischen Flaschen und Gläser arrangierten, Aschenbecher verteilten und Stühle rückten.

William blieb ein paar Minuten im Wagen sitzen und registrierte automatisch jedes Detail, den gepflegten Zustand der Kiesauffahrt, die sorgfältig geschnittene Hecke, den klassischen Stil des Anstrichs, die schweren Vorhänge, und mit dem Verstand eines Polizisten kombinierte er, daß dies ein Haushalt mit viel Geld war. Wenn es um einen Fall gegangen wäre, hätte er sich die Frage gestellt, um wessen Geld es sich dabei handelte. Aber er war nicht wegen eines Verbrechens hier, und er wußte selbst nicht so genau, was er hier eigentlich tat. Er wollte nur Darina wiedersehen, und wenn dies die einzige Möglichkeit war, dann war er sogar bereit, dafür den Butler zu spielen. Es war ja schon schwierig genug gewesen, sie zu dem Mittagessen am letzten Sonntag zu überreden. Er hatte sich genau vorstellen können, wie sie aussehen würde, wenn sie ihm die Tür öffnete, mit einem wachsamen Blick aus ihren grauen Augen, gestrafften Schultern und einem höflichen Lächeln auf den Lippen. Womit er allerdings nicht gerechnet hatte, war der herzliche Ausdruck echter Wiedersehensfreude auf ihrem Gesicht, als er sie begrüßte.

Der Tag war dann schöner verlaufen, als er es sich in seinen kühnsten Träumen ausgemalt hatte. Und er mußte doch zugeben, daß seine Träume seit diesem seltsamen Wochenende im Abbey-Konferenzzentrum schon sehr kühn geworden waren. Seine Begegnung mit ihr war ihm unter die Haut gegangen, wie es ihm nur sehr selten passiert war, und dabei war er, was Beziehungen zu Frauen anbelangte, alles andere als unerfahren. Aber er hatte noch nie eine Frau getroffen, die eine solche Wirkung auf ihn hatte wie Darina. Sie weckte in ihm den Wunsch, hinter ihre kühle Fassade zu gelangen, ihre Seele zu berühren und das Feuer zu entfachen, von dem er wußte, daß es in ihrem schönen Körper schwelte.

In diesem Augenblick fuhr ein Lieferwagen an seinem Wagen vorbei, bog in die Auffahrt ein und hielt vor der geöffneten Haustür. Darina und eine sehr kleine, zierliche Frau mit einem blonden Lockenkopf stiegen aus, öffneten die hinteren Türen des Wagens, nahmen jede eine mit Speisen beladene Platte heraus und verschwanden im Haus. Daraufhin stieg auch William aus, verschloß das Auto und ging die Einfahrt hinauf.

Um sieben Uhr näherte sich die Stimmung auf der Party ihrem Höhepunkt. William wickelte eine Damastserviette um den Hals einer Champagnerflasche und machte sich daran, die Gläser nachzufüllen, während die Barmixer Spirituosen und alkoholfreie Getränke ausschenkten. Letztere waren jedoch nicht allzu begehrt, so daß das Taxigewerbe auf ein einträgliches Geschäft hoffen konnte. Die Gäste waren offensichtlich reich, wenn auch eher neureich. Während William von Raum zu Raum ging, Champagner ausschenkte und fachmännisch die neue Flasche für die nächste Runde öffnete, nahm er die Gäste unauffällig in Augenschein.

Da gab es eine Gruppe aus der Halbwelt des Londoner East End, Männer mit harten Gesichtern in Savile-Row-Anzügen, mit diamantenen Krawattennadeln und schweren Siegelringen an den Fingern. Sie strahlten eine Aura von Selbstsicherheit und Kumpanei aus, die den Frauen an ihrer Seite, obwohl äußerst teuer gekleidet und frisiert, allerdings abging. Dann erkannte William ein paar Größen aus der Geschäftswelt, die sich mit gelangweilter Miene umsahen, deren rasiermesserscharfen Blicken aber nichts entging. Die Frauen an ihrer Seite trugen sündteure Designerkleider. Sie standen in einer Gruppe beisammen und tauschten die neuesten Gerüchte über eine Baisse am Aktienmarkt und eine kommende Geldentwertung aus. Einen weiteren Kreis von Gästen klassifizierte er als die Highgate-Intellektuellen, deren Kleidung nicht ganz so schick und deren Konversation nicht ganz so gescheit war, wie man es von denen in der City kannte, die aber einen schier unstillbaren Appetit für die kleinen Schnittchen zeigten, die von Eve und ihren Mitarbeiterinnen herumgereicht wurden. Und schließlich bemerkte William mehrere Männer und Frauen in teurer, aber dezenter Abendkleidung und mit exzellenten Manieren, bei denen es sich, wie er aus den Gesprächsfetzen schloß, um Hoteliers und Restaurantbesitzer handelte.

»Haben wir noch genügend Champagner?« fragte ihn die Gastgeberin, die an seine Seite getreten war.

»Bei so viel Großzügigkeit des Hauses steht nicht zu befürchten, daß die Vorräte vor Mitternacht zur Neige gehen.« William füllte ihr Champagnerglas mit einem Ausdruck höflicher Aufmerksamkeit, jeder Zoll der perfekte Butler.

Sie warf ihm einen halb amüsierten und halb distanzierten Blick zu und antwortete: »Achten Sie bitte darauf, daß kein Engpaß entsteht, und sagen Sie mir um Mitternacht Bescheid.«

William sah ihr nach, wie sie durch den Raum ging, ein paar freundliche Worte mit jemandem wechselte, einen Gast in eine Gruppe einführte, gelangweilte Frauen rettete und Neuankömmlinge begrüßte. Sie war etwa Anfang vierzig, ein bißchen mollig, mit leicht vorstehenden, blaßblauen Augen, einem wunderbaren Teint und ausdrucksstarken Gesichtszügen. Unter ihrem sanftschwingenden Kleid aus dunkelblauem Crèpe de Chine von unaufdringlicher Eleganz zeichnete sich ein sinnlicher Körper ab. In ihren Bewegungen lag diese selbstverständliche Sicherheit, die man nicht erlernen kann, sondern die man mit einer priviligierten Herkunft in die Wiege gelegt bekommt.

Diese Herkunft spiegelte sich auch in der Ausstattung ihres Hauses wider, bei der mit unfehlbarem Gespür für Stil eine Unsumme von Geld ausgegeben worden war, ohne daß es sich dabei um den Stil eines Innenarchitekten handelte. Da gab es weder ein gewollt kunstvoll arrangiertes Miteinander von Dekor und Möbeln noch wirkten die ungemein kostbaren Einrichtungsgegenstände auch nur im geringsten protzig. Dieses Haus war ein Heim, in dem man sich wohlfühlte.

Während er die nächste Flasche Champagner holte, merkte er, daß ihm seine Rolle als Butler Spaß machte. Das einzige, was ihm nicht gefiel, war, daß es beinahe unmöglich schien, von Darina auch nur einen Blick zu erhaschen. Er schaute sich suchend unter den schwarzgekleideten Serviererinnen mit weißen, spitzenbesetzten Schürzen um, die mit ihren Silbertabletts herumgingen und Canapés reichten, aber keine von ihnen war beinahe ein Meter achtzig groß und trug ihr langes, honigblondes Haar zu einem Zopf gebunden.

Er entsorgte die leeren Flaschen, nahm sich ein Tablett und machte erneut die Runde. Da sich die Räume ein wenig leerten, begann William mit dem Einsammeln der abgestellten Gläser und begab sich in die Küche.

Dort geriet er in eine Art organisiertes Chaos, mit Darina im Mittelpunkt, die, assistiert von einem erschöpft wirkenden jungen Mädchen, Speisen frittierte, aufwärmte und anrichtete, den hin und her eilenden Serviererinnen leere Tabletts abnahm und sie mit frisch beladenen versorgte. Dabei machte sie einen erstaunlich frischen und munteren Eindruck, ihr Gesicht war gerötet, aber konzentriert, ihre Augen leuchteten, und ihr schneeweißer Overall sah aus, als habe sie ihn gerade eben angezogen.

William verspürte den dringenden Wunsch, sie auf die kleine Stelle am Hals zu küssen, die entblößt wurde, als sie sich über ein Backblech mit Hühnerbrustspießchen beugte, das sie gerade aus dem Ofen genommen hatte. Aber er hielt sich zurück, wohl wissend, daß das weder der rechte Ort noch die rechte Zeit für solche Zärtlichkeiten war.

»Gut, Emily, das sind die letzten – bitte leg sie auf die Tabletts.«

Sie ging zu dem zweiten Ofen, entnahm ihm eine große Kasserolle, prüfte ihren brutzelnden Inhalt, bevor sie sie wieder in den Ofen schob, und sah nach den Folienkartoffeln.

William stellte vorsichtig sein Tablett auf einen Tisch und fing an, die Gläser abzuräumen.

»Sieht aus, als wollten die meisten über Nacht bleiben, und da wird der Champagner vielleicht doch etwas knapp.«

Darina wischte sich mit dem Handrücken über die erhitzte Stirn. »Sie meinen, die Leute gehen immer noch nicht? Wir hatten gehofft, daß wir bald das warme Essen servieren könnten.«

»Essen? Um Himmels willen, hoffentlich habt ihr genug für die Meute da draußen. Die Reihen haben sich zwar etwas gelichtet, aber nicht sehr.«

»Keine Panik«, rief Eve, die mit weiteren schmutzigen Gläsern in die Küche kam. »Ich weiß nicht, wie Monica das geschafft hat, aber es spricht sich gerade herum, daß die Cocktailparty vorbei ist.« Und dann sagte sie zu den beiden Serviererinnen, die in die Küche gekommen waren, um Nachschub zu holen: »Nein, bringen Sie keine Snacks mehr hinein, das würde die Gäste nur verwirren. Fangen Sie lieber damit an, die Gläser zu spülen. Allerdings könnten Sie noch ein Tablett mit Canapés in den Familiensalon bringen – Ralph empfängt dort seine speziellen Gäste. Und Sie«, dabei sah sie William tief in die Augen, »waren einfach großartig. Können Sie noch bis zum Schluß bleiben? Dann könnte ich nämlich die beiden Barmixer jetzt nach Hause schicken.«

»Aber Eve«, protestierte Darina, »William hat doch wirklich schon genug getan.«

Er sah sie entzückt an. Der Ärger ließ ihre Wangen noch röter werden und die grauen Augen funkeln. Aber er schlug ihr Angebot aus.

»Unsinn, ich bleibe gerne. So, und jetzt werde ich diese Gläser spülen.« Er hatte nämlich nicht die geringste Lust, sich wieder in die Empfangsräume schikken zu lassen, während Darina in der Küche bleiben mußte.

Eve lachte entzückt. »Er ist wirklich süß. Wo hast du bloß diesen phantastischen Mann gefunden, Darina?« Sie warf William einen koketten Blick zu, nahm ein leeres Tablett und verschwand.

William sah ihr nach und meinte zu Darina: »Und wo haben Sie *die* gefunden? Ich hätte nicht gedacht, daß so jemand Ihr Typ ist.«

»Wir haben zusammen unsere Kochausbildung gemacht. Eve ist eine großartige Geschäftsfrau, und es macht mir Spaß, bei ihr zu arbeiten.«

William dachte gerade, daß er selten eine so hübsche Nase gesehen hatte, wie die Darinas, als jemand rief: »Wo zum Teufel ist Claire?« Die Küche wurde plötzlich beherrscht von einem großen und stämmigen Mann, den er vorhin beobachtet hatte, wie er die Gruppe von Hoteliers und Restaurantbesitzern nach Gutsherrenart unterhalten hatte. Er kam offensichtlich ebenfalls aus dem East End, aber von seiner jovialen Art war nun nichts mehr zu merken. Sein schweres, kantiges Gesicht wirkte wie aus Stein gehauen, seine braunen Augen blickten mehr prüfend als freundlich, und sein Mund war eine gerade Linie, die keinerlei Gefühlsregung verriet. Sein schwarzschimmerndes Haar berührte fast den Kragen seines gutgeschnittenen, aber recht konventionellen Anzugs, und in seiner linken Hand hielt er eine große Zigarre.

Auf den ersten Blick schien er ein unpassender Partner für die elegante Monica zu sein, aber dann erkannte William, daß beide die gleiche Lebensgier ausstrahlten, die so aphrodisisch wirkte wie Moschusextrakt. Er fragte sich, was Ralph, der etwas von einem Abenteurer oder Spekulanten hatte, beruflich tat.

»Ich hab sie den ganzen Abend gesucht, und jetzt dachte ich mir, sie hat sich sicher in der Küche versteckt.« Er blieb in der Türfüllung stehen, paffte an seiner Zigarre und ließ seine Blicke durch die Küche schießen, als könne er Claire damit zwingen, hinter dem Kühlschrank hervorzukommen.

»Sie ist krank«, erklärte Darina, die gerade dabei war, den Salat in zwei große Schüsseln zu verteilen.

Der Gastgeber ließ die Zigarre sinken und fragte mit echter Besorgnis in der Stimme: »Was hat sie denn?«

»Wir wissen es nicht. Jedenfalls hatte sie eine Magen-

Darm-Grippe und konnte am Montag nicht arbeiten. Dann kam sie gestern morgen, mußte aber bald wieder nach Hause gehen. Anscheinend ist sie dann heute nachmittag in ihrer Wohnung zusammengebrochen und mußte ins Krankenhaus gebracht werden.«

»Ist das wahr, Eve?«

Eve war gerade mit einem Tablett voller Gläser in die Küche gekommen. William, der begonnen hatte, die ersten Gläser abzutrocknen, sah, wie ihre Augen einen Moment lang wütend aufblitzten, bevor sie ganz ruhig antwortete: »Leider ja, Ralph. Wenn du nichts dagegen hast, rufe ich nachher mal bei Joshua an. Jo wollte sich bei ihm melden, um ihm zu sagen, wie es steht.«

»Natürlich habe ich nichts dagegen, das weißt du doch. Und sag mir bitte Bescheid, wenn du etwas Neues erfahren hast.« Zwei steile Falten über der Nasenwurzel zogen seine buschigen Augenbrauen zusammen. Dann drehte er sich abrupt um und verließ die Küche.

»Ich hatte gehofft, daß keiner von beiden Claires Abwesenheit bemerken würde«, seufzte Eve.

Darina goß das Dressing für den Salat in eine gläserne Schale und sagte: »Ich wußte gar nicht, daß sie sich so gut kennen.«

»Ralph und Monica sind gute Freunde von uns. Wir beziehen unsere Früchte und Gemüse über seinen Großhandel in Covent Garden, und sie waren natürlich zu unserem Jubiläumsessen am letzten Sonntag eingeladen.« Mit diesen Worten stolzierte Eve aus der Küche wie eine Schauspielerin nach einem besonders dramatischen Auftritt.

William trocknete nachdenklich die Gläser ab. Einige Zeit später stand er wieder vor dem Spülbecken. Das

Essen war ein Erfolg gewesen. Er hatte zwei große Tische aufgestellt und sie mit zartgelben bodenlangen Tischtüchern verhüllt. Dann hatte Eve sie mit Geschirr, Besteck, Kristallgläsern und blauen Damastservietten gedeckt. Aus dem Lieferwagen des Wooden Spoon wurden gelb-blaue Blumenarrangements sowie vergoldete Stühle mit gelben und blauen Kissen geholt. Das Ganze wirkte am Ende bezaubernd frisch und stilvoll, obwohl er sich fragte, ob es nicht einfacher gewesen wäre, den großen, hufeisenförmigen antiken Eßtisch zusammenzubauen, dessen Einzelteile ihm in einem der hinteren Korridore aufgefallen waren, statt diese zusätzlichen Möbel für einen zweifellos exorbitanten Preis zu mieten. Aber das ging ihn schließlich nichts an.

Nachdem alles aufgebaut war, hatte er geholfen, die Speisen hereinzutragen, von denen ihm besonders die großen Glasplatten mit einem phantastischen Arrangement aus Früchten und Apfelstrudel gefielen. Danach waren die Serviererinnen verschwunden, und Eve hatte den Gästen am Buffet selbst aufgelegt, während er die Gläser mit einem ausgezeichneten Burgunder füllte. Die Gäste kannten sich eher flüchtig als gut, und William bewunderte die Mühelosigkeit, mit der Monica das Gespräch an ihrem Tisch lenkte, indem sie elegant das Thema wechselte, sobald sich auch nur das geringste Anzeichen von Spannung oder Langeweile bemerkbar machte. Am anderen Tisch dagegen verbreitete Ralph eine etwas lautere und lockerere Form von Geselligkeit, wobei er durchaus darauf achtete, daß niemand außer ihm für längere Zeit das Tischgespräch beherrschte.

Nachdem der Kaffee serviert und der Portwein ausgeschenkt waren, deutete Ralph an, daß William nun gehen könne. Diesem war aufgefallen, daß die Aufmerksamkeit des Gastgebers inzwischen merklich nachgelassen hatte. In diesem Augenblick starrte er geistesabwesend auf seinen Teller, während neben ihm ein gutgelaunter Mann, offenbar der Geschäftsführer eines der größten Londoner Hotels, in waschechtem Cockney schlüpfrige Anekdoten zum besten gab. William zog sich dankbar zurück.

In der Küche hatten Darina und Eve inzwischen etwas Ordnung in das Chaos gebracht. Die Essensreste waren in die Kühlschränke geräumt und die Platten und Kochutensilien in den Lieferwagen geladen worden. Alles, was jetzt noch zu tun blieb, war, die Stapel von schmutzigem Geschirr zu spülen, die auf den gefliesten Arbeitsflächen standen.

William zog sein Jackett aus, lockerte die Krawatte und rollte die Ärmel seines Seidenhemds auf. Dann trat er zum Spülbecken, schob Darina sanft zur Seite und tauchte seine Hände in das Abwaschwasser. Das Trio war zu müde, um mehr als das Notwendigste zu reden. Falls William gehofft hatte, daß sein Auftritt als Butler eine gute Möglichkeit sei, Darina besser kennenzulernen, konnte der Abend als Mißerfolg betrachtet werden, und doch spürte er, wie sich in der Zusammenarbeit die Freundschaft, die sich seit dem Mittagessen am Sonntag zwischen ihnen entwickelt hatte, vertiefte, denn sie gab sich in seiner Gesellschaft nun vollkommen entspannt und gelöst.

Monica kam in die Küche, so lebhaft wie am Beginn des Abends, und rief aus: »Ein Triumph, meine liebe Eve, jeder hat gesagt, wie phantastisch das Essen war.

Und der Rindsbraten in Burgunder war der beste, den ich je gegessen habe.« William sah, wie Darina stolz lächelte. »Alles in allem war es wirklich ein glänzender Erfolg, und Ralph ist auch ganz begeistert.«

»Oh danke, Monica. Können wir dann das Essen abräumen?« fragte Eve und glättete ihre Schürze über ihrem kniekurzen schwarzen Kleid.

»Gleich, Ralph verabschiedet gerade die letzten Gäste. Haben Sie eigentlich alle etwas gegessen?«

Mit einem leichten Schreck kam es William zu Bewußtsein, daß er nichts mehr gegessen hatte, seit dem Sandwich, das ihm seine Tante in die Hand gedrückt hatte, als er am Nachmittag aufgebrochen war. Dabei hatte sie gesagt: »Du ißt das jetzt, mein Junge, ich weiß, was ein Kellner an solch einem Abend durchstehen muß.« Anscheinend hatte sie keine Ahnung, was Polizisten nur allzu oft durchstehen müssen.

Darina sah William schuldbewußt an. »Sie müssen doch umkommen vor Hunger.«

»Mein Lieber«, warf Monica ein, »es ist noch genug von dem Buffet übrig, ich bitte Sie, bedienen Sie sich.«

Ralphs massige Gestalt trat in die Tür. »Wie geht es Claire?«

»Claire? Was ist mit ihr? Ich habe mich schon gewundert, warum sie nicht hier ist.« Monicas blaue Augen traten noch etwas stärker hervor.

»Sie ist im Krankenhaus. Eve, hast du Joshua angerufen und gefragt, ob es etwas Neues gibt?«

Eve legte das Küchenhandtuch beiseite und wischte sich mit dem Unterarm über das Gesicht. Sie sah plötzlich todmüde aus. »Ja, hab ich. Sie ist immer noch im Krankenhaus. Die Ärzte wissen nicht, was es ist, sie liegt im Koma. Joshua wollte zu ihr fahren, aber ich sagte ihm, er könne jetzt gar nichts für sie tun.«

Monica ließ sich auf einen Küchenstuhl fallen. Ralph zerdrückte den Rest seiner Zigarre auf einem schmutzigen Teller und lehnte sich gegen eine Anrichte aus poliertem Holz. Dann sagte er zu Eve: »Jetzt erzähl mir nochmal ganz genau, wann sie krank wurde und wie es ihr ging, bevor sie zusammengebrochen ist.«

Eve schilderte ihm Claires Symptome. Darina nahm die sauberen Gläser und verpackte sie vorsichtig in große Schachteln. William trocknete den letzten Teller ab und blieb am Spülbecken stehen. Er spürte, wie die Anwesenden eine böse Vorahnung erfaßte. In dem Raum entstand eine beinahe unerträgliche Spannung.

Ralph vergrub die Hände tief in den Hosentaschen und betrachtete nachdenklich seine auf Hochglanz polierten Schuhspitzen. Sein Gesicht war völlig undurchdringlich.

Niemand sagte etwas, als Eve mit ihrem Bericht geendet hatte.

»Was ist los, Ralph?« fragte sie dann, und ihre Stimme klang ungewöhnlich weich und flehend.

Monica sah zu ihrem Mann auf. »Ja, Liebling, was ist los? Wovor hast du Angst?«

William fand ihre Wortwahl bemerkenswert.

Ralph hob den Kopf. »Das alles klingt schrecklich nach einer *Amanita Phalloides*-Vergiftung.«

»*Amanita* – was?« fragte Eve mit weit aufgerissenen Augen.

»*Phalloides,* der Grüne Knollenblätterpilz.«

Monica schnappte nach Luft. »Aber du hast doch am Samstag gesagt ...« Sie ließ den Satz unvollendet.

Ralph sah seine Frau traurig an. »Ich weiß, und so wie Eve die Symptome beschrieben hat, glaube ich nicht, daß Claire große Chancen hat zu überleben – jetzt nicht mehr.«

Darina verbrachte den nächsten Vormittag damit, ein kompliziertes Menü für eine Vorstandssitzung vorzubereiten. Jo war noch immer bei Claire im Krankenhaus, und während Darina mit Emily die Platten und Kochutensilien der letzten Nacht einräumte und das Essen zubereitete, mußte sie immerzu an Claire denken.

Sie waren gestern sehr schweigsam gewesen, während sie den Lieferwagen beluden und zurück nach Marylebone fuhren, wo sie alles ausluden und in der Küche stapelten.

»Ich kann nicht mehr«, stieß Eve hervor, als sie die letzten Töpfe und Pfannen hereingebracht hatten. Aus ihrem Gesicht war jede Farbe und Lebendigkeit gewichen, es hatte viel von seiner eigenartigen Anziehungskraft verloren. Mit ihren Korkenzieherlocken wirkte sie jetzt beinahe wie eine Marionette, die kraftlos an den Fäden hing. »Ich weiß gar nicht, wie ich das Kenneth morgen beibringen soll, er hat Claire so gern.« Sie ließ sich auf einen Küchenstuhl fallen.

»Wer ist Kenneth?« fragte Darina.

»Er ist Photograph, du hast ihn am Samstag kennengelernt – er hat auch an der Pilzwanderung teilgenommen. Er arbeitet gerade an einer Videoserie für den Fernsehsender Channel 4, die mich und Claire bei der Zubereitung verschiedener vegetarischer Gerichte zeigt. Er kommt morgen, um noch einige Aufnahmen in der Vorführküche zu machen.« Eve brach abrupt ab, als habe ihr jemand den Strom abgedreht. Nicht einmal der Gedanke an eine mögliche Fernsehkarriere konnte sie mehr in Schwung bringen.

William ignorierte Eves halbherzigen Vorschlag, ein Taxi zu nehmen, und brachte die beiden Frauen nach Hause. Eve und Joshua bewohnten in Putney die Hälfte eines schönen viktorianischen Hauses mit Stuckverzierungen an der Fassade. Als der Wagen hielt, blieb sie zunächst regungslos sitzen. »Na gut, ich schätze, das war's«, meinte sie schließlich und schälte sich mühsam hinter dem Sitz, den William nach vorne geklappt hatte, hervor, um aus dem Wagen zu steigen. Dann drehte sie sich um und winkte Darina kurz zu, bevor sie, begleitet von William, über den Steinpfad durch den Vorgarten ging.

Als sie die Haustür erreicht hatten, griff Eve nach ihrer Handtasche, realisierte dann, daß sie nicht über der Schulter hing, sah sich hilflos um und drückte schließlich auf die Klingel. Darina schaute suchend nach hinten, sah Eves große Tasche auf dem Boden liegen, nahm sie und ging damit zum Haus. Wenige Sekunden später öffnete Joshua die Tür.

»Oh, Liebling«, brach es aus Eve hervor, und es klang wie das Wimmern eines Kindes, das von Ereignissen und

Gefühlen überwältigt wird, die es nicht begreift. Dann sank sie in seine Arme.

Joshua hielt sie fest und vergrub sein Gesicht in ihren Haaren. Darina bemerkte, wie sich seine wachsame, ironische Miene seit gestern abend verändert hatte. Jetzt wirkte sein Gesicht verwüstet, seine Augen lagen in tiefen Höhlen, und die Bartstoppeln ließen seine Haut wächsern und krank aussehen.

William schloß leise die Tür und entzog damit die beiden Gestalten, die sich in ihrem gemeinsamen Schmerz eng umschlungen hielten, ihren Blicken.

Während er Darina nach Chelsea fuhr, erzählte sie ihm das Wenige, das sie von Claire wußte. »Sie ist einer der wenigen Menschen, die man sofort mag und zu denen man sofort Vertrauen hat. Und eine der Frauen, die eine wunderbare Ehefrau und Mutter abgeben. Es ist unfaßbar, daß sie jetzt im Krankenhaus liegt und qualvoll sterben muß.«

»Ich dachte, Eve hätte gesagt, sie läge im Koma«, warf William nüchtern ein.

»Himmel nochmal, daß ihr Polizisten immer jedes Wort auf die Goldwaage legen müßt! Sie wissen doch genau, was ich meine.«

»Ja«, sagte er weich, »und ich finde es auch ganz furchtbar. Und das alles nur, weil jemand beim Sortieren der Pilze nachlässig war.«

Er hielt einen Moment lang inne und überlegte, ob er über die Putney Bridge fahren sollte. Dann sagte er: »Ich nehme doch an, es war Nachlässigkeit?«

»Was meinen Sie denn damit?« In Darinas Stimme lagen Bestürzung und eine Spur Angriffslust.

»Nichts weiter, nur, daß ich es komisch finde, daß

niemand außer Claire irgendwelche Symptome gezeigt hat. Ich hätte gedacht, wenn man alle Pilze zusammen kocht, wäre damit das ganze Gericht vergiftet. Wissen Sie, wie die Pilze zubereitet wurden?«

Darina überlegte. »Eve sagte am Samstag, sie wolle die Pilze für das Festessen sautieren, dann mit einer leichten Walnuß-Vinaigrette anmachen und mit einer Beilage aus warmer Hühnerleber in Madeira und einem kleinen gemischten Salat kalt servieren.«

»Hat sie Ihnen vielleicht auch noch das Rezept gegeben?« fragte William sarkastisch.

Darina seufzte. »Jeder, der am Samstag eingeladen war, interessiert sich für das Kochen und Essen, und wir wollten alle ganz genau wissen, was sie mit den Pilzen vorhatte. Also haben wir sie gefragt, und sie hat es uns erzählt. Daß sie dabei ins Detail ging, fanden wir keineswegs seltsam.«

William warf ihr einen liebevollen Blick zu. »Stimmt, ich sehe ein, daß es für passionierte Esser ganz normal ist. Aber falls Claire nun stirbt, und davon dürfen wir nicht ausgehen, nur weil Ralph Cox es gesagt hat, dann wird es eine gerichtliche Untersuchung geben.«

»Wieso eine Untersuchung?«

»Weil es kein natürlicher Tod wäre«, erklärte er geduldig. »Wahrscheinlich nur eine Routinesache, aber es müßte gemacht werden.«

»Claire ist noch nicht einmal tot, und Sie denken schon an die Untersuchung«, erwiderte Darina ärgerlich. »Dabei ist noch nicht einmal sicher, daß es sich wirklich um eine Pilzvergiftung handelt – von diesem *Amanita*, oder wie das entsetzliche Ding heißt.«

»*Phalloides.* Haben Sie nicht Ralphs Gesicht gesehen, als

Eve die Symptome beschrieben hat? Er sah aus, als würde sich vor seinen Augen Dantes Inferno auftun. Ich hoffe für ihn und alle anderen, daß es keine Pilzvergiftung war, aber ich würde keine Wette darauf abschließen.«

»Denken Sie denn etwa, daß Claire absichtlich vergiftet wurde?«

»Moment mal, alles, was ich gesagt habe, war, daß ich mich darüber wundere, daß niemand außer ihr nach dem Essen krank geworden ist.«

»Das wissen wir nicht.«

»Wie viele Gäste waren eigentlich eingeladen?«

»Ungefähr vierzig, glaube ich. Monica und Ralph waren ebenfalls da, und sie sahen heute abend ziemlich gesund aus. Dann war natürlich noch Joshua dabei und der Photograph. Er hat seinen morgigen Termin nicht abgesagt, also ist er offensichtlich auch nicht krank. Von den übrigen weiß ich es nicht, aber sie hätten doch sicher angerufen, wenn sie an einer Lebensmittelvergiftung erkrankt wären.«

»Hat Claire nicht geglaubt, sie hätte eine Magen-Darm-Grippe?«

»Sie meinen, dann würde jemand anders das auch denken?«

»Es wäre möglich. Obwohl ich, wenn ich mich nach dem Genuß wildwachsender Pilze schlecht fühlen würde, doch sofort an eine Vergiftung denken würde. Ich wundere mich nur, daß Claire offensichtlich nicht so reagiert hat. Anscheinend hat sie Ralphs Sachkenntnis bedingungslos vertraut.«

»Ja, das würde zu ihr passen. Ich nehme an, die Polizei müßte alle Gäste überprüfen. Um Gottes willen, glauben Sie, daß noch mehr Leute im Sterben liegen?«

»Wer weiß? Das kommt wohl darauf an, wie viele giftige Pilze ins Essen geraten sind. Wenn es nur einer war, dann breitet sich das Gift vielleicht nicht so aus und wäre in anderen Portionen nicht tödlich. Aber falls sich herausstellt, daß Claire als einzige erkrankt ist, dann muß dieser Fall untersucht werden.«

Da sprach der Polizist in ihm. Darina blieb für den Rest der Fahrt schweigsam. »Es tut mir so leid«, sagte sie schließlich, als er den Wagen vor ihrem Haus anhielt. »Sie waren so fabelhaft, und dabei muß es für Sie ein schrecklicher Abend gewesen sein.«

»Er war nicht ganz so, wie ich ihn mir vorgestellt hatte, aber alles andere als schrecklich. Und sehen Sie mal, was Eve mir zum Dank geschenkt hat.« Er griff unter seinen Sitz und zog eine Flasche Champagner hervor. »Sogar zwei Flaschen.«

»Gütiger Himmel!«

Das Licht der Straßenlaterne fing sich in seinen silbrig-grauen Augen. »Wahrscheinlich wußte sie nicht, welchen Lohn sie mir für meine Arbeit geben sollte, und das war eine praktische Lösung. Außerdem ist es ein hervorragender Champagner – das ist mir mehr wert als Geld. Ich hoffe nur, daß Ralph den Bestand nicht allzu genau nachhält. Es ist zwar jetzt kaum der richtige Moment, um miteinander eine Flasche Champagner zu trinken, aber ich würde Sie sehr gerne wiedersehen, bevor ich am Sonntag nach Somerset zurückfahre.«

Darina antwortete: »Das würde ich auch gerne, aber ich habe keine Ahnung, ob ich mich in dieser Woche noch einen Abend freimachen kann. Es sieht so aus, als müßte ich Eve länger aushelfen, als ich dachte. Kann ich Sie anrufen?«

»Natürlich. Und jetzt lasse ich Sie gehen, Sie müssen völlig übermüdet sein.«

William nahm ihren Schlüssel, schloß die Haustür auf, drehte das Licht an, gab ihr einen Kuß auf die Wange und ging. Als Darina wenig später im Bett lag und die Augen schloß, kreisten tausend Gedanken durch ihren Kopf. Gedanken um Claire, um giftige Pilze und um William. Tausend Fragen und keine einzige Antwort.

Darina mußte das Mittagessen, das sie für die Direktoren vorbereitet hatte, in die Vorstandsetage der Firma bringen, wo sie es in der bestens ausgestatteten Küche arrangierte und anschließend servierte. Als sie zum Wooden Spoon zurückkam, war es drei Uhr. Die Catering-Küche war leer und aufgeräumt.

Darina ging ins Büro. Sie sah, daß Jackie geweint hatte, ihre Augen waren rot und geschwollen. Sie war über eine Seite in der Schreibmaschine gebeugt und pinselte Tipp-Ex auf das Papier. Darina setzte sich schnell auf einen Stuhl und begann: »Hast du etwas Neues gehört von ...«, aber sie konnte nicht weitersprechen.

Jackie gab ein würgendes Geräusch von sich, das wie eine Mischung aus Schluchzen und Schluckauf klang, und sagte dann: »Sie ist tot. Jo hat vor einer Weile angerufen.«

»Oh mein Gott. Wo ist Eve?«

»Bei Ken in der Vorführküche.« Jackie schluchzte auf, und eine große Träne fiel auf die Tasten ihrer Schreibmaschine.

In der Küche sah es aus wie bei einem Erntedankfest. Auf den Arbeitsflächen lagen rotglänzende Tomaten, Maiskolben, an deren goldgelben Körnern, die von ihrer grünen Umhüllung befreit worden waren, silbrige

Fädchen schimmerten, schlanke Zucchini, zarte Blumenkohlröschen, leuchtend grüne, gelbe und rote Paprikaschoten, tiefviolette Auberginen, orange und gelbe Kürbisse mit knotigen Verwachsungen und Zwiebeln, deren Häute hell- und dunkelbraun gestreift waren. Auf der Demonstrationsfläche lag halbfertig geschnittenes Gemüse, und in dem großen, hängenden Spiegel sah man mehrere Pfannen, die auf dem Herd standen und Ratatouille in verschiedenen Stadien der Zubereitung enthielten. Vor der Demonstrationsfläche stand eine Videokamera auf einem Stativ.

Einen Moment lang glaubte Darina, sie sei allein, bis sie auf einem Stuhl in der Ecke des Raumes einen Mann ausmachen konnte, der vornübergebeugt, den Kopf auf den verschränkten Armen, an einer der Arbeitsplatten saß. Neben ihm, den Arm um seine Schultern gelegt, saß Eve. Sie sah zwar sehr abgespannt aus, doch ihr Gesicht zeigte keine Regung. Sie hob den Kopf und blickte zu Darina. »Hast du's schon gehört?«

Darina nickte. »Es tut mir so leid. Kann ich irgend etwas tun?«

Eve antwortete: »Ich weiß gar nicht mehr, was zu tun ist. Ich kann keinen klaren Gedanken fassen.«

Der Mann hob sein vom Weinen geschwollenes Gesicht und drehte sich um. »Ich kann es nicht glauben. Ich wußte nicht einmal, daß sie überhaupt krank war. Warum hat mir niemand etwas gesagt?« Er zog ein Taschentuch aus der Hosentasche und wischte sich die Tränen aus den Augen.

»Aber Ken, wir dachten doch alle, es sei nur eine Grippe.« Eve saß mit gesenktem Kopf auf ihrem Stuhl und flocht ihre Finger ineinander.

»Während des Festessens war sie noch so fröhlich. Wir haben viel gelacht. Wenn ich daran denke, daß ich sie da zum letzten Mal gesehen habe. Sie hätte doch neben mir sitzen sollen. Warum hast du die Sitzordnung eigentlich geändert?« fragte er wehklagend.

Eve legte eine Hand auf sein Knie. »Es tut mir leid, Ken, aber es war Claire, die vorgeschlagen hatte, die Plätze zu tauschen. Ich glaube, …« Sie zögerte, strich mit einem Finger über sein Knie und ließ die Hand auf seinem Oberschenkel liegen. »Sie dachte, wir hätten uns gestritten, und das sei eine gute Gelegenheit, um uns wieder zu versöhnen. Dabei habe ich gesagt«, sie schaute zu Darina, »daß es kein Streit war, sondern nur eine Meinungsverschiedenheit. Aber sie meinte trotzdem, es sei eine gute Idee, wenn wir nebeneinander sitzen. Und wir haben uns doch wirklich bestens unterhalten, oder?«

Aber Kenneth schien sie gar nicht zu hören. Er knetete das Taschentuch mit seinen kurzen Fingern, während sich sein Gesicht schmerzhaft verzerrte bei dem Versuch, die Tränen zurückzuhalten. Sein schütter werdendes hellbraunes Haar war zu einem Zopf gebunden. Er trug eine Lederjacke, darunter ein T-Shirt und Jeans. Seine Kleidung wirkte zwar lässig, aber teuer, wie auch die Designer-Turnschuhe. Darina erinnerte sich, daß sie ihn tatsächlich auf dem Picknick am Samstag gesehen hatte. Er war einer der ruhigeren Teilnehmer gewesen, hatte sich meistens ein wenig abseits von den anderen gehalten und gelegentlich ein paar Photos gemacht. Nachdem Claire geholfen hatte, das Essen zu servieren, hatte sie sich neben ihn gesetzt, und die beiden hatten sich mit der lockeren Selbstverständlichkeit guter Freunde unterhalten.

Eve rutschte unruhig auf ihrem Stuhl hin und her. »Ich muß hier raus. Kommt, ich glaube, wir können alle einen Drink gebrauchen.« Als sie sich erhob, betrat eine hochgewachsene junge Frau mit dunklen, kurzen Locken die Küche.

»Jo, Liebling!« Eve rannte ihr entgegen.

Nach dem Telefonat vom Vortag erwartete Darina eine ablehnende Reaktion von Jo, aber statt dessen ließ sie sich von Eve, die ihre Hände ergriffen hatte, zu einem Stuhl führen.

»Wie schrecklich das alles für dich gewesen sein muß. Hast du überhaupt geschlafen oder etwas gegessen? Kann ich dir irgend etwas bringen?«

Jo schüttelte nur den Kopf. Unter ihren Augen, deren Lider rot und geschwollen waren, lagen tiefe Ringe. Sie hob das Gesicht und sah Eve an. »Warum, um alles in der Welt, ist denn keiner von euch auf die Idee gekommen, daß es eine Pilzvergiftung sein könnte? Die Ärzte meinten, wenn sie behandelt worden wäre, sobald die Symptome auftraten, hätte man sie wahrscheinlich retten können.«

Eve schlug die Augen nieder. »Sie war einfach überzeugt davon, daß sie eine Magen-Darm-Grippe hatte, und ich weiß selbst, wie beschissen es einem dabei geht.«

»Und dir ist nie in den Sinn gekommen, daß Ralph auch mal einen Fehler machen könnte?« In Jos Stimme schwang Verachtung für so viel Vertrauensseligkeit.

»Du weißt doch selbst, wie oft er diese Pilzwanderungen gemacht hat. Er ist ein absoluter Experte auf diesem Gebiet, und ich kann mir einfach nicht vorstellen, daß ihm so etwas passiert wäre. Und für ihn ist es unvorstellbar, daß jemand einen Pilz einsammeln könnte, den er nicht einmal näher angesehen hat. Du hättest mal seinen Vortrag darüber hören sollen.«

Jo lehnte sich gegen die Stuhllehne und schloß die Augen. »Ich habe ihn vom Krankenhaus aus angerufen. Er sollte der erste sein, der erfährt, daß er sie umgebracht hat.«

Eve keuchte: »Jo, das hast du nicht getan!«

»Oh doch, das hat sie.« Ralph hatte unbemerkt die Küche betreten und stand jetzt ganz ruhig neben einer Gemüsekiste. Monica war hinter ihm stehengeblieben. Ihr abgespanntes Gesicht war ungeschminkt.

»Wir mußten einfach herkommen. Ich kann euch gar nicht sagen, wie sehr uns das Ganze mitnimmt«, sagte sie.

»Es stimmt also, sie ist an einer *Amanita Phalloides*-Vergiftung gestorben?« fragte Ralph.

Jo wandte ihm ihr blasses Gesicht zu und sagte mit einer Stimme, die nicht mehr feindselig, sondern nur noch müde war: »Als ich dem Arzt sagte, sie habe wildwachsende Pilze gegessen, meinte er, die Symptome seien klassisch. Sie machen jetzt noch alle möglichen Tests, aber sie sind ziemlich sicher, daß es eine Pilzvergiftung war.«

Monica umklammerte den Arm ihres Mannes. All ihre souveräne Gelassenheit war verschwunden. Auch in Ralphs Gesicht zeigten sich die Spuren der letzten Stunden. Als er sprach, war seine Stimme rauh und sein Cockney-Akzent stärker als sonst. »Keiner von den Pilzen, die ich überprüft habe, war giftig, und nachdem ich den einen zerstört hatte, habe ich auch keinen weiteren Grünen Knollenblätterpilz mehr gesehen. Dabei ist er unschwer zu erkennen. Ihr erinnert euch doch sicher, wie ich allen die beutelförmige Verwachsung am unteren Ende des Stiels, die weißlichen Lamellen und den grün-gelben Hut gezeigt habe? Himmel nochmal, ich hab mich fast mein ganzes Leben lang mit Pilzen beschäftigt, und es ist schlichtweg unmöglich, daß mir so ein Fehler unterläuft.«

Jo öffnete den Mund und schloß ihn gleich wieder, als sei es ihr zu anstrengend, etwas darauf zu erwidern.

In diesem Augenblick öffnete sich hinter Ralph und Monica die Tür, und Joshua betrat zusammen mit einer auffallenden Frau mit schulterlangem Haar die Küche.

»Elizabeth und ich waren bei einer Besprechung im Landwirtschaftsministerium. Jackie hat uns benachrichtigt.« Auch er wirkte müde und abgespannt. Von allen Anwesenden war Elizabeth die einzige, die in der letzten Nacht offensichtlich gut geschlafen hatte. Ihr Gesicht war ernst, aber ihre Augen blickten hell und wachsam.

Joshua ging zu Jo und legte eine Hand auf ihre Schulter. Darina bemerkte, wie ein leiser Schauder die sitzende Gestalt überlief. »Du mußt völlig fertig sein. Können wir irgendwas für dich tun? Was geschieht jetzt mit …«, Joshua schluckte schwer. »Ich meine, haben sie im Krankenhaus, das heißt …«

»Ich habe letzte Nacht ihre Eltern angerufen. Sie sind jetzt im Krankenhaus, aber ihr Leichnam wird erst nach einer Obduktion und einer gerichtlichen Untersuchung zur Beerdigung freigegeben.«

»Untersuchung?« Die Frage kam von Monica, aber alle hatten Jo verblüfft angesehen.

»William hat gesagt, daß es eine Untersuchung geben würde, wenn sie stirbt«, sagte Darina, ohne nachzudenken.

»William?« fragte Eve schneidend, »was hat der denn damit zu tun?«

»Er ist bei der Kriminalpolizei.«

»William? So hieß doch dieser Butler, den Sie gestern mitgebracht haben, oder?« sagte Monica langsam. Als niemand antwortete, fuhr sie fort. »Darf ich fragen, was Sie sich dabei gedacht haben, die Polizei in mein Haus zu bringen?« Ihre Stimme war eisig, ihre Haltung hatte sich merklich gestrafft.

Eve sah verwirrt und erschrocken drein.

»Ich wollte eigentlich mit ihm ausgehen, aber dann mußte ich arbeiten, und er hat angeboten, mir zu helfen.« Als Monica ihr einen wütenden Blick zuwarf, fügte Darina hinzu: »Auch Polizisten haben zuweilen so etwas wie ein Privatleben.«

Monica öffnete den Mund, um etwas zu erwidern, aber Ralph packte sie und grub seine starken Finger in ihren Oberarm. »Vorsicht, meine Süße, du tust ja fast so, als hätten wir etwas zu verbergen.«

»Woher, um Himmels willen, kennst du einen Inspektor?« fragte Eve mit weitaufgerissenen Augen. »Ach ja, ich erinnere mich, hast du ihn nicht kennengelernt, als dein Cousin ermordet wurde und man dich verdächtigt hat?« Bei diesen Worten wurden ihre leuchtend schönen Augen sogar noch größer. »Hat er die Untersuchung geleitet?«

»Das klingt ja unglaublich romantisch«, meinte Elizabeth sarkastisch und registrierte mit scharfen Augen den unwillkürlichen Schauder, der Darina bei der Erinnerung überlief.

Joshua schaute die anderen der Reihe nach an und sagte dann: »Ich weiß nicht, wie's euch geht, aber ich könnte jetzt etwas zu trinken gebrauchen. Warum setzen wir uns nicht? Eve, was hast du denn anzubieten?«

Eve ging zu einem Schrank in der Ecke und öffnete eine der Türen, hinter der eine ganze Batterie von Flaschen sichtbar wurde. Darina setzte den Wasserkessel auf. »Für den Fall, daß jemand lieber eine Tasse Tee möchte«, meinte sie, aber sie blieb die einzige.

Stimmung kam nicht gerade auf, als die Gesellschaft auf den Küchenstühlen vor der Demonstrationsfläche beieinander saß. Die Videokamera hatten sie achtlos beiseite geschoben. Eve, Elizabeth und Joshua tranken Whisky, Monica Gin, Ken Campari mit Soda, während Jo und Ralph Kognak nahmen. Darina fühlte sich zwar etwas unbehaglich mit ihrer Tasse Tee, dennoch spürte auch sie, daß sich durch Joshuas Vorschlag die Anspannung im Raum etwas gelöst hatte.

»Was die Leute anscheinend nicht begreifen«, nahm Ralph das Gespräch auf, »ist, wie gefährlich die Natur sein kann. Wir machen immer so ein Theater um den Einsatz von Chemie und Pestiziden in der Landwirtschaft und reden ständig davon, wie gesund biologisch angebaute Lebensmittel sind. Die Etiketten auf den Produkten sprechen neuerdings nur noch von natürlichen Bestandteilen, natürlichen Zusätzen und natürlichen Farbstoffen. Steinkohlenteer ist auch ein natürlicher Zusatz, ebenso wie Kokain oder Arsen.«

»Aber Ralph, da diskreditierst du ein durchaus legitimes Anliegen. Wenn wir sagen, wir wollen nur natürliche Bestandteile, dann meinen wir Produkte ohne künstliche Zusätze oder chemische Konservierungsmittel.«

»*Amanita phalloides* wächst auch ohne diese künstlichen Zusätze, die du so verabscheust, und trotzdem ist der Verzehr absolut tödlich.« Er machte eine kurze Kunstpause und fuhr dann fort. »Nein, was wir brauchen ist ein besseres Grundwissen über das, was in der Natur wächst und gedeiht. Nimm zum Beispiel dein Landhaus, Eve, wo du hinfährst, um dich nach dem Motto 'Zurück zur Natur' von den Strapazen des Stadtlebens zu erholen. Du redest doch immer davon, die Gaben der Natur aus deinem Garten zu pflücken. Hast du denn überhaupt eine Ahnung, was in deinem Garten so alles wächst? Da pflückst du ein paar Nesseln für einen Salat, zerkochst ein paar Hagebutten und Beeren zu Marmelade und bildest dir schon ein, das sei das gesunde Landleben. Dabei könntest du innerhalb von wenigen Tagen tot sein, wenn du nicht aufpaßt. Hast du schon mal den Schierling bemerkt, der neben deiner Haustür wächst? Versuch doch mal, daraus einen Kräutertee zu kochen. Oder wie wäre es mit einem leckeren Salat aus Adlerfarnschößlingen? Ich würde es allerdings nicht empfehlen. Oder wie sieht es aus mit ...«

»Hör auf!« Eve hielt sich die Ohren zu. »Ich will nichts mehr davon hören.«

»Ich glaube, das reicht, Ralph«, sagte Monica. »Wir wissen alle, daß du ein Pflanzenkenner bist, aber das ist wohl kaum der richtige Moment für einen botanischen Vortrag.«

»Oh doch, das ist es«, widersprach Ralph scharf. »Ja, ich bin ein Experte auf diesem Gebiet. Ich kenne mich wirklich aus in der Natur und weiß, was in ihr wächst, und es ist *vollkommen ausgeschlossen,* daß ich am Samstag einen Grünen Knollenblätterpilz unter den anderen übersehen haben könnte.«

Die Gruppe schwieg. Schließlich sagte Elizabeth langsam: »Dann wollen Sie damit sagen, daß ...«

»Ich will damit sagen, daß jemand auf eigene Faust noch einmal auf Pilzsuche gegangen sein muß und dabei sträflich leichtsinnig war. Verdammt nochmal, ich hab doch vorher deutlich genug darauf hingewiesen, wie gefährlich so etwas ist.«

»Du glaubst also, es war nichts weiter als Leichtsinn?« Joshuas Stimme war so rauh, daß er kaum zu verstehen war. »Claire hat ihr Leben verloren, weil irgend jemand *leichtsinnig* war?«

»Was hätte es denn sonst sein sollen?« fragte Eve.

»Es ist unvorstellbar, daß sie jemand *ermordet* hat!« schrie Kenneth plötzlich und hatte damit endlich einen Gedanken in Worte gefaßt, der schon die ganze Zeit im Raum gestanden hatte. Oder, so fragte sich Darina jetzt, war sie die einzige gewesen, der, während sie die Gesprächsteilnehmer mit der Wachsamkeit eines Schiedsrichters auf dem Centre Court von Wimbledon beobachtet hatte, langsam klar geworden war, daß man diese Möglichkeit in Betracht ziehen mußte?

»Claire ermordet?« Jo drehte sich zu Kenneth um,

und die Erschöpfung in ihrem Gesicht hatte grenzenlosem Erstaunen Platz gemacht. »Ich kann mir einfach nicht vorstellen, daß jemand ausgerechnet Claire ermorden wollte.« Bis zu diesem Moment hatte sie kaum an der Diskussion teilgenommen und nur zusammengesunken in ihrem Stuhl gesessen, nachdem sie das Glas Kognak getrunken hatte. Aber Kenneth's Bemerkung hatte sie aus ihrer Lethargie gerissen.

»Hat jemand von euch Pilze gesammelt, die nicht von Ralph geprüft wurden?« fragte sie jetzt, indem sie jeden scharf fixierte. Die anderen sahen einander betreten an, dann schüttelten sie die Köpfe, aber niemand sagte etwas. Dann fragte Eve: »Darina, du hast doch die Pilze für Sonntag mit hierher genommen?«

Darina spürte, wie sich alle Augen auf sie richteten, und sie begann sich zu fragen, ob sie nicht vielleicht tatsächlich den einen speziellen Pilz gepflückt und zu den anderen in den großen Korb gegeben hatte. Aber dann riß sie sich zusammen und antwortete fest: »Nur die, die Ralph kontrolliert und für das Essen aussortiert hatte. Du wolltest sie an diesem Abend noch kochen. Ich habe doch keine blasse Ahnung, welche eßbar sind und welche nicht und deshalb gar nicht erst beim Sammeln geholfen.« Sollte einer der Anwesenden die Hoffnung gehegt haben, daß man ihr die Schuld zuschieben könne, hatte sie sie mit diesen Worten zerstört.

»Gibt es eigentlich eine Art Standardwerk, mit dem man Pilze bestimmen kann und das einem beibringt, welche eßbar und welche giftig sind?« wurde Ralph von einer nachdenklich aussehenden Elizabeth gefragt.

»Es gibt sogar eine Reihe solcher Bücher, und die besten sind von Roger Phillips. Mit ganz ausgezeichneten

Photo-Illustrationen. Da drüben steht übrigens eines«, er wies mit dem Kopf auf ein Regal, auf dem etliche Bücher standen. »Allerdings würde ich davon abraten, nur ein Buch als Anleitung zu benutzen, und statt dessen jedem empfehlen, sich einen Fachmann zu nehmen, mit ihm auf Pilzwanderung zu gehen und von ihm zu lernen.«

Elizabeth stand auf, ging zum Regal, besah sich die Titel und nahm ein kleines, gebundenes Buch heraus. »Eve, kann ich mir das mal leihen? Danke – und jetzt sollte ich besser gehen, ich muß noch meinen Artikel für morgen schreiben. Joshua, fährst du mit zur Redaktion?«

Joshua erhob sich ebenfalls. »Ich muß wohl, mein Artikel über die MAFF-Konferenz ist nämlich noch nicht fertig. Arbeitest du heute abend, Liebling?«

Eve nickte. »Ich muß Monicas Wohltätigkeitsveranstaltung am Dienstag organisieren, das heißt die Rezepte heraussuchen, damit Jackie sie morgen abtippen kann.«

»Was ist mit dem Goldmann-Dinner?« fragte Jo mit einem scharfen Unterton. »Ich habe dich doch gebeten, einen Menüvorschlag zu machen, bevor ich verreist bin. Sollte das nicht heute abend stattfinden?«

Eve lachte gezwungen: »Ach, die hatten doch einen Knall! Die wollten ein Bankett für den Preis von Cocktailhäppchen. Ich habe ihnen gesagt, sie sollen woanders hingehen. Aber ich habe den Auftrag für die morgige Wethered-Pressekonferenz an Land gezogen. Kannst du mir helfen? Sonst muß ich noch eine Aushilfskraft organisieren.«

»Ja, ich werde da sein.« Jo ging nicht weiter auf den

verlorenen Auftrag ein und stand auf. »Aber wenn ich nicht bald ins Bett komme, falle ich um. Bis morgen dann.« Ihre kurzangebundene Art war für die anderen anscheinend nichts Ungewöhnliches, aber Darina hatte bemerkt, daß die Hand, mit der Jo ihr leeres Glas auf den Tisch stellte, gezittert hatte, und in ihren Augen lag eine Ausdruckslosigkeit, die mehr war als schiere Erschöpfung.

»Ist alles in Ordnung mit dir?« fragte sie besorgt. »Soll ich dir ein Taxi rufen?«

»Nein!« stieß Jo hervor und unterdrückte ein Schluchzen. »Vielen Dank, aber ich komme schon klar.« Damit ging sie steifbeinig aus dem Raum.

Auch Monica sah jetzt besorgt aus. »Eve, meinst du wirklich, wir sollten sie allein in die Wohnung zurückgehen lassen? Du weißt doch, wie sehr sie an Claire hing.«

»Jo schafft das schon, sie ist zäh.« Eve ging zu der Arbeitsplatte mit der Ansammlung halbzubereiteter Gemüse. »Ken, mein Bester, willst du damit heute noch weiterarbeiten?«

Der Photograph saß mit gesenktem Kopf auf seinem Stuhl, jetzt sah er traurig zu Eve auf. »Ich kann heute nicht mehr arbeiten, nicht nach alldem …« Seine Stimme versagte, dann riß er sich mit sichtbarer Anstrengung zusammen. »Was hast du morgen vor? Morgen schaffe ich es vielleicht.«

Eve überlegte eine Weile und sagte: »Das müßte gehen. Wir haben morgen keinen Kurs und brauchen deshalb die Vorführküche nicht. Und außerdem kann Brenda wahrscheinlich kommen, um bei den Vorbereitungen für die Pressekonferenz zu helfen. Ich rufe sie gleich an. Monica, Liebste, danke, daß du vorbeigekommen bist, das war sehr lieb von dir. Und ich freue mich, daß du mit unserem Essen gestern abend so zufrieden warst.«

Darina erzählte William später, Eve sei ihr erschienen wie die Dame des Hauses, die nach einem langen Abend ihre Gäste höflich, aber bestimmt zum Gehen antreibt. Innerhalb von fünf Minuten waren alle fort, außer Eve und Darina, die die Anweisung erhielt, das halbzubereitete Essen in Behälter zu füllen und in die Kühlschränke zu räumen.

Als Darina das erledigt hatte, rief sie William an, um ihm zu sagen, daß sie an diesem Abend frei sein würde. Sie schlug ihm vor, zu ihr zu kommen, und sie würde etwas kochen, aber er wollte nichts davon hören, und so gingen sie in ein kleines Restaurant, das in der Nähe von Darinas Haus lag. Das Essen war gut und leicht, das Ambiente freundlich und hell, und die vorwiegend jüngeren Gäste angenehm und offen. Anschließend gingen sie zu Darina zum Kaffee.

»Nicht, daß mir das Essen nicht gefallen hätte, aber bei diesem Lärm konnte man ja kaum sein eigenes Wort verstehen.«

Während des Essens hatten sie sorgsam vermieden, von Claires Tod zu reden, und statt dessen nur von sich und ihrem Leben gesprochen und waren sich dabei immer vertrauter geworden. Aber als sie jetzt ihren Kaffee und dazu etwas von dem ausgezeichneten Kognak tranken, den Darina zusammen mit dem Haus und seiner Einrichtung von ihrem Cousin geerbt hatte, berichtete sie ihm von der kleinen Zusammenkunft in der Vorführküche.

»Dann ist also die Möglichkeit, daß es ein Mord war, doch zur Sprache gekommen?« fragte er interessiert, nachdem sie geendet hatte.

»Eigentlich nur als *Un*möglichkeit«, erwiderte sie. »Jeder hielt es für vollkommen abwegig, daß jemand Claire umbringen wollte. Allerdings war da noch etwas, das Kenneth vorher erwähnt hatte, und zwar sagte er, daß Claire ursprünglich neben ihm sitzen sollte, dann aber Eve dort saß. Anscheinend hatte Claire vorgeschlagen, die Plätze zu tauschen, damit Eve die Gelegenheit bekäme, ein Mißverständnis oder einen Streit zwischen Kenneth und ihr zu klären. Und Claire selbst hat mir erzählt, daß sie neben Clive Thompson saß. Der ist ein angesehener Geschäftsmann und einer von Eves besten Kunden, weshalb sie wohl auch ursprünglich vorhatte, selbst neben ihm zu sitzen.«

»Aha«, warf William ein, »Sie glauben also, daß vielleicht nicht Claire umgebracht werden sollte, sondern Eve.«

»Finden Sie nicht, daß sie viel eher als Mordopfer in Frage käme?«

»Und ich dachte, sie sei Ihre Freundin«, neckte William sie, aber als er merkte, daß Darina sich von dieser Bemerkung nicht provozieren ließ, fuhr er fort: »Sie halten es für unwahrscheinlich, daß jemand Claire nach dem Leben getrachtet hat, aber es gibt eine Menge Gründe, warum es doch jemand getan haben könnte: Geld, Leidenschaft, Eifersucht. Man kann also der netteste Mensch auf der Welt sein und doch jemanden dazu bringen, Mordabsichten zu hegen.« Nach diesen Worten nippte William gedankenverloren an seinem Kognak. Er hatte seine langen Beine ausgestreckt und fühlte sich in dem tiefen Polstersessel augenscheinlich sehr behaglich. »Motiv, Mittel und Gelegenheit sind die Schlüsselbegriffe für den Beginn jeder Morduntersuchung. Also gut, nehmen wir einmal an, daß Claires Tod kein Unfall war. Wir wissen noch nichts über das Motiv, aber das Mordwerkzeug wurde auf der Pilzwanderung am Samstag beschafft, und die Gelegenheit war das Jubliläumsessen am Sonntag. Das grenzt die Anzahl der Verdächtigen natürlich ziemlich ein.«

»Auf die, die an beiden Tagen dabei waren?«

»Ganz richtig, Watson.«

»Ja, ich könnte mir vorstellen, daß es mit ein bißchen Glück sogar ganz einfach war. Eve hatte genau erklärt, wie sie die Pilze servieren würde. Alles, was der Mörder dann zu tun hatte, war, einen giftigen Pilz mit nach Hause zu nehmen, ihn dort zuzubereiten, am nächsten Tag mit zum Essen zu bringen und auf dem richtigen Teller zu plazieren. Kenneth sagte, er habe erwartet, daß Claire neben ihm sitzen würde, also muß es Platzkärtchen gegeben haben, und damit war es dann ganz leicht, Eves Teller zu finden. Nur hat Claire dann den Pilz gegessen.«

Darina lehnte sich in ihrem Sessel zurück mit der Miene eines Magiers, der gerade ein weißes Kaninchen aus dem Hut gezaubert hat.

William lächelte sie strahlend an, machte dann aber einen Einwand: »Haben Sie da nicht etwas übersehen? Ich meine, was würden Sie tun, wenn Sie die Mörderin wären und bemerken würden, daß sich das falsche Opfer gerade daran macht, Ihr sorgfältig präpariertes Pilzgericht zu verzehren?«

Darina zog ein langes Gesicht. »Nun ja, ich könnte

wohl kaum ausrufen: »Nicht anrühren, das Essen ist vergiftet!« Sie dachte einen Moment lang nach und fügte dann hinzu: »Aber ich könnte versuchen, die Gäste abzulenken, indem ich »Feuer!« oder etwas in der Art schreie und die Teller vertausche oder den mit dem giftigen Pilz auf den Boden fallen lasse.«

»Wenn Sie nicht neben ihr gesessen hätten, hätten Sie aber sehr schnell reagieren müssen, um Claire daran zu hindern, die Pilze zu essen. Obwohl ich denke, daß unser Mörder tatsächlich ein Mensch ist, der sehr schnell und spontan reagiert. Stellen Sie sich doch mal vor: Da wird ein giftiger Pilz gefunden und klassifiziert, dann beschreibt Eve, wie sie die Pilze am nächsten Tag zubereiten und servieren wird, und in dieser kurzen Zeitspanne muß die Idee zum Verbrechen und zur Durchführung entstanden sein. Das nenne ich schnell geschaltet.«

»Vielleicht hat der Mörder den Pilz aber auch nur mit dem vagen Hintergedanken mitgenommen, daß er ihn vielleicht irgendwann einmal gebrauchen könnte«, schlug Darina vor.

»Dann wäre er ein Mensch, der sich schnell und bedenkenlos der jeweiligen Lage anpaßt, und so jemandem wäre es tatsächlich ein Leichtes, Unruhe zu verbreiten, um die Gäste abzulenken. Aber angenommen, dem Mörder ist nicht aufgefallen, daß Eve und Claire die Plätze getauscht haben. Meinen Sie dann aber nicht, daß er oder sie dafür gesorgt hätte, daß Claire in ärztliche Behandlung kommt, sobald sich die ersten Symptome bei ihr zeigten?«

»Vielleicht war der Mörder gar nicht zum Essen eingeladen? Nein, das geht nicht. Wie wäre der Pilz dann auf dem richtigen Teller gelandet?«

Inzwischen saß Darina auf dem Fußboden. Sie hatte ihre Arme um die angewinkelten Knie geschlungen und starrte in die Flammen des künstlichen Kamins, den sie eingeschaltet hatte, als sie aus dem kühlen Herbstabend hereingekommen waren. Zwischen ihren Augenbrauen hatte sich eine kleine Falte gebildet, während sie sich vollkommen auf die Ausführung eines Giftmordes konzentrierte.

William betrachtete sie und seufzte leise. Dann sagte er mit abschließender Entschiedenheit: »Vorläufig gibt es da jedenfalls zu viele Fragezeichen. Allerdings sollte die Polizei imstande sein, den Sachverhalt zu klären.«

Darina spielte mit der Feuerzange, die zum Ofen gehörte und die Illusion eines echten Kaminfeuers ein wenig verstärkte. »Meinen Sie, daß jemand etwas dagegen hat, wenn ich den Leuten ein paar Fragen stelle?«

William seufzte wieder, diesmal vernehmlich. »Kann Sie jemand daran hindern? Sie sollten nur nicht glauben, daß Sie damit sehr weit kommen werden. Um einen Mord aufzuklären, müssen die Fakten und Indizien genauestens untersucht und dann wissenschaftlich analysiert werden. Ich weiß, daß es Ihnen einmal gelungen ist, aber ich glaube, das war wohl eher Anfängerglück.«

Darina warf ihm einen wütenden Blick zu. »Sie sind doch nur sauer, weil *ich* den Fall gelöst habe und nicht Sie oder Ihr minderbemittelter Assistent.«

William nahm einen weiteren Schluck Kognak und sah sie nachdenklich an. »Ich sehe schon, ich kann jetzt sagen, was ich will – nichts wird Sie davon überzeugen, daß es Aufgabe der Polizei ist, einen Mörder dingfest zu machen. Wahrscheinlich ist es das Beste, wenn ich heute noch nach Somerset zurückfahre. Wenn jemand herausfindet, daß ich mit Ihnen befreundet bin, ist meine Karriere im Eimer.«

Diese Aussicht schien ihn allerdings nicht übermäßig zu bekümmern.

»Aber Sie hätten doch sicher nichts dagegen, wenn ich diesen Fall gelegentlich mit Ihnen bespreche, oder?« Darinas Stimme war weich und verführerisch wie eine getrüffelte Gänseleberpastete.

William stellte seinen Kognakschwenker auf den Tisch, beugte sich vor, strich mit einem Finger sanft über ihre Wange und tupfte zart auf ihre vollen, weitgeschwungenen Lippen.

»Ich würde lieber über andere Dinge mit dir reden.«

Darina zuckte zurück. Sie war noch nicht so weit. Dann bemerkte sie den verletzten Ausdruck in seinen grauen Augen, legte ihre Hand auf seine und sagte: »Es tut mir leid. Ich wollte Sie nicht kränken. Ich habe diesen Abend wirklich sehr genossen.«

»Ich kann mir nicht helfen, aber ich habe den Eindruck, daß Sie es am meisten genießen, angeregte Unterhaltungen über Mord und Totschlag zu führen«, gab er zurück. Dann trank er seinen Kognak in einem Schluck aus und erhob sich. »Ich muß jetzt gehen.«

Darina stand ebenfalls auf und überlegte, wie sie den Schaden wiedergutmachen konnte, aber sie wußte auch, daß sie nicht bereit war, ihm ihre Gefühle so zu zeigen, wie er es sich wünschte. »Sehen wir uns noch, bevor Sie nach Somerset zurückfahren?«

Seine Miene hellte sich auf. »Wird Ihr volles Programm das denn erlauben? Ich meine, neben Ihrer Arbeit als Köchin *und* Detektivin?«

Sie lächelte. »Ihre ironischen Bemerkungen werden

mich nicht davon abhalten, die Sache ein wenig genauer unter die Lupe zu nehmen.«

Sie stand so nahe bei ihm, daß er sie ohne weiteres hätte umarmen können. Ihr Blick war warm, aber auch wachsam.

William straffte seine Schultern. »Ich weiß, Sie hören es nicht gern, aber ich sage es trotzdem. Falls Sie etwas herausfinden, ...«

»Sagen Sie es der Polizei«, unterbrach ihn Darina. Sie grinste. »Nicht nötig, ich kenne Ihren Lieblingsspruch. Ich kenne ihn bereits auswendig. Kann ich Sie anrufen, sobald ich weiß, wann ich an den nächsten Abenden Zeit habe?«

»Das würde mich sehr freuen.«

Sie erwiderte seinen Blick einen Moment lang, dann drehte sie sich um und ging vor ihm aus dem Zimmer. An der Haustür gab sie ihm die Hand. »Freunde?«

Er antwortete theatralisch: »Freunde – für immer«, zog mit schwungvoller Geste ihre Hand an seine Lippen, nahm seinen Trenchcoat und ging.

Nachdem Darina die Tür hinter ihm geschlossen hatte, blieb sie noch eine Weile so stehen, bis das Lächeln langsam aus ihren Augen verschwand und ihre Gedanken zu Claires Tod zurückkehrten. Dann ging sie ins Arbeitszimmer, suchte unter den zahlreichen Büchern über Küche und Kochkunst eines über Pilze heraus und las den Eintrag unter *Amanita phalloides.*

Die Beschreibung seiner tödlichen Wirkung entsprach exakt den fortschreitenden Symptomen der Erkrankung Claires. Sie studierte sorgfältig die Illustrationen und blätterte dann die restlichen Seiten durch. Für ihre ungeübten Augen schien sich der Grüne Knollenblätterpilz nur sehr wenig von anderen, völlig harmlosen Pilzen zu unterscheiden.

Sie stellte das Buch zurück ins Regal und brachte die Kaffeetassen und Kognakschwenker in die Küche. Dabei dachte sie weiter über die Einzelheiten von Claires Tod nach. Etwas sagte ihr, daß es Mord war, daß jemand auf Eves Party absichtlich einen *Amanita phalloides*, einen der giftigsten Pilze überhaupt, unter die Vorspeise gemischt hatte. Sie dachte an Williams Schlüsselbegriffe.

Zuerst das Mittel: Dank Ralphs plastischem Vortrag hätte jeder, der an der Pilzwanderung teilgenommen hatte, dieses tödliche Gewächs identifizieren können. Was ist dann mit dem einen Exemplar geschehen, das er entdeckt hatte? Wurde es wirklich vernichtet? Und was, wenn jemand noch einen weiteren Pilz gefunden hatte?

Dann die Gelegenheit: Wie genau ist eigentlich das Mittagessen abgelaufen, und wann hätte der Mörder den vergifteten Pilz heimlich unter die eine Vorspeise mischen können? Bestand die Möglichkeit, die Sitzordnung der Gäste vor dem Essen festzustellen? Hatte es Platzkärtchen gegeben?

Aber die entscheidende Frage in diesem Zusammenhang blieb: Wer sollte das Opfer sein, Claire oder Eve? Darina glaubte noch immer, daß Eve gemeint war, aber warum hatte der Mörder in diesem Fall nichts unternommen, um Claire zu retten? War es möglich, daß er nichts von dem Platztausch gewußt hatte?

Und schließlich, was war das Motiv? Warum sollte Eve umgebracht werden?

Darina erstarrte plötzlich und blieb mit der Kaffeetasse, die sie gerade in den Geschirrspüler stellen wollte, in der Hand stehen. War Eves Leben in Gefahr?

War der Versuch am Sonntag eine plötzliche Eingebung, das spontane Ergreifen einer günstigen Gelegenheit, oder war da ein Mörder unter ihnen, der töten wollte, gleich wie?

Darina stellte die Tasse langsam in das obere Fach des Geschirrspülers. Wie sehr wollte jemand Eves Tod?

Am nächsten Morgen mußten alle detektivischen Überlegungen erst einmal dem Kochen Platz machen. Als Darina die Catering-Küche betrat, fand sie dort Jo mit Emily und Brenda, einer Aushilfskraft, die sich als äußerst fleißig und kompetent erwies.

Allerdings war das nichts im Vergleich zu Jo selbst. Darina hatte noch nie jemanden so schnell arbeiten sehen wie sie. Im Handumdrehen hatte sie eine Unmenge kleiner Quiches produziert, Zuckererbsen gekocht, Gemüse blanchiert und Teriyaki-Hühnerspieße vorbereitet. Und die einzigen Spuren, die die Anstrengung der letzten Tage an ihr hinterlassen hatte, waren ihre geröteten Augen. Kein Wunder, daß sie Eve gefehlt hatte.

Darina wollte unbedingt mit Jo reden, um sie besser kennenzulernen, aber sie mußten sich zu sehr auf ihre Arbeit konzentrieren, um sich unterhalten zu können. Und für Jo war Zeitdruck noch lange kein Grund, eine schlampige Arbeit durchgehen zu lassen. Rohe Gemüse-crudités mußten exakt geschnitten sein, und die Kringel aus geräuchertem Lachs für die kleinen runden Roggenbrotscheiben durften keine Unregelmäßigkeiten aufweisen. Sie arbeiteten unter solchem Hochdruck, daß sogar Emilys sonst immer fröhlichem Gesicht die Anspannung anzusehen war, als sie endlich mit allem fertig waren und ihre Servierkleidung angelegt hatten, die kurzen, schwarzen Kleider mit den weißen, spitzenbesetzten Schürzen, die das Markenzeichen des Wooden Spoon waren.

Sie trugen unzählige Platten in den Aufzug der Wethered Ratchet Company und fuhren zur Vorstandsetage im obersten Stock hinauf. Eine ausgesprochen nervös wirkende junge Frau aus der Presseabteilung führte sie in eine kleine Küche, wo sie schnell die Tür hinter sich schloß.

»Wenn Sie jemand fragt, von welchem Catering-Service Sie kommen, dann erwähnen Sie um Himmels willen nicht den Wooden Spoon«, zischte sie. »Zum Glück habe ich Sir James nicht vorher gesagt, wen wir mit dem Essen beauftragt haben. Er ist ohnehin schon ganz aufgeregt wegen der Projektpräsentation. Der neue Raketenantrieb ist sozusagen sein Lebenswerk und für uns alle ebenfalls ungeheuer wichtig. Es könnte unser erster Regierungsauftrag werden.« Und mit einem schrägen Blick auf die Platten fügte sie noch hinzu: »Wenigstens sieht das Essen in Ordnung aus.«

Jo sah sie verständnislos an. »Wovon reden Sie eigentlich? Was sollte damit denn nicht in Ordnung sein? Wir haben einen erstklassigen Ruf.«

Obwohl es kaum möglich schien, daß die Frau noch besorgter dreinschauen könnte, schaffte sie es. »Oh ja, ich weiß, deshalb haben wir Sie ja auch engagiert. Clemmie hat gesagt, es müsse unbedingt der Wooden Spoon sein. Sie seien zwar schrecklich teuer, aber Sie hätten *den Namen.* Und außerdem mußte plötzlich alles ganz schnell gehen, denn Wethered hat Wind davon bekommen, daß die Konkurrenz ebenfalls einen Raketenantrieb auf den Markt bringt, und Sir James wollte unbedingt der erste sein. Ich weiß, daß Freitag kein guter Tag für eine Pressekonferenz ist, aber was hätten wir denn tun sollen?« Sie ließ die Frage im Raum stehen.

Jo sah so wütend aus, daß Darina glaubte, sie wolle sich auf die Frau stürzen und die Information aus ihr herausschütteln. Aber sie sagte nur mit gepreßter Stimme: »Wenn Sie mir jetzt nicht sofort sagen, was los ist, nehme ich diese Platten wieder mit, und Sie können sehen, wo Sie bleiben.«

Die PR-Frau starrte sie verständnislos an. Dann antwortete sie mit einer Frage: »Haben Sie denn nicht den Artikel im *Recorder* gelesen? Eine Ihrer Mitarbeiterinnen soll an einer Lebensmittelvergiftung gestorben sein?«

Jo und Darina sahen sich an. Dann sagte Jo: »Zeigen Sie mir den Artikel«. Die Frau verließ die Küche und kehrte wenige Minuten später mit der Zeitung zurück. 'MITARBEITERIN EINES NAMHAFTEN CATERING-SERVICE AN LEBENSMITTELVERGIFTUNG GESTORBEN' lautete die Schlagzeile über einem kurzen Artikel auf der ersten Seite. Weiter hieß es im Text:

> Claire Montague, 26, verstarb gestern, nachdem sie ein von Eve Tarrant zubereitetes Pilzgericht gegessen hatte. Beide waren Partnerinnen im Wooden Spoon, einem bekannten Catering-Service, zu dessen Stammkunden namhafte Firmen und Gesellschaftsgrößen

zählen. Das Gericht wurde bei einem Essen serviert, mit dem das einjährige Geschäftsjubiläum gefeiert wurde. Siehe auch den Artikel auf Seite 12.

Auf Seite 12 fanden sie einen längeren Artikel von Elizabeth Chesney, Gourmetkritikerin des *Recorder*, in dem sie über die Pilzwanderung am vergangenen Samstag berichtete und abschließend eindringlich vor einem laienhaften Umgang mit Pilzen warnte.

»Typisch Presse, wie immer erfährt man nur die halbe Wahrheit! Es ging nicht um das erste Geschäftsjahr als Catering-Service, den gibt es schon seit drei Jahren, sondern um das einjährige Bestehen der Kochkurse, und außerdem vermittelt die Schlagzeile einen völlig falschen Eindruck. Claires Tod war ein Unfall und hatte überhaupt nichts mit unserem Essen zu tun. Niemand bekommt irgendwelche Beschwerden, wenn er das hier ißt, es sei denn, er stopft sich damit voll.«

Die Frau sah nicht besonders überzeugt aus.

»Warten Sie, bis ich mit Elizabeth Chesney gesprochen habe.« Ohne um Erlaubnis zu fragen, nahm Jo das schnurlose Telefon aus der Halterung in der Wand und ließ sich mit der Redaktion des *Recorder* verbinden. Aber weder Elizabeth noch Joshua waren im Haus. Dann rief sie Jackie an und bat sie, Eve zu fragen, ob sie den Artikel gelesen habe, und erklärte anschließend: »Mehr kann ich im Moment nicht tun. Wenn Sie nichts dagegen haben, beginnen wir jetzt mit dem Servieren.« Die Frau nickte und verließ die Küche, woraufhin Jo, Darina, Brenda und Emily anfingen, das Essen auf den Silbertabletts anzurichten.

Als sie nach dem Presseempfang nach Marylebone

zurückkamen, war Eve in der Redaktion des *Recorder*, um mit Elizabeth zu sprechen, Kenneth war in sein Studio zurückgekehrt, um den Videofilm zu schneiden, und drei Kunden hatten ihre Aufträge für die nächste Woche bereits storniert.

»Niemand hat zugegeben, daß es mit dem Artikel zusammenhängt«, sagte Jackie bedrückt, »sie haben alle wegen 'unvorhergesehener Umstände' abgesagt.«

»Meinen Sie, wir sollten damit zu einem Rechtsanwalt gehen?« fragte Darina.

»Das würde uns eine Stange Geld kosten, nur um zu hören, daß wir doch nichts dagegen tun können. Kommt jetzt, wir müssen noch die Sachen aus dem Wagen holen und wegräumen.«

Innerhalb kürzester Zeit war alles erledigt, und Jo, die noch das Spülbecken säuberte, sagte: »Das war's. Ihr könnt jetzt nach Hause gehen.« Nachdem Brenda und Emily gegangen waren, nahm sie den Spüllappen und die schmutzigen Handtücher, steckte sie in die Waschmaschine und schaltete sie ein. Dann lehnte sie sich sichtlich erschöpft gegen das gurgelnde Gerät. Ihre Energie schien wie weggeblasen.

»Lassen Sie uns gehen und eine Tasse Tee trinken«, schlug Darina vor. Jo blickte sie an, als sähe sie sie zum ersten Mal. Dann, als habe sie sich zu einem Entschluß durchgerungen, sagte sie: »Wir müßten jetzt eigentlich noch das Essen für die Hochzeit vorbereiten. Aber ich bin völlig fertig. Und wenn wir morgen etwas früher anfangen, müßten wir es auch so schaffen. Fahren wir zu mir.«

Auf dem kleinen Parkplatz, der zum Haus gehörte, führte sie Darina zu einem ziemlich zerbeulten, cremefarbenen Kombi, den sie ruhig und sicher durch den Londoner Innenstadtverkehr steuerte, dabei die Stadtautobahn meidend, die zu dieser Zeit einen endlosen und stockenden Strom von Fahrzeugen aus der Metropole preßte. In Hammersmith bog sie ab, und sie befanden sich plötzlich in einer wahrhaft idyllischen Gegend mit kleinen Häusern und viel Grün. Als Jo das Auto abstellte und sie ausstiegen, konnte Darina den nahen Fluß riechen. Hinter ihnen war noch das schwache Dröhnen des Verkehrs zu hören, aber hier schien alles ruhig zu sein.

Jo sagte: »Hübsch, nicht wahr?« Sie ging auf eines der Häuser zu und holte ihren Schlüssel aus der Tasche. »Ich habe es vor ein paar Jahren gekauft. Heute könnte ich es mir gar nicht mehr leisten, bei den Preisen.«

Sie gingen ein paar Stufen hinauf, bis sie zu einer Tür kamen, und nachdem Jo eine weitere Tür geöffnet hatte, betraten sie einen kleinen Flur. Jo zog ihre Jacke aus und hängte sie zusammen mit Darinas Trenchcoat an die Garderobe.

Darina folgte ihr durch das Wohnzimmer in eine kleine Küche, die durch die weißen Schränke und Arbeitsflächen größer wirkte, als sie war. Bunte Behälter für Lebensmittel und ein Notizbrett gaben dem Ganzen eine fröhliche Note, wie auch die Vase mit großen Plastikblumen, die eigentlich schrecklich kitschig waren, sich aber hier ausgesprochen hübsch ausnahmen.

Jo setzte den Kessel auf, nahm eine weiße Teekanne mit einem Henkel aus Rohr, wärmte sie an, füllte aus einer gelben Büchse, auf der 'Earl Grey' stand, ein paar Löffel in ein Tee-Ei, holte zwei mit gelben Blumen bemalte Porzellanbecher aus dem Schrank, stellte alles auf ein weißes Tablett und fragte Darina: »Milch oder Zitrone?«

Darina lehnte beides dankend ab, und dann gingen sie in das Wohnzimmer zurück. Es war genauso sparsam und doch stilvoll eingerichtet wie die Küche, mit einem weißen Ledersofa, einigen modernen Stühlen aus hellem Holz und gewebten Polstern, einem niedrigen Couchtisch aus dem gleichen Holz und einer Schrankwand, in der ein Fernseher, eine Hi-Fi-Anlage und eine große Sammlung von Kochbüchern standen. In einer Ecke stand ein runder Eßtisch mit vier Stühlen, und an der Wand dahinter hingen mehrere gerahmte Plakate. Der einzige Gegenstand in diesem Raum, der eindeutig Claires Handschrift trug, war eine Schale auf dem Eßtisch, die mit einem Arrangement aus getrockneten Blumen gefüllt war, deren zarte Farben und Formen mit den klaren Linien der Einrichtung kontrastierten und deren Sachlichkeit betonten.

Jo stellte das Tablett auf den Couchtisch, goß den blaßgoldenen Tee in die Tassen und reichte eine Darina. Darina nahm einen Schluck und überlegte, wie sie das Gespräch in Gang bringen sollte. Jo war die einzige Person im Umkreis des Wooden Spoon, der es weder möglich gewesen war, den giftigen Pilz am Samstag zu finden noch ihn am folgenden Tag auf Claires Teller zu legen. Aber sie hatte mit Claire zusammen gearbeitet und gewohnt. Es war also gut möglich, daß sie einen der Schlüssel zu der Lösung des Rätsels um ihren Tod in Händen hielt.

Jo ließ sich seufzend auf einen der Stühle fallen und schloß die Augen. Den Becher mit heißem Tee umfaßte sie mit ihren langen, wohlgeformten Händen, als würde sie frieren. Sie sah immer noch überanstrengt und müde aus, aber nicht mehr wie zu Tode erschöpft, und ihr Gesicht wirkte im Vergleich zum Vortag entspannter, so daß Darina sehen konnte, wie schön es war, mit hohen Wangenknochen, einer klaren Kinnpartie und der klassisch geraden Nase. Sie trug ihre braunen Locken kurz geschnitten, und die Hosen verbargen ihre wohlgeformten Beine, die sie bei der Veranstaltung am Mittag in ihrer kurzen, schwarzen Serviererinnenaufmachung gezeigt hatte. Ihr gemusterter Pullover hob und senkte sich mit ein paar tiefen Atemzügen.

Darina wartete, bis Jo nach einer Weile die Augen wieder öffnete und einen großen Schluck Tee nahm. »Das tut gut.« Ihre Stimme hatte einen leichten Dialekt aus dem Norden.

»Das muß alles so schrecklich für Sie sein. Gerade ist Ihr Vater gestorben, und dann kommen Sie nach Hause und finden Claire«, sagte Darina teilnahmsvoll.

»Sie haben recht, was Claire angeht, aber was den Tod meines Vaters betrifft, bedaure ich nur, daß es nicht früher passiert ist.« Jo sah in ihre Tasse, und Darina sagte nichts. »Ich dachte, meine Mutter wäre heilfroh, diesen Dreckskerl loszusein. Ich meine, nicht, daß ich ein Freudenfest erwartet hätte, aber ich dachte, sie wäre zumindest erleichtert. Und wissen Sie was? Sie hat tatsächlich geweint.« Ihre haselnußbraunen Augen blickten ratlos und verwirrt. »Die Ehe mit ihm war die reinste Hölle für sie, und jetzt, nach all den furchtbaren Jahren, *heult* sie darüber, daß er tot ist. Aber vielleicht war es nur der Schock, als sie begriffen hat, daß sie endlich frei ist. Ich wollte eigentlich noch länger bei ihr bleiben, aber dann hörte ich von Claire und wußte, daß ich hier mehr gebraucht werde.«

»Was wird jetzt aus dem Geschäft?«

»Weiß der Himmel! Der Artikel von heute morgen ist entweder ein Strohfeuer oder er bricht uns das Genick. Elizabeth, dieses Miststück! Sie hat Eve nie verziehen, daß sie ihr Joshua ausgespannt hat.«

»War sie mit ihm verlobt?«

Jo schnaubte verächtlich. »Wer verlobt sich denn heutzutage noch? Nein, soweit ich weiß, war es eine Beziehung, die über kurz oder lang sowieso im Sande verlaufen wäre. Sie ist wesentlich älter als er, und er hätte sich sicher bald eine Jüngere gesucht, auch wenn nicht gerade zufällig Eve dahergekommen wäre.«

»Haben Sie zu der Zeit schon bei ihr gearbeitet?«

»Nein, ich hatte damals mit einer Freundin zusammen ein Restaurant in der Umgebung von London. Das lief sehr gut, bis sie beschlossen hat, alles hinzuschmeißen und zu heiraten. Aber weil es so erfolgreich war, konnten wir es zu einem guten Preis verkaufen, und ich habe meinen Anteil in dieses Haus investiert. Ich brauchte einfach ein Zuhause, das mir niemand mehr wegnehmen kann.«

Darina betrachtete das moderne, mit viel Sorgfalt und Geschmack eingerichtete Wohnzimmer und dachte an Jos Kochkünste, bei denen sie das gleiche Gespür für Ästhetik bewies wie Eve.

»Wie sind Sie dann zum Wooden Spoon gekommen?«

»Ich habe ein Inserat gelesen, in dem sie eine Mitarbeiterin gesucht haben. Eigentlich wollte ich den Job nur zur Überbrückung machen und dann wieder in einem Restaurant arbeiten, aber ich brauchte ein festes Gehalt, um die Hypothek abzahlen zu können, und dann bin ich irgendwie dabeigeblieben. Zum Teil, weil es mir mehr Spaß macht, mit Frauen zu arbeiten, die ihren Beruf ernst nehmen, statt immer darum kämpfen zu müssen, daß meine Leistung in einer Männerwelt anerkannt wird.«

»Sie kommen offensichtlich gut miteinander klar. Da hat es sich wahrscheinlich auch so ergeben, daß sie mit Claire zusammengezogen sind, nicht wahr?«

Jo sah sie an und sagte: »Das war auch eine Sache, die ursprünglich nur als eine Übergangslösung gedacht war. Sie mußte aus ihrer Mietwohnung ausziehen und brauchte kurzfristig eine neue Bleibe. Also habe ich ihr vorgeschlagen, sie könne eines der Zimmer haben, bis sie etwas anderes findet. Meistens ist es ja so, daß man seine Kollegen nach einem langen Arbeitstag nicht auch noch zu Hause um sich haben will. Aber Claire war so ...« Sie stockte und fuhr sich mit einer Hand rasch über die Augen. »Sie war so ein ausgeglichener Mensch. Mit ihr fühlte es sich immer so ... so *selbstverständlich* an, wenn wir abends zusammen heimgingen.«

Jo stellte ihre Teetasse ab und stand auf, als könne sie nicht länger still sitzen. Sie ging zum Fenster, von dem aus man den Fluß sehen konnte, und blickte hinaus. Darina schwieg und schenkte sich noch eine Tasse Tee ein.

Nach einer Weile sprach Jo weiter, ohne sich umzudrehen. »Ich glaube, ich könnte es nicht ertragen, wenn das Geschäft jetzt auch noch zusammenbrechen würde.«

»Aber Sie werden die Aufregung über diesen Artikel doch sicher gut überstehen«, tröstete sie Darina. »Die Leute vergessen so etwas sehr schnell, und nicht alle werden so dumm sein zu glauben, daß Ihr Essen daran schuld war, wenn jemand an einer Pilzvergiftung stirbt.«

»Darauf würde ich nicht wetten.« Jo drehte sich um. Die Erschöpfung hatte wieder Besitz von ihr ergriffen, als seien die Momente der Entspannung nur eine kurze und vergebliche Flucht gewesen.

»Und es ist ja auch nicht so, als gebe es keinen anderen Catering-Service außer uns. Die Konkurrenz ist enorm gewachsen in letzter Zeit. Allerdings können sie wohl kaum noch die Hochzeit für morgen absagen.«

»Wo findet sie statt?«

»In Wimbledon, in einer der großen Villen in der Nähe des Parks. Ein Imbiß für hundert Personen um ein Uhr.« Während Jo sprach, schien etwas von ihrer alten Energie zurückzukehren. Sie richtete sich auf, und ihre Augen blickten wieder lebhafter.

»Sollen wir auch den Tee servieren?« Darina versuchte abzuschätzen, wie die Chancen für eine Verabredung mit William am Abend standen.

»Ja, aber es gibt nur Éclairs, sonst nichts. Wir müßten so um fünf Uhr fertig sein. Zum Glück ist das nicht eine dieser endlosen Hochzeitsfeiern mit anschließender Disco am Abend. Obwohl – so wie es im Moment aussieht, könnten wir einen zusätzlichen Auftrag gut gebrauchen.«

Jo kam vom Fenster zurück, setzte sich wieder und schenkte sich Tee ein. »Ich frage mich, ob es Eve gelungen ist, Elizabeth zu erwischen. Nicht, daß sie jetzt noch viel tun könnte, denn wir haben ja bereits den Schaden, aber man könnte es vielleicht mit einer Gegendarstellung versuchen.«

»Sie müssen sich jetzt erst mal ausschlafen«, riet Darina, »und morgen sieht die Welt dann schon anders aus.«

»Ich bin zäher, als Sie glauben, aber Sie haben vermutlich recht.« Jo zögerte und fuhr dann fort: »Das Schlimmste ist, daß ich mich daran gewöhnen muß, ohne Claire in diesem Haus zu leben. Ich kann es einfach nicht glauben, daß sie nie wieder durch diese Tür kommen wird.« Es schien, als müsse sie sich dazu zwingen, die Stühle, das Sofa, den Tisch, die Wände und alles um sie herum anzusehen, in dem Bewußtsein, daß Claire nie wieder dort sitzen, nie wieder eine Schale mit Blumen arrangieren und nie wieder gemütlich eine Tasse Tee trinken würde. Nie wieder – diese beiden Worte lasteten unerbittlich schwer über dem Raum.

Darina sah Jo prüfend an und überlegte, ob es wohl besser wäre, wenn sie noch bei ihr bliebe, und als hätte Jo ihre Gedanken erraten, hob sie den Kopf und sagte: »Sie brauchen sich wirklich keine Sorgen um mich zu machen. Ich esse jetzt noch eine Kleinigkeit und gehe dann gleich zu Bett. Und morgen in aller Frühe komme ich wieder zur Arbeit. Werden Sie auch da sein?«

Darina nickte und stand auf.

Jo folgte ihr zur Tür, half ihr in den Mantel und sagte leise: »Vielen Dank, daß Sie mit hergekommen sind. Es hat mir sehr geholfen, daß ich nicht allein war.«

Auf dem Weg zur U-Bahn-Station Hammersmith überlegte sich Darina, was sie als nächstes tun sollte. Dann beschloß sie, zum Wooden Spoon zurückzukehren. Es war kurz vor fünf, und Eve würde sicher wieder zurück sein.

Als sie jedoch das Büro betrat, traf sie dort Elizabeth Chesney, die vor Jackies Schreibtisch stand.

»Es tut mir leid«, sagte Jackie gerade, »ich habe nichts von ihr gehört, seit sie sich kurz vor dem Mittagessen auf den Weg zum *Recorder* gemacht hat. Wenn sie nicht dort ist, weiß ich auch nicht, wo sie geblieben ist. Dabei müßte ich selbst dringend mit ihr sprechen. Sie muß noch die Rezeptvorschläge für die Vorführung von Mrs. Cox am Dienstag überprüfen. Ich werde es mal bei ihr zu Hause versuchen.« Sie nickte Darina grüßend zu, als sie den Telefonhörer abhob, und Elizabeth drehte sich zu ihr um.

»Hallo, wissen *Sie* vielleicht, wo Eve ist?« fragte die Journalistin.

Darina schüttelte den Kopf, und beide warteten,

während Jackie Eves Privatnummer wählte. Nach ein paar Sekunden meldete sich anscheinend der Anrufbeantworter, auf dem Jackie die Nachricht hinterließ, Eve möge im Büro anrufen, dann hängte sie auf und bedeckte die Schreibmaschine mit einer Plastikhaube. »Tut mir leid, aber ich muß jetzt nach Hause, ich bin sowieso schon spät dran.« Sie wandte sich an Darina und sagte: »Wenn Eve hier auftaucht oder anruft, sagen Sie ihr doch bitte, sie möge die Rezepte auf ihrem Schreibtisch durchlesen, und geben Sie ihr diese Nachrichten«, sie wies mit dem Kopf auf einen kleinen Stoß weißer Notizblätter. »Keine guten Nachrichten, fürchte ich.«

»Noch mehr Absagen?«

Jackie nickte. Ihrer Kleidung nach zu urteilen, hatte sie sich bemüht, sich passend zur düsteren Stimmung zu kleiden: Sie trug einen flauschigen malvenfarbenen Pullover über einem dunkelbraunen Rock und schwarze Strumpfhosen. Ihr hellbraunes Haar war mit einem schwarzen Band zusammengebunden, und ihr Gesicht war fast weiß geschminkt, mit schwarzumrandeten Augen. »Das Telefon hat ununterbrochen geläutet. Entweder hat jemand einen Auftrag storniert oder die Leute wollten wissen, ob es stimmt, was in dem Artikel steht.« Sie wandte sich mit einem vorwurfsvollen Blick an Elizabeth. »Sie hätten vorher darüber nachdenken sollen, was dieser Artikel für unser Geschäft bedeutet.«

»Mit dem Artikel auf der ersten Seite hatte ich nichts zu tun, das war der Nachrichtenredakteur. Woher sollte ich wissen, daß er eine solche Geschichte daraus machen würde?« protestierte Elizabeth.

In Darinas Ohren klang das ein wenig zu naiv für eine

so erfahrene Journalistin, aber sie sagte nichts, denn sie hatte nicht die Absicht, eine der möglichen Verdächtigen gegen sich aufzubringen, noch bevor sie mit ihren Nachforschungen begonnen hatte.

Statt dessen fragte sie Elizabeth, ob sie nicht mit ihr auf Eve warten wolle. »Ich bin sicher, sie hat nichts dagegen, wenn wir in ihr Büro gehen. Oder was meinst du, Jackie?«

»Natürlich nicht«, antwortete die Sekretärin, während sie in ihren Mantel schlüpfte. »Eve hat eine Flasche Whisky und ein paar Gläser in der unteren Schreibtischlade, und in der Küche gibt es auch noch etwas zu trinken. Bedienen Sie sich.«

»Ein Whisky würde mir jetzt guttun«, meinte Elizabeth und folgte Darina in das angrenzende Büro. Dort ließ sie sich in den bequemen Stuhl fallen, der vor dem Schreibtisch stand, streckte ihre schönen Beine aus, lehnte sich zurück, fuhr sich mit beiden Händen durch ihr schulterlanges Haar und streckte dann mit einer schwungvollen Bewegung die Arme in die Höhe, bei der sich ihre Strickjacke öffnete und ihre Brüste sich unter dem Wollstoff ihres Kleides abzeichneten. Jacke und Kleid waren in einem kräftigen Rot, das ihr ausgezeichnet stand.

Darina setzte sich in Eves Stuhl, öffnete zuerst die eine und dann die andere Lade des Schreibtisches, bis sie den Whisky fand. Sie nahm die Flasche und zwei Gläser heraus und fragte: »Wasser?« während sie großzügig einschenkte. Elizabeth schüttelte ablehnend den Kopf und nahm ihr Glas.

»Eve und ich haben uns gegenseitig einen guten Dienst erwiesen. Ich habe sie mit dem Whisky bekanntgemacht, und sie hat mich dazu gebracht, Kräutertee zu trinken und Biokost zu essen.« Sie nahm einen tiefen Schluck und seufzte genüßlich. Dann sagte sie: »Sie denken jetzt sicher schlecht von mir wegen dieses Artikels. Ich kann zu meiner Verteidigung nur sagen, daß ich die Leser damit lediglich zu größerer Vorsicht ermahnen wollte und nicht etwa die Absicht hatte, Eve in den Rücken zu fallen.«

Darina fragte sich, ob sie wirklich so unschuldig war, wie sie tat. »Glauben Sie eigentlich, daß Claires Tod ein Unfall war?«

Elizabeth strich mit dem Finger über den Rand des Whiskyglases und antwortete ausweichend: »Ralph ist sich ja ganz sicher, daß er es bemerkt hätte, wenn ein Grüner Knollenblätterpilz zwischen die anderen geraten wäre.«

»Wie ist diese Pilzwanderung eigentlich verlaufen?«

»Ich denke, das habe ich doch ziemlich detailliert in meinem Artikel beschrieben.«

Darina versuchte sich an den Text zu erinnern, den sie am Morgen gelesen hatte. Dann sah sie ein Exemplar der Zeitung auf dem Schreibtisch liegen, schlug sie auf und las den Artikel noch einmal.

DER TOD LAUERT UNTER DEN SCHÄTZEN DES WALDES

Am vergangenen Samstag nahm ich an einer Pilzwanderung teil. Es war ein strahlend schöner Herbsttag: Sonnenreflexe tanzten in den Bäumen, die noch die Reste ihrer flammendbunten Belaubung trugen, und der Waldboden war weichgepolstert mit Blättern, die bereits von den Ästen gefallen waren und deren rote und gelbe Färbung sich in ein warmes Goldbraun verwandelt hatte. Wir gingen in kleinen Gruppen durch das Unterholz, wirbelten die Blätter auf, atmeten den Duft ein, der von dem moosigen Waldboden aufstieg, und waren ausgelassener Stimmung. Die Teilnehmer wußten zwar nicht viel über Pilze, aber man hatte uns ein ganz besonderes Vergnügen versprochen, eine Schatzsuche, deren Ausbeute ein Festmahl sein würde. Niemand konnte ahnen, daß am Ende der Tod auf eine von uns wartete.

Die Pilzwanderung wurde von Ralph Cox geleitet, einem bekannten Pilzkenner, der sich seit vielen Jahren dem Studium der Pilze widmet. Er erklärte uns, wie gründlich man bei der Suche vorgehen müsse, da die Pilze sich unter Blättern verbergen, am Wegrand verstecken, auf Baumstämmen und zwischen den Wurzeln wachsen oder unter dem Moos verborgen sein können. Scheinbar stellen sie sich nicht gerne zur Schau, sondern sind eher scheu und wollen mit viel Geduld und Ausdauer aufgestöbert werden.

Wir verteilten uns, einige gingen in Zweier- oder Dreiergruppen, andere allein. In der friedvollen Ruhe des Waldes waren nur wenige Geräusche zu hören, das Zwitschern der Vögel, der merkwürdig trillernde Schrei eines aufgeschreckten Fasans, das Knacken von Zweigen unter den Füßen. In dieser sonnendurchwirkten Ruhe konnte man sich leicht vorstellen, in eine Zeit zurückversetzt worden zu sein, in der es noch keine Umweltverschmutzung und keine Zivilisationszwänge gab.

Dann hörten wir die Rufe erfolgreicher Pilzsucher, und wir liefen los, um den Fund zu begutachten, wühlten unter Blättern in der Umgebung der Stelle, um noch mehr Exemplare zu entdecken, und pflückten die Pilze körbeweise. Es gab sie in allen Farben und Formen, von hell- bis dunkelbraun, von orangegelb und verschiedenen Grüntönen bis tiefviolett und schwarz.

Ich selbst fand unter einem Haufen toter Blätter einen Nackten Ritterling *(Lepista nuda)*, einem gemeinen Wiesen-Egerling nicht unähnlich, bis auf die violette Färbung. Tiefviolett war auch ein Pilz, den Ralph Cox 'das Chamäleon' nannte, weil er im Aussehen so verschieden ist. Er meinte, er sei zwar eßbar, aber nicht besonders wohlschmeckend, und so ließen wir ihn stehen. Wie schwierig es ist, einen Pilz richtig zu erkennen, wurde offenbar, als jemand mit lautem Rufen die Entdeckung *des köstlichen* Pfifferlings verkündete und einen orangegelben Pilz mit einer Vertiefung im Hut präsentierte. Aber dann entpuppte er sich als ein Exemplar des *Hygrophoropsis arantiaca*, bekannt als der Falsche Pfifferling, weil er dem ungleich wohlschmeckenderen echten so ähnelt, bis auf dessen dottergelbe Färbung. Der Falsche Pfifferling ist zwar nicht giftig, kann aber Halluzinationen hervorrufen.

Eine Gruppe anderer Pilze, die besonders gefährlich aussahen, wurden von unserem Experten hingegen als der seltene Grünfelderige Täubling *(Russula virescens)* erkannt, dessen nußartiger Geschmack eine kulinarische Delikatesse ist. Groß war dann die Aufregung, als einer von uns einige Herbst-Trompeten *(Craterellus cornucopioides)* fand. Ihre füllhornähnlichen, aschgrauen Hüte sind besonders begehrt unter den Pilzfeinschmeckern in Frankreich.

Um die Mittagszeit ließen wir uns zu einem Picknick nieder, und Ralph Cox leerte unsere mit Pilzen gefüllten Körbe auf den Boden, um sie auszusortieren. Viele wurden als ungenießbar verworfen, die meisten allerdings nicht, weil sie giftig gewesen wären, sondern weil es ihnen an Geschmack und Aroma mangelt. Einige hätten nach dem Essen leichte Magenschmerzen verursacht, und ausdrücklich gewarnt wurden wir vor denen, die zu einer Pilzvergiftung geführt hätten.
Etliche Exemplare, die möglicherweise durchaus harmlos waren, wurden ebenfalls aussortiert, weil sie vom Aussehen sehr leicht mit giftigen zu verwechseln sind, und so wurden alle, die unserem Experten auch nur entfernt zweifelhaft vorkamen, weggeworfen.
Nicht die geringsten Zweifel hatte Ralph Cox dagegen bei einem Pilz, der kurze Zeit vorher gefunden worden war. Auf den ersten Blick sah er einigen eßbaren Exemplaren nicht unähnlich, aber dann machte uns Mr. Cox auf die graugrüne Farbe des Hutes, seine weißen, weichen Lamellen und eine deutlich abgesetzte, dicke, rundliche Knolle am unteren Stielende aufmerksam. An diesen Merkmalen erkennt man den *Amanita phalloides,* den Grünen Knollenblätterpilz, der so giftig ist, daß die Hälfte seines Hutes ausreicht, um einen erwachsenen Menschen zu töten. Nachdem er uns beigebracht hatte, wie man ihn sicher erkennt, zertrat Mr. Cox den unheimlichen Pilz in winzige Teilchen.
Am Ende der Wanderung hatten wir viele Körbe mit eßbaren Pilzen gesammelt, einschließlich einer reichen Ausbeute des Austernpilzes *(Pleurotus ostreatus),*

der auf einigen Baumstämmen wuchs, die dem großen Sturm im Jahr 1987 zum Opfer gefallen waren. Die Beute wurde anschließend unter den Pilzjägern aufgeteilt. Einige von uns wurden zu dem Festessen eingeladen, das Eve Tarrant am nächsten Tag zum einjährigen Bestehen des Wooden Spoon, ihrer Firma für Kochkurse und Catering, veranstaltete. Sie kündigte an, als Vorspeise ein köstliches Pilzgericht zu servieren, und die Geladenen überließen ihr dafür gern ihren Anteil.

Nun aber stellt sich heraus, daß trotz aller Vorsicht unseres Pilzkenners Ralph Cox doch ein Grüner Knollenblätterpilz unter die anderen geraten war, denn Claire Montague, die Partnerin von Eve Tarrant im Wooden Spoon, hatte bei dem Festessen von diesem tödlich giftigen Pilz gegessen und ist gestern an den Folgen einer *Amanita phalloides*-Vergiftung gestorben.

Eves Pilzgericht schmeckte zwar köstlich, aber ich denke, das wird meine erste und letzte Pilzwanderung gewesen sein. In Zukunft werde ich meine Pilze lieber von einer sichereren Quelle beziehen. Man hatte uns zwar gesagt, daß wir zu oft die reichen Schätze ignorierten, die in unseren Wäldern wachsen, aber ich ziehe es vor, ignorant und am Leben zu bleiben.

Als Darina den Artikel gelesen hatte, sah sie die Journalistin an, die mit einem ironischen Funkeln in den Augen an ihrem Glas nippte.

»Und, finden Sie meine Beschreibung unfair?« fragte sie.

»Nein, es ist eher der Artikel auf der ersten Seite, der uns so geschadet hat. Allerdings kann ich mir vorstellen, daß Ralph nicht gerade sehr erfreut sein wird über Ihre Unterstellung, er hätte einen giftigen Pilz übersehen.«

Elizabeth seufzte. »Er hat sicher schon versucht, mich im Büro zu erreichen. Aber ich habe alles so geschildert, wie es gewesen ist, und ansonsten können wir seiner Behauptung, er sei unfehlbar, entweder glauben oder auch nicht.« Die Aussicht auf eine Auseinandersetzung mit Ralph Cox schien sie nicht sonderlich zu beunruhigen, aber Darina hätte sich nur ungern seinen Groll zugezogen, denn er war ihr als ein in jeder Hinsicht starker Mann aufgefallen.

»Sie haben also gesehen, wie er den Grünen Knollenblätterpilz aus einem der Körbe zerstört hat?«

»Er hat ihn unter seinen festen Schuhen förmlich zermalmt, und wo der mit seinen großen Füßen drauftrampelt, wächst kein Gras mehr. Man hätte mit diesem Pilz hinterher beim besten Willen nichts mehr anfangen können.«

»Und es hat auch im weiteren Verlauf der Wanderung niemand gesagt, daß er noch einen zweiten gefunden hat?«

Elizabeth schüttelte den Kopf.

»Meinen Sie, Sie hätten den Grünen Knollenblätterpilz erkannt, wenn Sie noch einen gesehen hätten?«

»Ich glaube schon. Eindringlicher hätte Ralph uns den Pilz gar nicht beschreiben können.«

Darina betrachtete die Abbildung, die den Artikel illustrierte. Obwohl es ein ausgezeichnetes Photo war, sah der tödliche Pilz in schwarzweiß sogar noch harmloser aus als in dem Pilzbuch, das sie am Abend zuvor studiert hatte. Er wies keine besonderen Merkmale auf, bis auf die beutelförmige Verdickung am unteren Ende des schlanken Stiels.

»Erinnern Sie sich daran, ob im Laufe des Nachmittags jemand allein weitergegangen ist?«

Elizabeths Augen weiteten sich. »Versuchen Sie sich etwa als Detektivin? Wie wär's, wenn Sie mir noch einen kleinen Whisky geben, und dann sehen wir mal, ob wir diesen Fall nicht gemeinsam lösen können?« Sie hielt Darina ihr leeres Glas hin und sah zu, wie sie reichlich einschenkte. »Wissen Sie, ich habe mir seit gestern Gedanken über die ganze Angelegenheit gemacht. Mit ist aufgefallen, und Ihnen sicher auch, wie merkwürdig es ist, daß keiner der anderen Gäste nach dem Essen irgendwelche Beschwerden hatte. Ich kenne mich bei giftigen Pilzen zwar nicht so gut aus, aber ich weiß, daß jeder Pilz viel Saft verliert, wenn man ihn kocht. Deshalb ist es so gut wie unmöglich, daß bei einem Pilzgericht das Gift nur in eine Portion gerät.«

Darina erinnerte sich, daß Elizabeth Chesney bereits mehrere Kochbücher geschrieben hatte.

»Also scheint es mir viel wahrscheinlicher, daß das giftige Exemplar einzeln gekocht und dann vor dem Essen auf einem ganz bestimmten Teller unter die Vorspeise gemischt wurde. Meinen Sie nicht auch?«

Darina nickte langsam. Sie hatte Elizabeth beobachtet, während sie sprach. Sie wirkte entspannt wie eine schläfrige Katze, war dabei aber ganz offensichtlich hellwach.

»Ich bin in Gedanken die Pilzwanderung wieder und wieder durchgegangen, aber ich kann mich an niemanden erinnern, der einen Pilz in die Tasche gesteckt hätte oder am Nachmittag allein losgezogen wäre.« Sie nahm einen weiteren Schluck Whisky, und als sie dann fortfuhr, schien es, als spreche sie mehr zu sich selbst als zu Darina.

»Wir waren ungefähr dreißig Leute. Aber das wissen Sie ja, Sie waren ja selbst da und haben das Picknick serviert. Jedenfalls waren einige zu mehreren gekommen, andere paarweise und wieder andere allein. Wir haben uns alle prima verstanden, und die Gruppen wechselten ständig. Mal ist man für sich gegangen, dann hat wieder jemand einen besonderen Pilz gefunden, und die ganze Gruppe hat sich an dieser Stelle versammelt. Und nachdem man alle Pilze dort gepflückt hatte, trennte sich die Gruppe wieder, und man ging zu zweit oder in kleinen Gruppen von drei oder vier Leuten weiter.

»Was für ein Wald war das? Ich habe ja nur die Lichtung gesehen, auf der Sie Mittagspause gemacht haben.«

»Er war recht groß und bestand hauptsächlich aus Buchen, glaube ich. Manchmal hat sich die Gruppe ziemlich weit voneinander entfernt. Es gab auch etwas Unterholz, aber es war nicht sehr dicht, und es wäre schwierig gewesen, sich darin zu verstecken, wenn man gewollt hätte.«

»Wollte das denn jemand?«

Elizabeth warf Darina einen boshaft glitzernden Blick zu und sagte dann: »Ich hatte den Eindruck, Eve hätte nichts dagegen gehabt, wenn sie und Ralph sich ein bißchen verlaufen hätten.«

»Tatsächlich?«

»Haben Sie nicht bemerkt, wie sie ihn manchmal ansieht? So, als würde sie ihm ein Versprechen machen, das er nur noch einlösen müßte?«

»Und Joshua?« fragte Darina und dachte dabei an das, was Jo ihr erzählt hatte. Konnte es sein, daß Elizabeths Eindruck auf Wunschdenken beruhte?

»Ach, ich glaube, die beiden führen eine dieser offenen Ehen, wo sich die Beteiligten nach einer anderen Quelle der Befriedigung umschauen können, wenn sich die Leidenschaft etwas abgekühlt hat.«

Schaute Joshua sich dabei etwa zufällig nach Elizabeth um?

»Sie meinen also, daß Eve ein Auge auf Ralph geworfen hat. Und er, erwidert er ihr Interesse?«

Elizabeth grinste süffisant. »Können Sie sich etwa vorstellen, daß er einer solchen Versuchung widersteht?«

»Und was ist mit Monica?« Darina dachte an die kühle und elegante Frau, die kaum der Typ zu sein schien, der ruhig zusehen würde, wie eine andere Frau ihren Mann umgarnt.

»Tja, Monica, bei ihr weiß man nie. Sie ist immer so kontrolliert, so auf ihr Image bedacht, denken Sie nur an ihre Designer-Garderobe, an ihr Designer-Haus und die Designer-Kinder.«

»Die beiden haben Kinder?« fragte Darina verblüfft. Während des Festes neulich hatte nichts in ihrem Haus auf die Existenz von Kindern hingedeutet.

»Sie sind schon fast erwachsen. Das Mädchen macht gerade ihren Schulabschluß in der Schweiz, und der Junge ist auf einer Auslandsreise, bevor er nächstes Semester in Cambridge anfängt. Wenn Monica Ihnen noch nichts von den beiden vorgeschwärmt hat, wird sie das sicher bald nachholen. Ich habe sie einmal kennengelernt, sie sind so charmant und wohlerzogen wie ihre Mutter. Man fragt sich, weshalb sie eigentlich einen so ungeschliffenen Diamanten wie Ralph geheiratet hat.«

Darina betrachtete die attraktive Frau ihr gegenüber, eine scharfe Beobachterin von Menschen mit einem ausgezeichneten Gedächtnis und der Fähigkeit, jede Situation schnell und präzise in Worte fassen zu können. War das wirklich alles, was sie auf der Pilzwanderung bemerkt hatte?

»Und haben Sie vielleicht auch eine Theorie, wer der Mörder sein könnte?«

Elizabeth schüttelte leicht den Kopf. »Nein, aber wenn es ein Mord war, dann muß es ein Verbrechen aus Leidenschaft gewesen sein – das ist es ja meistens.«

»Waren Sie eigentlich schon mal verheiratet? Ich meine, Sie scheinen eine ziemlich zynische Auffassung von der Ehe zu haben.«

»Wie viele wirklich glückliche Ehen kennen *Sie* denn? Aber es stimmt, ich war einmal verheiratet. Als junge Reporterin in Bristol habe ich mich unsterblich in einen Englischlehrer verliebt, der meine Schönheit in den Worten von vielleicht zwanzig Dichtern zu beschreiben pflegte. Wir haben geheiratet, und dann bekam ich ein phantastisches Angebot von einer Londoner Zeitung. Geh nur, sagte mein Mann, unserer Liebe kann das nichts anhaben. Er würde in dieser Zeit das Buch schreiben, mit dem er sich als Schriftsteller etablieren wollte, ein paar Jahre lang würden wir unsere Leidenschaft auf die Wochenenden beschränken, und danach würden wir für den Rest unseres Lebens zusammenbleiben. Mein Gott, war ich naiv! Ich verbrachte nicht viele Wochenenden mit ihm in Bristol, denn meistens mußte ich arbeiten, und es dauerte kein halbes Jahr, bis er eine junge Witwe kennenlernte, die sich danach verzehrte, mit ihren hausfraulichen Qualitäten wieder einen Mann zu verwöhnen, und da war ihr jeder Mann recht, auch ein verheirateter.« Bei diesen Worten war jede Ironie aus ihrem Ton verschwunden. Darina schätzte, daß die Ereignisse, von denen sie sprach, fünfzehn oder mehr Jahre zurücklagen, und nach all dieser Zeit lag in ihrer Stimme noch immer ein zwar kontrollierter, aber doch deutlich spürbarer Schmerz.

»Und seither gab es in ihrem Leben keinen anderen Mann?«

Elizabeth machte eine ungeduldige Handbewegung. »Was glauben Sie denn? Für mich ist ein Leben ohne Männer wie ein Martini ohne Gin. Aber man lernt, sie kommen und gehen zu lassen. Der Mann, den ich so aufregend finde wie meinen Beruf oder der sich nicht nach einer Woche zu Tode langweilen würde mit mir, wenn ich meinen Job aufgäbe, oder der es länger als eine Woche mit mir aushält, wenn ich in diesem Job bleibe, muß erst noch gebacken werden.« Sie beugte sich vor, nahm den *Recorder* vom Schreibtisch und überflog ihren Artikel. »Nicht gerade eine meiner journalistischen Glanzleistungen, aber es ist eine deutliche Warnung, hoffe ich jedenfalls, vor den Gefahren, die in der Natur lauern. Wir werden derart mit Informationen über alle möglichen Gefahren des technischen Fortschritts bombardiert, über Pestizide, Konservierungsmittel und chemische Zusätze in den Lebensmitteln, daß wir ganz vergessen haben, daß die Natur auch nicht immer gefahrlos und friedlich ist.«

Ralphs verbale Attacke von gestern hatte offensichtlich wenigstens diese Zuhörerin bekehrt.

Die Journalistin sah auf ihre Armbanduhr. »Ich kann jetzt nicht länger auf Eve warten, ich hab nämlich noch eine Menge Arbeit im Büro.«

»Sie engagieren sich ja wirklich sehr in Ihrem Beruf. Haben Sie denn da nicht mal jemanden kennengelernt, der in der gleichen Branche arbeitet und dieses Leben mit Ihnen teilen könnte?«

Elizabeth quittierte Darinas Frage mit einem wütenden Blick. »Aha, wir haben also ein bißchen herumgeschnüffelt, nicht wahr? Unsere Hobby-Detektivin hat alles über Joshua und mich herausgefunden. Dann reden Sie hier doch nicht um den heißen Brei herum, und fragen Sie mich klipp und klar, was Sie wissen wollen. Wahrscheinlich, ob ich immer noch hinter ihm her bin, stimmt's?«

»Nun ja, so könnte man es ausdrücken.« Darina hielt ihrem Blick stand.

»Das geht Sie nichts an, meine Liebe, und ich kann mir auch nicht vorstellen, was das im entferntesten mit Claires Tod zu tun haben soll. Finden Sie nicht, daß Sie da ein wenig zu weit gehen mit all der Fragerei – wer sich für wen interessiert und was in welcher Ehe passiert?« Mit diesen Worten erhob sie sich, stellte ihr leeres Glas auf den Schreibtisch, nahm ihre große Umhängetasche und verließ das Büro mit den geschmeidigen Bewegungen einer Raubkatze.

Eine Weile sah Darina ihr nach und wußte nicht, ob sie verlegen oder wütend sein sollte. Dann schmunzelte sie. Elizabeth war einfach von erfrischender Direktheit, und wären sie sich unter anderen Umständen begegnet, hätten sie vielleicht Freundinnen werden können.

Im Moment kam es ihr allerdings so vor, als hätte sie eine deutliche Warnung erhalten.

Darina sah auf die Uhr. Es war bereits sechs, und sie fragte sich, ob Eve wohl noch kommen würde. Falls nicht, wie sollte sie das Geschäft abschließen? Als sie aufstand, um nach den Schlüsseln zu suchen, läutete das Telefon. Es war Eve.

»Darina, wie schön, daß du noch da bist. Ich bin völlig fertig!«

»Wo bist du? Du hast Elizabeth verpaßt. Sie war hier, um mit dir zu reden.«

»Tatsächlich? Na ja, das kann warten, ich werde sie später anrufen. Ich bin zu Hause, die Polizei war den ganzen Nachmittag bei mir.«

»Aber Jackie hat doch versucht, dich zu Hause zu erreichen, da war nur der Anrufbeantworter.«

»Ich habe ihn eingeschaltet, um nicht gestört zu werden. Was wollte sie denn?«

Darina berichtete ihr von den Menüvorschlägen und den Stornierungen.

Eine Weile war Stille in der Leitung, dann sagte Eve: »Sag mal, würde es dir etwas ausmachen, wenn du mir die Rezepte vorbeibringst? Ich müßte sie wirklich heute abend noch überarbeiten, sonst komme ich nicht mehr dazu, und wir brauchen diesen Auftrag dringend.«

Darina fühlte sich hin und her gerissen. Eigentlich hatte sie William anrufen wollen, um sich mit ihm für diesen Abend zu verabreden, aber andererseits wollte sie sich die günstige Gelegenheit, den Tatort kennenzulernen, nicht entgehen lassen, und außerdem konnte sie vielleicht aus Eve herausbringen, was sie der Polizei erzählt hatte.

»Kein Problem. Ich hole mein Auto und bin in etwa einer Stunde bei dir. Aber zuerst sag mir noch, wie ich hier abschließen muß.«

Sie fand die Ersatzschlüssel in Jackies Schreibtisch und schaltete nach Eves Anweisungen die Alarmanlage ein. Dann ging sie zur Wigmore Street und nahm sich ein Taxi. Das wird langsam zu einer teuren Angewohnheit, dachte sie, als sie dem Fahrer ihre Adresse in Chelsea gab.

Als Darina die Haustür aufschloß, hörte sie das Telefon läuten. Sie lief zum Apparat, und William meldete sich.

»Ich rufe an, um Sie zu fragen, ob Sie uns morgen besuchen können. Mein Onkel und meine Tante haben Freunde zum Abendessen eingeladen.«

Darina fühlte sich etwas überrumpelt, denn sie hatte nicht damit gerechnet, daß er sie seiner Familie vorstellen wollte. »Um wieviel Uhr denn? Wir haben morgen eine Hochzeit, und ich glaube nicht, daß wir vor sechs oder sieben wieder zurück sein werden.«

»Das ist kein Problem, die Gäste kommen zwischen acht und halb neun. Ich fürchte allerdings, die Gäste werden in Abendkleidung erwartet.«

Das letzte, worauf Darina nach einem langen Arbeitstag Lust hatte, war eine steife Dinnerparty, auf der sie mit lauter Fremden, einschließlich Williams Verwandtschaft, Konversation machen mußte.

»Sie scheinen nicht allzu begeistert zu sein. Würde es

Sie umstimmen, wenn ich Ihnen sage, daß Monica und Ralph Cox auch eingeladen sind?«

»Sind das etwa Freunde Ihrer Tante?« Wenngleich sie Williams Verwandte nicht kannte, wäre Darina nie der Gedanke gekommen, daß sie mit den neureichen Coxes befreundet sein könnten.

»Tante Honor und Monica Cox sind zusammen im Vorstand einiger Wohltätigkeitsorganisationen. Ich glaube zwar nicht, daß sie Busenfreundinnen sind, aber Honor hat großen Respekt vor Monicas Fähigkeit, Spendengelder aufzutreiben. Jedenfalls kommen die beiden morgen abend, und ich dachte, Sie würden sie gern mal außerhalb des Wooden Spoon treffen.«

»Dann war es Ihre Idee, mich einzuladen?« fragte Darina, der etwas unbehaglich wurde bei dem Gedanken, was die gute Tante Honor wohl davon hielt, wenn man ihre zweifellos äußerst sorgfältig durchdachte Gästeliste durcheinanderbrachte.

»Keine Panik – sie hat es selbst vorgeschlagen. Sie wußte, daß ich Sie gerne wiedersehen wollte und meinte, es sei doch nett, Sie kennenzulernen. Außerdem haben zwei der Eingeladenen abgesagt.«

Das war ein triftiger Grund, den Neffen zu bitten, eine Freundin mitzubringen.

»Gut, wenn das so ist, dann komme ich gern. Wie ist die Adresse?«

»Ich hole Sie ab. Am besten komme ich zum Wooden Spoon, fahre Sie nach Hause, damit Sie sich umziehen können, und bringe Sie dann hierher ... Keine Widerrede, ich bestehe darauf. Sie sind sicher zu müde, um selbst zu fahren, und außerdem habe ich nichts Besseres zu tun. Ich werde um sechs im Wooden Spoon sein, vielleicht sind Sie ja früher fertig, und für den Fall, daß ich auf Sie warten muß, nehme ich mir ein gutes Buch mit.«

Er legte auf, bevor Darina weitere Einwände vorbringen konnte.

Als sie ihre Autoschlüssel holte, fiel ihr auf, wie wohl sie sich dabei fühlte, wenn William sie so aufmerksam, ja geradezu fürsorglich behandelte. Das war etwas Neues für sie, denn anscheinend glaubten die Leute, eine Frau, die beinahe ein Meter achtzig mißt, schaffe mit Leichtigkeit *alles* allein.

Eve öffnete die Tür, kaum daß Darina an der Haustür geklingelt hatte. Sie trug engsitzende Jeans und ein buntes Sweatshirt, auf dem in Glitzerbuchstaben der Name einer Pop-Gruppe prangte. Unter dem leichten Jerseystoff war nicht die geringste Wölbung zu sehen, und sie wirkte so schmächtig, daß sich der Körper einer Dreizehnjährigen im Vergleich zu ihrem geradezu kurvenreich ausgenommen hätte. Ihre wilden Locken hatte sie zu einem Pferdeschwanz gebändigt, und ihr Gesicht wurde vollkommen von ihren riesigen, strahlendblauen Augen beherrscht, die jetzt voller Angst zu Darina aufblickten. Alles in allem wirkte sie wie ein hysterischer Teenager am Rande eines Nervenzusammenbruchs.

»Gottseidank, daß du gekommen bist. Ich glaube, ich hätte es keine Minute länger allein ausgehalten.«

Sie führte Darina durch einen schmalen Flur und eine kleine Treppe hinunter in eine große Küche im Souterrain, in der eine fast beängstigende Helligkeit herrschte. Der Raum war zwar wohnlich eingerichtet, wirkte aber nicht im geringsten gemütlich. Ein halbhoher Raumteiler aus Metall und weißen Kacheln trennte den Kochbereich ab, der streng funktional ausgestattet war und dessen schmucklose Glätte aus metallenen Schubladen und weißen Arbeitsflächen lediglich von einer hellroten Schale mit gelben Porzellanäpfeln unterbrochen wurde, die genau unter dem Licht eines Punktstrahlers stand. Der Boden bestand aus weißen Keramikfliesen mit schwarzen Einsprengseln. An einer Wand befand sich ein Regal aus mattschwarzem Metall, in dessen Fächern eine umfangreiche Sammlung von Kochbüchern und dazwischen ein paar exquisite, bizarr geformte Schalen aus weißer Keramik standen. Die Mitte des Raums wurde von einem runden Tisch eingenommen, dessen schwere Glasplatte auf einer Konstruktion aus schimmernden Chromröhren ruhte, die sich wie Liliengewächse aus einem breiten Sockel rankten. Um den Tisch standen acht Chromstühle mit wellenförmig geschliffenen Seitenteilen, Sitz- und Rückenpolster waren aus schwarzem Wildleder. In der Mitte des Tisches befand sich eine hohe, zylindrische Vase, in der ein großer, von einem Deckenlicht dramatisch beleuchteter Strauß weißer Chrysanthemen arrangiert war. Gegenüber dem Regal stand ein schwarzes Wildledersofa mit zwei kleinen, beleuchteten Glastischen an jeder Seite. Die Wand am anderen Ende des Raums wurde fast vollständig von einem großen Fenster und den Blättern eines üppigen Philodendron eingenommen. Über dem Sofa hing eine riesige photographische Aufnahme, die den Stand eines Fischhändlers zeigte und deren naturalistische Darstellung in dieser Umgebung beinahe obszön wirkte.

Eve ging zum Herd und setzte den Kessel auf.

»Tee? Oder möchtest du etwas Stärkeres?«

»Tee wäre gut, danke.«

Darina lehnte sich gegen die Arbeitsfläche und sah Eve zu, wie sie eine Schachtel mit Kräutertee und zwei Tassen aus einem der Hängeschränke nahm. Die Küche war durchdacht und praktisch eingerichtet, das Licht schien genau dort, wo man es brauchte, und auch bei den Geräten hatte man keine Kosten gescheut. Zusätzlich zu einem gußeisernen Holzkohleherd gab es einen Doppelherd mit zwei elektrischen Platten und vier Gasringen, eines der teuersten Modelle auf dem Markt, einen Holzkohlegrill und eine Friteuse, über der eine so geschmackvoll verkleidete Abzugshaube hing, daß man ihre Funktion nur an einer diskret angebrachten Tastatur erkennen konnte.

Eve nahm die beiden Tassen mit dem blaßgelben Tee, gab eine davon Darina und ging zum Sofa, wo sie sich mit einem Seufzer fallen ließ. Dann ließ sie sich von Darina die Mappe mit den Rezepten und den telefonischen Mitteilungen geben. Zuerst prüfte sie die Stornierungen, wobei sich zwischen ihren feingeschwungenen Augenbrauen eine steile Falte bildete.

»Alles Leute, die uns bisher noch nicht engagiert haben. Mit ein bißchen Glück können wir vielleicht unsere alten Kunden halten, aber da ich vor kurzem die Preise erhöht habe, sind von denen auch einige abgesprungen. Ich hatte mich wirklich darauf verlassen, daß wir genügend neue Kunden bekommen.«

»Die Geschichte wird schnell vergessen sein«, tröstete Darina.

»Ich weiß nicht, die Leute sind sehr launisch in der Verteilung ihrer Gunst. Wenn Ken nur diese Serie fürs Fernsehen bald fertigstellt, das könnte unsere Rettung sein. Die Bank wird gegen einen kurzfristigen Umsatzrückgang nichts einzuwenden haben, solange wir ihnen diese Sendungen garantieren können. Ein Auftritt im Fernsehen bringt immer eine Menge neuer Kunden.«

»Seid ihr denn heute weitergekommen mit den Aufnahmen?«

»Kaum. Wir hatten gerade alles aufgebaut, als die Polizei anrief. Dann kam Jackie mit Elizabeths Artikel, und ich mußte zum *Recorder*, um sie zur Rede zu stellen. Sie war natürlich nicht da. Ich konnte nicht einmal Joshua erreichen.

Aber wenigstens habe ich den Herausgeber erwischt und ihm meine Meinung gesagt.« Eve grinste mit der hämischen Zufriedenheit eines kleinen Jungen, dessen Schleuder das richtige Ziel getroffen hat.

»Veröffentlicht er jetzt eine Gegendarstellung?«

Die Falte über der Nasenwurzel kehrte zurück. »Nein«, sagte sie knapp.

»Und wie ist es mit der Polizei gelaufen?«

»Keine Ahnung. Ich weiß nur, daß ich schon dachte, die würden überhaupt nicht mehr gehen.«

»Was wollten sie denn wissen?«

»Ach, mein Gott, alles. Wie wir die Pilze gepflückt haben, was ich mit ihnen gemacht habe, ich meine, wie ich sie gekocht und serviert habe. Und dann alles über das Essen selbst. Sie sind mit mir das Ganze wieder und wieder durchgegangen. Noch ein einziges Mal, und ich hätte angefangen zu schreien. Aber dann hatten sie endlich genug.« Während Eve erzählte, rutschte sie unruhig auf dem Sofa hin und her, nippte an ihrem Tee, spielte mit einer Haarsträhne und kratzte an einem kleinen Fleck auf dem Ledersitz. »Es kam mir vor, als hätten sie *mich* im Verdacht, die arme Claire absichtlich vergiftet zu haben.«

»Aber nein, ich denke, sie wollen nur ganz unvoreingenommen alle Möglichkeiten überprüfen.«

»Ich weiß sowieso nicht, wie wir es im Geschäft ohne sie schaffen sollen. Und dann noch dieser schreckliche Artikel.«

»Was hast du ihnen denn über das Essen erzählt?« fragte Darina vorsichtig und erwartete kaum, daß Eve ihre Geschichte noch einmal wiederholen würde, aber diese schien für ihr aufmunterndes Interesse dankbar zu sein und erzählte ihr ganz genau, wie sie die Pilze noch am Samstag abend zubereitet hatte. »Ich habe sie in Scheiben geschnitten und in Olivenöl sautiert. Sie haben beim Braten soviel Saft verloren, daß ich sie noch einmal abgetrocknet und dann nur noch kurz in Öl geschwenkt habe. Dann habe ich sie in die Sauce Vinaigrette gegeben und über Nacht stehenlassen.«

Darina überlegte, ob dadurch, daß Eve die Pilze abgetrocknet hatte, verhindert wurde, daß sich das Gift aus einem Pilz mit dem Rest vermischt hat, aber dann verwarf sie den Gedanken wieder. Ein derart tödlicher Pilz mußte zwangsläufig auch die anderen Pilze vergiften, mit denen er gekocht wurde, wenn auch mit einer nicht so starken Wirkung.

»Wo wurde das Essen eigentlich serviert?«

»Wir hatten einen Tisch hier unten und zwei oben.« Eve stand auf. »Komm und schau es dir an.« Sie ging vor Darina die Stufen hinauf und führte sie durch eine Tür am Ende des Flurs. Sie betraten einen großen, L-förmigen Raum, der zusammen mit der Diele das gesamte untere Stockwerk des Hauses einnahm. Der Plafond war mit Stukkaturen verziert, und um die drei Deckenleuchten gruppierten sich zierliche Rosetten aus Gips. In der Mitte der Längswand befand sich eine hohe Flügeltür aus poliertem Holz. Darina nahm an, daß der Teil des Raumes, in den Eve sie geführt hatte, ursprünglich ein separates Zimmer gewesen war, denn die Stukkaturen wiesen an einigen Stellen Unterbrechungen auf. An der gegenüberliegenden Wand waren große Glastüren, von denen mehrere Stufen auf die Terrasse führten. In der Abenddämmerung konnte man nicht ausmachen, wie groß der Garten war, aber Darina sah einen Rasen mit einigen Bäumen und den Umriß von Büschen an einer Mauer.

Sie ging weiter in den Raum hinein. Er war mit Möbeln aus der viktorianischen und edwardianischen Periode eingerichtet, keines davon besonders spektakulär, aber der Gesamteindruck war sehr reizvoll. Am Ende der Querachse, von wo aus man den Garten überblicken konnte, gruppierten sich ein Chesterfield-Sofa und zahlreiche Sessel um einen hohen Marmorkamin, und gegenüber bildeten ein Schreibtisch und ein paar Bücherregale einen eleganten Arbeitsplatz.

Darina drehte sich um und ging an den Flügeltüren vorbei zum Ende des Raumes. Dort standen ein großer Eßtisch mit zehn Stühlen, eine Anrichte und ein gläserner Eckschrank, der eine Sammlung von Gläsern und Karaffen enthielt. An der Längswand befand sich ein weiterer Marmorkamin, und gegenüber lag die Tür, durch die sie den Raum betreten hatten.

»An diesem Tisch haben zwölf Leute gesessen«, sagte Eve, die zu Darina getreten war. »Eigentlich sollten es vierzehn sein, aber dann mußte Jo verreisen, und ein

Gast hat abgesagt. Ich habe einen von den runden Tischen, die wir bei Monica benutzt haben, heraufgeholt, und wir haben den Schreibtisch weggeräumt und ihn da aufgestellt«, sie wies zu dem Arbeitsplatz. »Dort saßen zwölf Gäste, und an einem weiteren Tisch im Souterrain, wo wir eben waren, hatten noch einmal vierzehn Leute Platz.«

Darina sah von einem Ende des Raums zum anderen und spürte, daß sie aufgeregt wurde, denn sie ahnte plötzlich, wie es passiert sein konnte, daß dem Mörder die veränderte Sitzordnung entgangen war.

»Wo haben du und Claire gesessen?«

»Ich habe an dem Tisch dort drüben gesessen«, Eve zeigte in Richtung der Bücherregale, »und Claire an dem Tisch unten.«

»Jede an dem Platz, der ursprünglich für die andere gedacht war?«

»Ja schon, aber die meisten von uns haben sich nach dem Hauptgang ohnehin anders gesetzt. Ich wollte, daß sich die Leute ein bißchen vermischen.«

»Aber vorher hast du den Gästen doch bestimmte Plätze zugewiesen, an denen die ersten beiden Gänge serviert wurden, oder?«

»Ja, ich habe diese hübschen Platzkärtchen aufgestellt, die ich aus Frankreich mitgebracht hatte, und wir drei, Claire, Jo und ich, hatten großen Spaß, als wir zusammen die Sitzordnung entworfen haben. Wir wollten doch, daß sich die Leute gut unterhalten.« Eves Gesicht verzog sich, und einen Moment lang sah es aus, als würde sie in Tränen ausbrechen. Dann lächelte sie beherzt und fuhr fort: »Und das Fest war ja dann auch ein toller Erfolg. Die Gäste wollten gar nicht mehr nach Hause.«

Darina ging zur anderen Seite des Raumes bis zu der Stelle, an der vor den Bücherregalen der zweite Tisch gestanden hatte. Dann drehte sie sich um und blickte zum Eßplatz zurück. Von hier aus konnte sie von dem Tisch, an dem sie eben gestanden hatte, nur einen kleinen Ausschnitt sehen. Der Rest blieb hinter der Biegung des Raums verborgen. Sie ging zurück zu dem großen Eßtisch, setzte sich auf einen der Stühle, sah zu dem imaginären zweiten Tisch vor den Bücherregalen und stellte fest, daß sie ihn von ihrem Platz aus nicht mehr sehen konnte. Nachdem sie dieses Experiment noch von den beiden anderen Seiten des Tisches aus wiederholt hatte, kam sie zu dem Schluß, daß mindestens zwei Drittel der Gäste an jedem Tisch unmöglich gesehen haben konnte, wer am jeweils anderen gesessen hatte. Eve beobachtete sie neugierig.

»Hast du die Sitzordnung noch?«

»Die Polizei hat sie mitgenommen. Es war bloß eine Skizze. Warum?«

»Ich wollte es nur wissen. Erinnerst du dich daran, wer hier an dem Eßtisch gesessen hat?«

Eve blickte auf den Tisch und überlegte angestrengt. Dann antwortete sie: »Joshua saß am Kopfende, und zu seiner Rechten saß Monica – ich erinnere mich daran, daß ich die beiden nebeneinander gesetzt habe, weil sie sich gut verstehen. Und Elizabeth saß zu seiner Linken – ich weiß, sie arbeiten den ganzen Tag im gleichen Büro, aber ich habe ihr gegenüber immer noch ein schlechtes Gewissen.« Sie warf Darina einen raschen Blick zu. »Du mußt wissen, die beiden hatten nämlich was miteinander, als Joshua und ich uns kennenlernten, und ich glaube, sie ist immer noch ein bißchen in ihn verliebt, aber ich wollte ihr zeigen, daß ich nicht eifersüchtig bin.« Eve unterbrach sich und strich sich eine Locke aus der Stirn. »Ralph saß am anderen Ende des Tisches. Ich wollte, daß dort jemand sitzt, der so eine Party in Schwung bringen kann, und ich hatte neben ihm zwei meiner besten Kundinnen plaziert. Die eine davon hat übrigens heute angerufen, um das Weihnachtsessen abzubestellen, das ich für sie ausrichten sollte. Die anderen Gäste an diesem Tisch fallen mir allerdings nicht mehr ein.«

»Und Ken hat mit dir am anderen Tisch gesessen?« fragte Darina.

»Ja, ich habe ihn neben eine Fernsehproduzentin gesetzt, und das war ein weiterer Grund, warum Claire fand, es wäre eine gute Idee, wenn wir die Plätze tauschten. Sie meinte, ich verstünde mich so gut mit den Medienleuten, daß es mir vielleicht gelingen würde, sie für unsere Videoserie über Gemüsezubereitung zu interessieren. Aber es lief darauf hinaus, daß sich die Produzentin ununterbrochen mit Joshuas Herausgeber unterhalten hat, der auf der anderen Seite saß. Er ist übrigens ein netter Kerl, und außerdem ein guter Kunde von uns. Ich habe später gehört, daß sie vom Nachmittags-Fernsehen in eine Nachrichtensendung gewechselt hat, und deshalb wollte sie mit ihm über Politik reden. Na ja, Pech für uns«, sie seufzte.

»Wie war es, als die Gäste ankamen?«

Eve schob ihre Hände in die Gesäßtaschen ihrer Jeans und ging zum Kamin. Dann drehte sie sich um, warf einen kurzen Blick durch den Raum und wandte sich zu Darina.

»Also, sie sind hier hereingekommen, und wir haben

ihnen Champagner-Cocktails serviert. Ich hatte drei der Aushilfen zum Servieren engagiert.«

Darina stellte sich vor, wie der Raum mit dem zusätzlichen Eßtisch ausgesehen haben mochte und meinte: »Mit achtunddreißig Leuten muß das hier ein ziemliches Gedränge gewesen sein.«

»Ach nein, wir hatten doch ein solches Glück mit dem Wetter, es war ein wunderschöner Tag, und alle sind hinaus in den Garten gegangen. Das war mir auch deshalb sehr recht, weil auf diese Weise alle die Küche unten gesehen haben, mit der ich ein wenig angeben wollte. Ich habe vom Hersteller einen ziemlich großzügigen Preisnachlaß bekommen, weil ich ihm sagte, daß sehr viele wichtige Leute seine Küche sehen würden. Da fällt mir ein, ich muß ihm noch eine Kopie der Gästeliste schicken. Es ist immer ganz nützlich, solchen Leuten einen Gefallen zu tun.«

Darina öffnete eine der Terrassentüren und ging die Stufen zum Garten hinunter. Es war ein naßkalter Abend. Die Feuchtigkeit hing in der Luft und bildete kleine Tropfen auf den Blättern der immergrünen Sträucher, die ihre Beine streiften, als sie die Treppe hinabging. Zu beiden Seiten der Treppe verlief ein schönes, schmiedeeisernes Geländer, das sich am Ende in zwei kunstvoll geschwungene Spiralen zusammenrollte. Auf der anderen Seite der Terrasse sah Darina weitere Stufen, die zum Innenhof hinabführten, der vor der Küche im Souterrain lag. Es sah aus, als sei all das erst vor kurzer Zeit angelegt worden.

Sie ging die Stufen hinunter, auf das große Küchenfenster zu. Dabei bemerkte sie einen kleinen Pfad zwischen dem Haus und der Gartenmauer. Darina folgte ihm und gelangte zu einer steilen Treppe aus roh behauenen Steinen, die an der Seite des Hauses entlang in den Vorgarten führte. Am unteren Ende der Stufen standen Abfalleimer, und dahinter war eine Tür. Darina drückte auf die Klinke und stand in einem kleinen Vestibül im Souterrain. Sie öffnete eine weitere Tür und betrat die Küche, in der Eve eines der großen Fenster geöffnet hatte.

»Haben die Gäste am Sonntag auch diesen Seiteneingang zur Küche benutzt?«

»Nein, ich glaube nicht, da haben die Mädchen nur den Abfall rausgebracht.«

Darina blickte zurück zum Garten und ging dann zum Eßtisch hinüber. »Also, die Leute sind alle zwischen dem großen Salon oben, dem Garten und der Küche hin- und hergegangen. Haben sie dabei ihre Plätze gesucht?«

Eve schloß das Fenster, durch das die kühle Abendluft gedrungen war, und folgte Darina in den Küchenbereich. »Ja, genau, ich hatte keine Zeit mehr gehabt, die Sitzordnung für alle zu kopieren, und so mußten sie sich an den Platzkärtchen orientieren. Und außerdem wollten die meisten zuerst die Küche sehen – wir haben das hier alles neu einrichten lassen«, sie machte eine ausladende Handbewegung, die den gesamten Raum umfaßte.

Darina versuchte, sich den Ablauf vorzustellen: Die Gäste schlenderten durch den Garten, kamen in die Küche, studierten die Tischkärtchen, bewunderten die neue Einrichtung und gingen dann wieder durch den Garten in den großen Salon zurück.

Achtunddreißig Personen insgesamt, dann noch die Serviererinnen, die mit ihren Tabletts voller Champagnergläser herumgingen. Also ziemlich viel Hektik und wenig Gelegenheit, um heimlich, still und leise einen giftigen Pilz unter das Essen auf einem ganz bestimmten Teller zu mischen. Oder, dachte sie plötzlich, war es vielleicht gerade deshalb um so leichter, weil es in all dem Trubel niemandem aufgefallen war? Wie würde sie einen giftigen Pilz zu einer Party bringen? In einer Plastiktüte vielleicht? Sie versuchte in Gedanken, die tödliche Pflanze unauffällig aus einer Jacken- oder Handtasche zu ziehen. Wenn man ins Bad gehen würde, könnte man den Pilz hinterher möglicherweise in der geschlossenen Hand zum Teller bringen. Ein oder sogar zwei Knollenblätterpilze, in kleine Scheibchen geschnitten und sautiert, ließen sich so bestimmt leicht tragen. Dann würde man die Hand über den entsprechenden Teller halten, sich darüber beugen und so tun, als würde man das Platzkärtchen lesen, dabei die Finger öffnen und die geschnittenen Pilzscheiben fallen lassen. Danach wieder zurück zur Toilette, um sich die giftigen Spuren von den Händen zu waschen.

»Und wie genau hast du die Pilze serviert?« fragte Darina.

Bei dieser Frage wurde Eve wieder lebhaft, und ihre Augen leuchteten auf. »Ach, du wärst begeistert gewesen, so hübsch hat es ausgesehen. Ich habe in die Mitte des Tellers eine kleine Portion Pilze gegeben …«

»Also nicht in einer Teigdariole oder so etwas?« unterbrach sie Darina.

»Nein, nur aufgehäuft, ich wollte, daß es ganz einfach und natürlich aussieht. Dazu gab es etwas gemischten Salat aus Endivien, Radicchio, Lollo Rosso und Rapunzel in einem Walnuß-Dressing, das wunderbar mit dem etwas nußigen Geschmack der Pilze harmoniert hat. Und um die Pilze selbst hatte ich kleine Stückchen aus Hühnerleber gruppiert, die in Madeira eingelegt und kurz in der Pfanne gebraten worden waren.«

Also wäre es tatsächlich nicht schwierig gewesen, einen zusätzlichen Pilz auf einen bestimmten Teller zu geben, einmal kurz untergerührt, und er wäre von den anderen nicht mehr zu unterscheiden gewesen.

Darina sah von dem Glastisch auf, an dem sie saß, und betrachtete die Küche.

»War es nicht ein bißchen schwierig, das Essen anzurichten, während alle Gäste zusahen?«

Eve kicherte. »Alles eine Frage der Organisation. Du weißt doch, wie gern die Leute anderen bei der Arbeit zusehen. Als nächsten Gang gab es ausgebeinte und gefüllte Moorhühner, die kamen erst kurz vor dem Servieren in den Ofen und mußten dann nur noch mit den schon vorbereiteten Pommes de terre dauphine und den Zuckererbsen auf die vorgewärmten Servierteller gegeben werden. Das war nicht mehr viel Arbeit. Zum Dessert haben wir auf jeden Tisch eine Birnentorte und meine Spezial-Syllabub-Biskuitcreme gestellt und dann zum Abschluß eine große Käseplatte.«

»Ich nehme an, der Wein stand auch auf den Tischen?«

»Richtig. Und außerdem die Schüsseln mit den Gemüsebeilagen, von denen sich die Gäste selbst genommen haben. Wirklich, es lief wie am Schnürchen.« Wie alles, was Eve organisierte, dachte Darina.

»Aber sag mal, wozu all diese Fragen? Bist du nur an dem Essen interessiert, oder meinst du tatsächlich, Claire könnte absichtlich vergiftet worden sein?« Eve hatte den Kopf leicht zur Seite geneigt, der sorgenvolle Ausdruck lag wieder auf ihrem Gesicht, und ihr ganzer Körper wirkte so angespannt wie der einer Katze, die eine Bedrohung wittert.

Aber Darina ignorierte ihre Frage und wollte statt dessen wissen, ob Eve und Claire bereits vor dem Essen die Plätze getauscht hatten.

Als Eve antwortete, schlich sich ein Ausdruck von Panik in ihre geweiteten, tiefblauen Augen. »Nein, Claire hat den Vorschlag erst gemacht, bevor wir uns zum Essen hingesetzt haben.« Dann schnappte sie nach Luft und stieß hervor: »Glaubst du etwa, ... ich meine, willst du damit andeuten, daß jemand *mich* umbringen wollte?«

Darina schwieg.

Eve starrte sie einen Moment lang fassungslos an, dann sackte sie auf einen Stuhl. Mit einem nervösen Blinzeln schloß sie für einen Augenblick die Augen, bevor ihr Gesicht völlig ausdruckslos wurde. Dann nahm sie ihre Teetasse, stellte fest, daß sie leer war, ging zum Kessel, füllte ihn mit Wasser und stellte ihn auf den Herd. Darina blieb sitzen und beobachtete sie.

»Weißt du«, begann Eve schließlich, »ich bin vor ungefähr einer Woche beinahe überfahren worden.«

»Wie ist denn das passiert?« fragte Darina erschrocken.

»Ich war auf dem Nachhauseweg, nach einer Cocktailparty, die wir ausgerichtet haben. Es war bereits ziemlich spät. Ich habe die U-Bahn genommen, wie üblich, und bin von der Station über den Hügel hierher gelaufen. Es war nicht viel Verkehr, aber als ich gerade unsere Straße überqueren wollte, sah ich aus den Augenwinkeln, wie dieses Auto auf mich zugerast kam, und wenn ich nicht so schnell gerannt wäre, wie noch nie in meinem Leben, hätte es mich erwischt.«

Das Wasser kochte, und Eve goß sich noch einen Kräutertee auf. Darina lehnte dankend ab – dieses Getränk war zwar gelegentlich ganz erfrischend, aber grundsätzlich war ihr eine Tasse Earl Grey doch lieber. Sie ließ sich noch einmal durch den Kopf gehen, was Eve ihr gerade erzählt hatte.

»Hast du gesehen, welche Automarke es war?«

»Nein, es war dunkel, und ich kenne mich bei Autos nicht so aus. Aber ich glaube, es war ein helles und ziemlich großes Fahrzeug. Möglich, daß es ein Kombi war.«

»Kam dir das Auto vielleicht irgendwie bekannt vor?«

Eve antwortete nachdenklich: »Darauf habe ich nicht geachtet. Mit ist bloß durch den Kopf geschossen, daß der Fahrer betrunken sein mußte. Es war so ein Schock, und dann wollte ich nur noch schleunigst nach Hause. Aber jetzt, ich weiß nicht, meinst du, daß es jemand auf mich abgesehen hatte?«

»Was hat Joshua dazu gesagt?«

»Er war nicht zu Hause. An dem Abend fand irgendeine Pressekonferenz statt, keine Ahnung, um was es ging. Ich glaube, er hat es mir gar nicht gesagt. Als er kam, hatte ich mir einen starken Drink mit ins Bett genommen und war fast eingeschlafen. Dann hat er mir irgendeine Geschichte erzählt, die an diesem Tag in der Redaktion passiert ist, und ich bin gar nicht dazu gekommen, ihm etwas von diesem Vorfall zu sagen. Und dann hab ich das Ganze wieder vergessen.«

Darina spürte wieder ihr aufgeregtes Kribbeln. Konnte das ein erster Mordversuch gewesen sein? Wenn ja, dann wäre das ein brauchbarer Hinweis, um den Kreis der Verdächtigen einzugrenzen. Aber dann bremste sie ihren detektivischen Spürsinn und dachte, es könne ebensogut sein, daß Eve doch recht hatte und es nur ein Fall von Trunkenheit am Steuer war.

»An welchem Abend war das?«

Eve nippte an ihrer Tasse und sagte dann: »Es muß am letzten Mittwoch gewesen sein, denn an diesem Abend war die Cocktailparty bei den Beamishs.«

»Habt ihr alle dort gearbeitet, du, Claire und Jo?«

»Ich und Jo. Es war keine große Party, und wir versuchen es so einzurichten, daß keine von uns an mehr als zwei Abenden in der Woche arbeiten muß. Claire war an der Reihe, sich freizunehmen.«

Darina ging in Gedanken alle Personen durch, die in Frage kamen. »Wie steht's mit Ken und Monica und Ralph, konnten die wissen, was du an dem Abend gemacht hast? Ach ja, und was ist mit Elizabeth?«

Eve sah Darina entsetzt an. »Du glaubst doch nicht etwa, daß einer von *denen* das Auto gefahren hat, oder?«

»Ich gehe bloß einmal von der Annahme aus, daß jemand mit dem vergifteten Pilz eigentlich *dich* umbringen wollte, und dann muß es jemand gewesen sein, der sowohl bei dem Essen am Sonntag als auch bei der Pilzwanderung am Samstag dabei war.«

»Ah ja«, nahm Eve den Gedanken auf, »du meinst, weil nur diese Personen wissen konnten, was ich am Sonntag servieren würde, und sich den giftigen Pilz beschaffen konnten?« Sie zögerte und fuhr dann mit leiser Stimme fort: »Also Ralph und Monica, Elizabeth und Ken.«

»Und Joshua«, fügte Darina behutsam hinzu.

Eve fegte diesen Einwand beiseite: »Das ist ja lächerlich. Joshua kann es unmöglich sein. Wir sind glücklich miteinander, und selbst wenn wir es nicht wären, warum, um Himmels willen, sollte er mich umbringen wollen? Ich würde ihn doch niemals zwingen, bei mir zu bleiben, wenn er nicht mehr wollte. Er bräuchte nur zu gehen.«

Darina ließ die Frage nach einem möglichen Motiv für Joshua auf sich beruhen und fragte: »Kannst du dir vorstellen, welchen Grund einer von den anderen haben könnte, dich umzubringen?«

Eve ging zum Sofa, setzte sich, stellte ihre Teetasse auf einen der niedrigen Beistelltische und sah Darina verwirrt an.

»Ich kann mir bei keinem von ihnen auch nur im entferntesten vorstellen, daß er mich beseitigen will. Ja, ich weiß, daß Elizabeth Joshua gerne wiederhaben würde, aber ich glaube nicht, daß es wirklich die große Leidenschaft ist. Monica und Ralph sind gute Freunde von mir, da gibt es also auch keinen Grund. Monica hat irgendwann vielleicht einmal geglaubt, daß sich Ralph für mich interessiert, aber das hat sie wohl überwunden, und außerdem hat sie so etwas bei ihm noch nie besonders ernst genommen. Und was Ken betrifft, der könnte doch keiner Fliege was zuleide tun.«

Darina dachte an den scheuen, zurückhaltenden Mann. Wie war das noch mit den stillen Wassern? Jedenfalls wollte sie den Photographen nicht so ohne weiteres ausschließen, obwohl er natürlich derjenige war, der genau gewußt hatte, wo Eve am Sonntag sitzen würde.

»Nein«, sagte Eve entschieden, »damit kommen wir

nicht weiter. Niemand wollte mich umbringen, es war bloß ein Zufall und ein tragisches Versehen.« Sie sah Darina an und meinte dann unsicher: »Das scheint dich nicht zu überzeugen. Was soll ich denn tun, deiner Meinung nach?«

»Sei von nun an einfach vorsichtig. Das kann nicht schaden, auch wenn es wirklich nur ein Zufall war. Und wenn nicht ... Darina ließ den Satz unvollendet. »Was hast du denn dieses Wochenende noch vor?«

Eves Gesicht war so weiß wie das Fleisch der toten Fische auf dem Bild hinter ihr. »Nach der Hochzeit morgen fahre ich in unser Ferienhaus in Sussex – dort verbringen wir meistens das Wochenende, wenn es sich einrichten läßt. Ich dachte, ich fahre am besten direkt von Wimbledon aus dorthin, das spart eine Menge Zeit.«

»Weiß jemand, daß du in Sussex sein wirst?«

»Ich nehme an, die meisten unserer Freunde wissen es.«

»Fährt Joshua auch mit?«

»Ja, aber er kommt erst mit dem Zug am nächsten Morgen.«

Oben wurde die Haustür aufgeschlossen, und dann hörten sie Joshua »Eve?« rufen.

Eve stand auf, und Darina hielt sie am Arm zurück. »Sag ihm nichts von unserem Gespräch«, flüsterte sie.

»Aber«, begann Eve, stockte und flüsterte dann zurück: »Du glaubst doch nicht ...«

Darina sagte rasch: »Es ist einfach besser, wenn du niemandem etwas davon sagst.«

In diesem Augenblick erschien Joshua in der Küchentür. Einen kurzen Moment lang zögerte Eve, bevor sie zu ihm lief und mit einem strahlenden Gesicht zu ihm aufblickte. »Liebling, ich bin so froh, daß du da bist. Die Polizei war hier und hat mich fast wahnsinnig gemacht.«

Er legte tröstend einen Arm um ihre Schultern und blickte fragend zu Darina. »Nett, Sie wiederzusehen«, sagte er freundlich. »Haben Sie etwa bis jetzt gearbeitet? Wie wär's mit einem Drink?«

»Ich habe Eve nur ein paar Unterlagen vom Wooden Spoon gebracht«, antwortete sie und nahm ihre Handtasche. »Danke für das Angebot, aber ich fahre jetzt nach Hause.«

Eve brachte sie nach oben. »Ich bin sicher, daß du dich irrst«, flüsterte sie, während sie Darina die Tür aufhielt. »Aber wenn du meinst, ich solle Joshua nichts erzählen, dann tue ich es natürlich auch nicht. Schließlich kennst du dich in Sachen Mord ja bestens aus.«

»Monica, meine Liebe, und Ralph, wie schön, daß ihr beide gekommen seid.«

Monica ließ sich von Ralph aus dem Nerzmantel helfen, und während er ihn dem wartenden Dienstmädchen reichte, begrüßte sie die Gastgeberin mit einem Kuß, den sie ihr auf die Wange hauchte. Die zarte, trockene Haut fühlte sich warm an gegen ihre eigene, die noch kalt war von der Nachtluft. Die vom Alter bereits etwas getrübten Augen der Gastgeberin richteten sich auf Ralph, während sie ihm eine Hand reichte, die zwar zerbrechlich wirkte, aber die seine mit erstaunlicher Festigkeit drückte.

»Wie ungemein … *lebendig* du immer aussiehst, Ralph. Du wirkst auf mich wie eine Dosis vom besten Tonicwein.« Lady Doubledays Worte klangen so vergnügt, daß niemand eine Spitze dahinter vermuten konnte, und die Herzlichkeit, mit der sie Ralphs große Hand preßte, war sicher aufrichtig. Und doch mußte Monica gleich denken, Tonicwein, englischer Wein – kleinbürgerliches Gesöff. Dann riß sie sich zusammen. Hatte sie nach all den Jahren denn immer noch nicht gelernt, ihre Empfindlichkeit abzulegen?

Dann folgte sie der Gastgeberin in den Salon, wobei sie Ralphs Schritte hinter sich eher spürte als hörte, denn trotz seiner massigen Statur bewegte er sich mit der Lautlosigkeit einer Katze.

»Geoffrey, Mr. und Mrs. Cox sind hier.«

»Wie schön, Sie zu sehen. Darf ich vorstellen, Jane und Henry Bryant. Und Fiona und James Black. Aber Sie kennen sich ja bereits. Was darf ich Ihnen zu trinken anbieten?«

Während sich ihr Gastgeber an dem Tisch mit den Getränken zu schaffen machte, beobachtete Monica unauffällig die beiden Männer. Sie bewunderte James Blacks Gelassenheit, mit der er Henry Bryants lange und traurige Geschichte des neuesten Bankrotts in der Londoner City, bei dem er die Ehre hatte, als leitender Konkursverwalter zu wirken, über sich ergehen ließ und seufzte innerlich, als der Rechtsanwalt seinerseits anfing, in epischer Breite von seinen Ruhmestaten zu berichten. Wenn das Gerücht stimmte, daß er bei den nächsten Wahlen für einen Sitz im Parlament kandidieren wollte, dann sollte ihn seine Frau Fiona vielleicht einmal darauf aufmerksam machen, daß ein erfolgreicher Politiker nicht nur viel, sondern auch gut reden können sollte. Wenn er so weitermachte, würde er es nicht einmal zum Richter der Krone bringen, geschweige denn zum Justizminister.

Den Kopf leicht zur Seite geneigt, ein Bild der perfekten Zuhörerin, beobachtete Monica aus den Augenwinkeln, wie ihr Mann Jane Bryant mit den Hasenzähnen, eine der engagiertesten und effizientesten Organisatorinnen von Wohltätigkeitsveranstaltungen in ganz London, und Fiona Black, ein blondes Gift, die sich immer in vorderster Frontlinie befand, wenn es darum ging, die Reichen und Mächtigen dazu zu bringen, ihren Namen für solche Veranstaltungen herzugeben, mit seiner Unterhaltung in seinen Bann zog. Die Zeiten, als sie ihm beibringen mußte, wie man sich bei solchen Anlässen benahm, waren längst vorbei. Und, das mußte sie zugeben, er hatte schnell und leicht gelernt. Sein Charme, den er bei anderen so wirkungsvoll spielen ließ wie bei ihr selbst, hatte nichts mit guten Manieren und dem Wissen zu tun, welches Messer man zum Fisch benutzt. In diesem Augenblick registrierte sie wie mit einem sechsten Sinn, daß der Anwalt neben ihr einen Scherz gemacht hatte, und sie lächelte automatisch. »Sagen Sie mir«, wandte sie sich an James Black, »wie fühlt man sich so als Richter über andere?«

»Aber meine Liebe, so hoch will ich gar nicht hinaus.«

»Ach, kommen Sie, James, wir wissen doch alle, daß es nur noch eine Frage der Zeit ist bis zu Ihrer Ernennung. Sagen Sie mir nicht, daß Sie noch nie darüber nachgedacht haben, wie das ist, wenn man von seinem Richterstuhl, über allen anderen thronend, sein Urteil abgibt. Muß man sich da nicht ein bißchen fühlen wie der liebe Gott?«

Konnte es sein, daß ihm bei ihren Worten ein wenig unbehaglich wurde? Hatte sie sein Selbstwertgefühl unterschätzt? Nein, nach kurzem Zögern biß er an und gab zahlreiche Anekdoten von berühmten Richtern zum Besten, zu deren Reihen er eines Tages mit Sicherheit ebenfalls zählen würde.

Die Tür öffnete sich, und weitere Gäste traten ein.

Lady Doubleday rief freudig »Ah, da sind sie ja« und ging die Neuankömmlinge begrüßen. Monica war erstaunt, als sie die junge Frau erkannte, die neuerdings bei Eve arbeitete, und den Polizisten, der auf ihrer Dinnerparty den Butler gespielt hatte. Wenige Minuten später wurde sie Geoffreys Neffen William Pigram und seiner Begleiterin Darina Lisle vorgestellt.

Kein Wunder, daß er auf sie neulich so eindrucksvoll gewirkt hatte, und seine Freundin sah auch keineswegs so aus, als sei sie hier fehl am Platze. Eve zum Beispiel hätte nicht in diesen Rahmen gepaßt. Was Ralph an dieser billigen Person fand, blieb ihr ein Rätsel. Aber die junge Frau, die ihr gerade vorgestellt wurde, war ganz und gar nicht billig. Nur schade, daß sie so groß war. Ihr wunderschönes blondes Haar, das sie an dem Abend ihrer Party unter einem Tuch versteckt hatte, war nun zu einem schimmernden Knoten geschlungen, der ihrem langen Hals schmeichelte. Ihr Gesicht war schön geschnitten und der Blick aus ihren grauen Augen direkt und offen. Die Figur war ein wenig füllig, aber bei ihrer Größe konnte sie sich das leisten, und ihr raffiniert geschnittenes Kleid war ebenfalls sehr vorteilhaft. Monica sah genauer hin. Ein Chanel-Kleid aus den dreißiger Jahren, wenn sie nicht irrte. Sie fragte sich, ob Darina es wohl in einem Secondhand-Laden in der Stadt gekauft oder von einer reichen Verwandten geerbt hatte. Eins stand jedenfalls fest: Die Frau hatte Stil.

»William«, rief James Black, »ich habe Sie ja ewig nicht mehr gesehen. Welchen Posten haben Sie denn jetzt?«

Der junge Mann schüttelte seine Hand und antwortete: »Ich bin schon seit mehreren Jahren nicht mehr im Außenministerium, James. Zuerst habe ich es eine Weile in der City als Geschäftsmann versucht und bin dann in den Polizeidienst eingetreten. Jetzt arbeite ich bei der Kriminalpolizei von Somerset als einfacher Inspektor.«

»Aah, vom zukünftigen Botschafter zum zukünftigen Hauptkommissar, was?« Der Rechtsanwalt klang zwar jovial, war aber eindeutig etwas irritiert.

William erwiderte ihm mit einem fröhlichen Grinsen: »Ich bin viel zu beschäftigt damit, Kleinkriminelle zu jagen, um mir darüber Gedanken zu machen. Aber sagen Sie, wie geht's dem zukünftigen Justizminister?«

In diesem Augenblick wurden sie zum Essen gerufen, so daß es Mr. Black erspart blieb, nach einer Antwort zu suchen, die aufschlußreich war, ohne dabei hoffnungslos eingebildet zu klingen.

Das Essen war gut, wenn auch ohne das gewisse Etwas, das der Wooden Spoon so teuer zu verkaufen wußte, und die Mahlzeit verlief sehr angenehm mit kultivierten und anregenden Tischgesprächen.

Es war eines der Häuser, in dem die Männer unter sich blieben, wenn nach dem Essen der Portwein serviert wurde. »Es tut mir leid«, sagte Honor zu Darina, während sie ihre weiblichen Gäste nach oben führte, »ich habe oft versucht, Geoffrey das auszureden, aber er sagt, er sei zu alt, um sich noch an neue Sitten zu gewöhnen. Also, es gibt ein Badezimmer hier und eines dort drüben.«

Monica saß vor dem Schminktisch und zog ihren Lippenstift nach. »Meine Liebe, wo haben Sie bloß dieses himmlische Kleid gekauft?« fragte gerade die Frau des Rechtsanwalts. »Sie sehen darin umwerfend aus.«

Monica tupfte mit geübter Hand etwas Rouge auf ihre Wangen, während sie den Namen eines jungen, aufstrebenden Designers nannte und sich dabei sicher war, daß Fiona nicht einmal im Traum daran denken würde, ihre Kleider woanders zu kaufen, als bei Valentino.

»Nicht, daß ich mir vor der nächsten Saison auch nur noch ein einziges Teil kaufen könnte, James hat ein deutliches Machtwort gesprochen. Wie ist das bei Ihnen, kontrolliert Ralph Ihre Ausgaben?« Die schlanke Frau in dem atemberaubend knappsitzenden, perlenbestickten Kleid saß auf dem Hocker neben Monica und strich langsam mit einer winzigen Bürste durch ihr schulterlanges blondes Haar.

Monica lächelte. »Wir haben ein gemeinsames Konto.«

»Ein gemeinsames Konto!« Fiona seufzte verzückt. »Ich weiß ja nicht, ob ich mir selbst so weit vertrauen würde, wenn ich James wäre, aber Sie beide haben ja in allem absolutes Vertrauen zueinander, nicht wahr, meine Liebe?«

»In allem? Können Sie mir vielleicht sagen, worauf Sie hinaus wollen, Fiona?« Monicas Ton wurde schärfer, sie hatte dieses Spielchen satt, dieses sanfte Schnurren bei ausgefahrenen Krallen.

Die andere bürstete ihre Haare nun etwas heftiger. »Ich will auf gar nichts hinaus, meine Liebe. Mir ist nur gerade eingefallen, daß ich Ihren prächtigen Ralph neulich mit diesem Catering-Mädchen gesehen habe, die Sie immer für Ihre Parties engagieren. Wie heißt sie noch gleich, Eve oder so ähnlich? Sie haben gemeinsam Mittag gegessen und sahen aus, als seien sie die besten Freunde, und da dachte ich mir, wie sehr sie ihm vertrauen müssen, daß Sie einen so attraktiven Mann mit einer so gefährlichen Frau ausgehen lassen.«

Monica wandte sich zu ihr um und bemerkte, daß Eves Freundin, die gerade aus der Toilette gekommen war, nun im Ankleidezimmer stand und so tat, als habe sie nichts gehört. »Ach, hören Sie doch auf, Fiona«, sagte sie müde. »Sie wissen so gut wie ich, daß die Männer ab und zu ihre kleinen Flirts brauchen. Das bedeutet doch gar nichts. An dem Tag, an dem ich das Gefühl hätte, Ralph kontrollieren zu müssen, würde ich ihn verlassen.«

Fiona hatte neuen Lippenstift aufgelegt, schraubte ihn in die Hülse zurück und murmelte hinter einem Kleenex-Tuch, mit dem sie die Farbe aus den Mundwinkeln tupfte: »Starke Worte, meine Liebe, aber bevor Sie ihn verlassen, sollten Sie das gemeinsame Konto leerräumen.« Sie warf ihre Schminkutensilien in die Abendtasche, schwang sich auf dem Hocker herum und sagte zu Darina, die eine gerahmte Stickerei an der Wand betrachtete: »Und wo haben Sie diesen göttlichen William getroffen? Sie sind zu beneiden, meine Liebe.«

Monica bemerkte, wie die junge Frau etwas errötete, sich dann aber schnell faßte. »In Somerset«, antwortete sie einfach. »Meine Mutter lebt dort.«

»Und Sie arbeiten in London? Oder sind Sie nur zum Wochenende hier?«

»Darina arbeitet bei Eve«, warf Monica ein und beobachtete interessiert Fionas Reaktion.

»Wie faszinierend! Und was machen Sie mit all diesem köstlichen Essen? Sind Sie Köchin oder Serviererin?« Fionas Stimme war zuckersüß.

Darina ließ sich auf dem dritten Hocker nieder. Sie

schien zu glauben, daß Fiona aus reinem Interesse fragte. »Ich bin Köchin und helfe bei Eve aus. Sie ist im Moment etwas knapp an Personal.«

»Ach ja, ich vergaß.« Fiona hob erschreckt eine Hand an den Mund. »Da war doch gerade dieser schreckliche Unfall, nicht wahr? Jane«, rief sie der Frau zu, die gerade aus dem anderen Badezimmer am Ende des Flurs kam, »hast du gelesen, daß eine der Mitarbeiterinnen vom Wooden Spoon an einer Lebensmittelvergiftung gestorben ist?«

»Es war eine Pilzvergiftung«, korrigierte Darina.

Monica machte sich auf Fionas nächsten Kommentar gefaßt, und prompt drehte sich diese zu ihr um und sagte: »Ja natürlich, ist der Pilz nicht auf einer von Ralphs Wanderungen gepflückt worden? Wie entsetzlich. Fühlt er sich jetzt nicht verantwortlich für den Tod dieser Frau?«

Nicht zum ersten Mal wunderte sich Monica, wie es Fiona gelang, sich bei einflußreichen Leuten beliebt zu machen. Sie war doch sicher nicht die einzige, der sie so unglaublich biestig begegnete. Aber sie erinnerte sich, daß auch sie sie bei ihrem ersten Treffen attraktiv und charmant, ja sogar geistreich gefunden hatte. Und plötzlich, noch indem sie eine gehässige Antwort herunterschluckte und Fiona statt dessen nur böse von der Seite anfunkelte, ging ihr plötzlich ein Licht auf: Ralph hatte dieses Flittchen in der Verkleidung einer treusorgenden Gattin zurückgewiesen, und jetzt rächte sie sich dafür. Sie war selbst erstaunt, wie glücklich sie diese Erkenntnis machte, und sagte ganz gelassen: »Nein, Ralph passiert so ein Fehler nicht. Der Pilz ist von jemandem gesammelt worden, der ihn nicht erkannt hat.« Sie spürte, daß Darina sie prüfend ansah, aber das war ihr egal.

Darina fragte interessiert: »Woher weiß Ihr Mann eigentlich so viel über Pilze?«

»Von einem Onkel in Deutschland, den er früher häufig besucht hat – seine Mutter war Deutsche. Der Onkel lebte in einer Pilzgegend, in der während der Saison ein Mykologe im Rathaus alle Pilze, die die Leute gesammelt hatten, prüfte. Ralph hat sich mit ihm angefreundet und ist regelmäßig mit ihm auf Pilzwanderungen gegangen. Heute ist er sicher einer der führenden Experten auf diesem Gebiet in ganz England.«

»Gehen Sie oft mit ihm auf Pilzsuche?«

Warum interessierte sich diese Frau so dafür? Monica spürte ein unangenehmes Gefühl in der Magengegend. »Manchmal, es kommt darauf an, was ich sonst zu tun habe. Jedenfalls ist Ralph der Pilzkenner und nicht ich, falls Sie das meinen. Ich erkenne gerade noch die ganz gewöhnlichen, aber mehr auch nicht. Und ob ich den Grünen Knollenblätterpilz, den die arme Claire gegessen hat, erkannt hätte, kann ich nicht beschwören.«

Jane erschauderte. »Gottseidank hat Honor uns heute abend keine Pilze serviert, ich fühle mich schon ganz krank, wenn ich von dieser grauenhaften Geschichte nur höre.«

»Kannten Sie Lord und Lady Doubleday schon?« fragte Fiona säuselnd.

»Nein«, antwortete Darina unbeirrt.

»Die beiden sind so ein reizendes Paar, alter Adel, und Geoffrey hängt ganz besonders an William. Sie hatten große Hoffnungen in ihn gesetzt.« Das klang ja so, als hätte ihnen der arme Junge eine bittere Enttäuschung bereitet, dachte Monica. Natürlich hatte niemand gern die Polizei im Haus, und sie wäre sicher nicht besonders erfreut gewesen, wenn sich ihre Tochter Caroline für ihn interessiert hätte, aber daß jemand seine Laufbahn bei der Polizei einschlug, hieß doch noch lange nicht, daß er sich damit zum gesellschaftlichen Außenseiter gemacht hatte. Und Fiona hatte es obendrein geschafft, es so hinzustellen, als sei Darina für diesen sozialen Abstieg verantwortlich.

»Ich denke, es muß faszinierend sein, bei der Polizei zu arbeiten«, warf Jane Bryant schwärmerisch ein, offensichtlich angestrengt bemüht, die Wogen zu glätten. »Finden Sie nicht auch, Honor?«

Ihre Gastgeberin war hereingekommen, um die Damen zum Kaffee in den Salon zu bitten. »Was sagten Sie gerade, meine liebe Jane? Ach ja, die Polizei. Geoffrey und mir imponiert es sehr, daß William sich für diesen Beruf entschieden hat. Und anscheinend ist er ja auch sehr erfolgreich. Aber darüber wissen Sie sicher mehr als wir, nicht wahr, Darina? Diese Morduntersuchung damals muß ja eine schreckliche Qual für Sie gewesen sein, aber würde es Ihnen etwas ausmachen, uns mehr darüber zu erzählen?«

Ganz schön raffiniert, dachte Monica, während sie den anderen nach unten folgte und hörte, wie sie sich angeregt über den Mord an Darinas Cousin unterhielten. Damit hatte Honor die junge Frau geschickt in ihren Kreis integriert, obwohl sie den netten Eindruck zerstört hatte, Darina habe William privat kennengelernt. Monica wurde nachdenklich, als sie hörte, daß Darina bei dem Mordfall mehr getan hatte, als nur ein wenig Detektiv zu spielen. Obwohl sie es bescheiden abstritt, schien es vielmehr so gewesen zu sein, daß sie den Mordfall aufgeklärt hatte. Was wiederum nicht gerade für Williams Fähigkeiten sprach, für die Darina allerdings den größten Respekt zeigte. Aber das war ja nur natürlich.

Honor trat zu Monica und reichte ihr eine Tasse Kaffee. »Ich bin so froh, daß Sie beide heute abend kommen konnten, ich weiß doch, wie ausgebucht Sie samstags immer sind. Der arme Ralph muß jeden Morgen bei Tagesanbruch in Covent Garden sein«, wandte sie sich erklärend an die anderen, »und deshalb gehen die beiden während der Woche fast nie aus.«

»Tatsächlich?« murmelte Fiona. »Aber ich habe Sie doch letzten Mittwoch auf der Cocktailparty der Beamishs gesehen. Und waren Sie nicht noch länger dort?«

»Ich schon, aber Ralph ist recht früh gegangen«, erwiderte Monica scharf.

»Wie nett, wenn man sich so vertraut«, sagte Fiona gedämpft, und Monica mußte sich zusammenreißen, um nicht zu bemerken, wie häufig sie Fiona schon in Begleitung irgendwelcher Männer gesehen hatte, während James über seinen Akten brütete.

»Da müssen Sie ja immer wunderbar frisches Gemüse zu Hause haben«, wandte sich Darina an sie, und Monica lachte. »Ja, das ist tatsächlich einer der Vorteile von Ralphs Arbeit. Und jetzt ist es auch viel besser als am Anfang unserer Ehe, da haben wir fast nur von Kohl und Äpfeln gelebt.«

»Wie haben Sie sich eigentlich kennengelernt?« fragte Jane mit unschuldiger Neugierde.

Monica unterdrückte ein Seufzen. Wie konnte sich so ein nettes Mädchen wie sie, aus bestem Hause und so gut erzogen, in diesen Cockney sprechenden Typen aus dem East End verlieben und ihn heiraten? Es war eine Frage, an die sich Monica längst gewöhnt hatte.

Wieviel Spaß sie damals als junges Mädchen hatte. Die Männer liefen ihr in Scharen hinterher, und sie hatte scheinbar alle Zeit der Welt, um sie kennenzulernen und mit ihnen zu flirten. Und geflirtet hatte sie auf Teufel komm raus, vorausgesetzt, sie fand den Mann attraktiv. So wie diesen Jungen mit seinem Gemüsekarren in Soho, wo sie ihr Obst und Gemüse kaufte. Als er sie um ein Rendezvous bat, lachte sie, auf eine Art und Weise, die ihn dazu ermutigt hatte, wieder zu fragen, und dann immer wieder. Und schließlich hatte sie eingewilligt. Er war so ansteckend in seiner Fröhlichkeit und Lebenslust, und was konnte es schon schaden? Ein Abend mit einem Proleten – wäre das nicht mal etwas Neues? Das würde eine phantastische Geschichte für ihre Freunde abgeben.

Er sagte, er würde sie abholen. Als er an ihrer Wohnung ankam, fuhr er einen Jaguar und trug einen Maßanzug, vielleicht ein wenig zu auffallend in den Farben, aber der Schnitt und das Material waren ausgezeichnet. Sie gingen ins Chez Solange. Er hatte Quaglio's vorgeschlagen, aber sie hatte gemeint, sie fände Quag's allmählich langweilig. Ob er gemerkt hatte, daß sie nicht riskieren wollte, dort ihren Freunden zu begegnen? Ihnen hinterher alles in den blumigsten Farben zu schildern und sich damit interessant zu machen, war eine Sache, aber tatsächlich mit einem solchen Mann beim Dinner gesehen zu werden, etwas ganz anderes. Das Essen in dem kleinen französischen Restaurant war fabelhaft, er hatte die besten Weine gewählt und dann die Rechnung mit einer Gelassenheit bezahlt, als wären sie im Lyons Steak House. All das war viel zu aufregend, um nicht noch einmal mit ihm auszugehen. Und schließlich fast jeden Abend. Und irgendwann hatte er gesagt, es würde ihm bald zuviel, sie so häufig auszuführen, und als sie ihm anbot, daß sie bezahlte, hatte er laut gelacht und gemeint, es läge nicht am Geld, sondern am Schlafmangel.

Für dieses Problem gab es eine ausgezeichnete Lösung, die freilich nicht bedeutet hatte, daß er mehr Schlaf bekam. Und allmählich kamen ihr die anderen Männer neben ihm nur noch farblos und blaß vor, und sie hatte das Gefühl, daß ein Leben ohne Ralph langweilig und öde wäre. Also nahm sie ihn mit nach Hause und stellte ihn ihrer Familie vor. Es hatte eine Weile gedauert, bis sie ihre Eltern davon überzeugt hatte, daß Ralph ein Schwiegersohn mit einer glänzenden Zukunft war. Aber wer war es dann schließlich gewesen, der ihnen finanziell unter die Arme gegriffen hatte, nachdem Daddys Spekulationen in den siebziger Jahren so schrecklich fehlgeschlagen waren? Und wer hatte für Mummys kostspielige Operation in einer Privatklinik bezahlt oder erst kürzlich für ihr schönes Appartement in einem teuren Seniorenheim? Ihre Eltern hatten längst vergessen, daß sie einmal ihren Entschluß bedauert hatten, nicht einen dieser höflichen jungen Männer aus der Londoner Gesellschaft zu heiraten.

Als sie geendet hatte, lachten Jane und Fiona über ihre Geschichte von dem Jungen mit dem Gemüsekarren, aber Darina lächelte nur nachdenklich. Eine interessante Frau. Im Gegensatz zu Eve, an der nur ihre Kochkunst bestach, schien sie auch noch intelligent zu sein. Ob es wohl klug war, wenn man sie ein wenig protegierte?

In diesem Augenblick kamen die Männer herein. Sie erheiterten sich über irgendeine Anekdote, die Ralph gerade erzählt hatte. Er rauchte eine Zigarre und wirkte ganz entspannt. Monica fing seinen Blick auf und wußte, daß sie sich mit dem Aufbruch noch eine gute halbe Stunde Zeit lassen konnten, denn sie hatte schnell diesen anderen Blick verstehen gelernt, mit dem er sie aufforderte, ihnen unter Hinweis auf seinen anstrengenden Arbeitstag einen möglichst eleganten und schnellen Abschied zu ermöglichen. Manchmal fragte sie sich, ob es wirklich noch immer nötig war, daß er jeden Morgen bei Tagesanbruch aufstand, aber er war davon überzeugt, daß sein Imperium ins Wanken geriete, wenn er die Lieferungen und Verkäufe nicht höchstpersönlich kontrollierte, und vielleicht hatte er sogar recht.

Sie beobachtete, wie er sich neben Darina setzte, während die anderen Männer Geoffrey in einen kleinen Alkoven folgten, in dem er seine Sammlung politischer Karikaturen aufbewahrte. Mit gewohntem Charme verwickelte er die große blonde Frau in eine angeregte Unterhaltung. Monica fragte sich, ob sie sich wohl Sorgen machen müsse, aber seine Gesprächspartnerin reagierte ohne die geringste Koketterie, denn sie fragte ihn mit allen Anzeichen eines echten Interesses über exotische Früchte aus.

»Ralph beliefert mein Lieblingsrestaurant auf der King's Road«, sagte die Gastgeberin, die zu den beiden getreten war, und er fügte lächelnd hinzu: »Das war mein erster Stammkunde. Als die Bestellung kam, wußte ich, daß ich es geschafft hatte. Keine Gemüsekarren mehr für mich.«

»Aber da haben Sie doch sicher nicht mehr in Soho

auf der Straße verkauft, oder?« fragte Jane höchst erstaunt.

»Ich hatte eine Kette solcher Obst- und Gemüsestände, und woher soll man wissen, was sich wie verkauft, wenn man es nicht selbst macht?«

»Vermissen Sie es?« wollte Darina wissen.

»Ja, manchmal fehlt mir das, der Kontakt mit den Kunden, mit ihnen zu reden und ihnen das Gefühl zu geben, daß sie ein bißchen mehr bekommen als nur Obst und Gemüse.«

»Wofür Sie ihnen auch ein bißchen mehr berechnen.« Diese Bemerkung kam natürlich von Fiona.

»Ach, es ist leicht, seine Ware einmal zu überhöhten Preisen zu verkaufen, aber nur mit guter Qualität kann man die Kunden dazu bringen, immer wiederzukommen. Diese Erfahrung machen Sie doch auch, nicht wahr?« wandte er sich an Darina.

Sie lächelte ihn an, sagte aber nichts. Statt dessen nahm Fiona das Stichwort auf. »Oh ja, das Essen vom Wooden Spoon sieht immer ganz phantastisch aus, aber *schmeckt* es denn wirklich so viel besser als das anderer? Ich meine, Monica, warum bestellen Sie immer nur dort? Doch sicher, weil es den Ruf hat, der schickste Catering-Service in ganz London zu sein. Die Frage ist nur, ob dieser Ruf das Debakel überlebt.«

Auch wenn man ihm nichts ansah, spürte Monica, daß Ralph nervös wurde, und sie sagte schnell: »Ich glaube kaum, daß das Geschäft wirklich darunter leiden wird.«

»Nun ja, ich würde es mir zweimal überlegen, bevor ich einen Catering-Service beauftrage, der in dem Ruf steht, vergiftetes Essen serviert zu haben, auch wenn es ein Unfall war. Was ist denn mit der Kochvorführung am Dienstag, Monica? Bleiben Sie bei Ihrem Auftrag für den Wooden Spoon?«

»Natürlich«, antwortete Monica rasch, bevor Ralph etwas darauf erwidern konnte, »die Veranstaltung ist bereits ausverkauft, und es wird sicher ein großer Erfolg. Eve macht so etwas ganz hervorragend, und sie bringt auch Kochutensilien und Geräte mit, die anschließend verkauft werden. Sie gibt zehn Prozent des Erlöses für unseren wohltätigen Zweck.«

»Ja, ja, die Damen und ihre wohltätigen Zwecke.« Die anderen Männer hatten sich Geoffreys Karikaturen angesehen und traten jetzt zu den übrigen Gästen, die auf einem Sofa und einigen Sesseln Platz genommen hatten. Henry, Janes Mann, ließ sich neben Monica nieder und schloß Fiona in seine Bemerkung mit ein. »Ich wünschte, ich könnte mal einige meiner Angestellten zu Ihnen schicken, damit Sie ihnen beibringen, wie man den Leuten das Geld aus der Tasche zieht.«

Monica überließ Fiona die Fortsetzung der Konversation und beobachtete Ralph aus den Augenwinkeln.

William Pigram hatte sich zu ihm und Darina gesetzt. Sein Arm lag auf der Sofalehne hinter Darina. Monica konnte nicht verstehen, worüber sie sprachen, aber die drei schienen sich bestens zu unterhalten. Sie fragte sich, in welcher Beziehung die beiden jungen Leute zueinander stehen mochten. Sie gaben ein schönes Paar ab. Darina lachte über etwas, das William gesagt hatte, und der strahlende Blick, den er ihr zuwarf, weckte ein schmerzliches Gefühl von Eifersucht in Monica. Aber dann bemerkte sie eine gewisse Zurückhaltung an Darina, der Funke sprang nicht über. Zwischen den beiden gab es offensichtlich nicht das Knistern einer erotischen Spannung – und Monica kannte sich bestens aus, wenn es um erotische Spannungen ging.

»Verzeihung, was haben Sie gesagt?« entschuldigte sie sich bei Henry, als sie bemerkte, daß er sie ansah und offensichtlich auf eine Antwort von ihr wartete. Gütiger Himmel, so ein Langweiler – wie hielt Jane es bloß mit ihm aus? Wahrscheinlich nur, weil sie genauso langweilig war. Oder war sie etwa wieder einmal unfair? In letzter Zeit neigte sie dazu, andere Menschen allzu hart zu beurteilen. War es das, was das Leben aus einem machte: Entweder wurde man so zickig wie Fiona oder so fade wie Jane? Und was hatte es aus ihr gemacht? Bei diesem Gedanken überlief sie ein eisiger Schauder, als habe ihr jemand mit frostigen Fingern über den Rücken gestrichen. Und würde auch Darina ihre Aufrichtigkeit und Offenheit verlieren, wenn das Leben nach vielen Jahren ihre Ecken und Kanten abgeschliffen hatte? Bei Honor hatte es das nicht vermocht. Monica betrachtete ihre Gastgeberin voll Zuneigung.

Als sie Ralph's Blick auffing, erhob sie sich sofort und dankte für den schönen Abend. Im Auto auf dem Nachhauseweg, ließ sie ihren Kopf mit einem Seufzer auf das Polster in ihrem Nacken sinken. »Danke Liebling, daß du mitgekommen bist. Ich hoffe, es war nicht allzu langweilig für dich.«

Ihr Mann warf ihr einen Blick zu, während er den Rolls Royce die Sloane Street in Richtung Hyde Park steuerte. »Du weißt doch, daß ich dir bei deinen Wohltätigkeitsgeschichten helfe, wo ich kann. Außerdem mag ich Honor und Geoffrey sehr gern. Die anderen waren allerdings ein bißchen überflüssig.«

Monica lächelte. »Ich fürchte, Wohltätigkeit ist keine

Garantie für Charakter oder Charme. Aber Darina und William haben dir doch sicher gefallen, oder?«

»Oh ja, sie sind in Ordnung. Eve könnte Dümmeres tun, als diese Frau dazu zu bringen, Claires Platz im Geschäft einzunehmen. Sie ist intelligent und kennt sich bestens aus in ihrem Beruf.«

»Vielleicht hat Eve genau das vor«, meinte Monica, und als Ralph schwieg, fragte sie: »Meinst du, daß diese Sache mit dem vergifteten Pilz dir auch schaden wird?«

Seine großen Hände umfaßten das Steuerrad fester. »Ich glaube nicht, daß Pilze in der nächsten Zeit ein Verkaufsschlager werden, und ich werde sicher in dieser Saison auch keine Pilzwanderung mehr machen, aber ich denke, daß sich die Aufregung nach einiger Zeit wieder legen wird.«

»Und was wird aus dem Wooden Spoon?«

»Kommt auf ihre Kapitaldecke an. Wahrscheinlich werden die nächsten Monate eine ziemliche Durststrecke.«

Zu ihrem eigenen Entsetzen hörte sich Monica mit einer fast tonlosen Stimme sagen: »Ralph, du wirst Eve doch kein Geld leihen, nicht wahr?«

Der Wagen brauste die Edgeware Road entlang. »Wovor fürchtest du dich eigentlich?« Er warf ihr einen Blick zu, in dem sie seine Gedanken lesen konnte.

»Ich weiß nicht«, antwortete sie, und sie wußte es wirklich nicht.

Die gerichtliche Untersuchung von Claires Tod fand am Montag statt. Jo und Eve waren beide hingegangen, und so mußte Darina allein in die Innenstadt fahren und ein Firmenessen für dreißig Personen servieren.

Als sie zum Wooden Spoon zurückkam, waren Eve und Jo in der Catering-Küche mit den Vorbereitungen für die Wohltätigkeitsveranstaltung am nächsten Tag beschäftigt. Sie fragte sie, wie die Untersuchung gelaufen sei.

»Es war keine große Sache«, antwortete Eve, während sie Darina zusah, die die Platten auf dem Tisch abstellte. »Oh prima, genug Reste, um uns ein Abendessen daraus zu machen. Gib sie doch bitte in diese Plastikbehälter und stelle sie in den Kühlschrank. Also, Claires Vater hat sie identifiziert, Ralph mußte aussagen, was auf der Pilzwanderung passiert ist, und ich mußte noch einmal meine Geschichte von dem Essen am Sonntag wiederholen. Dann kam ein Arzt und hat ein medizinisches Gutachten abgegeben, und am

Schluß sagte der Richter oder Untersuchungsbeamte, oder was immer er war, daß Claire jetzt beerdigt, aber nicht eingeäschert werden könne. Und dann hat er die gerichtliche Untersuchung vertagt, bis die Polizei ihre Ermittlungen abgeschlossen hat.«

»Haben sie es für einen Unfall gehalten?«

Jo trat zu Darina, gab eine kleingehackte Zwiebel zu einem Gericht und wickelte den Teller in Frischhaltefolie, die sie mit einem beschrifteten Aufkleber versah. Dann antwortete sie auf Darinas Frage: »Das war schwer zu sagen. Das medizinische Gutachten hat so viele Details über vergleichbare Fälle enthalten, aber was Claire anbelangt, nichts Genaues ausgesagt, und die Polizei hielt sich ebenfalls äußerst bedeckt. Ich weiß nicht, wie's dir ging, Eve, aber ich hatte den Eindruck, die wissen wesentlich mehr, als sie gesagt haben.«

»Nein, diesen Eindruck hatte ich überhaupt nicht«, meinte Eve und stocherte ein wenig an einem Hühnchen in Limonensoße. »Ich dachte, sie wollen es einfach so schnell wie möglich hinter sich bringen und zum nächsten Fall übergehen. Jedenfalls wollte niemand ein Alibi von uns haben oder sowas.«

»Du hast zu viele Krimis gelesen«, meinte Jo und blätterte in ihren Unterlagen mit den Rezepten. Dann holte sie ein Schweinefilet aus dem Kühlschrank und begann, es zu zerschneiden. Eve sah ihr eine Weile zu und arbeitete dann an dem Zeitplan weiter, den sie für die Kochvorführung vorbereitete.

Nach einigen Minuten sah sie auf und fragte: »Sag mal, Jo, bist du am Mittwoch abend eigentlich direkt nach Hause gegangen, nachdem wir hier fertig waren?«

Jo hob den Kopf. Das Fleisch lag nun in gleichmäßig

geschnittenen Streifen auf dem Schneidebrett. Sie überlegte kurz, dann sagte sie: »Das war doch der Abend, an dem wir das Essen bei den Beamishs hatten, oder? Warum fragst du?«

»Ach, nur so. Ich hab später nochmal versucht, dich zu Hause anzurufen, aber es hat sich niemand gemeldet.« Eve fuhr fort, die Zeiten für verschiedene Gerichte einzutragen, behielt Jo aber weiterhin im Auge.

»Das ist merkwürdig«, meinte Jo. »Ich dachte, daß Claire ... Aber mir ist gerade eingefallen, ich bin wirklich nicht gleich nach Hause gegangen, sondern hab mich noch kurz mit einer Freundin auf einen Drink im Pub getroffen. Als ich in die Wohnung kam, war Claire da, aber wahrscheinlich ist sie vorher auch ausgewesen.«

Darina hatte inzwischen die schmutzigen Teller in den Geschirrspüler geräumt und das Gerät eingeschaltet.

»Wie oft braucht ihr mich eigentlich noch in dieser Woche?« fragte sie.

Eve seufzte. »Welche Aufträge sind uns denn geblieben, Jo?«

Jo deckte zuerst den Teller Filetstreifen mit einer Frischhaltefolie ab und holte dann einen großen Kalender aus dem Regal. Sie schlug eine Doppelseite auf und überflog die Eintragungen für die Woche. Dann hielt sie ihn in die Höhe, so daß Eve die vielen durchgestrichenen Termine sehen konnte.

»Kein schöner Anblick«, sagte Eve und wandte sich ab. »Gottseidank haben wir noch den Kurs am Mittwoch und Donnerstag. Wenigstens bringen uns diese beiden Tage etwas ein. Darina, wenn du die Vorbereitungen dafür machst, mir vielleicht bei der Vorführung morgen hilfst, den Kurs am Mittwoch übernimmst und Jo bei dem Mittagessen für Donnerstag zur Hand gehst, das wäre schon alles. Dann kannst du doch mit den restlichen Catering-Aufträgen allein fertigwerden, stimmt's, Jo?«

Jo nickte, während sie das stumpfe Ende eines Hackbeils benutzte, um Schweinefleisch in kleine Schnitzel zu klopfen. »Kein Problem.« Dann legte sie die dünnen Fleischstücke auf eine große Platte und nahm sich die nächste Partie vor. »Wir sind also nicht gerade ausgebucht zur Zeit. Schade, daß du nicht für meinen Vorschlag zu haben warst, Sonderrabatte einzuführen für Leute, die regelmäßig bei uns bestellen, das hätte uns sicher einen Stamm loyaler Kunden gebracht, und die könnten wir jetzt gut gebrauchen.« Sie schwang das kleine Beil mit größerer Wucht, als es Darina für nötig hielt.

Eve errötete. »Du weißt doch, daß Claire und ich gemeinsam beschlossen haben, die Preise zu erhöhen.«

»Du meinst, *du* hast es beschlossen. Und Claire hat alles gemacht, was du gesagt hast. Sie war ja wie Wachs in deinen Händen.«

Eve richtete sich kerzengerade auf und erklärte würdevoll: »Beide Partnerinnen haben es beschlossen.« Es klang, als sei das Thema damit für sie beendet. Jo legte das Beil zur Seite, um die geklopften Fleischstücke zu den anderen zu bringen, und nahm sich ein letztes Stück Schweinefleisch vor. Sie sah aus, als hielte sie mit Mühe eine heftige Erwiderung zurück, ihre Lippen waren zu einer schmalen Linie zusammengepreßt.

Darina wartete, aber Jo sagte nichts mehr. Schweigen senkte sich über den Raum, während Eve zu ihrem Zeitplan zurückkehrte, Jo das restliche Fleisch klopfte und Darina aufräumte. Schließlich fragte sie: »Wann ist eigentlich Claires Beerdigung, weiß das jemand?«

»Ich habe während der Gerichtsverhandlung mit ihren Eltern gesprochen«, antwortete Jo kurz. »Sie dachten an Freitag.«

»Zum Glück«, fügte Eve hinzu, »es wäre ziemlich schwierig für uns geworden, wenn sie den Donnerstag genommen hätten.«

Allerdings, dachte Darina, denn das hätte bedeutet, daß sie wieder eine dieser Kochvorführungen hätte übernehmen müssen.

»Für mich wäre der Freitag auch sehr viel angenehmer. Ich würde anschließend direkt zum Ferienhaus fahren. Joshua könnte sich dann von Elizabeth oder Monica und Ralph wieder mit in die Stadt nehmen lassen. Er meint, er müsse das ganze Wochenende an diesem blöden Buch arbeiten. Ich finde das zwar etwas übertrieben, aber anscheinend hofft er, es nun endlich beenden zu können.«

Jo schien etwas sagen zu wollen, hielt aber inne und betrachtete zunächst eingehend das Sortiment von Zutaten, das sie um sich herum aufgebaut hatte. Als sie dann sprach, klang ihre Stimme völlig ausdruckslos. »Willst du, daß ich jetzt den Apfel zerschneide und in den Zitronensaft gebe, oder machst du das morgen?«

»Morgen – Darina kann das erledigen.«

»Was präsentiert ihr eigentlich bei der Kochvorführung morgen, und wo findet sie statt?«

»Das Thema lautet 'Ein Essen für Gäste in dreißig Minuten' anspruchsvolle Schnellgerichte für die anspruchsvolle Gastgeberin, um sie nach der Theaterpremiere oder am Bridgeabend zu servieren. Es findet in einem Gemeindezentrum in Hampstead statt, und damit hätten wir mal wieder die Handschuhe-und-Perlenketten-Fraktion. Ich hoffe nur, es gibt nicht so viele Hüte im Publikum.«

»Wieso das?«

»Das macht es noch schwieriger, etwas zu sehen. Der Hängespiegel, den wir mitnehmen werden, ist nicht so groß wie der hier, und es gibt immer ein paar Frauen, die sich darüber beschweren, daß sie nichts sehen können. Die flüstern dann ununterbrochen mit ihrer Nachbarin und fragen sie, was gerade passiert. Außerdem weiß ich, daß Monica so viele Personen in den Saal zwängen wird wie nur möglich.«

Darina fragte sich, ob sich Eve nach all dem Wirbel in der Presse um Claires Tod vor diesem Auftritt in der Öffentlichkeit fürchtete. Aber sie wirkte ganz gelassen.

»Schnapp dir zwei von den Tabletts und laß uns die Sachen aussortieren, die wir verkaufen wollen«, meinte sie jetzt.

Darina folgte ihr in den kleinen Raum im Erdgeschoß, der sowohl als Verkaufs- als auch als Lagerraum diente. Auf den Regalen, die vom Boden bis zur Decke reichten, lagerte das ganze Sortiment an Küchenutensilien: Geräte und Küchenmesser, Kochtöpfe aus Edelstahl, Kasserollen aus Ton in verschiedenen Größen, ofenfestes, weißes Porzellan und ein paar bemalte Keramikteller.

»Die werden in Irland für mich hergestellt«, antwortete Eve, als Darina sie auf die Teller ansprach. »Von einem phantastisch begabten Töpfer in Cork – er macht das Design exklusiv für den Wooden Spoon.«

Darina warf einen Blick auf die Preisschilder und wurde blaß.

Eve hatte ebenfalls zwei Tabletts mitgebracht. Sie legte sie neben die von Darina auf den Boden und begann, sie mit Schachteln voller Küchenmesser, einer Eismaschine, einem elektrischen Entsafter, einigen Mixern, Kochtöpfen, Auflaufformen und etlichen Pfannen zu beladen.

»Machst du bitte noch eine Liste aller Dinge, die wir mitnehmen und läßt die Sachen dann hier stehen, so daß sie morgen früh gleich in den Lieferwagen geladen werden können? Ich bin dann im Büro.« Mit diesen Worten drückte Eve ihr einen Notizblock und einen Stift in die Hand und verschwand.

Darina ging sorgfältig die Reihe mit den Tabletts ab und notierte Stückzahl, Lagernummer und Preise der Teile. Dann addierte sie die Preise. Die Waren hatten einen Verkaufswert von über zweitausend Pfund. Sie blickte auf die immer noch vollen Regale an den Wänden. Sogar wenn man die Einzelhandelsspanne einkalkulierte, lag da eine Menge Geld auf Lager.

Sie nahm die Liste mit ins Büro. Eve hatte den aufgeschlagenen Terminkalender vor sich auf dem Schreibtisch liegen und sah durch ein Bündel Nachrichten und Briefe. Darina bemerkte, daß sie weit öfter Eintragungen in ihrem Kalender durchstrich als etwas hinzuzufügen. Sie sah mit düsterem Blick zu Darina auf. »Die Absagen hören gar nicht mehr auf. Anscheinend gibt es da so eine Art Buschtrommel, die die Nachricht von Hampstead und Highgate bis nach Kensington und Mayfair verbreitet. In der Abendzeitung steht auch etwas über die gerichtliche Untersuchung, das heißt, daß es morgen sicher weitere Stornierungen geben wird.«

»Kannst du nichts dagegen unternehmen?«

»Ich werde versuchen, morgen während der Vorführung einige Worte dazu zu sagen, aber ich bezweifle, daß das viel nützen wird.«

Eve sah abgespannt und müde aus. »Na ja, jedenfalls hast du auf diese Weise mehr von deinem Freund.«

»Falls du William meinst, der ist nach Somerset zurückgefahren.«

»Tatsächlich?« Eve rieb sich die Augen und stand auf, ihren Rücken durchdrückend, als würde er schmerzen. »Ich weiß nicht, was du noch vorhast, aber ich gehe jetzt nach Hause. Joshua sagte, er würde heute früher Schluß machen, und zur Abwechslung möchte ich ihn mal mit einem anständigen Abendessen begrüßen, wenn er heimkommt.« Sie öffnete die Tür eines Wandschranks und holte ihre kurze, schwarze Lederjacke heraus. »Nicht, daß ich dann noch viel von ihm habe, er will heute Abend wieder an seinem Buch arbeiten – dabei hat er schon gestern den ganzen Tag daran gesessen. Mein Gott, werde ich froh sein, wenn es fertig ist.«

»Und was ist mit dir? Wäre es nicht wieder mal an der Zeit, daß du ein neues Buch veröffentlichst?«

Eve zuckte mit den Schultern, während sie in die Jacke schlüpfte und ihre Locken mit einer schnellen Bewegung aus dem Kragen schüttelte. »Die Verkaufszahlen meines letzten Buches haben meinen Verleger nicht gerade dazu ermuntert, mir einen Auftrag für das nächste zu geben, und ich bin doch nicht so blöde, mit der Arbeit anzufangen, bevor ich einen Vertrag habe und einen kleinen Vorschuß noch dazu. Nein, ich spekuliere lieber darauf, daß es ein Buch zur Videoserie gibt, die wir gerade produzieren – ich habe schon viele Ideen dafür gesammelt. Und was ich außerdem tun müßte – ich sollte die Gelegenheit nutzen und gleich heute abend damit anfangen – wäre die Zusammenstellung des ersten Mitteilungsblattes für unseren neuen Club. Rezepte, Ratschläge, Sonderangebote für Kochgeräte, das könnte sehr gut ankommen, glaube ich. Vorausgesetzt, wir bringen überhaupt jemanden dazu, Mitglied zu werden. Ich finde, Elizabeth müßte in ihrer Zeitung darauf aufmerksam machen, schließlich ist sie dafür verantwortlich, daß das Geschäft zur Zeit so miserabel läuft.«

Arme Eve, nichts ging mehr nach ihrem Willen. Wie wohl die Chancen für die Videoserie standen? Nach einer Pause fragte Darina: »Hast du eigentlich an dem Abend, als du beinahe überfahren wurdest, tatsächlich bei Jo angerufen?«

Eve antwortete ein wenig selbstgefällig: »Das war ein Schuß ins Blaue, aber wie es scheint, ein Treffer.«

»Du glaubst doch nicht etwa, daß Jo versucht hat, dich umzubringen. Vergiß nicht, daß sie ein wasserdichtes Alibi hat. Sie war in Yorkshire, als die Pilzwanderung stattfand.«

Eves Miene umwölkte sich wieder. »Ach ja, war sie das? Aber du hast recht, ich sollte das Detektivspielen lieber dir überlassen.«

Sie hängte sich die Handtasche um und nahm einen Behälter mit dem restlichen Essen auf den Arm. »So, heute gehe *ich* mal früher, wie schön. Dann bis morgen früh um acht. Um neun will ich in Hampstead sein, um alles aufzubauen.« Damit ging sie, einen schwachen Duft ihres Parfüms der Marke Opium zurücklassend.

Darina ging in die Küche zurück. Jo hatte eine Reihe weißer Tabletts auf den Tisch gestellt, auf denen sie ihre vorbereiteten Zutaten arrangierte. Einige weitere Tabletts waren bereits mit Schüsseln und Pfannen, die für die Zubereitung der Speisen gebraucht wurden, beladen. »Die Ausrüstung für die Vorführung ist in dem Schrank dort drüben«, sagte sie und wies in den hinteren Teil der Küche.

Darina ging, um die Sachen zu holen. Gegen die Rückwand des Schranks waren einige Holzteile und ein Hängespiegel angelehnt. Auf einem Einlegebrett darüber befand sich ein Karton, in dem der elektrische Zweiflammenkocher aufbewahrt wurde. Daneben standen ein kleiner tragbarer Ofen und ein Stapel rotkarierter Tischtücher. Sie brachte alles zu den Sachen, die morgen mitgenommen werden sollten.

»Ich stelle die Zutaten bis morgen in den Kühlraum«, sagte Jo, hob zwei Tabletts auf und trug sie in die große Kühlkammer. Darina nahm ebenfalls zwei Tabletts und folgte ihr.

»Was werden Sie morgen tun?« fragte sie, während sie Jo die Tabletts reichte.

»Ich werde die gesamte Küche gründlich aufräumen und reinigen.«

Darina betrachtete all die funkelnden Geräte aus Edelstahl und meinte: »Es sieht gar nicht so aus, als sei das nötig.«

»Im Moment läuft es ganz gut, aber Sie wissen ja selbst, wie schwierig das nach einiger Zeit wird.«

Darina hatte den Eindruck, als würde Jo darauf brennen, sich in eine Arbeit zu stürzen, die physisch und psychisch so anstrengend war, daß sie nicht mehr nachdenken müßte und so müde dabei würde, daß sie abends, wenn sie nach Hause kam, nur noch ins Bett zu fallen brauchte. Die schöne Wohnung in Hammersmith war zur Zeit sicher schrecklich einsam und leer. »Möchten Sie vielleicht zum Abendessen mit zu mir kommen?« schlug sie vor.

Jo lächelte ihr kurz zu. »Danke, aber ich bin bereits mit einer Freundin verabredet. Wir wollen ein neues Restaurant ausprobieren, vielleicht bekomme ich da ein paar Ideen für den Catering-Service – das heißt, falls wir überhaupt je wieder Aufträge bekommen. Ich muß jetzt los, sonst komme ich zu spät. Gehen Sie auch?«

Darina nahm die Bestellungen, die Eve geschrieben hatte und einige Rezeptbögen und antwortete: »Ich glaube, ich sollte das noch einmal durchsehen, damit ich weiß, was ich morgen zu tun habe. Ich schließe dann ab, ich weiß, wo die Schlüssel sind.«

In der Küche war es unheimlich still, während sie die Rezepte mit dem Zeitplan und den Inhalt der Tabletts im Kühlraum mit der Liste der Zutaten verglich. Jo hatte alles bestens vorbereitet. Die Gerichte für die Vorführung waren zwar aufwendig, aber dank Eve würde es sicher wieder aussehen wie Zauberei. Wie sie das alles nur schaffte: Der Wooden Spoon war doch ein recht großes Unternehmen geworden, mit dem Catering-Service, den Kochkursen und dem Geschäft, und jetzt gründete sie auch noch den Club – und schien gute Aussichten auf eine Fernsehkarriere zu haben. Jedes einzelne dieser Projekte hätte für die meisten Frauen, die Darina kannte, eine ausreichende Beschäftigung geboten. Was war es, das Eve so unbarmherzig antrieb? Und was sagte Joshua zu all dem?

Darina erinnerte sich an die Bemerkungen, die er neulich abends beim Aufräumen nach der Dinnerparty gemacht hatte. Es hatte nicht so geklungen, als sei er besonders glücklich, daß Eve so überaus aktiv war. Ob es daran lag, daß er sich über sich selbst ärgerte, weil er sich wieder von ihr hatte einspannen lassen, oder ob es vielleicht doch eine tiefere Ursache für seine Unzufriedenheit gab, vermochte Darina nicht zu sagen. Aber wenn dem so war, warum trennte er sich dann nicht von Eve? Natürlich könnte Darina sich vorstellen, daß er oft nicht sehr gut auf Eve zu sprechen war – aber das war wohl kaum dasselbe wie ein besonders abgefeimter Mordplan.

Sie hielt in ihren Überlegungen inne. Theoretisierte sie zuviel? Ihr fiel der Vorwurf ein, den William ihr gestern gemacht hatte. Sie hatte sich so bemüht, nicht mehr daran zu denken, wie sie auseinandergegangen waren. Jetzt schloß sie die Tür zum Kühlraum, legte die Rezeptunterlagen wieder zurück auf den Tisch, rieb sich etwas Wärme in die klamm gewordenen Finger und setzte den Wasserkessel auf. Dann mahlte sie Kaffeebohnen. Ihre Bewegungen waren mechanisch, und ihre Gedanken wanderten zu den Ereignissen des gestrigen Tages zurück. Es war besser, sich das Ganze auf neutralem Boden durch den Kopf gehen zu lassen als zu Hause, wo die Szene stattgefunden hatte.

Sie hatte ihm vorgeschlagen, seine Tante und seinen Onkel zum Mittagessen mitzubringen. Die beiden waren viel zu nett, um zu protestieren, als er sie nach dem Abend bei ihnen zu einem Abschiedsessen am folgenden Tag einlud, aber sie hatte das Gefühl, sie hätten lieber etwas mehr Zeit mit ihrem Neffen verbracht.

Und obwohl sie den Abend in ihrem Haus sehr genossen hatte, hörte sie ihre Alarmglocken läuten: William verhielt sich ihr gegenüber etwas zu besitzergreifend. Eine Einladung für alle erschien ihr als die beste Lösung.

Das Tischgespräch verlief äußerst familiär. Alle beteiligten sich lebhaft an einer Diskussion über die Stellung der Frau in der britischen Gesellschaft, in der Honor und Darina sich gegen einen nicht allzu ernst gemeinten Chauvinismus von Seiten der Männer verbündeten. Darina bedauerte es aufrichtig, als ihre Gäste meinten, sie müßten nun leider gehen.

William allerdings bestand darauf, noch zu bleiben, um ihr beim Aufräumen zu helfen, und seine Tante und sein Onkel schienen dagegen nichts einzuwenden zu haben. Nun gut, sie wollte ohnehin einige Aspekte des Mordfalls mit ihm besprechen.

»Was halten Sie eigentlich von Monica und Ralph Cox?« fragte sie ihn in der Küche. Er hatte das Geschirr aus dem Eßzimmer hereingebracht und räumte es in die Spülmaschine, während sie die Töpfe und Pfannen mit der Hand säuberte.

»Ach ja, richtig, die Verdächtigen. Wie würden Sie sie denn charakterisieren? Mein Vorschlag wäre Schwarzwälder Kirschtorte und Beefsteak-Nierenpastete.«

»Kein schlechter Versuch.«

William machte eine ironische Verbeugung. »Also, was sagen Sie?«

»Helles Mousse au chocolat und Porterhouse Steak.«

»Okay, Sie haben gewonnen.« Sie lachte ihn an und hörte dann aufmerksam zu, als er fortfuhr. »Sie sind jedenfalls ein interessantes Paar. Er ist viel intelligenter, als man auf den ersten Blick vermuten würde. Hinter der Fassade eines einfachen Cockney-Knaben arbeitet ein Verstand, der so scharf ist wie eines ihrer Küchenmesser hier. Beim Portwein haben wir ausgiebig über die wirtschaftliche Lage debattiert, und seine Kommentare waren ungemein interessant. Falls er jemals die Absicht hat, in die Politik zu gehen, hätte er große Chancen. Man konnte förmlich sehen, wie James im Geiste seine Bemerkungen für die eigenen Reden notierte.«

»Und er ist ein sehr attraktiver Mann.«

»James? Sie überraschen mich.«

»Nein, Sie Idiot, Ralph natürlich.«

»Sie meinen den Sexappeal der ungezügelten Wildheit?« William trocknete vorsichtig die Bakkarat-Gläser ab, die sie zum Mittagessen aufgedeckt hatte.

»Ja, so etwas in der Art. Er strahlt eine unbändige Lebenslust aus. Und man hat nicht gerade den Eindruck, als würde er sich im Ausleben seiner körperlichen Bedürfnisse durch irgendwelche Konventionen bremsen lassen.«

»Und das ist es, was den Frauen gefällt, ja?« Er sah sie unter einer leicht hochgezogenen Augenbraue spöttisch an, und Darina ärgerte sich darüber.

»Einigen schon. Haben Sie nicht bemerkt, wie zum Beispiel Fiona ihn angesehen hat? Man konnte meinen, sie würde ihn bei lebendigem Leib verschlingen – und das vor dem Abendessen. Und als wir oben waren, hat sie Monica mehr oder weniger zu verstehen gegeben, er habe eine Affäre mit Eve.«

»Tatsächlich? Und wie hat Monica darauf reagiert?«

»Sehr kühl, aber sie hat mehr oder weniger zugegeben, daß er seine kleinen Abenteuer hat.«

»Und daß Eve also eines dieser Abenteuer sein könnte? Da wundert es mich aber, daß Monica weiterhin ihren Catering-Service in Anspruch nimmt.«

»Wieso denn? So kann sie das Ganze doch gut im Auge behalten, und außerdem ist der Wooden Spoon der renommierteste Catering-Service in ganz London. Ich glaube nicht, daß Monica sich, selbst unter diesen Umständen, mit dem zweitbesten zufrieden geben würde.«

»Nein, sie ist sicher keine Frau, die halbe Sachen macht. Übrigens kennt Honor Monicas Eltern ziemlich gut. Anscheinend hat es ihre Familie bis auf die Grundfesten erschüttert, als sie ihnen Ralph als Schwiegersohn vorstellte. Ihre Mutter hatte erwartet, daß sie mindestens den Sohn eines Duke heiraten würde, nicht unbedingt den Erben, aber ein Lord sollte es schon sein. Und es war ja auch nicht so, daß es für Monica keine Heiratskandidaten dieser Kategorie gegeben hätte. Statt dessen bestand sie darauf, einen ungehobelten Kerl aus dem East End zu ehelichen. Dabei mußten sie noch nicht einmal heiraten, denn ihr erstes Kind wurde nach einer Anstandsfrist von einem Jahr geboren. Glauben Sie eigentlich, daß sie ihre Wahl jemals bereut hat?«

Darina schrubbte die Soßenreste aus einer Pfanne und dachte eine Weile nach. »Ich würde sagen, sie ist immer noch sehr verliebt in ihn. Aber selbst wenn es nicht so wäre, würde sie ihren Fehler niemals zugeben. Und außerdem bietet er ihr genau das Leben, das sie braucht. Während der Dinnerparty, die sie neulich gegeben hat, war sie doch offensichtlich ganz in ihrem Element, und Eve erzählte, daß sie sehr oft solche Gesellschaften geben, hauptsächlich aus geschäftlichen Gründen.« Darina stellte die saubere Pfanne auf das

Trockengestell. »Falls sich Ralph wirklich in Eve verliebt haben sollte, dann bin ich sicher, daß Monica mit Zähnen und Klauen um ihn kämpfen würde.« Sie blickte sich in der Küche um. »So, das war's. Besten Dank für Ihre Hilfe. Wie wär's mit einer Tasse Tee, bevor Sie gehen?«

Einige Minuten später brachte sie ein Tablett ins Wohnzimmer und stellte es auf dem kleinen Couchtisch vor dem Kamin ab. William saß in dem Sessel daneben und streckte die Beine aus, als fühle er sich ganz wie zu Hause.

»Ich glaube noch immer, daß der Mörder eigentlich Eve umbringen wollte«, sagte sie, während sie ihm eine Tasse Tee reichte. »Nur so ergibt es einen Sinn, denn niemand konnte wissen, daß Claire an ihrem Platz sitzen würde. Und da ist noch etwas.« Sie berichtete ihm, daß Eve beinahe überfahren worden wäre.

»Es könnte ein Unfall gewesen sein, Sie kennen ja nur Eves Version von dem, was passiert ist.« Er stellte seine Tasse ab und sah Darina lange an. »Meinen Sie nicht, daß sie sich mit ihrer Detektivarbeit ein wenig überfordern?«

Der Ärger, den Darina schon vorher verspürt hatte, wuchs an. »Jetzt fangen Sie nicht wieder davon an, daß dieser Fall in die Hände der Polizei gehöre.«

»Jedenfalls würden die bei der Geschichte nicht so emotional reagieren.«

»Ich reagiere gar nicht emotional.« Darina bemerkte, wie ihre Stimme lauter wurde, nahm tief Luft und fuhr ruhig fort: »Sie kennen Eve nicht. Sie ist in letzter Zeit wie verwandelt, als habe sie all ihre Energie verloren. Sie ist eine Freundin von mir, und ich kann nicht daneben stehen und zusehen, wie sie ermordet wird.«

»Nun werden Sie doch nicht so melodramatisch. Ich behaupte ja nicht, es sei abwegig, daß jemand sie töten will. Auf mich wirkt sie geltungssüchtig, übermäßig ehrgeizig und absolut rücksichtslos, wenn es um die Bedürfnisse anderer geht – das ideale Mordopfer sozusagen. Aber Sie sollten den Fall wirklich Profis überlassen. Schauen Sie …« Er stand auf und setzte sich neben sie auf das Sofa. In seinen Augen lag eine Mischung aus Ärger und Sorge. »Sie theoretisieren zu viel, ohne die Fakten zu kennen. Und es ist unmöglich für Sie, alle notwendigen Hintergrundinformationen zusammenzutragen, so wie es die Polizei mit ihren Möglichkeiten kann, und Sie können nicht mehr tun, als ein bißchen herumzuschnüffeln und dabei möglicherweise jemandem in die Quere zu kommen. Und außerdem …«, seine Stimme wurde weicher, sein Blick suchte ihre Augen, und er legte seine Hand sanft auf ihre Schulter, »habe ich keine Lust, den Rest des Nachmittags mit unausgegorenen Mordtheorien zu vergeuden.« Er versuchte, sie an sich zu ziehen.

Mit einer schnellen Drehung entwand sich Darina seiner Umarmung und stand auf. »Das ist also alles, was Sie wollen, ein bißchen Zärtlichkeit, ja? Ich wette, gleich erzählen Sie mir, ich solle mir wegen so einer Sache nicht meinen hübschen Kopf zerbrechen, und das lieber so klugen Männern wie Ihnen überlassen.«

»Nun setzten Sie sich doch nicht gleich aufs hohe Roß, nur weil Sie keine Kritik vertragen können.«

»Das ist eine Unverschämtheit!«

Er hatte sich ebenfalls erhoben. Die selbstverständliche Vertrautheit zwischen ihnen war einer kalten Wut gewichen. Darina sah in ihm nicht mehr den attraktiven Mann, mit dem sie gern zusammen war, sondern nur noch einen Fremden, der sie auf beleidigende Art und Weise abgefertigt hatte. Und das nur, weil sie es gewagt hatte, sein Terrain zu betreten. Nun gut, wenn er so dachte, dann war es wohl besser, wenn er so bald wie möglich wieder nach Somerset verschwand.

»Ich glaube, ich gehe jetzt besser.«

Sie führte ihn wortlos zur Tür.

Im Flur nahm er seinen Mantel von der Garderobe, sah sie eine Weile an und sagte dann: »Sie können vermutlich nicht allzu viel Schaden anrichten, wenn Sie ein bißchen weiter spekulieren, damit werden Sie kaum die polizeiliche Untersuchung behindern.«

Diese Bemerkung brachte das Faß zum Überlaufen. Darina drehte sich abrupt um und öffnete die Haustür. »Ich hoffe, Sie haben eine gute Heimreise.«

Er knirschte: »Vielen Dank für das Essen. Ich rufe Sie nächste Woche an.«

»Das wäre nett.« Aber in ihrer Stimme lag keine Spur von Freundlichkeit. Sie knallte die Tür hinter ihm zu und ging in den Waschkeller, wo sie die schmutzige Wäsche, die sich während der letzten Woche angesammelt hatte, wütend in die Waschmaschine stopfte. Dann ging sie zurück in die Küche, wusch die Regalbretter sauber, nahm die Wäsche aus der Maschine und gab sie in den Trockner. Danach bügelte sie bis zur völligen Erschöpfung. In der Nacht wurde sie von Träumen geplagt, in denen mutierte Pilze wuchsen und wuchsen, bis sie so hoch über ihr aufragten, daß sie die Sonne verdeckten.

Darina richtete ihre Gedanken wieder auf die Gegenwart und versuchte, Williams Kritik etwas objektiver zu sehen. Vielleicht theoretisierte sie ja wirklich nur, aber die Fakten waren einfach noch viel zu ungenau, um damit etwas anderes anfangen zu können, und außerdem mußte er doch nicht gleich so grob werden. Sie verbannte jeden weiteren Gedanken an einen ganz speziellen Polizeiinspektor in die hinterste Ecke ihres Bewußtseins, spülte ihre Tasse und die kleine Kaffeekanne, warf einen letzten, prüfenden Blick in die Küche und holte die Schlüssel aus dem Büro. Sie hatte gerade den Alarm eingeschaltet, als sie ihn wieder ausstellen mußte, weil jemand an der Tür klingelte. Es war Kenneth, der Photograph.

Er sah müde und niedergeschlagen aus. »Ist Eve in ihrem Büro?«
Darina schüttelte den Kopf. »Nein, tut mir leid, sie ist schon nach Hause gegangen. Kann ich Ihnen irgendwie helfen?« fügte sie hinzu, entschlossen, die Gelegenheit zu nutzen, um mit einem ihrer Verdächtigen ins Gespräch zu kommen.

»Ach nein, danke, es war nur wegen der Videos ...« Er hörte eher langsam auf zu sprechen, als daß er den Satz beendet hätte, sein Blick wanderte über die Wände und blieb einen Moment lang auf dem Stilleben mit Weinflaschen und Äpfeln hängen.

»Wollten Sie Eve fragen, wann sie Zeit hat, um mit den Filmarbeiten weiterzumachen?« versuchte Darina, ihm auf die Sprünge zu helfen.

»Nein.« Das zumindest klang fest und bestimmt. »Es ist nur so, daß ...« Er brach wieder ab.

»Lassen Sie uns auf einen Drink gehen, und dann können Sie mir alles in Ruhe erzählen. Ich habe hier schon abgeschlossen, aber um die Ecke gibt es einen

Pub.« Sie ließ ihm keine Zeit zum Nachdenken, schaltete rasch den Alarm wieder ein und drängte ihn aus dem Haus. Im nächsten Pub ließ er sich von ihr widerspruchslos zu einem kleinen Tisch führen und antwortete lustlos, als sie ihn fragte, was er trinken wolle. Als sie einen Campari mit Soda vor ihm auf den Tisch stellte, sah er kurz auf und bedankte sich. Dann blieb er mit gesenktem Blick auf der Bank sitzen und hielt sich an seinem Glas fest. Darina sah, daß er seine Zähne zusammenpreßte.

»Was ist das Problem?« fragte sie sanft.

Er nahm einen großen Schluck. »Ich weiß nicht mehr, was ich mit der Videoserie machen soll, jetzt, wo Claire ...« Er umklammerte sein Glas noch fester. »Jetzt, wo sie nicht mehr dabei sein kann. Ich hatte die ganze Sache nämlich so geplant, daß sie sozusagen die Hauptrolle spielt, verstehen Sie?«

Darina verstand nicht. Nach allem, was sie von Eve wußte, zeigten die Filme sie und Claire zu gleichen Teilen. Kenneth hatte erst eine Folge fertiggestellt, und anscheinend war es überhaupt kein Problem, die Szenen noch einmal zu drehen, in denen Claire vorkam. Das hatte jedenfalls Eve gesagt.

»Ich kann es Ihnen nicht erklären«, meinte Kenneth kläglich. »Sie müßten es einfach sehen, um es zu begreifen.«

»Na gut, warum zeigen Sie es mir dann nicht?« fragte Darina. »Ich habe heute abend ohnehin nichts vor – wie ist es mit Ihnen?«

Das Interesse des Photographen schien zum ersten Mal geweckt. »Würden Sie wirklich mitkommen und es sich einmal ansehen? Ich wäre Ihnen so dankbar. Sehen

Sie, es bedeutet, ... ich meine, es hat mir so viel bedeutet. Und jetzt habe ich plötzlich das Vertrauen in meine Fähigkeiten verloren. Ich meine, es hat so viel damit zu tun, was ich für Claire empfunden habe.«

»Dann los.« Darina trank ihren Wein aus, und sie verließen den Pub.

Sie hielten ein Taxi an und fuhren zu seinem Studio in Islington, das früher ein Ladenlokal gewesen war. Hinter den großen Schaufenstern, die mit Jalousien verhängt waren, hatte er sich ein kleines Büro eingerichtet, der rückwärtige, offene Teil des Raumes war weiß gestrichen. Dort standen mehrere Scheinwerfer, hinter denen eine Art Regenschirm befestigt war, auf hohen Stativen, und lange Streifen aus verschiedenfarbigem Papier lagen unter einem Fenster, das von schweren, dunklen Vorhängen eingerahmt wurde. Auf einer freistehenden Kommode lagen einige Kameras für Standaufnahmen. An der Wand standen zwei Tische, ein paar Stühle und ein Plüschsofa, das aussah, als hätte es früher einem Bordell zur Zierde gereicht, an der gegenüberliegenden Seite befand sich ein großer Schrank, und in die Nische unter einem Treppenlauf war eine Spüle eingebaut. Kenneth ging vor ihr die Stufen hinauf bis zu einem Treppenabsatz, der in ein Wohnzimmer führte, in dem mehrere niedrige Sitzgelegenheiten verstreut waren. In einem Metallregal standen etliche Reihen Videobänder und zahlreiche Bücher. In der Mitte des Raumes war eine weitere Metallkonstruktion aufgebaut, die einen großen Fernseher und ein Videogerät enthielt. An den Wänden hingen vergrößerte Photographien von Lebensmitteln und Speisen, deren komplizierte Komposition Darina etwas verwirrte.

»Nehmen Sie doch Platz. Kann ich Ihnen etwas anbieten, einen Drink oder vielleicht lieber einen Kaffee?«

Sie schüttelte den Kopf. Während Kenneth den Fernseher anstellte und das eingelegte Videoband zurückspulen ließ, ging sie zu dem Regal an der Wand und studierte die Buchtitel.

Fast alle drehten sich ums Essen. Es gab zum Beispiel Bildbände mit aufwendigen Photographien von Gerichten in den verschiedensten Stadien der Zubereitung sowie kleinere Bücher über Früchte und Gemüse, auch diese mit sehr guten Farbillustrationen. Außerdem entdeckte Darina zwei Bücher über Pilze, eines, das sie neulich abends gelesen hatte, und ein anderes, das sie noch nicht kannte.

»So, jetzt hab ich den Anfang. Das ist der Pilotfilm, den ich potentiellen Interessenten vorführen wollte.«

Darina ließ sich in einem der Sessel vor dem Fernseher nieder. Kenneth drückte auf einen Knopf, auf dem Bildschirm flimmerte es kurz, bevor man ein wunderschönes Arrangement aus Früchten und Gemüse sah, und dann fuhr die Kamera zurück und zeigte Eve und Claire in der Vorführküche.

Thema des halbstündigen Filmes waren Wurzelgemüse, die in einer großen Variation von Zubereitungsmöglichkeiten und als Gerichte aus aller Welt präsentiert wurden. Sehr bald begriff Darina, warum sich Kenneth wegen seiner Arbeit solche Sorgen machte. Er hatte die beiden Frauen so aufgenommen, daß jede abwechselnd als kontrastierender Hintergrund für die andere diente. Dabei war Eve ganz die charmant plaudernde Kochkünstlerin, die sich mit ihren raffinierten Kreationen ins rechte Licht rückte, während Claire völlig darauf konzentriert war, den Zuschauern die grundlegenden Eigenschaften ihrer sehr viel weniger komplizierten Gerichte verständlich zu machen.

Die Aufnahmen waren brillant, jedes Gemüse wirkte wunderbar frisch und appetitlich. Aber das Schönste an dem Film war Claire selbst.

Die Kamera brachte ihr Gesicht so zur Geltung, wie man es im wirklichen Leben nie gesehen hatte, besonders ihre Augen schienen Darina größer geworden zu sein, und sie strahlten vor Begeisterung für ihre Arbeit. Ihre leicht atemlose Sprechweise hatte etwas Fesselndes und ließ den Zuschauer geradezu mit Spannung auf jeden weiteren Satz von ihr warten, wie einen Krimileser, der sein Buch vor der Auflösung nicht mehr aus der Hand legen kann. Während sie über ein Püree von Pastinak mit Pinienkernen sprach, konnte man den raffinierten Geschmack dieses relativ einfachen Gerichtes förmlich schmecken. Im Vergleich dazu wirkte Eve wie eine Ablenkung, denn hinter all ihren geistreichen Formulierungen, dem koketten Augenaufschlag und dem Schütteln ihrer Locken geriet das Essen sehr schnell in Vergessenheit.

Nach dem Ende des Films drehte sich Kenneth erwartungsvoll zu Darina um.

»Was hätten Sie gemacht, wenn Claire nicht gestorben wäre?«

Seine Miene erhellte sich. »Alles noch einmal gefilmt, und zwar nur mit ihr. Der Produzent, dem ich es zuerst vorgeführt habe, meinte, Claire sei großartig, aber Eve würde den ganzen Eindruck zunichte machen.«

»Haben Sie Eve das gesagt?«

Er setzte sich wieder hin, stützte seinen Kopf in die

Hände und starrte auf den geknüpften Teppich, als könne er in seinem Muster die Antwort auf all seine Probleme lesen. »Vor etwa zehn Tagen hab ich mal versucht, mit ihr darüber zu reden. Daraus ist dann unser Streit entstanden. Zuerst hat sie überhaupt nicht verstanden, was ich meinte, und dachte, ich wollte jede von ihnen in eigenen Folgen zeigen, die dann abwechselnd gesendet würden. Als ich ihr dann erklärte, daß die Serie nur dann ein Erfolg würde, wenn ich sie mit Claire allein mache und nicht mit ihr, ist sie explodiert.« Kenneth blickte zu Darina auf und blinzelte sie an. Offensichtlich hatte ihn die Auseinandersetzung mit Eve wirklich erschüttert. »Sie sagte, ich würde nichts vom Filmen verstehen, und ich solle gefälligst beim Photographieren bleiben. Außerdem hätte ich den Film nicht den richtigen Leuten gezeigt, der Produzent sei ein Trottel, nur sie habe die richtigen Kontakte, und sie sei diejenige, die den Film ans Fernsehen verkaufen und sich damit einen großen Namen machen würde.«

Kenneth zog ein großes, seidenes Taschentuch hervor und wischte sich damit die Schweißperlen ab, die plötzlich auf seiner Stirn standen. »Sie hat geredet, als ginge es bei dieser Videoserie nur um sie. Dabei schien sie überhaupt keine Ahnung zu haben, was sie für mich bedeutet – ich könnte damit bekannt werden. Wenn man einmal eine Produktion ans Fernsehen verkauft hat, ist es recht einfach, die Verantwortlichen auch für was anderes zu interessieren. Und alles schien ganz prima zu laufen, ich meine, sie waren wirklich begeistert von meiner Idee, bis ich ihnen das Video gezeigt habe.« Er zögerte. Als er fortfuhr, war die Erregtheit aus seiner Stimme verschwunden. »Und dann dachte ich, daß Eve vielleicht doch recht hat. Ich werde immer so unsicher, wenn ich mit ihr rede, sie ist eine so dominante Persönlichkeit, während Claire … « Wieder zögerte er, aber diesmal nur einen kurzen Moment, dann sah er Darina direkt an, und in seinen Augen lag ein Leuchten. »Ich habe sie so geliebt«, sagte er einfach. »Sie war wie meine Mutter, so warm und so liebevoll. Normalerweise finde ich Frauen ein wenig beängstigend, ich meine, solche Frauen wie Eve zum Beispiel.« Das Licht in seinen Augen war erloschen, und Darina wartete, bis er sich geräuschvoll in sein Taschentuch geschneuzt hatte.

»Deshalb war ich auch so erleichtert, als Eve am Sonntag wieder freundlich zu mir war. Ich habe sogar eingewilligt, eine weitere Videofolge mit ihr zu drehen. Aber das war reine Zeitverschwendung, denn sie hat sich nicht im geringsten auf Änderungen ihres Präsentationsstils eingelassen. Deshalb bin ich heute abend auch in den Wooden Spoon gekommen, ich wollte ihr sagen, daß ich nicht weitermache. Ich war sehr nervös, weil ich wußte, daß sie wieder schrecklich wütend würde, wenn ich es ihr sage. Auf dieser Pilzwanderung hat sie kein Wort mit mir geredet, und einmal, als ich ein paar Aufnahmen von den Pilzen machte und sie bat, ein wenig zur Seite zu treten, hat sie mich angefunkelt, als wolle sie mich mit ihren Blicken töten. So etwas geht mir durch und durch, wissen Sie? Ich kann Ihnen sagen, ich hatte die schlimmsten Befürchtungen wegen dieser Feier am nächsten Tag, aber dann hab ich gesehen, daß ich neben Claire sitzen sollte und war beruhigt.«

»Sie haben also nach Ihrer Platzkarte gesucht?« schob Darina rasch ein.

»Oh ja, das haben alle. Eve meinte, wir müßten unsere Plätze selbst finden.«

»Wie, alle gleichzeitig?«

»Nein, das nicht. Es war ein besonders schöner Tag, die meisten von uns haben ihre Drinks im Garten genommen und sind nur ab und zu hineingegangen, um sich alles anzusehen. Es war sehr zwanglos – Eve kann wirklich wunderbare Parties geben, das muß man ihr lassen. Es war ja das erste Mal, daß sie Gäste dort hatten, seit sie das Haus umgebaut haben, und alle waren ganz begeistert von der neuen Einrichtung.«

»Was war so neu daran?«

Kenneth wurde wieder etwas lebhafter. »Sie hätten das Haus vorher sehen sollen, es war furchtbar düster. Irgendein William Morris-Fan hatte früher dort gewohnt und alles mit dunklen Tapeten und Holzverkleidungen ausgestattet. Als sie einzogen, haben sie im Souterrain, das aus einem Labyrinth von winzigen Zimmerchen und Fluren bestand, die Wände eingerissen und statt dessen Raumteiler aus Kiefernholz eingebaut – Eve hat am Anfang ihren Catering-Service dort betrieben. Aber jetzt hat sie das alles wieder herausgenommen, einen Durchbruch für das große Fenster machen lassen und die Terrasse angelegt. Dann haben sie noch die Wand zwischen dem Wohn- und dem Arbeitszimmer eingerissen, aus dem Ganzen einen einzigen, riesigen Raum gemacht und vollkommen neu gestaltet.«

»Das muß ja eine Menge Geld gekostet haben«, überlegte Darina laut.

»Eine Wahnsinnssumme«, stimmte Kenneth zu. »Aber Joshuas letztes Buch war ein unglaublicher Renner, und er hat einen exorbitanten Vorschuß auf sein neues Buch bekommen, das weiß ich von Claire. Anscheinend wollen heutzutage alle etwas über Lebensmittelproduktion lesen, und so wie er das Thema anpackt, kritisch und kontrovers, schafft er es wirklich, daraus etwas äußerst Spannendes zu machen, vermutlich, weil er Journalist ist. Außerdem muß der Wooden Spoon selbst eine Menge einbringen, bei den Preisen, die sie verlangen.«

»Woher hatte Eve das Geld für das Haus?« fragte Darina, die noch immer daran dachte, wieviel all die Umbauten für die Catering-Küche, den Vorführraum und die eleganten Büros gekostet haben mußten, ganz zu schweigen von den Kosten für das Haus selbst. Dabei erwartete sie kaum, daß Kenneth die Antwort wußte. Aber er tat es, und sie kam vollkommen überraschend.

»Claire hat an ihrem fünfundzwanzigsten Geburtstag ein Treuhandvermögen ausbezahlt bekommen, und das hat sie in das Unternehmen gesteckt.«

Darina brauchte eine Weile, um diese Information zu verdauen. Dann fragte sie gespannt: »Und wieviel war das?«

»Ich weiß nicht so genau, aber ich glaube, etwa 50.000 Pfund.«

»Und was geschieht jetzt mit diesem Geld?«

Aber das konnte Kenneth ihr nicht mehr beantworten, und es interessierte ihn auch nicht. Er stand auf, spulte das Videoband zurück und nahm es aus dem Rekorder. »Das ist alles, was mir von ihr geblieben ist«, sagte er, »und ich schätze, daß es wohl für niemanden außer mir noch irgendeinen Wert hat.«

»Ich finde, Sie sollten mit Ihrer Idee weitermachen. Was Sie brauchen, ist ein erfahrener Produzent oder Regisseur, der Eve so anleiten kann, daß sie sich vor der Kamera einfacher und natürlicher gibt. Ich kenne mich da zwar nicht so aus, aber ich glaube, sie hat schauspielerisches Talent, und die Art, wie sie die Gerichte präsentiert, ist einfach großartig.«

»Finden Sie wirklich?«

Sie sprachen noch eine Weile über diese Möglichkeit, und dann erinnerte sich Darina an etwas, das er zuvor erwähnt hatte. »Haben Sie noch die Photos, die sie am Samstag gemacht haben?«

Er ging zu einem niedrigen Tisch, nahm eine Mappe, die darauf lag, holte einige Bilder heraus und reichte sie ihr.

Darina sah sich jedes genau an und sortierte sie dann in einem zweiten Durchgang in zwei Stöße. Auf den ersten legte sie die Aufnahmen der Teilnehmer. Darunter gab es etliche von Claire, einige, auf denen sie direkt in die Kamera sah, und andere, die sie im Gespräch mit anderen zeigten. Dann gab es ein sehr schönes Bild von ihr und Joshua. Die beiden betrachteten Pilze, und im Hintergrund war, wenn auch etwas unscharf, Eve zu erkennen. Dann ein weiteres mit Ralph, er hob gerade fragend die Augenbrauen, und sie lachte fröhlich, und schließlich eines mit Darina, als sie ihr half, das Essen für das Picknick anzurichten.

Der zweite Stoß enthielt Aufnahmen von Pilzen. Von einigen sah man nur die Hutspitze unter einem Haufen Laub hervorblitzen, andere gruppierten sich um Baumwurzeln oder bedeckten einen Stamm. Die übrigen Bilder zeigten die Ausbeute der Pilzsucher, zuerst in den Körben und dann eine ganze Serie, als die Pilze ausgebreitet auf dem Boden lagen. Darina zeigte sie Kenneth und fragte: »Sind die während des Mittagessens oder am Ende der Wanderung aufgenommen worden?«

Er sah sich die Bilder genauer an. »Beides. Mir gefielen die verschiedenen Formen und Farben der Pilze, und nachdem Ralph sie mittags und abends geprüft hatte, habe ich sie alle noch einmal ausgebreitet und photographiert.«

Wahrscheinlich war das, als sie nach dem Mittagessen das Auto beladen hatte und bevor ihr die Körbe zum Mitnehmen übergeben worden waren.

»Kann ich mir die mal ausleihen? Ich würde sie gerne Ralph zeigen.«

»Sie können sie behalten, ich wollte mir ohnehin Abzüge machen, weil ich dachte, die Polizei könnte sich dafür interessieren. Die kommen morgen übrigens hierher.«

Darina dachte, daß sie demnächst wohl auch bei ihr erscheinen würden. Sie stand mit Sicherheit auf ihrer Liste, wenn auch nicht an erster Stelle, weil sie zwar am Picknick während der Pilzwanderung, nicht aber am Festessen teilgenommen hatte. Allerdings gab es nicht sehr viel, was sie der Polizei hätte sagen können. Während des Picknicks war ihr nichts Besonderes aufgefallen, da saßen ein paar Grüppchen beisammen und plauderten, das war alles. Oder etwa nicht? Sie warf einen Blick auf den Stoß mit den Photos der Teilnehmer.

»Sagen Sie, könnte ich die wohl auch mitnehmen?«

»Klar, es ist kein Problem für mich, Abzüge von dem ganzen Film zu machen.« Er schien sich nicht im geringsten dafür zu interessieren, warum sie die Bilder haben wollte, sondern saß nur apathisch in seinem Stuhl und starrte auf das Videoband in seiner Hand. Und dann kullerten zu Darinas Schrecken langsam zwei große Tränen über seine Wangen. Er machte keine Anstalten, sie wegzuwischen, sondern sagte nur leise: »Ich weiß einfach nicht, wie ich es ohne sie schaffen soll. Seit meine Mutter gestorben ist, war sie die einzige, mit der ich wirklich reden konnte. Dabei wußte ich die ganze Zeit, daß sie eines Tages vermutlich heiraten würde oder so etwas. Ich habe mir nie eingebildet, daß aus unserer Beziehung mehr werden würde als Freundschaft, nur hätte ich sie dann wenigstens ab und zu sehen können. Aber so ...« Er zog sein Taschentuch aus der Hosentasche und wischte sich über die tränenverschwommenen Augen.

»Hat sie Ihnen denn auch alles von sich erzählt?« wollte Darina wissen, aber ihre Frage ging in einem trompetenlauten Schneuzen unter, und sie mußte sie wiederholen.

»Oh ja, sie hat mir sehr viel von sich erzählt«, antwortete er stolz. »Dachten Sie an etwas Spezielles?«

»Ja, gewissermaßen. Ich meine, hat sie Ihnen zum Beispiel gesagt, ob es einen Mann in ihrem Leben gab?« Darina war keine bessere Formulierung eingefallen, die vielleicht etwas weniger kränkend für seinen männlichen Stolz gewesen wäre. Aber Kenneth schien es nicht übelzunehmen, und nachdem er sich ein letztes Mal die Nase geputzt und das Taschentuch weggesteckt hatte, gab er scheinbar bereitwillig Auskunft, wahrscheinlich, um zu beweisen, wie sehr Claire ihn als Freund und Vertrauten geschätzt hatte. »Es gab da wirklich jemanden, in den sie verliebt war, aber sie hat mir nicht viel über ihn erzählt, nur, daß sie sehr unglücklich war.«

»Wieso, hat er ihre Gefühle nicht erwidert?«

»Doch, das schon, aber er war verheiratet, und ich glaube, Claire war sich unsicher, ob sie ihm so viel bedeutet, daß er ihretwegen seine Frau verlassen würde. Oder vielleicht wollte sie auch gar nicht, daß er seine Frau verläßt, keine Ahnung, jedenfalls war die Situation irgendwie schwierig für sie.« Darina bemerkte, daß Kenneth um die richtigen Worte rang und dachte bei sich, daß es ihm wahrscheinlich leichter gefallen wäre, das Ganze in einer Photographie auszudrücken.

»Und Sie wissen also nicht, wer dieser Mann war?«

Er schüttelte den Kopf. »Ich wollte es auch gar nicht wissen. Claire hat nur ein einziges Mal mit mir darüber gesprochen. Sie war so unglücklich, daß sie plötzlich anfing zu weinen, und ich habe sie in die Arme genommen und ihr Haar gestreichelt.« Nach diesen Worten brach er ab und suchte erneut nach seinem Taschentuch.

Darina sammelte rasch die Photographien ein und steckte sie in einen Umschlag, den sie in ihrer geräumigen Umhängetasche gefunden hatte. Jetzt, nachdem sie ein paar wichtige Informationen von ihm bekommen hatte, über die sie gründlich nachdenken mußte, wollte sie so schnell wie möglich weg von diesem gequälten Mann. Aber konnte sie ihn in diesem Zustand wirklich allein lassen?

»Kann ich noch irgend etwas für Sie tun?« fragte sie ihn.

Er sah auf und schüttelte den Kopf. »Nein, es geht schon wieder. Es hat gut getan, mir das alles einmal von der Seele zu reden. Meine Mutter hat einmal gesagt, mein Problem wäre, daß ich meinen Kummer immer in mich hineinfresse, statt mit jemandem darüber zu reden. Das würde einen innerlich vergiften, meinte sie. Darum habe ich mich mit Claire auch so wohl gefühlt, mit ihr konnte ich einfach über alles sprechen.«

Darina wartete ab, ob es weitere Tränen gab, aber für heute schien er sich ausgeweint zu haben.

»Sie sind übrigens genauso sanft wie Claire«, fuhr er fort, »aber Sie sind stärker, das spüre ich.« Das klingt ja wie in einer Werbung für Toilettenpapier, dachte Darina. Laut sagte sie: »Na gut, dann gehe ich jetzt.« Er lächelte zaghaft und meinte zum Abschied: »Und ich werde mal darüber nachdenken, was Sie über eine Fortsetzung der Videos gesagt haben. Das mit der richtigen Regie ist vielleicht eine gute Idee. Außerdem hätte Claire sicher nicht gewollt, daß ich dieses Projekt aufgebe, sie war so überzeugt von meiner Arbeit.«

Als Darina die Tür zum Studio hinter sich schloß und auf die Straße trat, schlug es gerade sieben Uhr. Sie überlegte, in welcher Richtung die nächste U-Bahn-Station lag, oder ob sie besser nach einem Bus Ausschau halten sollte. Es war angenehm draußen, ein bißchen kühl zwar, aber am klaren Himmel standen zahllose Sterne, deren Funkeln jedoch nicht so recht gegen die Lichter der Großstadt ankam. Darina wünschte, sie wäre jetzt irgendwo auf dem Land, wo kein Autoverkehr die samtig dunkle Nacht störte. Dann schlug sie rasch entschlossen die Richtung zum Picadilly Circus ein.

Sie ließ die U-Bahn-Station Angel links liegen, kam zur Roseberry Avenue, überquerte die Gray's Inn Road und bog in die Theobalds Road ein. Ihr Weg führte sie an alten Häusern vorbei, die bereits vor vielen Jahren in stil- und gesichtslose Bürogebäude umgewandelt worden waren, so wie die Hauptpost von Mount Pleasant, hinter deren dunkelgetönten Scheiben zweifellos auch um diese Zeit noch tausende von Briefen und Päckchen sortiert wurden, nur sah man nichts mehr davon. In dieser Gegend gab es so gut wie kein Nachtleben, der Lärm und das geschäftige Treiben verebbte, wenn am frühen Abend die Angestellten der umliegenden Büros ihre Arbeitsstätten verließen, bis sie am nächsten Morgen, erholt oder verschlafen von der vergangenen Nacht, wieder zurückkehrten. Darina war die einzige Fußgängerin weit und breit, nur der unablässige Strom der Autos begleitete das Klappern ihrer Absätze auf dem Pflaster. Allerdings bemerkte sie ihre Umgebung kaum, denn ihre Gedanken waren ganz auf Claires Tod konzentriert. Das Bild, das sie sich während der letzten Tage von den Ereignissen gemacht hatte, hatte seit der Unterhaltung mit Kenneth neue Konturen erhalten, die völlig neue Perspektiven eröffneten.

Sie hatte von dem Photographen zwei Informationen erhalten, die von Wichtigkeit sein mußten. Zum einen war da Claires Affäre mit einem verheirateten Mann, und dann die Tatsache, daß sie 50.000 Pfund in den Wooden Spoon investiert hatte. Geld und Liebe, beides starke Motive für einen Mord, ließen nun den Schluß zu, daß möglicherweise doch Claire das beabsichtigte Opfer gewesen war.

Wer war der Mann, in den sie sich verliebt hatte? Daß sie Kenneth seinen Namen nicht verraten hatte, legte den Schluß nahe, daß er ihn ebenfalls kannte.

Joshua oder Ralph? Der eine war der Mann ihrer Partnerin, der andere mit einer ihrer besten Kundinnen verheiratet. Abgesehen davon, daß Darina Claire für eine Frau hielt, die es grundsätzlich abgelehnt hätte, sich mit einem verheirateten Mann einzulassen, mußte sie in beiden Fällen vor einem massiven Loyalitätskonflikt gestanden sein.

Sie war sicher, daß nur zwei Möglichkeiten in Frage kamen: Entweder, es war ein Fall von überwältigender Leidenschaft, oder der betreffende Mann hatte sie nach allen Regeln der Kunst verführt. Konnte es Joshua sein? Darina war überzeugt, daß seine Ehe mit Eve trotz mehrerer Krisen nicht gescheitert war. Sie dachte daran, wie er Eve an dem Abend nach Monicas Party in die Arme geschlossen hatte, so spontan und selbstverständlich, als sei nur dort ihr einziges und wahres Zuhause. Darina zweifelte nicht an der Aufrichtigkeit des Gefühls, mit dem er sie umarmt hatte. Aber dann fiel ihr ein, wie er ihr von seiner ersten Begegnung mit Eve erzählt und gesagt hatte, er habe sich auf den ersten Blick in sie verliebt. Wenn ihm das einmal passiert war, hieß das nicht, daß es ihm wieder passieren konnte? Und war es möglich, daß die ruhige, zurückhaltende Claire ein solches Gefühl in ihm hätte entfachen können?

Andererseits konnte sich Darina gut vorstellen, daß Ralph, für den eine Frau wie Claire sozusagen eine Herausforderung gewesen sein mußte, sie mit seinem unwiderstehlichen Charme umworben hatte, bis sie ihm nachgab. Aber – was war mit Eve, hatte er nicht angeblich eine Affäre mit ihr? Aber wie weit konnte sie sich da auf den boshaften Klatsch einer eifersüchtigen Frau verlassen? Eve flirtete schließlich mit jedem Mann, mit dem sie zu tun hatte, so, wie sie es auch bei William versucht hatte, das war Teil ihrer Persönlichkeit.

Als sie an William dachte, bedauerte Darina, daß er sich so wenig bereit gezeigt hatte, mit ihr über ihre Theorien und Ansichten zu Claires Tod zu diskutieren, denn sie stellte fest, daß sie immer weniger wußte, je mehr sie herausfand. Zum Beispiel die Sache mit Claires finanzieller Beteiligung am Wooden Spoon – war das eine mögliche Spur?

50.000 Pfund waren eine Menge Geld, aber reichte es, um ihr die Kontrolle über das Geschäft zu sichern? Wie viele Anteile an der Firma hatten Claire gehört, und wem hatte sie sie hinterlassen? Waren Eve und Claire die einzigen Inhaber, oder gab es noch andere? Joshua vielleicht? Darina hatte nicht den Eindruck, daß Jo finanziell beteiligt war, denn ihre Bemerkungen an diesem Nachmittag hatten eher nach dem hilflosen Ärger einer frustrierten Angestellten geklungen. Und überhaupt: Wie stand es finanziell um den Wooden Spoon?

Darinas Überzeugung, daß der Mord eigentlich Eve gegolten hatte, geriet immer mehr ins Wanken, und sie machte sich allmählich mit dem Gedanken vertraut, daß Claire absichtlich mit dem vergifteten Pilzgericht umgebracht worden war. In diesem Fall war Darina allerdings noch nicht klar, wie sie das mit den vertauschten Plätzen erklären sollte.

Sie kam zur Shaftesbury Avenue, in der sie plötzlich eine Woge von Licht, Lärm und Leuten umfing. Während sie auf den Picadilly Circus zuging, wurde die Menschenmenge immer dichter. Die Fußgänger waren auf dem Weg in Bars, Restaurants, Nachtclubs, ins Theater oder ins Kino, aber sie achtete nicht auf das Gedränge um sie herum, sondern sah immer wieder die verschiedenen Szenen des sonntäglichen Essens vor ihrem inneren Auge und fragte sich wieder und wieder, wann und wie der vergiftete Pilz auf den Teller gelegt worden war. Was den Zeitpunkt betraf, so geschah es vermutlich in allerletzter Minute vor dem Essen, denn der Mörder mußte abgewartet haben, bis er genau wußte, wo Claire sitzen würde. Aber das Wie lag noch vollkommen im dunkeln. Wäre es zum Beispiel möglich gewesen, das tödliche Gift auf eine Spritze zu ziehen oder in eine kleine Flasche zu füllen und es dann nur über das Pilzgericht zu träufeln? Das zu bewerkstelligen wäre sicher schwierig gewesen, denn der Mörder hätte vielleicht eine einzelne Person ablenken können, aber wohl kaum alle anderen Gäste, die mit Claire am Tisch gesessen hatten. Womit sich wiederum die Frage ergab, ob sich Claire vor den anderen an ihrem Platz niedergelassen hatte oder ob sich alle gleichzeitig gesetzt hatten.

Tief in Gedanken und über die möglichen Tatverdächtigen nachdenkend, überquerte Darina den Picadilly Circus und ging weiter über Belgrave und Eaton Square, bis sie zur King's Road kam. Wer konnte nur so kaltblütig sein, den vergifteten Pilz unter die Vorspeise zu mischen, die Eve so liebevoll zubereitet hatte? Lag des Rätsels Lösung etwa im Wooden Spoon selbst, dem Tempel der Gastronomie? Darina fragte sich, wie gut das Verhältnis der drei Frauen tatsächlich gewesen war. Sie waren so unterschiedlich in ihren Charakteren. Die strahlende Eve, extrovertiert und voller Energie, deren Charakter jedoch Zuneigung und Bewunderung ebenso leicht hervorrufen konnte wie Neid und Mißgunst. Dann die ruhige, sanftmütige Claire – konnte ihr wirklich jemand nach dem Leben getrachtet haben?

Und schließlich Jo: vernünftig, realistisch und effizient. Das wenige, das sie über ihre Familie erzählt hatte, ließ auf eine ganz andere Art von Herkunft schließen als die von Eve und Claire. Und zwischen Eve und ihr gab es ganz eindeutig Spannungen. Allerdings hatte sie

Claire offensichtlich sehr gern gemocht, und außerdem hatte sie ein hieb- und stichfestes Alibi für das ganze Wochenende – oder etwa nicht? Darina beschloß, es der Polizei zu überlassen, das herauszufinden.

Was ihre Gedanken wieder einmal auf William brachte. Widerstrebend mußte Darina zugeben, daß er mit seinem Einwand gegen Amateurdetektive vielleicht nicht ganz unrecht hatte. Sie hatte sich der Illusion hingegeben, die Hinweise und Indizien würden ihr einfach über den Weg laufen. Trotzdem war sie noch immer wütend, weil er sie so überheblich behandelt hatte. Als sähe er in ihr lediglich eine Frau, mit der er nur ins Bett wollte. Der Ärger ließ sie schneller ausschreiten.

Als sie nach ihrem Fußmarsch zu Hause ankam, war Darina hundemüde, aber ihre Gedanken waren beim Gehen klarer geworden. Sie hatte jetzt das Gefühl, besser zu wissen, was sie zu tun hatte und welche Fragen sie stellen mußte. Und damit würde sie gleich morgen früh anfangen.

Eve war gereizt und nervös. Sobald Darina im Wooden Spoon erschienen war, hatte sie ihr gesagt, sie solle alle Zutaten prüfen, die Jo vorbereitet hatte, und als Darina bemerkte, das habe sie am vergangenen Abend bereits getan, fuhr sie sie an, dann solle sie es gefälligst nochmal tun.

»Jo scheint mir aber doch äußerst effizient zu sein«, bemerkte Darina, während sie die Tabletts aus dem Kühlraum holte und auf den Arbeitsflächen aufreihte.

»Natürlich ist sie das, aber das ist auch alles.« Eve versuchte, die Geräte und den Hängespiegel für die Vorführung aus dem Schrank zu zerren.

»Du meinst, sie wäre nicht imstande, Claires Platz hier einzunehmen?«

»Sie kann nicht, oder sie will nicht. Sie sagt, sie ist eine Köchin und keine Präsentatorin oder PR-Frau. Wenn es nach ihr ginge, wären wir noch immer nichts anderes als ein Catering-Service.« Eves winzige Gestalt kämpfte mit dem großen Spiegel.

»Laß mich das machen, du kannst ja inzwischen die

Zutaten kontrollieren.« Darina hob das schwere Teil mühelos aus dem Schrank. »Soll ich die Sachen in den Lieferwagen bringen?« Eve wollte protestieren, aber dann nickte sie resigniert und ließ sich auf einen Stuhl fallen.

»Mein Gott, ich bin so müde. Setz doch bitte den Kessel auf, ja? Ich weiß gar nicht, wie ich all diesen Frauen heute gegenübertreten soll, die werden sicher alle Angst haben, mein Essen zu probieren, weil sie denken, es könnte vergiftet sein.« Darina lehnte ihre Last gegen die Spüle und drehte den Wasserhahn auf. Ein paar Minuten später war der Spiegel im Lieferwagen verstaut, und Eve nippte an ihrem Kräutertee.

»Dieses Zeug wirkt wahre Wunder«, seufzte sie.

Darina hob den kleinen Ofen und den Zweiflammenkocher aus dem Schrank. Als sie wieder in die Küche kam, saß Eve immer noch da und trank ihren Tee. Sie hatte gar nicht daran gedacht, die Zutaten zu überprüfen.

»Bist du gestern wenigstens mal früh ins Bett gekommen?« fragte Darina fürsorglich.

»Ach was! Joshua und ich haben uns über den Wooden Spoon gestritten. Er will, daß ich den Laden dichtmache.« Eve rieb sich müde die Stirn.

»Warum denn das?«

»Weil es so schwer sein wird, einen Ersatz für Claire zu finden, und weil die Leute immer an ihren Tod denken werden, wenn sie unseren Namen hören. Er sagt, das alles sei einfach zu viel für mich, und ich sollte das Geschäft lieber verkaufen und eine Weile zu Hause bleiben.« Mit geschlossenen Augen massierte sie ihre Nasenwurzel.

»Und was hältst du von dieser Idee?« fragte Darina neugierig, die sich nicht vorstellen konnte, was Eve ohne die Arbeit im Wooden Spoon mit ihrer Zeit anfangen würde.

»Ich *kann* jetzt nicht aufgeben. Ich weiß genau, daß ich kurz vor dem Durchbruch stehe.« Eves Augen öffneten sich weit und belebten mit ihrem blauen Funkeln ihr Gesicht.

»Was meinst du mit Durchbruch?«

»Daß ich mir einen Namen gemacht habe, übers Fernsehen bekannt werde, Bücher veröffentliche und einen Haufen Geld verdiene.«

»Wenn du das hier aufgeben würdest«, erwiderte Darina mit einem Blick auf die luxuriöse Küche, »dann hättest du mehr Zeit, um Bücher zu schreiben und an deinen Ideen für eine Fernsehsendung zu arbeiten.«

»Du verstehst das nicht, all meine Kontakte verdanke ich dem Wooden Spoon, und nur damit bleibe ich in der Öffentlichkeit bekannt. Ohne das Geschäft hier hätte mich jeder innerhalb kürzester Zeit vergessen. Und das ist es auch, was mir Geld einbringt. Nun ja, das sollte es jedenfalls.« Eve trank rasch ihren Tee aus und sprang mit wiedererwachter Energie auf. »Los jetzt, sonst kommen wir zu spät. Ich hasse es, wenn ich vor einer Veranstaltung nicht genug Zeit habe, um mich richtig vorzubereiten.« Sie nahm ein Tablett und verließ die Küche.

Während sie in dem vollgepackten Lieferwagen in Richtung Hampstead fuhren, fragte Eve unvermittelt: »Könntest du dir eigentlich vorstellen, an Claires Stelle bei mir einzusteigen?«

Darina legte den Leerlauf ein und zog die Handbremse an, um den Wagen auf einem kleinen Hügel vor einer roten Ampel zum Stehen zu bringen. Sie hatte seit Tagen mit Eves Frage gerechnet und wußte, wie ihre Antwort lauten würde. Es hatte weniger mit den Umständen von Claires Tod zu tun als mit der Tatsache, daß das Catering-Geschäft nicht das Richtige für sie war. Sie wollte diesen Druck und Streß nicht mehr, den es für sie bedeutete, ständig woanders ein Essen zu servieren, dauernd auf die verschiedenen Ansprüche der Kunden Rücksicht nehmen zu müssen, deren Bestellungen außerdem immer auf einmal kamen, statt sich über längere Zeit zu verteilen, und all ihre Kräfte und Energien für ihre Arbeit einzusetzen. Es war einfach Zeit, daß sie wieder etwas anderes machte.

Und da war noch etwas. Sie glaubte nicht, mit Eve auf Dauer gut zusammenarbeiten zu können. Die nervöse Lebhaftigkeit ihrer Freundin wäre mit der Zeit zu ermüdend für sie, und Eve's Vorstellungen vom Kochen entsprachen nicht den ihren. Nein, sie war sich völlig im klaren, daß sie Eves Vorschlag ablehnen mußte. Doch gerade, als sie das sagen wollte, schoß ihr plötzlich ein Gedanke durch den Kopf, und sie fragte statt dessen:

»Du möchtest also wirklich, daß ich bei dir einsteige?«

»Aber ja, Darina, du wärest geradezu ideal! Du kennst dich im Catering doch mindestens so gut aus wie Jo. Mit etwas Übung könntest du auch die Vorführungen übernehmen, du kannst mit Leuten umgehen, und du kannst gut reden, all das, was Jo nicht kann. Allerdings ...« Eve warf ihr einen raschen Blick zu, »müßtest du natürlich ein bißchen Geld reinstecken, das heißt, Claires Anteile kaufen.«

»Und wieviel Geld wäre das?« Darina trat auf die Kupplung und ließ den Wagen wieder anfahren.

»Ich weiß es gar nicht so genau. Claire besaß fünfzig Prozent der Anteile, als wir vor achtzehn Monaten das Unternehmen gegründet haben. Aber jetzt müssen sie weit mehr wert sein, da wir ja noch die Kochkurse haben und mit dem Club anfangen. Ich denke, es wird sich so auf ungefähr 100.000 Pfund belaufen.«

Darina wäre vor Schreck beinahe auf die Bremse gestiegen. »Das ist ja eine unglaubliche Summe!«

»Aber du müßtest das Geld doch haben, ich meine, hat dir dein Cousin nicht alles vermacht?«

»Ich könnte es möglicherweise auftreiben«, antwortete Darina langsam, »aber ich müßte natürlich zuerst mit meiner Steuerberaterin die Bücher durchgehen und mir von ihr ein Gutachten über den genauen Geschäftswert machen lassen.«

Eve zögerte einen winzigen Moment lang und sagte dann schnell: »Sicher, sag ihr, sie solle sich mit meinem Steuerberater in Verbindung setzen, Jackie hat die Nummer.«

»Vielleicht könnte ich mir die Bücher aber zunächst einmal selber ansehen, wäre das möglich?«

»Klar, du brauchst nur Jackie zu bitten, dir ihre Unterlagen zu zeigen, sie macht die Buchhaltung.« Eve rutschte kurz auf ihrem Sitz hin und her. »Heißt das, du bist interessiert?«

Sie klang so freudig erregt, daß Darina ein schlechtes Gewissen bekam. Was sollte sie ihr denn nun sagen, wenn sie die Bücher gesehen hatte? Wie sollte sie ihr das erklären? Würde Eve verstehen, daß sie bei ihren Nachforschungen über Claires Tod einfach jede Möglichkeit in Betracht ziehen mußte, sogar die finanzielle Lage ihrer Freundin?

»Es ist ein verlockendes Angebot«, log sie.

Nachdem sie eine Weile geschwiegen hatten, nahm Darina das Gespräch wieder auf: »Was wird jetzt eigentlich aus Claires Anteilen? Hat sie dir einmal gesagt, ob sie ein Testament gemacht hat?«

Mit einem kleinen Seufzer drückte Eve eine Mischung aus Verwirrung, Unsicherheit und Enttäuschung aus. »Ich habe keine Ahnung. Wir haben einmal davon gesprochen, daß eine der anderen ihre Anteile vermachen sollte, aber da war ja noch Joshua.«

»Wieso, ist der auch finanziell beteiligt?«

»Nicht direkt, aber er hat sozusagen einen Anteil an meinen Anteilen.«

»Was meinst du denn damit?« fragte Darina erstaunt.

Eve wand ihren Sitzgurt zu einer Schlaufe. »Nun ja, es ist kein Anteil im juristischen Sinne, aber er ist schließlich mein Ehemann, und da kann ich mein Geschäft doch nicht jemand anderem vererben.« Plötzlich beugte sie sich nach vorne und rief: »Hier, an der Ecke mit dem Zeitungsstand, mußt du links abbiegen.«

Darina bremste scharf und bog in die Seitenstraße ein, begleitet von einem ärgerlichen Hupkonzert. Wenige Minuten später hielten sie vor dem Gemeindezentrum und mußten ihr Gespräch über den Wooden Spoon und seine Anteilseigner beenden.

Eve schien ihre Selbstsicherheit wiedergewonnen zu haben. Sie eröffnete die Vorführung, indem sie gleich zur Sache kam und mit berührender Schlichtheit über Claires Tod sprach: »Es war ein tragischer, unfaßbarer Unfall. Sie haben wahrscheinlich alle den großartigen

Artikel meiner Freundin Elizabeth Chesney über unsere Pilzwanderung gelesen. Ich habe mir ihre Warnung darin zu Herzen genommen und werde Ihnen heute ein paar Ratschläge geben, wie man eine Lebensmittelvergiftung vermeiden kann. Dabei meine ich nicht die Art, wie sie ein tödlicher Pilz hervorruft, sondern die eher alltäglichen Varianten, die meistens nicht mehr Schaden anrichten als schweres Bauchweh, es sei denn, der oder die Betroffene ist sehr alt, sehr jung, schwanger oder bereits krank, dann kann eine Lebensmittelvergiftung unter Umständen sogar tödliche Folgen haben. Aber auch von solchen Ausnahmefälle abgesehen, sollte man jedes Risiko für die Gesundheit seiner Familie vermeiden.«

Während sie Eve beim Anrühren und Sautieren half, Hühnerbrüstchen füllte und den griechischen Ziegenkäse mit Strudelteig umwickelte, lauschte Darina bewundernd ihrer Freundin, wie sie mühelos Ratschläge aus der Küchenhygiene in ihren Vortrag einflocht.

»Nachdem wir nun diese Hühnerbrüste zubereitet haben, wird meine Assistentin dieses Küchenbrett sorgfältig abschrubben, und ich werde ein anderes nehmen, um das Räucherfleisch für den Salat zu schneiden. Falls das Hühnchen mit Salmonellen verseucht gewesen wäre, hätte man auf diese Weise jede Möglichkeit einer Übertragung ausgeschlossen. Achten Sie bitte auch darauf, daß beim Auftauen tiefgefrorener Hühnchen im Kühlschrank keine Flüssigkeit über andere Lebensmittel tropft, weil so eine Infektion übertragen werden kann.«

Eve betonte weiterhin, wie wichtig es sei, Lebensmittel kühl zu lagern, statt sie in einem Raum stehenzulassen, in dem sie Fliegen anlockten, und vorgekochtes Fleisch wirklich gründlich aufzuwärmen. Sie sprach jeden Punkt nur kurz an, so daß es nie langweilig wurde, und verpackte jeden Ratschlag in alternative Zubereitungsmöglichkeiten, Hinweise auf Geschäfte, in denen man bestimmte Zutaten kaufen konnte und kleine Anekdoten. Sie vollbrachte eine wahre Glanzleistung, und ihr Publikum war begeistert.

Darina hatte kaum Zeit, sich die Frauen im Publikum genauer anzusehen, aber aus den Augenwinkeln bemerkte sie, wie die am Rand Sitzenden die Köpfe reckten, um dem Geschehen auf der Bühne zu folgen, und sie erkannte Monica auf einem der hinteren Plätze. Ab und zu hörte sie das Rascheln der Rezeptbögen, wenn eine Seite umgeblättert wurde.

Monica hatte sie in der Eingangshalle erwartet, so gelassen und selbstbewußt wie auf ihrer Party, hatte Eve beschwichtigt, die sich darüber beklagte, daß sie nicht genug Platz für ihre Utensilien hatte, und sie hatte Helfer organisiert, die einen zusätzlichen Tisch auf die Vorführbühne brachten, um all die Tabletts darauf abzustellen, woraufhin sich Eve wieder beruhigt hatte. Sie hatte sogar daran gedacht, eine kleine Schachtel von Eves Lieblingskräutertee zu besorgen, und nachdem alles aus dem Lieferwagen auf die Bühne gebracht worden war, hatte sie den beiden zwei dampfende Tassen gereicht. Darina konnte sich vorstellen, wie sie die Leute dazu brachte, enorme Summen für ihre Wohltätigkeitsveranstaltungen zu spenden. Wahrscheinlich wäre aus ihr auch eine hervorragende Geschäftsfrau geworden.

Die Vorführung wurde um halb eins mit einigen netten Dankesworten von Monica beendet, die das Publikum am Ende dazu aufforderte, sich die Kochgeräte näher anzusehen, welche Eve zum Verkauf mitgebracht hatte. »Mrs. Tarrant will großzügigerweise zehn Prozent ihrer Einnahmen unserem wohltätigen Zweck zukommen lassen. Ich weiß, daß alle Produkte von ausgezeichneter Qualität sind, und sie werden zu sehr vernünftigen Preisen angeboten, also, meine Damen, tun Sie sich keinen Zwang an. Und falls Sie zu den Gerichten, deren Zubereitung wir heute vormittag erleben durften, oder ganz allgemein zum Thema Kochen Fragen haben, so wird Ihnen Mrs. Tarrant gern Rede und Antwort stehen.«

Darina begann, die Geräte und Utensilien zusammenzuräumen, sah dann aber, daß jemand das Geld kassieren mußte, während Eve mit den Frauen sprach, die sie jetzt umringten. Schließlich war sie selbst damit beschäftigt, Auskunft zu geben, welche Messer, Töpfe und Pfannen wofür verwendet worden waren. Und das Geld strömte nur so herein. Ihre Jackentaschen füllten sich mit Geldscheinen und Schecks, und die kleine Tüte voller 5-Pence-Münzen, die Eve mitgebracht hatte – jeder Preis endete mit 95 Pence hinter dem Komma – war beinahe leer, als Monica verkündete, daß am anderen Ende des Saales das Mittagessen serviert würde. Schließlich verstreute sich die Menge, und sie konnten mit dem Aufräumen beginnen.

Als sie zurückkamen, um sich zu verabschieden, schlug ihnen der vielstimmige Lärm fröhlich plaudernder Frauen entgegen. Darina fragte sich, wie viele von ihnen zu Hause wohl tatsächlich eines von Eves phantastischen Rezepten ausprobieren würden. Wenn sie es wirklich taten, würden sie bald merken, daß es bei ihnen sehr viel länger dauerte, als es ihnen hier demonstriert worden war. Sie saßen gewissermaßen einem Schwindel auf. Nur durch sorgfältige Vorbereitung und die eigene Geschicklichkeit war Eve imstande, innerhalb kürzester Zeit ein Gericht nach dem anderen hervorzuzaubern. Es war zwar richtig, daß man für jedes Rezept nicht länger als dreißig Minuten Zubereitungszeit benötigte, dies galt jedoch nur für professionelle und erfahrene Köchinnen. Aber wenn schon, sie hatten sich ausgezeichnet unterhalten, und allein die kleine Gesundheitslehre, die Eve ihnen mit auf den Weg gegeben hatte, war ihr Eintrittsgeld und ihre Aufmerksamkeit wert gewesen.

»Du könntest Elizabeth doch vorschlagen, für ihre Zeitung einen Artikel über Lebensmittelvergiftungen am heimischen Herd zu schreiben«, schlug sie Eve vor, während sie zurück nach Marylebone fuhren. »Du bräuchtest dazu nur die Tips, die du eben gegeben hast, aufzuschreiben.«

»Das ist eine großartige Idee.« Eve sah Darina strahlend an. »Das ist das mindeste, was Elizabeth für mich tun kann, und für das Geschäft würde es sicher enorm viel bringen. Warum habe ich nicht selbst daran gedacht? Ich werde sie gleich anrufen.«

Sobald sie im Wooden Spoon ankamen, verschwand Eve in ihrem Büro. Auch Darina begann nicht sofort mit dem Ausladen, sondern ging statt dessen in die Vorführküche und schlug das Telefonbuch auf.

Sie fand den Eintrag für Cox Früchte- und Gemüsehandel in Nine Elms. Darina wählte die Nummer und fragte nach Ralph Cox.

»Entschuldigen Sie, wenn ich Sie bei der Arbeit

störe«, sagte sie, als sie seine kräftige Stimme mit dem Cockney-Akzent am anderen Ende der Leitung vernahm. »Ich habe einige Fragen, über die ich gerne mit Ihnen reden würde. Wäre es möglich, Sie einmal privat zu treffen?«

Sie spürte seine Überraschung durch das Telefon. War es möglich, daß er ihre Frage mißverstanden hatte, oder interpretierte sie sein kurzes Schweigen falsch?

»Natürlich, ich würde mich freuen. Wir können uns gleich heute abend auf einen Drink treffen.«

»Das geht nicht«, sagte Darina hastig und merkte, daß Ralph sofort wußte, daß es eine Ausrede war, »ich habe schon eine Verabredung, aber wie würde es Ihnen morgen passen?«

»Ja, sicher. Haben Sie eigentlich schon mal einen Obst- und Gemüsemarkt in voller Aktion erlebt? ... Nein? Also, wenn Sie Frühaufsteherin sind, kommen Sie doch um halb acht hier vorbei, und ich zeige Ihnen alles. Dabei können wir uns unterhalten, und anschließend trinken wir eine Tasse Kaffee, okay?«

Darina stimmte erleichtert und mit einer gewissen Vorfreude zu. Sie hatte schon lange geplant, früh morgens einen Markt zu besuchen, aber bisher hatte sich nie die Gelegenheit geboten.

Sie ging hinunter und brachte die erste Ladung der Kochausrüstung in die Küche, wo sich Jo an einer Reihe von appetitlich prallen Hühnchen zu schaffen machte, deren zartes Fleisch nicht durch Maisdiät gelblich verfärbt war, sondern rosig schimmerte. Die gute alte Bodenhaltung, diagnostizierte Darina und stellte ihre Kiste ab.

»Na, wie ist es gelaufen?« Jo schnappte sich ein frisches Hühnchen und trennte mit einem gekonnten

Schnitt ein Bein ab, wobei sie das Messer unter dem zarten, austernförmigen Stück Fleisch in der Höhlung des Beckenknochens ansetzte, so daß es am Schenkel blieb. Mit ein paar weiteren raschen Schnitten legte sie das Brustbein frei, das sie mit ihren langen Fingern herauslöste und in den Abfall gab. Dann wurden die Flügel entfernt, die Hühnerbrust gehäutet und das Fleisch von den Rippenknochen gelöst. Schließlich entfernte Jo noch einen Muskel unter dem Filetstück und legte es zusammen mit dem Schlegel auf ein Tablett, wo bereits die anderen Teile so angeordnet waren, daß sie sich nicht berührten. Das verbliebene Gerippe wurde mit ein paar kräftigen Hieben mit dem Hackmesser zerteilt und in einen der drei großen Suppentöpfe auf dem Herd geworfen, in denen bereits die Überreste von einem guten Dutzend Hühnern ausgekocht wurden. Der ganze Vorgang hatte nur wenige Minuten gedauert.

Während Darina die restliche Ausrüstung aus dem Lieferwagen in die Küche schleppte, gab sie Jo einen recht atemlosen Bericht von der Vorführung.

»Ich hoffe nur, daß Elizabeth diesen Artikel von Eve über Küchenhygiene wirklich veröffentlicht«, sagte sie abschließend, nachdem sie alle Vorführutensilien im Schrank verstaut hatte und zum Spülbecken ging, um mit dem Abwasch anzufangen.

Jo schnaubte ärgerlich und wandte sich zu Darina um, während ihre Hände keinen Moment mit der Arbeit innehielten. »Da können Sie sicher sein. Auch wenn Elizabeth überhaupt nicht an dem Thema interessiert wäre, würde sie es trotzdem tun, um keinen Ärger mit Joshua zu bekommen. Der wäre nämlich gar nicht so erfreut darüber, wenn das Geschäft seiner Frau den Bach runterginge.« Sie warf wieder einen Haufen Knochen in den Suppentopf und nahm sich das nächste Hühnchen vor. »Ich frage mich bloß, ob er die Zeit hat, diesen Artikel zu schreiben.«

»Wieso sollte er denn den Artikel schreiben? Das kann doch Eve machen.«

»Das wäre allerdings das erste Mal.« Das Messer blitzte auf, und ein weiterer Schlegel lag abgetrennt neben dem Geflügel.

»Aber sie hat doch schon ein Buch geschrieben, und was ist mit ihrem Mitteilungsblatt für den Wooden Spoon-Club? Daran hat sie doch das ganze Wochenende gearbeitet, oder?«

Jo ließ das Messer sinken, wischte sich die Hände an einem Küchentuch ab, das sie sich an ihre Schürze gebunden hatte, und ging zu einem kleinen Bücherregal. Sie fand, was sie suchte, zog einen schön aufgemachten Bildband heraus und reichte ihn kommentarlos Darina.

Darina wischte sich ebenfalls die Hände ab und schlug das Buch auf. Es enthielt jeweils zur Hälfte ganzseitige Photographien aufwendiger Gerichte, arrangiert auf weißem Porzellan wie Tellerikebana und typographisch ebenso kunstvoll gedruckte Rezepte. Die Texte zu den einzelnen Kompositionen bestanden aus kaum mehr als einem oder zwei Sätzen. Darina blätterte zurück zur Titelseite und sah, daß die Photos von Kenneth stammten. Außerdem fand sie eine handschriftliche Widmung von Eve an Claire: »Ohne die es dieses Buch nicht geben würde.«

»Wenn ich nur daran denke, wie oft Claire diese verdammten Gerichte gekocht hat«, sagte Jo, ein weiteres Hühnchen ausnehmend. »Manchmal sogar bei uns zu

Hause. Ich hab sie immer gefragt, wozu das gut sein soll, das seien doch bloß Rezepte zum Anschauen, keiner würde das je nachkochen. Na ja, jedenfalls können Sie sehen, daß Eves Beitrag zu dem Ganzen ein paar kurze Sätze waren, und selbst die mußte Joshua noch neu formulieren. Und ihr Mitteilungsblatt besteht mit Sicherheit nur aus Rezepten und ein paar Menüvorschlägen, die sie mit ein, zwei Überleitungssätzen einfach aneinandergereiht hat, es sei denn, sie schafft es, Joshua zu überreden, für sie die Texte zu schreiben. Und genau das wird sie wohl versuchen, denn sie wird nie akzeptieren, daß er seine eigene Arbeit hat.« Sie schüttelte ärgerlich den Kopf und griff sich das letzte Hühnchen. »So, gleich ist es geschafft, Gottseidank. Ich hoffe nur, daß ich das ganze Zeug hier nicht umsonst gekocht habe. So, wie das Geschäft im Moment läuft, kann es uns passieren, daß wir es auf ewig einfrieren müssen.«

Darina stellte das Buch zurück ins Regal und beendete den Abwasch, während Jo das Tablett mit den Hühnchenteilen zu einem großen Gefrierschrank brachte, in dem bereits die anderen Tabletts standen. Wenn die Hühnchenteile gefroren waren, würden sie in Plastikbeutel verpackt und dort gelagert, bis man sie für eines der verschiedenen Gerichte brauchte, die der Catering-Service im Repertoire hatte. Dann machte sich Jo daran, die Küche aufzuräumen.

Eve kam mit einem strahlenden Lächeln in die Küche. »Jo, du bist schon fertig mit den Hühnchen, das ist ja phantastisch!«

Jo, die gerade die Arbeitsflächen abwischte, sagte nichts.

»Übrigens, Darina, Elizabeth findet die Idee mit dem Artikel großartig.«

Jo sah auf. »Ich nehme an, die Tips über Küchenhygiene, nach denen du mich gefragt hast, sind gut angekommen, ja?«

Eves Lächeln wurde noch breiter. »Oh ja, es war ein Riesenerfolg, nicht wahr, Darina? Und jetzt können wir sogar einen Artikel darüber veröffentlichen. Sag mal, Liebes«, sie legte Darina eine Hand auf den Arm, und ihre Stimme klang schmeichelnd, »meinst du, du könntest es mal mit dem Schreiben versuchen? Ich bin mit den Vorführungen und allem anderen eingedeckt, daß ich einfach keine Zeit dafür finde.«

Darina hörte, wie Jo abermals ärgerlich schnaubte, aber sie selbst hätte am liebsten losgelacht. Eve war so durchsichtig wie ein kleines Kind. »Ich werd's versuchen, wenn du willst, aber ich habe es noch nie gemacht, und ich bin nicht sicher, ob ich es kann.«

»Ruf Joshua an, er wird dir sicher helfen.«

»Eve, du bist wirklich das Letzte!« rief Jo, die gerade eine Schüssel mit heißem Seifenwasser in das Spülbecken kippte. Dann drehte sie sich um. Ihre Gesichtshaut spannte sich über den Wangenknochen, und der Mund war zu einer dünnen, zornigen Linie zusammengepreßt. »Meinst du nicht, Darina hat Besseres zu tun, als deine Arbeit zu machen? Ganz zu schweigen von dem armen Joshua, den du einfach gnadenlos ausnutzt. Wann wirst du endlich selbst die Verantwortung für dein Geschäft übernehmen? Aber du willst ja nur den Ruhm und die spektakulären Auftritte, und die Drecksarbeit können die anderen für dich machen. Dabei bist du ja wirklich nicht die beste Köchin der Welt – wenn du nicht all deine Tricks und Kniffe hättest, würde nicht mehr viel von deinen Gerichten übrigbleiben. Du weißt ja noch nicht einmal, in welche Richtung die moderne Kochkunst sich entwickelt. Ohne mich und Claire wärst du schon längst erledigt.« Mit diesen Worten marschierte sie aus der Küche und warf die Tür hinter sich zu.

Eve stieß einen kleinen Schrei aus, ihre Hände flatterten hilflos in die Höhe, und die Tränen schossen ihr in die Augen.

»Nimm's dir nicht so zu Herzen«, tröstete Darina sie. »Sie hat es bestimmt nicht so gemeint. Sie ist einfach fertig mit den Nerven, nach allem, was mit Claire passiert ist, und außerdem macht sie sich schreckliche Sorgen um das Geschäft.« Darina drückte Eve sanft auf einen Stuhl, ging zum Schrank, holte die Schachtel mit den Teebeuteln heraus und setzte den Kessel auf.

»Das ist nicht fair«, jammerte Eve. »Ich war diejenige, die den Wooden Spoon erfolgreich gemacht hat, Jo ist doch erst gekommen, als das Geschäft schon bestens lief und wir eine Hilfe brauchten. Und ich bin sehr wohl eine gute Köchin.« Sie schluchzte kurz auf, zog ein Papiertaschentuch heraus, wischte sich über die Augen und verschmierte ihre Wimperntusche.

»Natürlich bist du das«, beruhigte Darina sie. »Weshalb würden die Leute denn sonst immer wieder zu dir kommen mit ihren Aufträgen?«

Eve nahm ihr die Teetasse aus der Hand, blies hinein und trank einen kleinen Schluck. »Natürlich war mir Claire eine große Hilfe, sie konnte wirklich sehr gut kochen, und wir beide waren so ein wunderbares Team. Du meinst, Jo ist verzweifelt wegen Claires Tod, aber was soll ich denn sagen? Ich weiß überhaupt nicht, wie ich das alles ohne sie schaffen soll. Darum möchte ich ja auch so sehr, daß du dich am Wooden Spoon beteiligst. Sag doch einfach, daß du's tust, ja?« Sie sah Darina mit ihren tränenverschmierten Augen flehend an.

»Hör zu, Eve, ich werde es jetzt einmal mit diesem Artikel versuchen und dir noch eine Weile aushelfen, und dann sehen wir weiter.«

Bei diesen Worten fiel Darina wieder ihre Verabredung mit Ralph ein. »Übrigens, würde es dir etwas ausmachen, wenn ich morgen etwas später komme? Ich könnte statt dessen jetzt gleich alles für deine Vorführung vorbereiten.«

Eve rieb sich wieder die Augen und sagte eifrig: »Natürlich, kein Problem. Eigentlich könnte mir Emily auch bei der Vorführung helfen, und du bräuchtest morgen gar nicht zu kommen. Dann hättest du auch mehr Zeit, um den Artikel zu schreiben.«

In diesem Augenblick läutete das Wandtelefon hinter ihr, und sie hob den Hörer ab. »Ja, Jackie, was gibt's ... Wirklich? Das ist ja großartig, natürlich können wir das machen. Sag Mrs. Burns, ich schicke ihr gleich morgen meine Menüvorschläge. Also, sie will eine Cocktailparty für sechzig Personen, richtig? Ach ja, und Jackie, du hast doch diese Bescheinigung an die Versicherung abgeschickt, oder? ... Gut, bis dann.« Sie legte auf und wandte sich mit ihrem strahlendsten Lächeln nach Darina um. »Ein neuer Auftrag, vielleicht ist damit unsere Pechsträhne zu Ende.«

Der Markt war in einem anonymen Lagergebäude in Nine Elms untergebracht. Als Darina pünktlich um halb acht dort eintraf, schien der größte Teil des Verkaufs bereits gelaufen zu sein, und nur hier und da stapelten sich noch einige Früchte- und Gemüsekisten an den Laderampen, die von Männern in Jeansoveralls auf Gabelstapler gepackt und zu den Lastwagen befördert wurden. An vielen Ständen waren schon die Rollgitter heruntergelassen.

Darina parkte zwischen einem weißen Kombi und einem eleganten, dunkelgrünen Rolls Royce mit den Buchstaben COX auf dem Nummernschild und betrat die riesige Halle, in der sie Ralph im Gespräch mit einem jungen Mann in einer Lederjacke fand. Die beiden standen vor dem noch geöffneten Verkaufsstand der Firma Ralphs, in dem ein verlockendes Angebot riesiger Ananas, Melonen, Avocados, Passionsfrüchte und verschiedener Gemüse auslag. Um sie herum stapelten sich etliche gefüllte Kisten.

»Okay, ich werde dann also jeden Tag unsere Bestellung telefonisch durchgeben. Und Sie können darauf wetten, daß ich persönlich hier auftauche, wenn die Ware nicht erster Klasse sein sollte.«

Ralph lächelte. »Ich garantiere Ihnen, daß die Gäste sich eher wegen Ihres Essens als wegen meiner Erzeugnisse beschweren werden.«

Der junge Mann sah ihn etwas irritiert an, drehte sich dann auf dem Absatz um und ging.

»Darina, schön Sie zu sehen! Würden Sie sich gern etwas umschauen?« Bei seinem ein wenig zu breiten Lächeln kam sie sich vor wie Rotkäppchen angesichts des bösen Wolfs.

»Ja gerne, wenn Sie es mir zeigen wollen«, sagte sie und wünschte sich im gleichen Moment, sie hätte ihre Worte anders gewählt. Aber er warf ihr nur ein weiteres Wolfslächeln zu und führte sie dann durch den breiten Mittelgang, zu dessen beiden Seiten an Obst- und Gemüseständen Waren feilgeboten wurden. Hier, inmitten einer unglaublichen Farbenpracht, herrschte noch ein lebhaftes Treiben. Darina entdeckte einen Stand mit seltenen, wildwachsenden Pilzen. Ralph erklärte ihr die einzelnen Sorten: Pfifferlinge, Austernseitlinge, Weiße Trüffel und Shiitakepilze aus Japan. Dann gingen sie weiter zu einem Stand, der zwölf verschiedene Kartoffelsorten anbot.

»Nirgendwo sonst bekommt man eine solche Auswahl an Kartoffeln wie hier. Schade, daß die meisten Gemüsehändler keine Ahnung von ihrer Vielfalt haben und immer nur zwei Sorten verkaufen, die mit der roten und die mit der hellen Schale.«

Darina fiel ein Gemüse auf, das aussah wie von einem Renaissancekünstler gemalt, eine Kreuzung aus Brokkoli und Kohl, dessen fleischige Blätter ein kompliziertes Spiralmuster bildeten, das sich an ihrer Unterseite in einem Netz aus punktierten Linien wiederholte. Darina fand das Gemüse viel zu dekorativ, um gekocht zu werden und dachte, daß man es gut als bizarres Objekt für eine ausgefallene Tischdekoration verwenden konnte. Dann fiel ihr Blick auf eine Kiste, deren Inhalt aussah wie Rapunzeln mit bronzierten Rändern.

Darina blieb stehen und meinte, einen solchen Salat habe sie noch nie gesehen.

Er nahm einen der kleinen Köpfe in die Hand, zog einige zarte Blätter heraus und rieb mit dem Daumen darüber. Dann hielt er den Finger hoch und zeigte Darina die braune Erdspur, die daran haftete.

»Der Salat sollte noch einmal gewaschen werden, sonst beschweren sich die Kunden. Die meisten Restaurants haben dafür keine Zeit mehr. Das Zeug verkauft sich wie verrückt, alle wollen den Gästen ständig etwas Neues bieten. Die Frage ist nur, schmeckt es auch so gut wie es aussieht?«

Sie knabberten ein paar Blättchen und kamen zu dem Schluß, daß sie absolut fade waren. »Der letzte Schrei«, meinte Ralph, »sind solche Salate, die zwar französisch aussehen, aber nicht so bitter schmecken, wie's die Franzosen mögen.«

Sie gingen weiter. Ralph zeigte auf eine Kiste mit prallen Grapefruits. »Irgendwie habe ich das Gefühl, daß sie nicht wirklich saftig sind«, erklärte er. Darina nahm eine der Früchte in die Hand und stellte fest, daß sie sich viel zu leicht anfühlte. Einige Schritte weiter nahm Ralph eine Melone aus einer Kiste, rieb am Stielende und drückte seine Nase auf die Frucht. Dann reichte er sie

Darina, die das gleiche tat und das süße Aroma einsog. »Der Geschmack ist in Ordnung, aber das Fleisch ein bißchen zu wollig. Man muß sie gleich heute servieren, allerdings erst, nachdem man sie ein paar Stunden in den Kühlschrank gelegt hat.«

»Woher wissen Sie das alles?« fragte Darina, die sich selbst für eine recht gute Kennerin von Obst und Gemüsen hielt, aber feststellte, daß ihr solche Feinheiten entgangen wären.

»Mit der Zeit bekommt man ein Gefühl dafür«, antwortete er.

An jedem Stand wurde er begrüßt, scheinbar war er mit allen bestens bekannt. Während sie ihre Runde machten, griff er in verschiedene Kisten und nahm sich heraus, was ihm gefiel: ein kleines Büschel kernloser Trauben, einen riesigen Rettich, der, wie er erklärte, eine Kreuzung aus einem chinesischen weißen und dem gewöhnlichen roten war, ein Stück grünen Ingwer, so frisch, daß sich die Haut des verzweigten Wurzelstocks leicht ablösen ließ, einen Granatapfel, eine Handvoll Zuckererbsen und ein paar Litchis. Bald beulten sich seine Taschen aus. Er tat das ganz ungeniert, und niemand hatte etwas dagegen – anscheinend war das hier so üblich.

Auf der Dinnerparty von Honor und Geoffrey hatte Darina Ralph als einen beherrschten, weltgewandten Mann erlebt, der seine Herkunft weder verbarg noch zur Schau stellte. Er hatte das selbstsichere Auftreten eines erfolgreichen Mannes, der es nicht nötig hat, die Leute zu beeindrucken. Sie erinnerte sich an ihr Gespräch nach dem Essen, als sie ihn nach seinen Kindern gefragt und aufmerksam zugehört hatte, wie er von ihren Talenten und Aktivitäten erzählte. Dann hatte sie wissen wollen, ob eines der Kinder die Absicht hätte, in seinen Obst- und Gemüsehandel einzusteigen.

»Himmel, nein. So etwas kann man nur machen, wenn man verrückt ist. Man arbeitet, wenn alle anderen selig schlafen und schläft, wenn sie sich amüsieren. Ich würde es keinem der Kinder empfehlen, in dieser Branche zu arbeiten.«

»Und das, obwohl sie selbst so erfolgreich sind?«

Er hatte sie angegrinst. »Ja schon, aber das bedeutet mir in erster Linie, daß ich der Familie alles geben kann, was sie braucht. Die Kinder können jeden Beruf wählen, der ihnen zusagt. Die müssen sich ihren Platz im Leben nicht erst mühsam erkämpfen, so wie ich.«

»War es wirklich so schwer?« hatte Darina gefragt und war sich dann sehr dumm vorgekommen, als er sie nur schweigend angesehen hatte.

»Tut mir leid«, hatte sie sich entschuldigt, »das war wohl eine ziemlich blöde Frage.«

»Wenn wir uns ein bißchen besser kennen, erzähle ich Ihnen mal meine Lebensgeschichte«, seine Augen hatten ironisch geblitzt.

Dann hatte sich William zu ihnen gesetzt. Sie hatte gespürt, wie er seinen Arm auf die Rücklehne des Sofas legte, zwar ohne sie zu berühren, aber so, als wolle er ihr mit dieser Geste eine Art moralischer Unterstützung bieten. Oder ging es bloß darum, seine Besitzansprüche geltend zu machen? Sie war ein wenig von ihm abgerückt und hatte sich wieder ganz auf Ralph konzentriert, womit sie William zu erkennen gegeben hatte, daß er keineswegs ein Exklusivrecht auf ihre Aufmerksamkeit besaß.

»Jedenfalls haben Sie sich die richtige Frau ausgesucht«, hatte sie gesagt, Ralphs vorangegangene, ein wenig anzüglich klingende Bemerkung ignorierend und mit einem Blick auf Monica, die sich gerade mit Honor unterhielt. »Sie ist eine der glänzendsten Gastgeberinnen, die mir je begegnet sind.« Sein Blick war dem ihren gefolgt, und sein kantiges Gesicht war weicher geworden, während er die großgewachsene Frau betrachtet hatte, die lebhaft zu einer Gruppe sprach, zu der nun auch der Anwalt und der Wirtschaftsberater getreten waren. Lautes Lachen ertönte, als sie ihre Geschichte beendet hatte, den Kopf etwas zurückgeworfen wie eine Schauspielerin, die genau weiß, wie ihr Publikum an dieser Stelle reagiert.

»Ja«, hatte er langsam geantwortet, »das war die beste Entscheidung meines Lebens, sie ist eine absolut einzigartige Frau.« In diesem Augenblick hatte sich Monica nach ihm umgewandt, und einen kurzen Moment lang sahen sie sich an wie zwei Menschen, die sich vollkommen verstehen.

Hier auf dem Markt jedoch kam Ralph Darina größer und rauher, aber auch entspannter und ausgeglichener vor. Trotzdem wanderten seine Augen unablässig hin und her und registrierten alles, was um ihn herum geschah. Darina spürte, daß unter der gelassenen Oberfläche eine Art Spannung lag, wie bei einem Motor, der nur mit halber Kraft lief.

Oder ging da wieder einmal die Phantasie mit ihr durch? Jedenfalls schien niemand sonst in ihm etwas anderes zu sehen als den ebenso gewieften wie liebenswürdigen Geschäftsmann, den man mochte und respektierte. Unter den verschiedenen Händlern herrschte eine kollegiale Atmosphäre, und der ganze Markt schien ein riesiger Club zu sein. Ein Club allerdings, dessen Mitglieder fast ausschließlich Männer waren. Die einzigen Frauen, die Darina sah, waren einige Nonnen, die die landwirtschaftlichen Produkte ihres Klosters verkauften, und ein oder zwei Kundinnen.

»Jetzt ist die Zeit der Sonderangebote«, erklärte Ralph und wies auf eine hübsche junge Frau an einem Stand, die versuchte, den Preis für eine Kiste reifer Tomaten herunterzuhandeln. »So, ich glaube, nun haben Sie alles gesehen. Kommen Sie, trinken wir einen Kaffee.«

Er führte sie zurück, an seinem Stand vorbei und durch ein Gemeinschaftsbüro, das vollgestellt war mit Telefonen, Anrufbeantwortern, Computerterminals, einem Faxgerät und einem Photokopierer. Auf den unbesetzten, ziemlich schäbigen Schreibtischen lagen Stöße von Gutschriftanzeigen und Rechnungen, und in einer Ecke stand ein Mikrowellenherd. In der Halle, in der gerade die überreifen Früchte aussortiert wurden, hatte jemand einen Kassettenrekorder aufgedreht, und die Musik von Capital Radio drang an ihr Ohr.

Ralph ging voraus in ein weiteres Büro, einen kleinen Raum, der mit einem etwas eleganteren Schreibtisch und Stuhl, einem Computer und zwei Telefonen ausgestattet war. An den Wänden hingen Photographien des alten Marktes von Covent Garden und graphische Darstellungen von Früchten und Gemüse.

Auf einem Beistelltisch stand eine Kaffeemaschine, die eine Kanne vorgebrühten Kaffees warmhielt. Ralph füllte zwei große Tassen, zog eine Schublade seines Schreibtisches auf und nahm zwei Flaschen heraus. »Whisky oder Kognak?« fragte er Darina.

Sie lachte. »Weder noch, vielen Dank, dafür ist es mir etwas zu früh.«

»Nun ja, für mich ist es sozusagen Nachmittag.« Er goß einen großen Schluck Kognak in eine der Tassen und reichte Darina die andere. »Milch?«

Darina lehnte dankend ab, nahm einen Schluck und ließ sich auf dem ziemlich unbequemen Stuhl neben dem Schreibtisch nieder, auf dem sie einen Stapel Computerausdrucke ein wenig beiseite schob, um ihre Tasse abzustellen. Dann warf sie einen Blick durch die gläserne Trennwand in das angrenzende Büro, das sich langsam mit Angestellten zu füllen schien. »Sind das die Leute der Tagesschicht?«

Ralph lehnte sich gegen einen Aktenschrank, seine stämmige Figur wirkte in dem kleinen, vollgestellten Büro noch größer. »Ja, das sind die Buchhalter und Schreibkräfte, sie arbeiten tagsüber, und wenn sie gehen, übernehmen die Anrufbeantworter. Viele Kunden rufen abends noch an, um ihre Bestellungen für den nächsten Tag durchzugeben, und die können dann noch während der Nacht erledigt werden.«

»Wann fangen Sie mit der Arbeit an?«

»Ich komme morgens in aller Frühe her, sehe mir an, wie die Ware geht und wie die allgemeine Lage ist. Den Rest des Tages verbringe ich dann hier und führe meine Verkaufsgespräche.«

»Also betreuen Sie Ihre Kunden tatsächlich noch selbst? Ich dachte, Sie seien inzwischen der große Drahtzieher hinter den Kulissen.«

»Das könnte ich mir gar nicht leisten. Ich muß ständig auf dem laufenden bleiben, ich muß wissen, was die Leute wollen und wie der Markt läuft. Und die Einkäufer verhandeln einfach lieber mit dem Boß. Allerdings muß ich sagen, daß ich mir inzwischen aussuche, mit wem ich persönlichen Kontakt pflege. Ansonsten betrachte ich mich als Unterstützung für meine Verkäufer und für die Fahrer, die die Ware ausliefern. Es kommt nämlich nicht selten vor, daß ich mir eine dringende Bestellung in den Kofferraum des Rolls packe und auf dem Weg zu irgendeiner dieser Parties oder Wohltätigkeitsveranstaltungen, in meinem besten Sonntagsstaat, dem Kunden eine Kiste Melonen überreiche.« Er sah durch ein kleines Fenster auf seinen geparkten Rolls Royce, mit offensichtlichem Besitzerstolz in den Augen.

»Und daneben steht Ihr Lieferwagen?« Darina zeigte auf den hellen Kombi.

Ralph nickte. »Wir haben mehrere von der Sorte. Dieser da muß noch mit unserem Logo versehen werden.« Er wandte sich wieder zu ihr. »Außerdem kümmere ich mich noch um unsere anderen Unternehmen. Wir haben zum Beispiel ein Großhandelsgeschäft und eine Fabrikation in Whitechapel, wo unser Obst und Gemüse zu Tiefkühlkost verarbeitet wird.«

»Das klingt ja wie ein kleines Imperium«, meinte Darina.

Ralph machte eine wegwerfende Handbewegung. »Ach, das hat sich eigentlich bloß allmählich so aufgebaut aus einzelnen Entscheidungen, die zu der Zeit, als ich sie getroffen habe, einfach praktisch erschienen. Und dann stellt man auf einmal fest, daß man einen Besitz hat, dessen Wert sprunghaft angestiegen ist, und ein Kapitalvermögen, von dem mein Steuerberater sagt, es nehme langsam bedenkliche Ausmaße an. Vor ein paar

Jahren sind wir an die Börse gegangen und hatten durchschlagenden Erfolg, aber jetzt meint er, wir müßten aufpassen, weil irgendwelche Haie es mit einer feindlichen Übernahme auf uns abgesehen haben. Dabei will ich doch nur meinen Obst- und Gemüsehandel erhalten. Manchmal wünschte ich, ich würde noch mit meinen Karren herumfahren.« Er sah sie grinsend an und gab damit offen zu, daß er ihr eine Komödie vorspielte.

»Es ist doch sicher lästig, immer so früh ins Bett gehen zu müssen. Monica sprach am Samstag abend kurz darüber«, sagte Darina arglos. »Fiona sagte ebenfalls, es sei schade gewesen, daß Sie von irgendeiner Cocktailparty, auf der sie Sie getroffen hat, so früh gehen mußten. Ich glaube, sie sagte, es sei der Abend bei den Beamishs gewesen, kann das sein?«

»Aah ja, die Beamishs und Fiona.« Er lachte kurz auf. »Mein Lebensstil bietet eben auch manchmal den Vorteil einer guten Ausrede.«

»Sie meinen, Sie gehen dann nicht unbedingt direkt nach Hause?« Darina warf ihm einen verschwörerischen Blick zu, jedenfalls hoffte sie, daß er so bei ihm ankam. »Wahrscheinlich fahren Sie dann noch mal her, um zu sehen, wie alles läuft, oder?«

»Sagen wir, meine Anwesenheit ist an verschiedenen Orten erforderlich.« Er hätte ebenso direkt sagen können, das ginge Darina nichts an.

Hastig griff sich Darina ihre Handtasche und öffnete sie. »Weshalb ich Sie eigentlich sprechen wollte, ist diese Sache hier.« Sie zog die Photographien von Kenneth, auf denen die Pilze zu sehen waren, aus dem Umschlag und gab sie ihm.

Ralph setzte sich in den Drehstuhl, stellte seine Tasse ab, blätterte rasch durch den Stoß und legte ihn dann vorsichtig auf den Schreibtisch. Er sah sie neugierig an, in seinen dunklen Augen lag ein wachsamer Ausdruck. »Wo haben Sie die her?«

»Kenneth hat sie mir am Montag abend gezeigt. Er hat sie während der Pilzwanderung aufgenommen. Ich dachte, wenn Sie die Photos mal gründlich ansehen, könnten Sie sagen, ob ...« Darina unterbrach sich, weil ihr plötzlich klar wurde, was sie da andeutete.

»Dann könnte ich sagen, ob ich nicht doch einen Fehler gemacht und einen *Amanita phalloides* übersehen habe?« Seine Worte klangen sarkastisch und bitter. Eine Weile saß er da und sah sie unter halbgeschlossenen Lidern an, was seine Augen wie die eines Reptils aussehen ließ. Dann senkte er seinen Blick auf die Photographien, nahm die erste in die Hand und hielt sie so, daß das Licht darauf fiel. Er studierte sie mehrere Minuten lang, legte sie beiseite und nahm das nächste Bild.

Darina trank ihren Kaffee, wartete und beobachtete, wie er jedes Bild mit absoluter Konzentration betrachtete. Es waren nicht mehr als ein halbes Dutzend Aufnahmen, aber es dauerte fast zwanzig Minuten, bis er alle durchgesehen hatte. Zwischendurch läutete einmal das Telefon. Er nahm den Hörer ab, kritzelte etwas auf ein Blatt Papier, sagte: »Gut, eine Kiste servierfertiger Avocados bis heute nachmittag. Natürlich, sie sind so reif wie Ihre erste Freundin«, legte auf und wandte seine Aufmerksamkeit wieder den Photographien zu.

Darina stellte fest, daß seine Hände sie faszinierten. Sie waren groß und kräftig, und ein Flaum schwarzer Haare bedeckte die Handrücken. Die Fingernägel waren breit und mit tiefen Furchen durchzogen, aber sorgfältig manikürt. Die warme Luft im Büro machte sie schläfrig nach der morgendlichen Kühle draußen, und träumerisch stellte sie sich vor, wie sie ihre Finger sanft über die schwarzen Haare auf seinen Händen gleiten ließ, und sie fragte sich, ob seine muskulöse Brust wohl ebenso dicht bewachsen war, mit diesen harten und gekräuselten Haaren, unter denen die Haut glatt und zart sein mußte. Sein Blick traf plötzlich den ihren, und sie spürte, wie ihr eine brennende Röte über den Hals ins Gesicht stieg.

Er hob eine seiner schwarzen Augenbrauen leicht an, sah sich das letzte Bild noch einmal kurz an, bevor er es zu den anderen gab und seine Hände auf die Schreibtischplatte legte. »Auf keinem dieser Photos ist ein *Amanita phalloides* zu sehen«, sagte er entschieden und sah sie direkt an. Dann nahm er den kleinen Stoß wieder auf und wog ihn in der Hand. »Bekommt die Polizei die auch zu sehen?«

»Ja. Kenneth macht Abzüge von dieser Serie und von den anderen, die er noch aufgenommen hat.«

»Welche anderen?«

Darina nahm die restlichen Bilder aus dem Umschlag und reichte sie Ralph. Diesmal sah er sie schneller durch, nur das Bild, daß ihn mit Claire zeigte, betrachtete er eine Weile, und ein kleines, etwas wehmütiges Lächeln trat in seine Augen.

»Haben Sie sie eigentlich gut gekannt?« fragte Darina beiläufig, wobei sie daran dachte, wie dringlich er auf seiner Party nach ihr gefragt hatte.

»Wen, Claire?« Bei der Nennung ihres Namens verschwand sein herausforderndes Macho-Gebaren, und der Ton seiner Stimme wurde weicher.

»Wir treffen uns häufig mit Eve und Joshua. Sie haben ein Ferienhaus in Sussex, in dem wir uns meistens sonntags treffen. Eve liebt es, Parties zu geben«, seine Stimme wurde wieder ironisch, »und sie lädt fast immer Gäste übers Wochenende ein. Claire war auch oft dort.« Sein Blick senkte sich wieder auf das Photo der Verstorbenen, dann, mit einer plötzlichen Bewegung, ließ er es auf den Tisch fallen, schwang den Drehstuhl herum und sah auf ein Schaubild wildwachsender Pilze, das an der Wand hing.

»Daß ausgerechnet sie an einem giftigen Pilz sterben mußte! Und das nach einer meiner Pilzwanderungen.« Darina bemerkte, wie seine Schultern unter dem feinen, dunkelblauen Anzugstoff zuckten und sich seine Hände um die Lehne klammerten.

Nachdem er eine Weile geschwiegen hatte, schwang er seinen Stuhl zurück und hatte sich offensichtlich wieder vollkommen unter Kontrolle. »Sie war ein ganz besonderer Mensch. Ich glaube, wir alle hätten diesen verdammten Pilz lieber selber gegessen, als sie so leiden zu sehen.«

Noch einmal blätterte er rasch durch die zweite Photoserie, doch keines der anderen Bilder bewog ihn zu einem Kommentar oder einer Veränderung seines Gesichtsausdruckes. Schließlich legte er die Bilder auf den ersten Stoß.

»Glauben Sie, daß diese Photos irgendwie relevant sein könnten?« Nachdem er die Frage gestellt hatte, lehnte er sich lässig in seinem Stuhl zurück – offensichtlich mehr an Darinas Anblick, als an ihrer Antwort interessiert. Wieder fühlte sie, wie ihr heiß wurde, als würde er sie in Gedanken ausziehen.

»Ich weiß nicht«, antwortete sie und streckte die Hand nach den Photos aus.

Er reichte ihr die Bilder über den Schreibtisch und wartete, bis sie sie in ihrer Handtasche verstaut hatte. Dann sagte er: »Sie haben ein Problem, wissen Sie das?«

»Ein Problem?«

»Sie sind viel zu verkrampft. Sie sollten sich entspannen. Sie müßten sich mal sehn, wie Sie da auf der Stuhlkante sitzen und sich an Ihre Handtasche klammern, als wären Sie eine alte Jungfrau, die Angst hat, daß man ihr an die Wäsche will. Sie glauben doch nicht etwa, daß ich gleich über den Schreibtisch springe und Sie vergewaltige, oder?« Seine Stimme war träge, weich wie Samt und belustigt. Sein Körper lehnte locker im Stuhl, den er leicht hin und her bewegte.

Darina schnappte kurz nach Luft. Auf diese Bemerkung mußte es eine geistreiche und scharfe Erwiderung geben, nur leider fiel ihr keine ein.

»Sie sind eine sehr attraktive Frau. Dieses wunderbare blonde Haar, und Sie haben einen phantastischen Körper, nicht so wie viele Frauen heutzutage, die so dünn sind, daß man gar nichts zum Anfassen hat. Sie dagegen, meine Liebe, sind schön wie die Sünde. Aber nicht, wenn Sie so verklemmt und streng dasitzen.« Er musterte sie genüßlich, offensichtlich amüsiert über ihre Verlegenheit. »Aber Ihr Mund ist wirklich unwiderstehlich, so weich und voll. Eines Tages würde ich Ihnen gerne diese alberne Spange aus dem Haar nehmen, mit meinen Fingern darin wühlen, und dann diesen Mund küssen, bis er geschwollen ist vor Verlangen.«

Darina zwang sich, aufzustehen und das Zittern ihrer Hände zu unterdrücken. »Das war ein ungemein lehrreicher Morgen für mich«, sagte sie freundlich. »Ich kann Ihnen gar nicht genug danken, daß Sie sich all die Zeit genommen haben, um mich herumzuführen und mir alles zu zeigen. Und daß Sie sich die Photos so gründlich angesehen haben.« Sie stellte ihre Tasche auf die Schreibtischplatte und streckte die Hand aus. Inzwischen hatte sie ihre Fassung wiedergewonnen und wunderte sich nun selbst über den angenehmen Schauder, der sie überrieselte, als sie ihm in die Augen sah und sagte: »Sie sind ein sehr interessanter Mann, Ralph Cox, und ich wünschte nur, ich hätte sie unter anderen Umständen kennengelernt.«

Er erwiderte ihren Blick, schien kurz zu überlegen, lachte leise und ergriff ihre Hand. »Das wünschte ich ebenfalls, meine Liebe.«

Er hielt Darinas Hand einen Moment lang sehr fest, und sie hatte das Gefühl, daß sie beide genau wußten, was der andere dachte.

»Lassen Sie es mich wissen, falls Sie jemals eine größere Menge erstklassiges Obst oder Gemüse brauchen. Ich liefere frei Haus.«

»Ich dachte, Eve legte Wert darauf, daß ihre Lieferanten nur an sie verkaufen.«

In seinen undurchdringlichen Augen blitzte etwas auf. War es Zorn? Widerwille? Dann sagte er: »Eve hat bei mir keineswegs irgendwelche Sonderrechte.«

Darina wollte diese Bemerkung mit einem Lachen quittieren, beherrschte sich aber, als sie sah, wie sich seine Augen verengten. Das war kein Hauskater, das war ein Tiger in seinem Dschungel. »Das Leben ist voller verpaßter Gelegenheiten«, sagte sie bedauernd, und das war ehrlich gemeint, denn er war ein wirklich umwerfend attraktiver Mann, der die beunruhigende Fähigkeit besaß, die Konventionen zu mißachten und verborgene Begierden zu wecken. Es war höchste Zeit, daß sie ging.

Als sie sich umdrehte, rief er sie noch einmal zurück, kramte in seiner Schreibtischschublade, fand eine Papiertüte und stopfte die Ausbeute, die er an diesem Morgen auf dem Markt in seinen Taschen zusammengesammelt hatte, hinein. »Ein paar Kostproben«, sagte er, als er ihr die pralle Tüte reichte, »ich hoffe, sie schmecken Ihnen.«

Darina beäugte den Beutel, als würde im nächsten Moment eine Tarantel daraus hervorkrabbeln. Dann sagte sie: »Wie nett von Ihnen, das ist ja das reinste Festmahl.« Er lächelte zögernd.

»Dann guten Appetit. Ich freue mich schon auf unser nächstes Wiedersehen.«

Als sie an der Tür war, drehte sich Darina noch einmal um und fragte: »Können Sie eigentlich gut kochen?«

»Ich? Du liebe Güte, nein. Ich kann mir höchstens ein paar Reste aufwärmen. Allerdings bin ich Spitze im Würstchenbraten.« Er fragte zwar nicht, warum sie das wissen wollte, aber sie war sicher, daß er genau wußte, worauf sie hinauswollte. Blieb nur die Frage, ob seine Antwort der Wahrheit entsprach. Merkwürdig, inzwischen kam es ihr so vor, als sei sie ausweichend und er offen und direkt. Sie wünschte kurz auf Wiedersehen und ging. Sie hatte tatsächlich einen interessanten Morgen gehabt.

Im Supermarkt herrschte Hochbetrieb. In den Gängen drängten sich die Kunden und füllten ihre Einkaufskörbe. Unter ihnen Darina, die mit ihrer Liste langsam an den Regalen entlang ging. Während der letzten zehn Tage war sie kaum zum Einkaufen gekommen. Zur Hausarbeit auch nicht. Als sie von Nine Elms zurückgekommen war, hatte sie eine wahre Putzorgie veranstaltet und anschließend beschlossen, ihre Vorräte aufzufrischen. Die Arbeit war eine gute Gelegenheit, sich noch einmal jeden Moment ihres Treffens mit Ralph Cox zu vergegenwärtigen, bevor sie daran ging, ihre Schlüsse daraus zu ziehen.

Als sie sich in der Schlange vor der Kasse einreihte, bemerkte Darina, daß Honor vor ihr stand. Im selben Augenblick drehte sich Lady Doubleday um und erkannte sie.

»Meine Liebe, was für eine nette Überraschung. Wir haben das Mittagessen bei Ihnen am letzten Sonntag so genossen. Einen kleinen Dankesbrief haben wir Ihnen auch geschickt, aber die Postzustellung ist ja so unzuverlässig heutzutage, da weiß man nie, wann sie ankommt – selbst wenn der Adressat um die Ecke wohnt. Haben Sie heute frei?«

Darina antwortete: »Mehr oder weniger«, und half Honor, die Waren, die sie eingekauft hatte, auf das Band vor der Kasse zu legen.

»Es ist gerade Mittagszeit«, fuhr die ältere Dame fort, während sie ihre Einkäufe bezahlte und begann, sie in Tüten zu packen. »Hätten Sie Lust, mit mir eine Kleinigkeit essen zu gehen? Geoffrey ist heute in der Stadt, auf einer Vorstandssitzung. Wie ist es, haben Sie Zeit?«

Darina beschloß, ihre Arbeit an Eves Artikel aufzuschieben und schlug vor, daß sie mit einem Taxi zu ihr nach Hause fuhren.

»Aber nein, warum sollten Sie denn an Ihrem freien Tag auch noch kochen müssen? Ich dachte, wir könnten in ein hübsches Restaurant gehen.« Das klang fast so, als habe Honor ein aufregendes Abenteuer im Sinn.

»Na gut, aber wir sollten trotzdem ein Taxi nehmen, unsere Einkäufe bei mir abladen und dann ins Front Page gehen, das ist ein sehr schöner Pub gleich um die Ecke, und das Essen dort ist ausgezeichnet.«

»Eine großartige Idee.«

Wenig später saßen sie an einem dunklen Holztisch, nippten an ihrem Weißwein und warteten auf das Menü.

»Das ist wirklich ein besonders schöner Pub«, Honor sah sich anerkennend um. »Allein diese prächtige Holztäfelung! Hier muß ich mal mit Geoffrey herkommen.« Sie senkte ihre Stimme verschwörerisch. »Ich finde es ja herrlich, daß er jetzt pensioniert und so oft zu Hause ist, aber das Mittagessen ist oft eine große Herausforderung für mich. Ich weiß allmählich einfach nicht mehr, was ich kochen soll. Es wäre eine erfreuliche Abwechslung für uns beide, wenn wir ab und zu zum Essen ausgingen. Schauen Sie sich nur diesen wundervollen Lammrücken an, und die Minzsoße ist so herrlich cremig, wie man sie selten bekommt. Wie ist Ihres?«

Sie spähte auf Darinas Teller mit den Lachsfrikadellen in Sauce hollandaise. »Macht schrecklich dick, fürchte ich«, lachte Darina, nachdem sie den ersten Bissen gegessen und verzückt die Augen verdreht hatte, »aber ich kann einfach nicht widerstehen. Dafür beruhige ich mein Gewissen mit dem Salat als Beilage.«

»Aber meine Liebe, bei Ihrer Größe müssen Sie sich doch keine Sorgen um Ihr Gewicht machen – Sie sehen großartig aus. Aber sagen Sie, was machen eigentlich Ihre Ermittlungen? Schauen Sie mich nicht so überrascht an, William hat uns erzählt, daß Sie vorhaben, den Erfolg zu wiederholen, den sie bei der Suche nach dem Mörder Ihres Cousins hatten.«

Darina verzog das Gesicht. »Ich wundere mich, daß er es überhaupt erwähnt hat. Er schien meine Versuche äußerst lächerlich zu finden.«

»Ach!« Honor sah von ihrem Teller auf, hielt einen Moment lang mit dem Essen inne und sagte: »Sie sollten ihn nicht so ernst nehmen. Manchmal hat er die Angewohnheit, zuerst zu reden und dann zu denken.« Nach diesen Worten nahm sie einen weiteren Bissen, tupfte sich mit der Serviette zart den Mund ab, trank einen Schluck Wein und bestrich eines der knusprigen Brötchen mit Butter. Darina betrachtete ihr lebhaftes, von feinen Fältchen durchzogenes Gesicht mit den immer noch bemerkenswert blauen Augen. Sie schien früher eine wirkliche Schönheit gewesen sein, oder war es vielmehr erst das Alter und die Persönlichkeit, die ihre enorme Ausstrahlung ausmachten?

Wie alt mochte sie wohl sein? So um die siebzig, schätzte Darina.

»Wir hängen sehr an William«, fuhr Honor fort. »Geoffrey und sein Bruder stehen sich sehr nahe, obwohl John sehr viel jünger ist als er, und wir haben William immer als den Sohn betrachtet, den wir nie hatten. Es war so aufregend, als er die Laufbahn eines Diplomaten einschlug, wir waren alle sicher, daß er es bis zum Botschafter bringen würde, wenn er bloß noch gelernt hätte, im richtigen Augenblick seine Zunge zu hüten.« Sie sah Darina mit einem lustigen Zwinkern in den Augen an. »Aber wir hätten es wissen sollen, daß dieser Beruf viel zu eintönig und beengend für ihn sein würde.«

»Dann muß er sich im Geschäftsleben doch wohler gefühlt haben«, bemerkte Darina.

»Ja schon, aber dazu ist er wiederum nicht genug am Geld interessiert. Nein, es sind die Menschen, die ihn faszinieren, und als er uns erzählt hat, daß er in den Polizeidienst eintreten wolle, hatten wir das sichere Gefühl, daß er nun wirklich seinen Beruf gefunden hat. Da kann er seine Intelligenz und sein Interesse für andere Menschen einsetzen, und es ist immer etwas los. Obwohl ich sicher bin, daß es auch in diesem Beruf ähnlich lästige Routinearbeiten gibt wie im Außenministerium, und daß es ähnlich unpersönlich zugehen kann wie in den Managerkreisen der City.«

»Er scheint aber mit seinem Leben zufrieden zu sein.«

Honor sah sie forschend an. »Er sah so deprimiert

aus, als er am Sonntag zurückkam. Er wollte nichts sagen, sondern hat nur seine Tasche gepackt und sich auf den Weg nach Somerset gemacht. Geoffrey vermutet, daß er Ihnen bei Ihren Nachforschungen irgendwelche Vorschriften machen wollte, und daß Sie sich das nicht gefallen ließen.«

»So kann man es ausdrücken.«

»Nun, ich finde, Sie sollten sich nicht beirren lassen«, sagte Williams Tante überraschend. »Er ist ein wirklich lieber Kerl, aber irgendwie neigen alle Männer in dieser Familie ein bißchen dazu, sich einzubilden, sie wüßten am besten, was für die anderen gut ist. Bei Williams Eltern hängt deshalb nicht selten der Haussegen schief.«

»Tatsächlich?« fragte Darina neugierig.

»Die beiden lieben sich aufrichtig, aber Joyce hat nun mal ihren eigenen Kopf und hält John gegenüber auch nie mit ihrer Meinung hinter dem Berg. Außerdem besteht sie darauf, ihr eigenes Leben zu leben, und darüber hat es im Laufe der Jahre etliche Auseinandersetzungen gegeben.«

»William hat mir erzählt, daß sie sehr aktiv in der Kommunalpolitik sei.«

»Sie regiert praktisch die gesamte Grafschaft, meine Liebe. Wenn John zum High Sheriff gewählt wird, was in einem Jahr wahrscheinlich der Fall sein wird, hat er das mindestens zur Hälfte ihr zu verdanken.«

»Warum kandidiert sie dann nicht selbst für dieses Amt?«

»Eine originelle Idee, und gar nicht mal so abwegig. So, und jetzt hole ich uns noch zwei Gläser Wein, und wie sieht es mit einem Pudding aus? Nein? Wie diszipliniert Sie sind. Aber ich werde mich Ihrem Beispiel anschließen. Sie bleiben sitzen, meine Liebe, diese Runde geht auf mich.«

Darina sah der grazilen Gestalt nach, die sich langsam durch die Menge an der Bar drängte und ihre Bestellung aufgab. Als Honor wieder Platz genommen hatte, fragte Darina sie: »Wann hat Ihnen William eigentlich gesagt, daß ich versuche, Claires Mörder zu finden?«

»Lassen Sie mich überlegen, ja, es muß am Samstag gewesen sein, als wir über die Dinnerparty sprachen. Er sagte, Sie seien sicher sehr daran interessiert, Monica und Ralph einmal privat zu treffen, sozusagen, und dann hat er mir von der furchtbaren Geschichte erzählt. Es tut mir so leid zu hören, daß Eve jetzt solche Schwierigkeiten hat, wir waren entsetzt, als wir diesen Artikel gelesen haben.«

»Kennen Sie Eve?«

»Ihre Mutter und ich sind in Norfolk zusammen aufgewachsen. Nachdem ich geheiratet hatte und sie nach Cambridge gegangen war, haben wir uns nicht mehr oft gesehen, aber wir sind immer in Kontakt geblieben, und Eve hat ab und zu bei mir gewohnt, als sie anfangs nach London kam. Allerdings hat sie dann sehr schnell Freunde ihres Alters gefunden und ihr eigenes Catering-Unternehmen gegründet. In den letzten Jahren habe ich sie nicht oft gesehen, aber ich war es, die sie mit Monica bekannt gemacht hat. Ich habe ihr aus meinem Bekanntenkreis noch weitere Kunden vermittelt, aber ich glaube kaum, daß sich aus den anderen Kontakten ähnliche Freundschaften entwickelt haben wie mit Monica.« Ganz zu schweigen von Ralph, dachte Darina.

»Ich nehme an, Sie kennen Monica durch ihre Wohltätigkeitsarbeit.«

»Nein, ihre Mutter ist ebenfalls eine alte Freundin von mir, sie war mit Geoffreys erstem Vorsitzenden verheiratet, und wir haben viel Zeit miteinander verbracht, während unsere Männer im Ausland waren. Kurz nach Walters Pensionierung brachte Monica Ralph mit nach Hause und verkündete, sie wolle ihn heiraten.«

»Das muß ein ziemlicher Schock gewesen sein.«

»Das war es allerdings, ein Cockney sprechender Gemüseverkäufer sollte die Tochter aus einer Familie heiraten, deren Ahnentafel bis in das Jahr 1208 zurückreicht? Sie haben zwar keinen Adelstitel, aber selbst darauf waren sie immer stolz, zeigt es doch, daß sich die Familie nie in die Niederungen der Politik begeben hat. Monica hatte immer schon ihren eigenen Willen. Ich erinnere mich, wie sie als Kind einmal einen schrecklichen Wutanfall bekam, weil ihr nicht erlaubt wurde, einen kleinen Hund zu besitzen, an den sie ihr Herz gehängt hatte. Leider muß ich hinzufügen, daß sie ihn am Ende doch bekam, was ich schrecklich inkonsequent fand. Ihre Eltern hatten argumentiert, daß sie noch zu jung sei, um die Verantwortung für ein Tier zu übernehmen, und in dem Punkt hat sie ihnen bewiesen, daß sie im Irrtum waren. Dieser Hund war ihr ein und alles und ist ihr überallhin gefolgt. Und als sie dann ins Internat kam und ihn nicht mitnehmen durfte, hatten alle, besonders sie selbst, Angst, daß er vor Kummer sterben würde.

»Und, ist er?«

»Keineswegs. Statt dessen hat er sich ihrer jüngeren Schwester angeschlossen. Monica war darüber sehr zornig. Ich glaube sogar, sie konnte die arme Mary deswegen nicht mehr leiden, obwohl die ja gar nicht dafür verantwortlich war. Seither haben sich die beiden nur noch in der Wolle. Und als ihre Eltern glaubten, daß die Ehe mit Ralph nicht halten würde, war es genauso wie mit dem jungen Hund, sie wollte ihn unbedingt und hat alles daran gesetzt, daß die Ehe gutging. Natürlich hat die Tatsache, daß Ralph geschäftlich so erfolgreich war, die Sache leichter gemacht. Ich möchte nicht wissen, wie die Geschichte geendet hätte, wenn er bei seinen Obst- und Gemüsekarren geblieben wäre.«

»Daran hatte sie wohl auch ihren Anteil.«

»Ja, das stimmt sicher. Er ist zwar die treibende Kraft, aber sie hat ihn hundertprozentig unterstützt und immer die richtigen Leute eingeladen, auch wenn sie am Anfang mit ziemlich wenig Geld auskommen mußte. Wenn sie heute davon erzählt, wie er zu ihrer ersten Verabredung im Jaguar vorgefahren ist und daß er sie nur in die besten Restaurants ausgeführt hat, vergißt sie zu erwähnen, daß sie in der ersten Zeit ihrer Ehe keineswegs genug Geld hatten, um die Art von Leben zu führen, von der sie meinte, daß sie ihnen zustand. Sie mußte von ihrem äußerst knapp kalkulierten Budget jedes Pfund zweimal umdrehen, bevor sie es ausgab. Wahrscheinlich verwaltet sie heute deshalb die Konten unserer Wohltätigkeitsarbeit so hervorragend. Sie hat alles strengstens unter Kontrolle, und sie weiß genau, wie man das meiste aus den Leuten herausholt, sei es an Geld oder Arbeitskraft.«

Der Kaffee, den Honor bestellt hatte, wurde an ihren Tisch gebracht. Sie gab ein wenig Zucker in ihre Tasse und rührte sorgfältig um, bevor sie Darina fragte:

»Und wie kommen Sie jetzt mit Ihren Ermittlungen voran?«

»Schleppend. Ich fürchte, William hatte wahrscheinlich recht, und ich bin im Grunde nicht geeignet für diese Aufgabe.«

Honor sah sie forschend an. »Woran fehlt es Ihnen denn Ihrer Meinung nach?«

Darina nahm einen Schluck Kaffee und dachte kurz nach. Dann erwiderte sie: »Nun ja, ich glaube, ich bin nicht systematisch genug an die Sache herangegangen, ich habe nicht die richtigen Fragen gestellt, und ich bekomme langsam den Eindruck, daß ich mich in sämtlichen Schlußfolgerungen, die ich aus den Umständen um Claires Tod zog, geirrt habe. William hat mich davor gewarnt, Theorien aufzustellen, bevor ich alle Fakten kenne, und, so ungern ich das zugebe, ich glaube fast, daß er recht hatte. Was mir jetzt zu schaffen macht, ist, daß ich meine ursprüngliche Theorie revidieren mußte, aber keinerlei Anhaltspunkte für eine andere habe.«

»Und wie lautete Ihre ursprüngliche Theorie?«

Darina erzählte Honor die ganze Geschichte, von der Pilzwanderung und dem Festessen bis zu Claires furchtbarem Tod und fügte hinzu: »Ich war mir einfach sicher, daß der Mörder Eve umbringen wollte, und daß Claire nur zufällig das vergiftete Pilzgericht gegessen hat. Aber inzwischen sieht es so aus, als sei es durchaus denkbar, daß jemand Claire aus dem Weg schaffen wollte. Allerdings werde ich diesmal nicht den gleichen Fehler begehen und die Möglichkeit, daß der Mordanschlag Eve gegolten haben konnte, außer Acht lassen .«

Honor blickte sie zweifelnd an. »Vielleicht hat sie sich ja geändert, ich meine, ich hoffe es, denn nach dem, was ich von ihr weiß, wäre ein vergiftetes Essen die letzte Methode, die ich wählen würde, wenn ich sie umbringen wollte.«

»Wie meinen Sie das?«

»Sie hat kaum etwas gegessen, denn sie war magersüchtig. Ich erinnere mich noch gut daran, wie verzweifelt ihre Mutter versucht hat, sie zum Essen zu bewegen. Ich habe es irgendwann aufgegeben, sie zum Essen einzuladen, nachdem sie immer nur auf ihrem Teller herumgestochert und behauptet hat, sie habe keinen Hunger oder sie würde nur biologisch einwandfreie Lebensmittel essen. Was ein völliger Unsinn war, denn einmal habe ich für sie ein Essen aus Zutaten gekocht, die ich im bekanntesten Naturkostladen Londons gekauft hatte, und ich habe ihr sogar die Verpackungen gezeigt, damit sie sehen konnte, was sie da essen würde, aus welchen Zutaten das Essen bestand – mit dem gleichen Resultat. Sie sagte, sie sei nicht hungrig, und außerdem müsse sie auf ihre Linie achten. Dabei war sie so leicht wie eine Feder. Und später habe ich erfahren, daß sie zweimal im Krankenhaus war und künstlich ernährt werden mußte.«

Plötzlich wurde Darina einiges klar. Sie erinnerte sich daran, daß Eve in den Kochkursen immer mit Frauen zusammengearbeitet hatte, bei denen sie sich darauf verlassen konnte, daß sie alles, was sie kochten, ausgiebig probierten und anschließend aßen. Manchmal war Darina selbst ihre Partnerin gewesen, und Eve hatte sie immer aufgefordert, die Gerichte abzuschmecken, weil, wie sie sagte, ihr Geschmackssinn so hervorragend sei. Und Darina, die es schon immer fasziniert hatte, wie sich nach einer kleinen Beigabe von Salz oder Gewürzen die gesamte Komposition der Speisen veränderte, und die es liebte, eine Soße so lange abzuschmecken, bis sie fand, daß ihre Zutaten im richtigen Verhältnis zueinander waren, übernahm diese Aufgabe nur zu gern. Am Schluß pflegte Eve dann einen winzigen Bissen zu kosten und auszurufen: »Wunderbar. Du hast es genau getroffen«, womit sie ihrer Partnerin auch noch das gute Gefühl gab, Hervorragendes geleistet zu haben.

Und hatte sich das seit damals wirklich geändert? Darina fragte sich, was sie Eve während der letzten zehn Tage hatte essen sehen und stellte fest, daß es so gut wie gar nichts war. Sie betonte zwar immer, sie würde schon vom Probieren satt, aber die Portionen, die sie aß, würden nicht einmal einen Vogel ernähren. Sie konnte doch wohl kaum allein von ihrem Kräutertee existieren.

»Sie hat damals ständig irgendwelche Tabletten genommen, Vitamine, Mineralstoffe und so weiter«, sagte Honor, als habe sie ihre Gedanken erraten.

»Wissen Sie, was der Auslöser für diese Krankheit war?«

»Nein, dazu kannte ich sie nicht gut genug, und ich weiß es auch nur, weil ich nach ihrem zweiten Besuch zum Abendessen begann, mir Sorgen zu machen und ihre Mutter anrief.

Rachel erzählte mir, welchen Kampf sie mit ihrer Tochter wegen des Essens ausfechte. Ich persönlich glaube, es hat damit zu tun, daß alle in der Familie außer ihr Akademiker sind. Ihre Eltern sind Geisteswissenschaftler, ihr älterer Bruder und ihre Schwester sind Mathematiker. Eve war ein Nachzügler, und es scheint, als habe sie von all der Klugheit nichts mehr abbekommen. Ihr einziges Talent war das Kochen, und das hat bei den anderen, für die Essen lediglich Nahrungsaufnahme bedeutet, nicht viel gegolten.«

Darina fand das äußerst ungerecht. »Aber sie ist eine ausgezeichnete Köchin, eine wahre Künstlerin. Hat ihre Familie denn nichts davon bemerkt?«

»Ach, meine Liebe, die sind doch alle viel zu kopflastig, um mehr als Brot und Käse für das körperliche Wohl zu brauchen. Nein, es hieß immer: 'Die arme Eve, wir wissen gar nicht, was aus ihr mal werden soll.' Ich habe ja nie ganz verstanden, wieso sie sich dem Essen derart verweigert, obwohl es sie doch so fasziniert. Aber eine meiner Freundinnen, eine Psychologin, hat mir erklärt, daß es einen komplexen Zusammenhang gebe zwischen dem Hungern und der Unfähigkeit, mit dem Leben und insbesondere mit zwischenmenschlichen Beziehungen fertigzuwerden. Ich kann mir gut vorstellen, daß sie sich in ihrer Familie sehr dumm und sehr ungeliebt gefühlt haben muß und daß das sehr schwierig für sie war. Das war auch einer der Gründe, warum ich mir solche Mühe gab, ihr Kunden zu verschaffen, nachdem sie ihr Geschäft eröffnet hatte. Ich ging davon aus, daß sie jede erdenkliche Unterstützung brauchte.«

Darina sagte, es falle ihr sehr schwer, die Eltern von Eve zu begreifen, und Honor antwortete: »Man kann ihnen nicht die ganze Schuld geben. Sie haben sich schreckliche Sorgen um Eve gemacht, und als es wirklich kritisch wurde, hat ihre Mutter alles versucht, sie zum Essen zu bewegen. Ohne Erfolg. Schließlich haben sie einen Psychologen gefunden, dem es gelang, ihr Vertrauen zu gewinnen und der ihr helfen konnte. Sie hat dann schließlich so viel zugenommen, daß sie immerhin fünfundvierzig Kilo wog.«

»Ich schätze, mehr wiegt sie auch heute nicht. Weiß Joshua eigentlich davon?«

»Ihr Mann? Keine Ahnung, wir haben ihn nie persönlich kennengelernt. Sie haben damals ziemlich überstürzt geheiratet und das auch nur im engsten Familienkreis. Wir alle dachten an das Naheliegendste und waren dann sehr überrascht, als es sich nicht bestätigt hat. Allerdings nehme ich kaum an, daß sie dieses hektische Berufsleben führen könnte, wenn sie sich nicht anständig ernährte, was meinen Sie?«

»Nein, das glaube ich auch nicht. Professionelle Köche müssen ungeheuer hart arbeiten.«

»Warum nehmen die Leute das eigentlich auf sich?« fragte Honor interessiert.

»Für einige, wie zum Beispiel Eve, ist es die einzige Begabung, die sie haben, und außerdem kann man damit heutzutage eine Menge Geld verdienen, wenn man sein eigenes Geschäft hat.«

Honor meinte mit aufrichtiger Sympathie: »Aber Sie sind doch so intelligent, daß das Kochen wohl kaum das einzige ist, was Sie können.«

Darina errötete und sagte: »Vielleicht, aber es ist das, was mich am meisten interessiert. Ich liebe das Essen und alles, was damit zu tun hat: sich neue Rezepte auszudenken, zu kochen, anzurichten und zu servieren. Ich mag es sogar, den Leuten zuzuschauen, wenn sie eins meiner Gerichte essen und es genießen.« Sie unterbrach sich, um sich nicht in völlige Verzückung zu reden. Entweder verstanden die Leute etwas von der Faszination des Essens und der Tatsache, daß das Kochen ein elementarer Bestandteil des Lebens und eine Tätigkeit war, bei der man sowohl nach wissenschaftlichen

Prinzipien vorgehen als auch so künstlerisch und kreativ wie ein Musiker oder Maler sein konnte, oder sie fanden es einfach sterbenslangweilig. Dazwischen gab es nichts, Darinas Erfahrung nach – und es schien, als gehöre Honor zur zweiten Kategorie. »Ich habe das Essen, zu dem Sie uns am Sonntag eingeladen haben, wirklich sehr genossen, aber grundsätzlich ist es mir nicht so wichtig. Ich könnte für den Rest meiner Tage ganz gut von Rührei und Sardinen leben. Allerdings ist Geoffrey in dieser Hinsicht leider etwas anspruchsvoller, und so gebe ich mir Mühe, aber ich muß sagen, es fällt mir schwer.« Sie sah Darina mit gespielter Zerknirschung an und sagte dann lachend, das sei ja alles kein Malheur, solange es Leute gebe wie sie, die für den richtigen Ausgleich sorgten.

»Aber nun sagen Sie mir doch noch, meine Liebe, wie wollen Sie denn jetzt fortfahren in Ihren Nachforschungen?«

Darina zögerte mit der Antwort und erklärte schließlich: »Ich weiß es nicht genau. Zunächst müßte ich alle Informationen, die ich zusammengetragen habe, noch einmal neu überdenken.«

»Ich bin sicher, William würde Ihnen schrecklich gern helfen, wenn Sie jemanden brauchen, um darüber zu reden«, schlug die alte Dame vor, und fügte, als sie Darinas zweifelnde Miene sah, hinzu: »Wissen Sie, die nette Seite an den Männern in dieser Familie ist, daß sie es immer zugeben, wenn sie sich geirrt haben und daß man von ihnen nie zu hören bekommt 'Siehst du, ich hab's dir ja gesagt'.«

»Ich glaube nicht, daß ein Gespräch mit William wirklich helfen würde«, erwiderte Darina bestimmt, und dachte, daß sie verdammt sein wollte, wenn sie ihn nach allem, was er ihr am Sonntag an den Kopf geworfen hatte, auch noch anrief.

Honor reagierte schuldbewußt: »Verzeihen Sie, daß ich mich eingemischt habe. Sie müssen einfach tun, was Sie für richtig halten. Aber ich hoffe, daß Sie mich und Geoffrey bald wieder einmal besuchen kommen, und ich verspreche Ihnen, daß ich Ihnen auch keine indiskreten Fragen über William mehr stellen werde.«

»Das würde ich sehr gern«, antwortete Darina aufrichtig. Sie mochte diese liebenswerte, kluge und kultivierte Frau, und sie wünschte, sie hätte eine solche Mutter gehabt, eine, mit der man reden konnte und die verstand, wie wichtig es manchmal war, Abstand von einer Beziehung zu gewinnen.

Nachdem Darina mit Honor zu ihrem Haus zurückgegangen war, um die Einkaufstaschen zu holen und sie nach Hause gefahren hatte, ging sie in ihr Arbeitszimmer und versuchte, einen Artikel über Gesundheitslehre zu schreiben.

Zwei Stunden später saß Darina vor mehreren Seiten Notizen, einem Haufen zusammengeknüllter Papiere mit etlichen unbrauchbaren Versuchen und einem weiteren abgeschlossenen Versuch, den sie für nur unwesentlich besser hielt als all die vorangegangenen. Sie stand auf und streckte sich. Das Ganze war einfach hoffnungslos, sie wußte nicht, wie man einen solchen Artikel schrieb, und sie hatte nicht die geringste Ahnung, welche Art von Text Elizabeth erwartete.

Vielleicht war es das Beste, wenn sie sie anrief und fragte. Darina fand im Telefonbuch die Nummer des *Recorder* und wollte gerade den Hörer abnehmen, als ihr ein Gedanke kam: Wenn Elizabeth wußte, daß der Artikel nicht von Eve geschrieben war, würde sie ihn wahrscheinlich gar nicht veröffentlichen wollen. Darina dachte kurz nach und wählte dann die Nummer.

»Das ist wirklich nett von Ihnen«, sagte Darina zu Joshua Tarrant, als er ihr eine Stunde später die Tür zu dem Haus in Putney öffnete.

»Ach was, Sie tun *mir* einen Gefallen. Ich war froh, daß ich eine gute Ausrede hatte, um das Büro zu verlassen.«

Sie folgte seiner kräftigen Gestalt in einen Raum im ersten Stock. Er lag im hinteren Teil des Hauses, war früher wohl ein geräumiges Schlafzimmer gewesen und diente jetzt als Büro. In den Regalen, die die meisten Wände bedeckten, standen Bücher, prall gefüllte Aktenordner und Stöße von Zeitschriften. An den einzigen freien Wänden zu beiden Seiten des Fensters hingen zahlreiche gerahmte Photographien, auf die Darina zuging, um sie sich näher anzusehen. Einige Aufnahmen waren von Eve, darunter einige, die sie in der Küche im Souterrain zeigten, als sie dort noch den Catering-Service betrieb. Den Ehrenplatz nahm allerdings das Photo eines riesigen Bullen mit wunderschönem, goldbraunem Fell ein. Das Tier war mit einer Rosette geschmückt und sah mit großen Augen zu einem Jungen, in dem sie Joshua erkannte. Die Rosette selbst war zusammen mit einigen anderen an den Rahmen gesteckt worden.

»Das war mein Bulle«, erklärte Joshua, der hinter sie getreten war und nun ebenfalls das Bild betrachtete. »Mein Vater hat ihn mir geschenkt. Er war in jeder Hinsicht der geborene Champion, und seine Nachkommen wurden in die ganze Welt verkauft.«

»Dann war Ihr Vater also ein Farmer?« Darina wandte sich zu ihm um und bemerkte, daß sein markantes Gesicht die gleiche kindliche Begeisterung zeigte wie das des Jungen auf dem Bild.

Er nickte. »Ich wäre auch am liebsten Farmer geworden, aber Hof und Land mußten an meinen älteren Bruder vererbt werden – es war nicht genug da für zwei, und mein Vater meinte, ich sollte mir lieber einen Beruf suchen, in dem ich mein Hirn gebrauchen kann, statt irgendeinen Bauernhof zu pachten.«

»Und deshalb haben Sie sich als Journalist dann auch auf die Landwirtschaft spezialisiert, nehme ich an?«

»Nun ja, es war eigentlich keine bewußte Entscheidung, aber ich kannte mich damit nun mal bestens aus, und dann bin ich langsam hineingewachsen. Ich kann nicht klagen, ich liebe meinen Beruf, aber ich vermisse das Landleben.«

Er sah aus dem Fenster auf den kleinen Garten hinter dem Haus, der mit Bäumen und Büschen buchstäblich vollgepflanzt war. »Ich habe alle Preisgelder, die ich für diesen Bullen bekam, auf ein Sparkonto gelegt und konnte mir davon schließlich ein kleines Landhaus in Sussex kaufen. Es liegt bei Petersfield, in der Nähe des Hofes meiner Familie. Ich fühle mich dort ganz zu Hause, und Eve ebenfalls, und deshalb verbringen wir fast jedes Wochenende dort. Sie sollten einmal kommen und sich meinen Gemüsegarten ansehen.«

Seine Augen leuchteten vor Stolz, und irgend etwas irritierte Darina an seinem unschuldigen Enthusiasmus, bis ihr einfiel, was es war: der Widerspruch zu seinem Verhalten während der Party der Thompsons, als er so gnadenlos herumgeschnüffelt hatte in seinem fast zwanghaften Bedürfnis, wissen zu wollen, worüber bei Tisch gesprochen wurde.

Sie blickte sich um. Auf dem Schreibtisch vor dem Fenster standen ein Computerbildschirm mit Tastatur, ein Drucker und eine Schachtel mit Disketten.

»Schreiben Sie Ihre Bücher auf diesem Gerät?«

Joshua klopfte mit der Hand freundlich auf den Computer und sagte lächelnd: »Der beste Freund, den sich ein Schriftsteller wünschen kann. Er spart unglaublich viel Zeit. Allerdings werde ich ihn bald gegen ein neueres Modell mit Laserdrucker eintauschen.« Er nahm das oberste Blatt von einem Stoß bedruckter Papiere und reichte es Darina, die es sich sorgfältig ansah.

»Das ist ein Nadeldrucker«, sagte Joshua, »damit kann man zwar viele Schriftarten drucken, aber ich brauche einen mit einer besseren Qualität. Aber Sie sind ja nicht hergekommen, um sich einen Vortrag über Computer anzuhören – lassen Sie doch mal sehen, was Sie geschrieben haben.«

Darina gab ihm ihre Notizen und die letzte handschriftliche Rohfassung des Textes.

Joshua forderte sie mit einer Handbewegung auf, in einem bequemen Sessel Platz zu nehmen, setzte sich an seinen Schreibtisch und las die Seiten mit konzentrierter Aufmerksamkeit durch.

»Na gut«, sagte er schließlich, »wollen Sie, daß ich Ihnen den Artikel schreibe, oder wollen Sie es selbst tun?« Seine raubvogelartigen Augen sahen sie direkt an.

»Ich möchte ihn eigentlich selber schreiben, wenn's geht. Ich weiß bloß nicht, wie ich anfangen soll – und ebensowenig, wie ich aufhören soll.«

»Ihre Auflistung der einzelnen Punkte ist doch schon ganz gut für den Anfang, zumindest wissen Sie, was Sie sagen wollen. Hat Ihnen Elizabeth gesagt, wie viele Wörter der Text haben soll?«

»Nein, nichts dergleichen.«

»Ich schätze, so ungefähr 750. Jedenfalls sollten sie das als Richtschnur nehmen. Wenn der Artikel dann etwas zu lang ist, kann sie ihn immer noch kürzen. Versuchen Sie, so einfach zu schreiben wie möglich, denn Sie müssen daran denken, daß er von der durchschnittlich intelligenten Hausfrau, der es in erster Linie um die Gesundheit ihrer Familie geht, gelesen wird. Diese Leserin ist außerdem sehr beschäftigt, wenn Sie nicht gleich mit dem ersten Satz ihr Interesse wecken, blättert sie sofort zum nächsten Artikel weiter, deshalb sollten Sie direkt zur Sache kommen. Versuchen Sie nicht, das, was Sie sagen wollen, in geistreiche Formulierungen zu verpacken, und verwenden Sie keine ausgefallenen Fremdwörter. Ein möglichst anschaulicher Schreibstil macht sich in diesem Fall am besten. Klingt das zu kompliziert?«

Darina lächelte ihn an. »Bei Ihnen klingt es so einfach, daß ich mir denke, es muß furchtbar schwierig sein.«

»Wenn Sie das herausgefunden haben, sind Sie schon auf dem richtigen Weg. Der Text muß übrigens mit doppeltem Zeilenabstand getippt werden. Haben Sie eine Schreibmaschine?« Darina nickte. »Gut. Ansonsten brauchen Sie sich deswegen keine schlaflosen Nächte zu machen. Worauf es Elizabeth ankommt, sind die Fakten, alles andere kann sie selbst so formulieren, wie sie es haben will.« Er warf einen Blick auf Darinas Notizen. »Ihre Argumente sind sehr gut, Sie müssen sie nur noch miteinander verknüpfen.«

»Die meisten habe ich von Jo.«

Joshua gab ihr die Blätter zurück und seufzte: »Eve ist wirklich ein Genie, wenn es darum geht, andere ihre eigene Arbeit machen zu lassen. Wie kommen sie und Jo jetzt eigentlich miteinander klar, wo es Claire nicht mehr als Puffer gibt?«

»Ich glaube, beide stehen im Moment unter enormem Druck, psychisch und die Arbeit betreffend, und das merkt man ihnen an.«

»Mit anderen Worten, sie kommen nicht miteinander klar. Ich hoffe nur, daß Jo bleibt. Wahrscheinlich weiß Eve nicht einmal, wie sehr sie sie braucht. Jo ist manchmal etwas merkwürdig und schwierig, aber sie ist eine erstklassige Arbeitskraft und eine wunderbare Köchin.« Joshua spielte einen Moment lang schweigend mit seinem Bleistift und fuhr dann fort: »Claire sagte einmal, daß es an Jos Familie liege, daß sie so mißtrauisch und zurückhaltend geworden ist. Jedenfalls hatte Claire immer eine Engelsgeduld mit ihr.«

»Es ist nicht leicht für Eve, daß gerade jetzt all diese Aufträge storniert werden. Ich bin sicher, daß Elizabeth dem Wooden Spoon nicht absichtlich schaden wollte, aber ihr Artikel hatte trotzdem eine verheerende Wirkung.«

Joshua warf den Bleistift auf den Tisch und verschränkte die Hände im Nacken. »Sie hat sich einfach unglaublich mies verhalten. Als ich damals zum *Recorder* kam, hat sie mir wirklich sehr geholfen, und ich habe ihr eine Menge zu verdanken, aber im Moment würde ich sie am liebsten umbringen.

Ich habe sie gefragt, ob sie nicht irgend etwas für Eve tun könne, um den Schaden wiedergutzumachen, aber sie sagte nur, das ginge nicht, und eine kurze Erwähnung des Wooden Spoon im Zusammenhang mit diesem Gesundheitsartikel sei das einzige, was der Herausgeber genehmigen würde. Apropos, wenn Sie noch irgendwelche Fragen zum Text haben, können Sie mich jederzeit anrufen.« Er stand auf und warf Darina ein umwerfend charmantes Lächeln zu. »So, und jetzt lassen Sie uns hinuntergehen und eine Tasse Kaffee trinken. Dabei können Sie mir ja mal berichten, was im Wooden Spoon so läuft – ich weiß nämlich nie, wie ernst ich die Geschichten nehmen soll, die meine Frau mir erzählt.«

Während sie ihm in das Souterrain folgte, wurde ihr klar, warum Eve ihn so unwiderstehlich gefunden hatte. In der Küche stellte Joshua den Wasserkessel auf und nahm ein Glas mit Pulverkaffee aus dem Schrank.

»Oder trinken Sie das Zeug auch nicht?« Darina versicherte, daß sie nichts dagegen habe, und er gab zwei Löffel davon in jede Tasse. Dann drehte er sich um und sagte, mit einer Handbewegung auf die elegante Küche und den angrenzenden Wohnraum deutend: »Ich weiß gar nicht, warum Eve hier unbedingt alles verändern wollte. Es war vorher viel gemütlicher, und funktional war es offensichtlich auch, denn sie haben schließlich das ganze Essen für den Catering-Service hier zubereitet. Meiner Meinung nach hätten sie jedenfalls hier bleiben sollen, statt nach Marylebone zu ziehen.«

»Aber ist es für Sie nicht viel angenehmer, zu Hause mehr Ruhe zum Arbeiten zu haben?«

Joshua verzog sein Gesicht zu einer komischen Grimasse und fuhr sich mit einer Hand durch sein dichtes Haar. »Nein, irgendwie war's mir lieber, als es hier so hektisch zuging. Es war wenigstens immer jemand da, und es gab auch immer etwas zu essen. Jetzt herrscht meistens gähnende Leere im Kühlschrank, und wir müssen auswärts essen. Das heißt, *ich* muß das – Eve arbeitet entweder noch oder sagt, sie habe schon gegessen. Immerhin gibt es hier in der Straße ein recht gutes Restaurant. Ich nehme an, es liegt daran, daß ich es gewohnt bin, mit vielen Leuten in einer Redaktion zu arbeiten, in der es auch ständig hoch her geht, jedenfalls ist diese Stille hier bestimmt nicht das, was ich brauche, um dieses verdammte Buch zu beenden. Es macht mich einfach nervös, wenn ich weiß, daß ich der einzige im Haus bin.«

»Aber Sie sind doch bald fertig, oder?«

»Noch eine Woche, und ich müßte es geschafft haben. Und es wird langsam Zeit, denn ich habe den Eindruck, daß wir bald den Rest meines Honorars brauchen, und den bekomme ich erst, wenn ich es abliefere.«

»Wenn du was ablieferst?« fragte Eve, die in die Küche gekommen war. Sie sah abgespannt und müde aus, nickte Darina zur Begrüßung nur flüchtig zu und setzte gleich frisches Wasser auf.

Joshua, gegen den halbhohen Schrank gelehnt, der

die Küche von dem übrigen Raum abteilte, antwortete: »Mein Buch.«

»Du meinst, es ist fertig?«

»So gut wie, und wenn ich dieses Wochenende in Ruhe arbeiten kann, wie du es versprochen hast, kann ich das Manuskript nächste Woche abgeben.«

»Ja sicher, du weißt doch, ich werde nach Sussex fahren, da werde ich dich kaum stören – außerdem will ich selber nichts von dir hören und sehen, denn du bist unerträglich, wenn du ein Buch beenden mußt.«

»Worum geht es denn?« fragte Darina hastig.

»Um die möglichen Gefahren der Genmanipulation in der landwirtschaftlichen Biotechnologie.«

»Laß ihn bloß nicht mit diesem Thema anfangen, er hört dann überhaupt nicht mehr auf, und du verstehst höchstens jedes zwanzigste Wort«, warf Eve gereizt ein.

»Das scheint mir wirklich kein besonders verständlicher Gegenstand zu sein.«

»Sie wären erstaunt, wie verständlich das Buch geschrieben ist, die Verleger erwarten jedenfalls, daß es ein Bestseller wird. Das Thema ist brandaktuell, und die Leute reißen einem solche Bücher zur Zeit förmlich aus der Hand. Ich höre schon die Kassen klingeln.« Joshuas fröhliche Gelassenheit war scheinbar unerschütterlich.

»Er ist so schrecklich klug, nicht wahr? Bloß schade, daß er nie die Zeit hat, seine Intelligenz mit seiner kleinen, dummen Frau zu teilen«, sagte Eve mit einem bitteren Unterton, während sie kochendes Wasser in ihre Tasse goß. »Ständig schließt er sich mit seinem Computer und seinen Büchern in seinem Zimmer ein.«

»Das Geld, das ich damit verdiene, gibst du allerdings ganz gern aus.« Auch seine Stimme klang jetzt schärfer.

Eve gab den Kampf auf und sagte nur niedergeschlagen: »Wir hatten heute noch mehr Stornierungen.«

»Warum ziehst du mit deinem Geschäft nicht aus diesem absurd teuren Haus aus und kommst wieder hierher zurück?«

»Fang doch bitte nicht schon wieder damit an. Ich denke nicht daran, all das aufzugeben, was ich mir so hart erkämpft habe, gerade jetzt, wo ich's geschafft habe.«

»Und was genau hast du geschafft?«

»Du weißt doch, wieviel Publicity wir hatten, als wir das Geschäft in Marylebone eröffnet haben. Wenn ich jetzt hierher zurückgehe, werden alle glauben, daß es nicht gelaufen ist. Und ich weiß genau, wenn wir die Videos von Kenneth verkauft haben, läuft der Laden wieder phantastisch. Das ist nur eine Durststrecke, und da müssen wir durch.« Die beiden standen sich gegenüber und fixierten einander. Eves Wangen waren gerötet, und ihre Stimme zitterte ein wenig. Joshuas Mund dagegen bildete eine scharfe Linie, der Ausdruck jungenhafter Unschuld war vollkommen aus seinen Zügen verschwunden.

»Und selbst wenn ihr wieder neue Aufträge bekommt, wie willst du denn ohne Claire zurechtkommen? Und was ist mit mir, ist es nicht langsam an der Zeit, daß du dich daran erinnerst, daß du meine Frau bist und mir ein bißchen Unterstützung geben könntest?«

»*Du*? Was brauchst du denn schon von mir?« In ihrer Wut lag auch eine Spur Verachtung. »Du bist doch ständig in der Redaktion, auf Pressekonferenzen oder hockst Tag und Nacht in deinem Arbeitszimmer und schreibst an deinen idiotischen Büchern und Enthüllungsgeschichten. Meinst du vielleicht, ich sitze die ganze Zeit hier herum, koche dir ab und zu ein hübsches Essen und warte darauf, daß du Notiz von mir nimmst?« Eve machte eine merkwürdige Bewegung mit dem Kopf, wie bei einer gymnastischen Übung, bei der ihr Darina ins Blickfeld geriet. »Und du, du wirst doch bei uns einsteigen, nicht wahr?« Sie klang jetzt hilflos und flehend.

Darina stellte ihre Tasse auf den Tisch und antwortete: »Ich habe mich noch nicht entschieden. Aber jetzt muß ich nach Hause und es noch einmal mit dem Artikel versuchen. Vielen Dank für Ihre Hilfe, Joshua.«

Eves Augen leuchteten auf. »Ach, du hast schon damit angefangen, ja? Sehr gut, das könnte uns viel bringen. Ich habe dir ja gesagt, daß Joshua dir bestimmt gern hilft. Und ich bin sicher, daß du dich dafür entscheidest, ganz zu uns zu kommen.« Sie führte Darina aus der Küche in den Flur. An der Tür drehte sie sich um und sagte: »Und mach dir keine Sorgen wegen des Geldes für deine Anteile, da finden wir schon eine Lösung.« Anscheinend hatte sich ihre Stimmung wieder gehoben, und sie klang so lebhaft und heiter wie immer. Darina verabschiedete sich rasch und ging.

Den Rest des Abends verbrachte sie damit, den Artikel zu schreiben, war aber mit dem Resultat alles andere als zufrieden, als sie schließlich zu Bett ging.

Auch der Donnerstag begann in aller Frühe.

Darina stand in der Küche, wog die Zutaten ab, die an diesem Tag für die Kochvorführung benötigt wurden, und stellte sie für jedes einzelne Gericht zusammen. Dabei hörte sie mit halbem Ohr zu, wie sich Jo und Eve im Hintergrund stritten.

Anscheinend hatte Eve versprochen, neue Menüs zusammenzustellen, die sie den Kunden anbieten konnten, und hatte es nicht getan.

»Wir können den Leuten doch nicht ständig das gleiche servieren«, sagte Jo ärgerlich, während sie sich die Entenbrüste auf der Arbeitsplatte zurechtlegte.

»Du tust ja gerade so, als würden die Kunden Schlange stehen«, protestierte Eve. »Aber wenn du dir solche Sorgen machst, warum denkst du dir dann nicht selbst ein paar Rezepte aus? Und dabei kannst du auch gleich diese neuen Geschmacksrichtungen ausprobieren, von denen du immer behauptest, ich hätte keine Ahnung davon.«

»Würde ich ja, wenn auch nur die geringste Aussicht bestünde, daß du sie verwendest. Die letzten Rezeptvorschläge von mir hast du den Kunden doch noch nicht einmal gezeigt, weil du meinst, du wärest hier die einzige, die weiß, was die Leute wollen.« Jo goß etwas Pfirsichwasser in eine große Schüssel und legte die Entenbrüste darin ein.

Eve war rot geworden vor Zorn. Aber nachdem sie sich mit einer heftigen Bewegung durch die wilden Locken gefahren war, beschloß sie offenbar nachzugeben und sagte: »Okay, okay, ich werde dieses Wochenende in Sussex daran arbeiten.«

»Du meinst also, Joshua kann mit seinem Buch allein fertigwerden, ja? Es wäre wohl besser, wenn du ihm ein paar anständige Mahlzeiten kochst und ihn ein wenig unterstützt«, gab Jo bissig zurück. »Außerdem solltest du dir vielleicht überlegen, mit welchen Kunden du einmal persönlich reden könntest, damit sie wieder Vertrauen zu uns haben und vielleicht auch einmal neue Menüs bestellen. Wenn der Laden hier überleben soll, dann mußt du dich schon ein bißchen mehr anstrengen.«

Eve warf ihr einen vernichtenden Blick zu, drehte sich auf dem Absatz um und verließ wortlos die Küche.

Darina deckte die letzte Portion gehackter Zwiebeln mit Frischhaltefolie ab, beschriftete sie, brachte alle Zutaten nach oben und kehrte wieder in die Küche zurück, um Jo bei der Zubereitung eines Gourmetimbiß für dreißig Personen zu helfen. Das war keine leichte Übung, und während der nächsten zweieinhalb Stunden arbeiteten sie äußerst konzentriert und redeten nur das Nötigste miteinander. Anschließend fuhren sie in die Stadt, um das Essen zu servieren. Erst nachdem sie alles wieder abgeräumt hatten und den Lieferwagen beluden, entspannte sich Jo etwas.

»Wenigstens ist da alles gutgegangen«, seufzte sie erleichtert. »Vielen Dank für Ihre Hilfe. Ach übrigens, hat Eve sie eigentlich schon gefragt, ob Sie bei uns einsteigen wollen?«

»Ja«, antwortete Darina und wartete neugierig, wie die andere wohl reagieren würde.

»Und, machen Sie's?« Jo lud die letzten Geräte in den Lieferwagen, schloß die Türen und sah sie gespannt an.

»Ich bin noch nicht sicher. Es würde bedeuten, daß ich alle meine Pläne ändern müßte.« Darina blieb absichtlich ausweichend. »Würden Sie es denn wollen?«

Jos Gesicht verzog sich zu einem breiten Lächeln, und Darina fiel auf, wie reizvoll sie aussehen konnte. »Und wie! Sie sind eine fast ebenso gute Köchin wie Claire, und Sie arbeiten sogar noch schneller als sie. Ich glaube, zusammen könnten wir aus dem Geschäft wirklich etwas machen, wenn Sie es nur schaffen, Eve unter Kontrolle zu bringen.« Sie ging zur Fahrerseite und stieg ein. Darina setzte sich neben sie.

»Wie meinen Sie das?«

»Daß Sie Eve dazu bringen müßten, ihr Pulver nicht in so viele verschiedene Richtungen zu verschießen. Zum Beispiel gerade jetzt, wo sie alles dransetzen müßte, unsere alten Kunden zu behalten, verzettelt sie sich mit dieser Videogeschichte. Und außerdem geht sie viel zu nachlässig mit den Kosten um. Ich meine, statt Sie dafür zu bezahlen, daß Sie ihre Kochvorführungen vorbereiten, sollte sie morgens etwas früher kommen und die Arbeit selber machen, besonders seit die Aufträge so dramatisch zurückgegangen sind. Und wozu sie unbedingt diese albernen Kochkurse machen will, ist mir auch ein Rätsel.«

»Wieso, ich dachte, die laufen sehr gut und bringen eine Menge Geld ein?«

Jo ließ den Motor an. »Ach was, gerade genug, um die Unkosten zu decken. Wenn Sie dann noch daran denken, wieviel Kapital in den Kochgeräten festliegt, die wir auf Lager haben, ohne daß der Verkauf auch nur annähernd genug einbrächte, dann wird das Ganze schon langsam bedenklich. Aber jetzt, da ich selbst Teilhaberin geworden bin, habe ich ja auch ein Wörtchen mitzureden.«

»Sie sind die neue Miteigentümerin?«

»Ja, Claire hat mir ihre Anteile am Wooden Spoon vermacht. Ihr Vater hat darauf gedrängt, daß sie ein Testament macht, als ihr das Treuhandvermögen ausbezahlt wurde, und sie beschloß, es in den Wooden Spoon zu investieren. Das war eine Riesendummheit. Dabei ist alles so gut gelaufen, als wir noch in Putney waren, aber dann hatte Eve plötzlich diese Schnapsidee, expandieren zu wollen, Kochkurse zu geben und sich eine Geschäftsgegend mit mehr Prestige zu suchen. Also hat sie Claire überredet, und die beiden haben dann das Haus in Marylebone gefunden, das von Grund auf neu renoviert werden mußte. Die Küche ist natürlich phantastisch, und Eve hat auch wirklich viele gute Ideen, das muß man ihr einfach lassen, aber sie scheint nicht zu begreifen, daß der Catering-Service allein schon unglaublich viel Arbeit und Einsatz erfordert. Dabei könnte das eine wahre Goldgrube sein, trotz der immens hohen Kosten, und sogar die Kochkurse ließen sich bestimmt so organisieren, daß sie einen zusätzlichen Gewinn einbringen würden, aber Eve tut einfach zu wenig dafür. Ich glaube ja, daß sie an dieser Seite des Geschäfts auch gar nicht mehr interessiert ist. Sie hat keine Lust mehr auf die Schufterei und will sich nur noch einen Namen machen. Ich habe versucht, Claire zu warnen und ihr gesagt, sie müsse aufpassen, daß der Laden nicht aus dem Ruder läuft, aber sie hatte einfach keinen Sinn für das Geschäftliche und meinte nur, Eve sei großartig und es würde schon alles gutgehen.« In Jos Stimme lag ein Beiklang von Verzweiflung.

»Ich hatte angenommen, daß Claire ihre Anteile eher Eve hinterlassen würde als Ihnen«, sagte Darina provozierend.

»Daran hatte sie ursprünglich wohl auch gedacht, aber dann meinte sie, Eve hätte ohnehin schon so viel, und es wäre gut für mich, wenn ich meinen eigenen Anteil an der Firma hätte. Aber abgesehen davon haben wir natürlich nicht damit gerechnet, daß ich sie tatsächlich beerben würde.« Jo wischte sich rasch mit dem Handrücken über die Augen.

»Das heißt also, daß Ihnen der Wooden Spoon jetzt zur Hälfte gehört«, sagte Darina langsam und deutlich. »Weiß Eve es schon?«

Jo grinste. »Offenbar nicht, denn sie hat noch nichts gesagt.«

»Claire besaß doch fünfzig Prozent der Anteile, richtig?«

»Ja, die beiden waren eigentlich gleichberechtigte Partner, aber die Entscheidungen hat immer Eve getroffen, Claire hat sie nur mitgetragen.« Wieder hörte Darina eine gewisse Bitterkeit in Jos Worten.

»Ich habe mich übrigens neulich mit Kenneth unterhalten, und er sagte mir, daß Claire eine Affäre mit einem verheirateten Mann hatte – wissen Sie etwas darüber?«

Jo hupte wütend einen Taxifahrer an, der beim Einscheren fast ihren Lieferwagen gerammt hätte, und antwortete dann: »Ich weiß nur, daß sie mit jemandem zusammen war, den ich nicht kennenlernen sollte. Wenn ich in letzter Zeit zum Beispiel mit einer Freundin ausging oder abends gearbeitet habe, hat sie mich meistens gefragt, um welche Uhrzeit ich zurück sein würde. Nicht, daß ich etwas dagegen hatte, die Wohnung ist so klein, daß keine von uns wirklich ungestört sein konnte, wenn die andere auch da war.«

»Wollten Sie nicht wissen, wer es war?«

Jo machte eine resignierte Handbewegung. »Wozu? Sie wollte offensichtlich nicht, daß ich es wußte, und ich habe das respektiert.«

»Glauben Sie, es könnte Joshua oder Ralph gewesen sein?«

»Joshua?« Jo warf Darina einen überraschten Blick zu. »Wie kommen Sie denn darauf?«

»Weil es jemand gewesen sein muß, den Sie auch kannten, sonst hätte sie nicht so ein Geheimnis daraus gemacht, und da kommen ja eigentlich nur er und Ralph in Frage.«

»Tja, bei Ralph könnte ich mir schon vorstellen, daß er es mal bei ihr versucht hat, aber ich bin sicher, er war für sie absolut indiskutabel.« War sie da wirklich so sicher? Jo zögerte einen Moment, dann fuhr sie um so bestimmter fort: »Wieso sich Monica immer wieder seine Eskapaden gefallen läßt, ist mir ein Rätsel. Aber wahrscheinlich weiß sie einfach, auf welcher Seite ihr Brot gebuttert ist.«

»Welche Eskapaden?«

»Haben Sie denn nicht gemerkt, wie er jede auch nur halbwegs gutaussehende Frau anmacht? Er schien übrigens auch mal ziemlich an Eve interessiert zu sein.«

»Schien? Sie meinen, jetzt nicht mehr?

»Wer weiß? Jedenfalls läßt er sich in letzter Zeit nicht mehr so häufig im Wooden Spoon blicken.«

Das konnte alles mögliche bedeuten. »Hat er es denn auch mal bei Ihnen versucht?« fragte Darina mit einem Seitenblick auf die attraktive Frau neben sich.

Jo schnaubte verächtlich, wie sie es immer tat, wenn sie eine Bemerkung besonders albern fand. »Ich hab' ihm erst gar keine Gelegenheit dazu gegeben.« Sie erwiderte Darinas Blick und grinste. »Aber ich glaube, er hätte es auch so gelassen.« Darina wartete, aber Jo sagte nichts weiter dazu.

»Und was ist mit Joshua? Ich habe den Eindruck, daß die Ehe mit Eve nicht besonders glücklich ist.«

»Natürlich nicht! Er ist ein hochintelligenter Mensch, der dazu neigt, sich zu überfordern und der eine Frau braucht, die sich um ihn kümmert. Eve hat den Verstand einer Dreijährigen und ist total egozentrisch. Wie, um alles in der Welt, sollten die beiden also miteinander glücklich sein?«

»Dann ist es also durchaus möglich, daß er sich in eine andere Frau verliebt hat. Und ebenso möglich, daß diese Frau Claire war.«

Jos Fuß trat auf das Gaspedal, und der Lieferwagen sauste durch den Verkehr, bis sie ihn am Ende eines Staus zum Stehen bringen mußte. Sie seufzte genervt und nahm dann den Gesprächsfaden wieder auf. »Wenn Sie die Sache so sehen wollen, dann ist es sicher möglich, daß es so war. Aber ich sage Ihnen eines: Wer immer es auch war, Claire war fest entschlossen, ihn zu bekommen.«

»Sind Sie sicher? Ich hatte nicht den Eindruck, daß sie eine besonders kämpferische Frau war.«

»War sie auch nicht. Ich erinnere mich an eine Zeit, als die beiden sich nicht mehr getroffen haben. Ich weiß nicht, ob es seine oder ihre Entscheidung war, aber nachdem ich eine ganze Weile zugesehen hatte, wie sie immer blasser und stiller wurde, habe ich ihr schließlich gesagt, sie solle endlich einmal für das kämpfen, was sie haben will. Und ungefähr eine Woche, bevor sie starb, hat sie mir gesagt, sie habe sich entschlossen, meinen Rat zu befolgen.«

»Und was ist dann passiert?«

»Ich weiß es nicht genau, aber ich glaube, er hat ihr versprochen, er würde eine Lösung finden. Für mich wäre das ja wie der Aufschub einer Hinrichtung, aber sie war offensichtlich damit zufrieden. Nein, ich glaube, Sie irren sich – Joshua kann es nicht gewesen sein.«

»Warum nicht?«

Aber Jo schüttelte nur den Kopf.

Darina dachte an eine andere problematische Beziehung im Umkreis des Wooden Spoon. »Und was ist mit Elizabeth? Ich meine, halten Sie es für möglich, daß sich ihre Affäre mit Joshua wiederbelebt hat? Ich könnte mir jedenfalls vorstellen, daß er mit ihr glücklicher wäre als mit Eve.«

Jo schnaubte wieder verächtlich. »Elizabeth! Die ist doch mindestens zehn Jahre älter als er und auch nur eine von denen, die nur für ihre Karriere leben. Allerdings ist sie tatsächlich noch immer ganz vernarrt in ihn. Vielleicht würde es mit den beiden wieder eine Weile klappen, wenn es Eve nicht gäbe, aber nur so lange, bis er eine Jüngere gefunden hätte.«

»Das klingt reichlich zynisch. Kennen Sie auch eine glückliche Ehe?«

Der Verkehr kam stockend in Gang. Jo fuhr einige Meter, bis sie wieder anhalten mußte, und wandte ihren Blick zu Darina. Sie hatte plötzlich ihre übliche Gelassenheit verloren, und in ihren Augen lag ein nur mühsam unterdrücktes, starkes Gefühl. Sie trommelte mit den Fingern auf das Lenkrad, während sie hervorstieß: »In meiner Familie gibt es jedenfalls nicht eine einzige glückliche Ehe, das steht fest. Meine Schwester hat viel zu überstürzt geheiratet. Ich habe ihr damals gesagt, sie solle das Baby bekommen und es allein großziehen, wenn sie es unbedingt haben will, aber sie solle um Gottes willen diesen brutalen Kerl sausen lassen. Aber nein, sie wollte ja nicht auf mich hören. Jetzt ist sie schon froh, wenn er die halbe Nacht im Pub verbringt und sich mit seinen Kumpels vollaufen läßt, statt sie grün und blau zu schlagen. Dabei sollte man meinen, sie hätte etwas daraus gelernt, nachdem sie all die Jahre mitansehen mußte, wie Dad unsere Mum verprügelt hat. Hat sie aber nicht.«

»Wie geht es Ihrer Mutter jetzt?«

»Ganz gut, glaube ich. Wenn das Geschäft weiterhin so flau bleibt, fahre ich vielleicht ein paar Tage zu ihr und versuche, wiedergutzumachen, daß ich nicht da war, als dieser Dreckskerl gestorben ist.«

»Sie meinen Ihren Vater? Aber sagten Sie nicht, daß Sie bei ihm waren, als es mit ihm zu Ende ging?«

Jo wandte sich ab und starrte eine Weile schweigend auf die unbewegliche Autoschlange vor ihnen.

»Das war ganz schön blöd von mir. Ich habe nicht nachgedacht, und es ist mir nur so rausgerutscht.« Darina mußte sich anstrengen, um ihre leise gemurmelten Worte zu verstehen.

»Ich konnte ihm einfach nicht gegenübertreten. Ich bin zwar am Donnerstag schon weggefahren, aber ich habe meiner Mutter gesagt, daß ich es zeitlich nicht schaffen würde. Sie wollte unbedingt, daß ich da bin, wenn er stirbt. Wahrscheinlich hat sie gehofft, daß es eine dramatische Versöhnung am Sterbebett geben würde. Ich bin bis kurz hinter Stevenage gekommen, ich hasse nämlich die Autobahn und bin deshalb Landstraße gefahren, und plötzlich mußte ich anhalten. Es war, als ob …«, sie machte eine Pause, »ja, als ob ich auf dem Weg zu einem Schlachtfeld war. Ich wußte, ich würde schon halbtot sein vor Angst, wenn ich dort ankäme. Ich konnte einfach nicht glauben, daß das Schwein im Sterben lag, und dachte, wenn ich jetzt in dieses Zimmer gehe, dann steht er auf und … und alles fängt wieder von vorne an.«

»Was fängt von vorne an?«

Jo verharrte mehrere Minuten lang schweigend. Dann, mit einem kleinen Kiekser in der Stimme, sagte sie: »Die alten Geschichten halt.«

»Und was haben Sie dann gemacht?«

Jo sah wieder Darina an, und ihre Stimme wurde fester. »Ich bin zu einem Gasthaus gefahren, habe Mum von dort angerufen und ihr erzählt, ich sei noch in London. Dann habe ich ihr gesagt, daß ich es vielleicht am nächsten Tag schaffen würde. Ich hörte, daß sie weinte, und wenn sie in der Nähe gewesen wäre, wäre ich sofort zu ihr gegangen. Aber sie war viele Kilometer weit weg, und mir war klar, sobald ich mich wieder ins Auto setzte, wäre alles wieder da.« Sie schluckte. Darina sagte nichts. »Ich bin dann in diesem scheußlichen Gasthaus geblieben und habe Mum alle paar Stunden angerufen. Zwischendurch habe ich lange Spaziergänge gemacht, bin ins Kino gegangen und habe gelesen, alles mögliche, um nicht nachdenken zu müssen, bis er am Sonntag morgen gestorben ist. Dann bin ich weitergefahren und am Abend bei meiner Mutter angekommen.« Wieder machte sie eine Pause. »Ich bin nach oben in sein Zimmer gegangen, habe ihn lange angesehen und darauf gewartet, daß ich endlich die Erleichterung spüren würde, darüber, daß er niemals wieder ... daß ich nie wieder Mum ansehen und mich fragen müßte, ob sie es wußte, und warum sie nichts tat, um mir zu helfen. Aber da war nichts. Es war, als hätte dieser tote Körper vor mir nichts mit ihm zu tun. Als wäre er nur eine Hülle. Ich konnte noch nicht einmal mehr Haß empfinden. Und Mum hat überhaupt nicht mehr aufgehört zu heulen. Als ich versuchte, ihr zu erklären, warum ich nicht früher gekommen bin, und was ich fühlte, hat sie bloß gesagt: 'Für mich bist du am Freitag gekommen.' Und damit war die Sache für sie erledigt. Danach war sie einfach davon überzeugt, daß es die Wahrheit war. Sie hat sogar der Polizei gesagt, ich sei da gewesen. Ich nehme an, sie hatte dieses hübsche Bild im Kopf, wie ich die Hand meines sterbenden Vaters halte, und so hat sie es dann auch beschrieben. Sie hat immer nur das geglaubt, was sie glauben wollte. Es war ihre Art, mit der Realität fertigzuwerden.«

Darina fiel nichts ein, was sie dazu hätte sagen können, und so sahen beide Frauen schweigend aus dem Fenster, bis Jo mit einem Seitenblick auf Darina bemerkte: »Ich habe also kein Alibi für Samstag und Sonntag.«

»Was wollen Sie damit sagen?«

»Sie brauchen mir nichts vorzumachen, ich weiß genau, daß Sie versuchen, herauszufinden, wie Claire gestorben ist. Und wenn ich Ihnen helfen könnte, würde ich es tun. Aber ich war noch nicht einmal in der Nähe, als es passierte – dabei wünschte ich, ich wäre es gewesen.«

Hinter ihnen ertönte lautes Hupen, und Jo beeilte sich, die Lücke zu schließen, die zu den vorderen Autos entstanden war. Wenig später kam der Verkehr wieder in Gang, und sie konnten langsam, aber zügig weiterfahren.

»Ich nehme an, die Polizei wird den Fall schneller lösen können als ich.«

»Ja, Sie kommen mir vor wie eine Hausfrau, die allein und ohne die nötige Erfahrung und Ausrüstung versucht, einen unserer Kundenaufträge zu erfüllen.«

Darina fand, das war ein treffender, wenn auch etwas kränkender Vergleich. »Hat die Polizei bereits mit Ihnen gesprochen?«

»Oh ja, gestern ist ein Inspektor in der Catering-Küche erschienen und wollte alles über das Geschäft wissen und wie wir drei so miteinander ausgekommen sind. Ein umständlicher, kleiner Mann mit einem Notizblock und einem völlig stumpfen Bleistift. Ich habe nicht den Eindruck, daß er mit dieser Methode besonders viel herausfinden wird.«

»Was glauben Sie denn, wie Claire umgekommen ist?«

»Ich glaube, dieser Scheißkerl von Ralph hat einen furchtbaren Fehler gemacht. Natürlich würde er das nie zugeben, das würde ja sein gottverdammtes Macho-Image ruinieren. Jedenfalls sollte man diesem blöden Hund die Lizenz entziehen, mit Lebensmitteln zu handeln, der ist ja gemeingefährlich.«

»Glauben Sie denn, daß man einen tödlichen Pilz zusammen mit anderen kochen kann, ohne daß das ganze Gericht vergiftet wird?«

Jo zuckte die Achseln und sagte nichts mehr.

»Ich finde«, sagte Darina, als sie vor dem Wooden Spoon parkten, »Sie sollten der Polizei genau sagen, wo Sie zu dem fraglichen Zeitpunkt waren und was Sie gemacht haben.«

»Sie meinen, andernfalls würden Sie es ihnen sagen?«

»Wenn es wirklich darauf ankommt, wird die Polizei sicher imstande sein, Ihre Angaben zu überprüfen«, antwortete Darina ruhig. »Aber auch wenn Sie recht haben, und Claires Tod war tatsächlich ein Unfall, schadet es nichts, und Sie sind etwas losgeworden, was Sie sicher belastet.«

Jo stieg wortlos aus dem Wagen und begann mit dem Ausladen.

Nachdem sie das schmutzige Geschirr in die Spülmaschine geräumt hatte, ging Darina in Jackies Büro, wo sie erfuhr, daß Claires Beerdigung am nächsten Tag in Surrey stattfinden sollte. Jackie und die anderen wollten hinfahren, und Darina versprach, ins Büro zu kommen und sich um das Telefon und die Post zu kümmern.

Als sie durch den Flur ging, hörte sie Eves Stimme. »Und sie haben wirklich gesagt, sie wüßten nicht, wann die Versicherung ausbezahlt werden kann?« Sie klang aufgebracht. »Sie haben doch die Bescheinigung, oder? Weshalb also die Verzögerung?«

»Es tut mir leid«, erwiderte Jackie unsicher. »Sie meinen, es sei kein richtiger Totenschein, und sie müßten mit der Auszahlung warten, bis die gerichtliche Untersuchung abgeschlossen ist.« Dann fügte sie hinzu: »Ich habe mir sogar den Abteilungsleiter geben lassen, aber er hat dasselbe gesagt.«

»Typisch Versicherung!« Eves Stimme wurde immer lauter und zorniger. »Deine Prämien können sie nicht früh genug kassieren, aber wenn es um's Bezahlen geht, zögern sie es raus bis zum Gehtnichtmehr.«

Sie marschierte aus dem Büro und wäre beinahe mit Darina zusammengestoßen. »Hallo,« rief sie, »wie ist es bei euch gelaufen? Wir haben heute einen neuen Auftrag bekommen, die Lage scheint sich also zu bessern.« Mit diesen Worten verschwand sie in ihrem Büro. Ihr Ärger über die Versicherung war offenbar so schnell verraucht, wie er entflammt war.

Jackie rief Darina noch einmal zurück und sagte: »Ich habe vergessen, Ihnen auszurichten, daß jemand von der Polizei angerufen hat. Er wollte wissen, wann er Sie wegen der Pilzwanderung befragen kann.«

Im Wooden Spoon war alles ruhig, als Darina am nächsten Morgen kam. Nachdem sie ihre Jacke auf den Kleiderständer gehängt hatte, blieb sie einen Moment lang stehen und nahm die Atmosphäre in sich auf. Es war, als hielte der Geist des Hauses den Atem an, um sein Geheimnis zu wahren. Darina überlief ein kleiner Schauder, obwohl sie nicht zum ersten Mal allein dort war, und obwohl Claire nicht in diesen Räumen gestorben war. Sie war nicht einmal sicher, ob die Lösung des Rätsels um ihren Tod an diesem Ort lag, aber sie wußte, daß im Büro die Antworten auf ein paar wichtige Fragen zu finden waren.

In der Post befanden sich ein weiterer Auftrag, zwei dringende Zahlungsaufforderungen, Anfragen einiger Kursteilnehmerinnen, die wissen wollten, was sie zu bestimmten Anlässen servieren könnten, sowie die üblichen Werbeprospekte.

Letztere warf Darina sofort in den Papierkorb und ging mit dem Rest in Eves Büro.

In der Stille des kleinen eleganten Raumes hing noch

ein schwacher Duft von Eves Parfüm. Der Schreibtisch war aufgeräumt, und die Ablagefächer waren geleert. Darina legte die Post auf die helle Holzplatte und kehrte in Jackies Büro zurück.

Sie öffnete eine Schreibtischschublade, fand einige großformatige Karteikarten, setzte sich an die elektrische Schreibmaschine und spannte eine der Karten ein. Dann schaltete sie das Gerät ein und begann mit zwei Fingern und unter häufiger Verwendung der Korrekturtaste, ihre Notizen über Claires Tod, die Pilzwanderung, das Festessen und alle Verdächtigen in die Maschine zu tippen.

Währenddessen wanderten ihre Gedanken unwillkürlich zu ihrer Befragung durch einen Polizeibeamten am gestrigen Nachmittag zurück.

Ein Inspektor, vermutlich derselbe, der Jo aufgesucht hatte, hatte fleißig mitgeschrieben, während sie ihre Aussage über die Pilzwanderung machte. Er hatte weder Williams scharfen Verstand noch seinen Charme, aber er war äußerst gründlich. Mutlos gestand sie sich ein, welche Vorteile die Polizei hatte, indem sie jedem jederzeit jede erdenkliche Frage stellen, die Stichhaltigkeit eines Alibis überprüfen, Fakten zusammentragen und in der Vergangenheit nach möglichen Motiven forschen konnte. Sie nahm an, daß der Inspektor über ihre Verwicklung in einen früheren Mordfall informiert war. Als er wissen wollte, wie sie den Sonntag verbracht habe, hatte sie mit einer gewissen Genugtuung geantwortet, daß sie den größten Teil des Tages mit einem Beamten der Kriminalpolizei zusammengewesen sei, was ihn allerdings nicht besonders zu beeindrucken schien. Er hatte bloß gefragt, was sie denn getan habe, bevor ihr

'Freund', wobei er eine gewisse Betonung in dieses Wort legte, als wolle er damit andeuten, ein Kriminalbeamter mit Privatleben sei eine äußerst seltene und exotische Spezies, bevor also ihr Freund Mr. Pigram gekommen sei.

Glaubte er etwa, sie habe in dieser Zeit nach Putney rasen, den vergifteten Pilz unter die Vorspeise mischen und pünktlich wieder zurück sein können, und das alles, ohne gesehen worden zu sein? Aber anscheinend meinte er nur, daß man eben jede Möglichkeit in Betracht ziehen müsse. Darina erwähnte also zwei Telefonate, die sie am Sonntagvormittag geführt hatte, und gab ihm die Namen und Nummern der Anrufer. Dann fragte er sie, ob sie etwas dagegen habe, daß ihre Angaben überprüft werden, aber alles in allem hatte Darina nicht den Eindruck, daß sie zum engsten Kreis der Verdächtigen gezählt wurde.

Sie war so kooperativ wie möglich, bot dem Inspektor sogar Tee und hausgemachte Kekse an und versuchte damit, ihn ein wenig aufzutauen und dazu zu bringen, mit ihr über den Fall zu reden. Aber leider spielte er nicht mit. Er trank den Tee, aß die Kekse, machte sich unermüdlich Notizen und ging auf keine ihrer Fragen ein. Nach einer Weile wurde sie das Spielchen leid und fand sich schließlich damit ab, daß ihr diese Informationsquelle verschlossen bleiben würde.

Inzwischen hatte sie zügig weitergetippt und bereits einige Karteikarten beschrieben. Zwischendurch klingelte zweimal das Telefon. Zwei Damen, die betonten, wie außerordentlich sie es bedauerten, sagten ihre Teilnahme an den Kochkursen ab. Während Darina eine Mitteilung für Eve schrieb, fragte sie sich, ob das wohl ein Zeichen dafür war, daß das Unglück, das den Catering-Service getroffen hatte, jetzt auch auf die anderen Aktivitäten des Wooden Spoon übergriff.

Als sie ihre Tipparbeit beendet hatte, rückte sie die Schreibmaschine beiseite, breitete die Karteikarten auf dem Tisch aus und betrachtete sie nachdenklich, als spiele sie Patience und wisse nicht, wo sie ihre Karten anlegen sollte. Dabei stellte sie fest, daß sie diese Arbeit schon viel früher hätte tun sollen, denn sie hatte inzwischen sicher zahlreiche Details vergessen, weil sie ihr vorher nicht relevant erschienen waren.

Sie sortierte die Karten aus, die Notizen zu den Verdächtigen enthielten, las sie noch einmal durch, und versuchte, indem sie in ihrem Gedächtnis nach weiteren, möglicherweise hilfreichen Hinweisen forschte, das Wechselspiel der Beziehungen zwischen den verschiedenen Personen einzuschätzen. Inwieweit waren sie verantwortlich für Claires Tod?

Nachdem sie eine Weile nachgedacht hatte, nahm sie eine weitere Karteikarte und zeichnete ein Diagramm. Sie schrieb Claires Namen in die Mitte und ordnete in einem Kreis die Namen aller Personen an, die in dem Drama eine Rolle spielten. Dann zog sie Verbindungslinien zwischen Eve und Joshua, Joshua und Elizabeth, Monica und Ralph, Ralph und Eve, Kenneth und Claire und eine Linie, die von Claire ausging und mit einem Fragezeichen endete. Anschließend stützte sie den Kopf in die Hände, betrachtete ihre Zeichnung lange und setzte schließlich ein Fragezeichen über die Linie zwischen Eve und Ralph, zwei Fragezeichen über die Verbindung zwischen Joshua und Elizabeth sowie eines hinter Jos Namen.

Danach nahm sie noch eine Karte und zeichnete ein neues Diagramm mit Eves Namen in der Mitte. Das Resultat war bemerkenswert.

Sie legte die Karten zu einem Stoß zusammen, nahm sich vor, demnächst neue zu kaufen, lehnte sich im Stuhl zurück und beschloß, die Tatsache auszunutzen, daß sie das Büro für sich allein hatte. Sie öffnete einige Schubladen und fand Jackies Geschäftsbuch. Auf den ersten Blick schien die finanzielle Lage des Wooden Spoon erstaunlich stabil zu sein, aber dann sah sie sich die Zahlen ein wenig genauer an und stellte fest, daß lediglich die Einnahmen und Ausgaben verzeichnet worden waren. Die Ausgaben bestanden hauptsächlich aus Zahlungen für Lieferanten und Aushilfskräfte und ein paar vereinzelten Rückzahlungen von Kursgebühren. Sie wurden mehr als ausgeglichen durch die Einnahmen von Kunden, sowohl für den Catering-Service als auch die Kochkurse, sowie eine eigentlich überraschend geringe Summe für einen Fernsehspot. Aber es gab weder irgendwelche Eintragungen für die Abzahlung der Hypothek, für Betriebskosten, Dienstleistungen, Gehälter oder Bankzinsen noch waren die Ein- und Ausgänge für die Kochgeräte verzeichnet, die während der Kurse und Vorführungen verkauft wurden.

Darina ließ das offene Buch auf Jackies Schreibtisch liegen und widmete sich den wohlgeordneten Geschäftsunterlagen. Für jeden Kunden, jeden Lieferanten und jeden Kochkurs gab es eine eigene Mappe. Sie nahm die mit dem Namen 'Cox' beschriebene heraus und hob eine Augenbraue, als sie sah, mit welcher Regelmäßigkeit Monica und Ralph den Wooden Spoon beauftragt hatten. Wirklich gute Kunden. Dann öffnete sie wahllos einige andere Mappen. In allen war die Korrespondenz getrennt von den Rechnungen abgeheftet, und es schien üblich zu sein, daß Jackie eine Rechnung abhakte, sobald sie bezahlt wurde und ein Datum daneben schrieb, vermutlich das des Zahlungseingangs. Darina verglich einige dieser Daten mit den Eintragungen im Geschäftsbuch und stellte fest, daß sie übereinstimmten. In zwei Mappen fand sie Rechnungen, die noch nicht abgehakt waren, die eine stand seit einigen Wochen, die andere seit mehr als zwei Monaten aus.

Darina nahm sich Jackies Kalender, blätterte zum Jahresanfang zurück und begann, die Unterlagen für jeden einzelnen Kunden, für den ein Termin eingetragen worden war, zu überprüfen. Dabei notierte sie sich Rechnungsbetrag und -datum, schrieb dazu, wann die Rechnung bezahlt wurde oder markierte sie mit einem Sternchen, wenn sie noch nicht bezahlt war. Anschließend rechnete sie die Posten durch und kam zu dem Ergebnis, daß etwa fünfundzwanzig Prozent der ausstehenden Rechnungen für Eves Catering-Service seit mehr als zwei Monaten fällig waren, und, wie sie an einigen höflich formulierten Mahnbriefen sah, die sich auf noch weiter zurückliegende Rechnungen bezogen, ging das seit langem so.

Darina wußte aus Erfahrung, wie wichtig regelmäßige Zahlungseingänge waren. Die meisten Händler ließen sich direkt bei Lieferung bezahlen, alle Rechnungen mußten innerhalb der Zahlungsfrist beglichen und das Personal pünktlich entlohnt werden. Gute Arbeitskräfte waren schwer zu finden und zu halten, und besonders die Aushilfen nahmen es übel, wenn man ihnen am Ende des Tages ihren Lohn nicht in bar aushändigte.

Darina sah sich die Liste der fälligen Rechnungen noch einmal an. Wenn Eve ihre Firma so führte, dann war sie in Schwierigkeiten. Sie fragte sich nur, wie tief. Ob sich wohl in Eves Büro eine Antwort darauf finden ließ?

Darina erinnerte sich an einige Kontobücher, die sie im Schreibtisch gesehen hatte, als sie letzte Woche nach dem Whisky für Elizabeth suchte. Sie ging in Eves Büro, probierte die untere Schublade, in der sie die Bücher entdeckt hatte, und stellte fest, daß sie verschlossen war.

Sie setzte sich auf den Drehstuhl und überlegte. Ein Fernseh-Detektiv würde jetzt eine Haarklammer oder einen Dietrich aus der Tasche ziehen und hätte die Schublade in kürzester Zeit geöffnet. Darina schnalzte ärgerlich mit der Zunge, und dann fiel ihr plötzlich ein Trick ein, von dem sie in einem Kriminalroman gelesen hatte. Sie holte ihre Handtasche aus Jackies Büro, zog ihre Kreditkarte heraus und steckte eine der Ecken zwischen die Schubladenkante und den Holzrahmen. Es tat sich nichts. Vielleicht funktionierte das ja nur bei Türschlössern. Sie verstaute also die Karte wieder in der Tasche, nahm einen Brieföffner vom Schreibtisch, steckte die Spitze in das Schloß und drehte sie hin und her. Wieder passierte nichts. Sie dachte daran, mit dem stumpfen Ende des Brieföffners die Schublade aufzubrechen, aber ihr fiel nicht ein, wie sie Eve diese offensichtliche Beschädigung hätte erklären können. Als sie versuchte, die anderen Schubladen zu öffnen, fand sie sie unverschlossen.

In der mittleren lagen Büroklammern, Bleistifte, ein Meßband, Vitamintabletten und der übliche Kram, der sich in jedem Schreibtisch ansammelt, und außerdem einige Schlüssel. Darina versuchte es mit allen, aber keiner öffnete ihr die verschlossene Schublade.

Dann untersuchte sie den restlichen Inhalt des Schreibtischs, fand aber nichts von Belang, sondern lediglich Notizen über die Kochkurse, Serviervorschläge, Rezeptideen, verschiedene Zeitungsartikel zum Thema Kochen und einige Privatbriefe. Bei deren Anblick schöpfte Darina einen kurzen Moment lang Hoffnung, aber es stellte sich heraus, daß sie von einer alten Schulfreundin waren, die Eve von der Heirat einer anderen ehemaligen Klassenkameradin erzählte, und von einer Tante, die ihr Bedauern darüber ausdrückte, daß Eve nicht zu einer geplanten Familienfeier kommen konnte, und gleich noch etwas Klatsch über weitere Verwandte verbreitete. Außerdem fand sie eine ganze Sammlung von Müsliriegeln und zahlreiche Päckchen mit verschiedenen Nußmischungen. Darina öffnete eine der Tüten, probierte, stellte fest, daß die Nüsse ranzig schmeckten und sah, daß das Ablaufdatum längst überschritten war. Dann legte sie alles wieder sorgfältig zurück.

In der zweiten, unteren Schublade stand noch immer die Whiskyflasche, deren Inhalt allerdings inzwischen beträchtlich abgenommen hatte. Daneben lag ein Stoß aufwendig gestalteter Prospekte, die mit hervorragenden Farbillustrationen den Wooden Spoon und seine vielfältigen Aktivitäten präsentierten und bei deren Herstellung offensichtlich keine Kosten gescheut worden waren.

Darina wollte die Schublade gerade wieder schließen, als ihr auffiel, daß an den Seiten zwei Schienen für Hängemappen angebracht waren. Weil diese aber fehlten, blieb ein recht großer Abstand zwischen dem Rand der unteren Schublade und dem der mittleren. Außerdem schien die Schublade weniger tief zu sein als der Schreibtisch. Darina kroch unter die Tischplatte und versuchte, von hinten in die verschlossene Schublade zu greifen. Es war ihr gerade gelungen, den Arm so weit hineinzuzwängen, daß sie die Kante eines der Geschäftsbücher zu fassen bekam, als sie plötzlich einen stechenden Schmerz in der Schulter spürte. Sie zog rasch den Arm zurück, kroch unter dem Schreibtisch hervor und massierte das schmerzende Gelenk. Es mußte doch einen anderen Weg geben, um diese verfluchte Schublade zu öffnen.

Als der Schmerz langsam nachließ, machte sie einige kreisende Bewegungen mit der Schulter. Es tat zwar immer noch weh, aber anscheinend hatte sie sich nicht ernsthaft verletzt. In diesem Augenblick fiel ihr Jackies Schreibtisch ein, der im angrenzenden Büro stand. Es war das gleiche Modell wie Eve´s, und in seiner mittleren Schublade fand Darina einige kleine Schlüssel.

Der dritte Schlüssel, den sie ausprobierte, war zwar etwas dick, aber es schien zu funktionieren. Nach mehreren Minuten Geduldsarbeit drehte er sich endlich im Schloß, und die Schublade ließ sich öffnen. Darina frohlockte innerlich.

In der Schublade lagen mehrere Kassenbücher, ein Ordner mit Bankauszügen und eine Mappe, die unbezahlte Rechnungen enthielt.

In den Büchern fand sie einen Eintrag über das Geld, das Claire investiert hatte, und dann hielt sie kurz die Luft an, als ihr Blick auf eine andere Eintragung fiel: Ralph hatte ein Darlehen von 20.000 Pfund für den

Wooden Spoon gezahlt. Darina dachte einen Moment lang nach, bevor sie mit einem Seufzer die Bücher zuklappte. Wahrscheinlich konnte nur noch Jos pragmatischer Geschäftssinn diese Firma retten. Aber ob Eve ihr die Gelegenheit dazu geben würde? Darina spielte kurz mit dem Gedanken, sich selbst dieser Herausforderung zu stellen, verwarf ihn aber wieder, denn schließlich war ihr Ehrgeiz auf andere Ziele gerichtet.

Als sie die Unterlagen in die Schublade zurücklegen wollte, fiel ihr ein anderes, kleineres Buch auf, das sie vorher übersehen hatte. Es enthielt die Aufzeichnungen über An- und Verkauf der Küchengeräte, und Darina mußte Jo recht geben, in Anbetracht der Summe, die sie gekostet hatten, brachte ihr Verkauf viel zu wenig ein. Als letzte Eintragung war der Verkaufserlös während Monicas Wohltätigkeitsveranstaltung verzeichnet, und, soviel sie auch nachrechnete, die Gesamtsumme war um 300 Pfund niedriger als der Betrag, den sie Eve hinterher überreicht hatte. Außerdem besagten die einzelnen Posten, daß die meisten Beträge per Scheck bezahlt worden waren, obwohl Darina sich noch sehr gut an das dicke Bündel Geldscheine erinnerte, das sie ihrer Freundin gegeben hatte. Bildete sich Eve tatsächlich ein, daß sie damit durchkommen würde? Spätestens bei der nächsten Betriebsprüfung, oder Inventur mußte alles auffliegen, und Jo würde sicher rasen vor Wut, wenn es herauskam.

Sie erinnerte sich an die Gesprächsfetzen, die sie am Vortag aufgeschnappt hatte, und durchsuchte noch einmal den Inhalt der Schreibtischschublade, ohne allerdings fündig zu werden. Dafür waren die Aktenordner in Jackies Büro um so ergiebiger, denn in einem entdeckte sie die Kopie einer Lebensversicherung, die von Eve zugunsten Claires und umgekehrt abgeschlossen war. Jede Begünstigte sollte demnach im Falles des Todes der anderen die Summe von 100.000 Pfund erhalten. Als sie umblätterte, fand Darina die Kopie eines Briefes, der zusammen mit einer Bescheinigung, mit der das Gericht Claires Leiche zur Beerdigung freigab, an die Versicherung geschickt worden war. Der Brief bezog sich auf eine vorangegangene Mitteilung und bat um Auszahlung der Police. Und Eve hatte sich gestern furchtbar aufgeregt, weil der Scheck noch nicht da war.

Aber sie konnte doch kaum erwarten, daß man ihr das Geld auszahlte, bevor die Polizei die Umstände von Claires Tod untersucht hatte. Das wäre, gelinde gesagt, einigermaßen unrealistisch. Oder war es vielmehr eiskalte Berechnung?

Darina schloß langsam die Schublade. Eve war kein allzu realistischer Mensch, sondern wollte immer nur schnelle Resultate. Auch als Köchin lag ihr das Braten mehr als das Schmoren.

Wieviel wußte Joshua über die Finanzen des Wooden Spoon? Und wieviel wußte Jo darüber? Und hatte Claire bemerkt, daß es Schwierigkeiten gab?

Darina beseitigte in beiden Büros alle Spuren ihrer Nachforschungen und schaffte es nach einem zähen Kampf mit dem Schlüssel schließlich auch, Eves Schreibtischschublade wieder zu verschließen. Nachdem sie den Schlüssel zurück in Jackies Schreibtisch gelegt hatte, hielt sie inne und blickte sich um, aber sie bemerkte nichts, was ihr einer weiteren Untersuchung wert zu sein schien.

Sie ging die Treppe zur Vorführküche hinauf. In den Fächern und Schubladen befanden sich lediglich die üblichen Kochutensilien, und die Kühlschränke waren leer. Im Bücherregal fehlte immer noch das Pilzbuch, das sich Elizabeth für ihren Artikel ausgeliehen hatte.

Danach ging Darina in die Catering-Küche, die, ebenso glänzend sauber und tadellos aufgeräumt wie der Vorführraum, keinerlei Hinweise zu enthalten schien. Sie sah in alle Schränke, Schubladen und in den Kühlraum, und sie untersuchte sogar die Vorräte und Küchenartikel, die in einer kleinen Kammer standen. Nirgendwo fand sie etwas Ungewöhnliches.

Schließlich trat sie an das Regal, aus dem Jo am Dienstag Eves Buch geholt hatte. Unter den zahlreichen Kochbüchern, von denen einige bereits ziemlich abgegriffen waren, entdeckte Darina viele ihrer eigenen Lieblingstitel, und dann sah sie einige Ringbücher, die mit Namen beschriftet waren. Darina nahm das mit 'Jo' bezeichnete heraus und öffnete es.

Der Inhalt bestand aus einer Rezeptsammlung, viele waren in einer deutlichen, aber etwas kindlichen Handschrift abgefaßt, andere waren getippt oder als Zeitungsausschnitte auf DIN-A4-Papier geklebt. Dazu waren verschiedene Anmerkungen abgeheftet über mögliche andere Zutaten und Methoden, andere Mengenangaben für eine größere Anzahl von Portionen und weitere Serviervorschläge. Das Ganze so ordentlich und rationell wie alles, was Jo tat.

Darina stellte das Ringbuch zurück und zog das von Claire heraus. Es war nicht annähernd so wohlgeordnet und derart vollgestopft, daß die Ringe es nur mit Mühe zusammenhielten. Zwischen die Seiten mit hastig gekritzelten Rezepten waren lose Zeitungsausschnitte gesteckt, und manche der Seiten waren mit irgendwelchen getrockneten Speiseresten verklebt. Ab und zu hatte Claire ein 'S.g.', was vermutlich 'sehr gut' bedeuten sollte, neben ein Rezept geschrieben, ein anderes war mit rotem Filzstift durchgestrichen, und neben der Abbildung eines verlockend aussehenden Gerichtes, stand 'braucht nicht wiederholt zu werden'. Während Darina noch die Seiten durchblätterte, gaben die Ringe plötzlich nach, und der ganze Inhalt ergoß sich auf den Boden.

Sie bückte sich, um die Blätter einzusammeln. Als sie versuchte, sie wieder in das Ringbuch zu heften, fiel ihr ein Blatt Papier auf, das nicht so aussah, als hätte es etwas mit dem Kochen zu tun.

Vorsichtig zog sie es heraus und stellte fest, daß es ein maschinengeschriebener Brief war.

Er trug weder einen Absender noch ein Datum und begann mit 'Mein Liebling'. Darina zog einen Stuhl heran, setzte sich und las den Brief.

Mein Liebling!

Du weißt, daß ich dich liebe. Alles, was ich dir gesagt habe, ist immer noch wahr, aber wir können so nicht weitermachen. Du sehnst dich nach einem richtigen Zuhause
mit Kindern, und ich wünschte, ich könnte es dir geben.
Aber eine Scheidung kommt einfach nicht in Frage, das mußt
du verstehen. Wenn sie nicht jemand anderen findet, kann

> nur der Tod unsere Ehe scheiden. Ich fühle mich
> furchtbar
> zerrissen zwischen euch beiden, aber ich muß eine
> Entscheidung treffen. Deshalb schreibe ich dir die-
> sen
> Brief, um dir zu sagen, daß wir uns nicht mehr sehen
> dürfen. Bitte versuche nicht, mich umzustimmen.
> Ich werde dich und unsere gemeinsamen Stunden
> niemals
> vergessen.

Unterzeichnet war der Brief mit einem zerbrochenen Herzen. Darina sah sich das Blatt Papier genauer an. Es war viermal gefaltet, anscheinend sehr oft gelesen worden und hatte einige Flecken, die von Tränen herrühren konnten. Das Papier selbst war sehr dünn, und die Schrifttype, die ihr irgendwie bekannt vorkam, ziemlich blaß und unkonturiert. Nachdem sie eine Weile vergeblich versucht hatte, sich zu erinnern, wo sie diese Schrift gesehen hatte, gab sie die losen Seiten in das Ringbuch, steckte den Brief dazwischen und stellte es wieder zurück ins Regal.

Eves Ringbuch war wesentlich weniger umfangreich und bestand fast ausschließlich aus getippten Rezepten. Daneben stand ein Notizbuch, auf dessen fleckigen Seiten in groben Zügen weitere Rezepte notiert waren, wobei die Zutaten in einer Art Kurzschrift aufgelistet und die Zubereitungsarten nur in Stichworten angegeben waren. Einige dieser Rezepte waren abgehakt und andere durchgestrichen worden. Darina blätterte den Ordner und das Notizbuch noch einmal durch, fand aber nichts von Bedeutung. Dann ordnete sie die

Bücher wieder so, wie sie sie gefunden hatte, und verließ die Küche.

Als Darina zurück ins Büro kam, stellte sie mit Erstaunen fest, daß es bereits Nachmittag war. Sie hatte zwar keinen Hunger, aber sie wollte an die Luft, und nachdem sie den Anrufbeantworter eingeschaltet hatte, verließ sie das Haus. Auf dem Weg zur Wigmore Street dachte sie an Claires Beerdigung und stellte sich vor, wie die Trauernden um das Grab stehen würden: Eve, Jo, Monica, Ralph, Joshua und Elizabeth. Kenneth war nicht dabei – er hatte gesagt, er würde es einfach nicht aushalten. Als sie um die Ecke bog, blies ihr ein scharfer Wind entgegen.

Auch über dem Friedhof in Surrey wehte ein kalter Nordwind, wirbelte die trockenen Blätter vom Boden auf und trieb einige davon in das mit künstlichem Gras ausgeschlagene, geöffnete Grab. Die Trauergäste zogen ihre Pelzjacken und Wintermäntel enger um sich. Aber auch als sie sich später in der großen Eingangshalle im Haus der Eltern von Claire versammelt hatten, um einen Imbiß und etwas Weißwein zu sich zu nehmen, gab es nicht die übliche melancholische Entspannung, die man häufig bei Beerdigungen erlebt, wenn nach der Zeremonie die Verwandten, Freunde und Kollegen zusammenkommen und Erinnerungen an die Verstorbenen austauschen. So war es nur, wenn ein langes, erfülltes Leben zu Ende ging, und Claire, die so voller Leben und Liebe gewesen war, hatte zu jung sterben müssen, als daß man etwas anderes als Verzweiflung und Zorn über ihren Tod empfinden konnte.

Ralph Cox bemerkte plötzlich Eve neben sich. Sie stand vor einem langen Tisch, auf dem eine Sammlung antiker Spiele ausgestellt war und ließ gedankenverloren ihre Finger durch eine Schale voller Perlmuttfische gleiten. Während sie die zierlichen, schimmernden Figuren auf und nieder hob, sagte sie mit weitgeöffneten, ausdruckslosen Augen: »Das wäre eine phantastische Dekoration für Lachs.«

Ralph sah sie an. Eve langweilte ihn. Die Zeit war vorbei, als sie ihn mit einem Blick erregen konnte, als ihr mädchenhafter Körper, der so viel Energie und Lebendigkeit ausstrahlte, ihm ungeahnte Freuden anzubieten schien. Sie hatten Spaß miteinander gehabt, das stand fest, aber der Spaß dauerte nie lange an. Er blickte sich um. Monica stand neben dem riesigen, offenen Kamin und sprach ruhig mit Claires Mutter. Ihr Blick traf den seinen, ohne daß sie ihr Gespräch unterbrach. Ablenkung suchend, blickte er sich weiter um. In einer Ecke des Raums stand Elizabeth dicht neben Joshua. Er hatte etwas zu ihr gesagt, und sie hob die Hand und legte sie mit einer zärtlichen, tröstenden Geste auf seine Wange. Ralph sah, wie Joshua einen Moment lang die Augen schloß, dann die Hand ergriff und kurz an seine Lippen preßte. Es war vorüber, kaum daß er es registriert hatte.

»Eve, ich bin ja noch gar nicht dazu gekommen, Hallo zu sagen. Wie geht es Ihnen?« Monica war an seine Seite getreten und begann, Belanglosigkeiten mit der jungen Frau auszutauschen.

Als er seine Blicke wieder in die Zimmerecke wandern ließ, bemerkte Ralph, daß Elizabeth verschwunden war und Joshua auf sie zukam. Er blieb kurz stehen, um einige Worte mit Claires Bruder zu wechseln – irgendein hohes Tier in der City, wie Ralph sich erinnerte – und ging dann weiter durch den vollgedrängten Raum, als bewege er sich in seiner eigenen Welt. Als er ihre Gruppe erreichte, machte er keine Anstalten, eine Konversation zu beginnen, sondern stand nur da, trank seinen Wein und starrte geistesabwesend auf ein Gemälde an der Wand, dessen Firnis im künstlichen Licht so spiegelte, daß man kaum erkennen konnte, was es darstellte. Ralph fragte sich, was die kleine Szene, die er gerade mitangesehen hatte, wohl bedeutete. Gab es da noch Funken unter der Asche?

Ralph sah Joshua forschend an. Im Grunde war er ein kalter Fisch. Hatte keine Ahnung, was in seiner Frau vorging. Viel zu beschäftigt mit seinen eigenen Sachen. Wahnsinnig intelligent, natürlich. Seine Bücher erregten immer ein ziemliches Aufsehen. Merkte er eigentlich, wie eifersüchtig Eve auf seinen Erfolg war? Ihr eigenes Buch war schließlich der reinste Flop gewesen. Schade, daß sie es ihm nicht zu lesen gegeben hatte, bevor es in Druck ging, er hätte ihr gleich sagen können, daß es viel zu hochgestochen war, diese Art zu kochen war einfach zu prätentiös. Obwohl es natürlich passieren konnte, daß es eines Tages, nachdem die Auflage eingestampft worden war, zum Kultbuch werden würde, aber das würde ihr dann auch nichts mehr nützen.

Ralph ließ sich nachschenken – sie hatten verabredet, daß Monica heute abend fuhr. Der Wein, ein anspruchsloser Riesling, war unpassend für Claires Beerdigung. Er überlegte kurz, welchen er gewählt hätte. Einen italienischen Chardonnay vielleicht, nicht ganz so vollmundig wie der australische, aber mit einem feinen Aroma und nicht so langweilig trocken wie dieser hier. Plötzlich überkam ihn mit erschreckender Deutlichkeit die Erinnerung an Claire. Sie war eine ganz besondere Frau gewesen, mit einer für die heutige Zeit sehr seltenen und erfrischenden Güte und Herzenswärme. Keine Frau, die leicht zu lieben und leicht zu verlassen war. Nicht so wie Eve.

Ralph seufzte. Unerwarteterweise stellte sich jetzt heraus, daß Eve es ihm alles andere als leicht machte, sich von ihr zu lösen. Dieses Darlehen war ein großer Fehler gewesen, und nicht einmal sein einziger. Wenn Monica das je herausfand ... nein, Eve hatte aus seinem Leben zu verschwinden, daran war nicht zu rütteln, und er mußte eben einen anderen Weg finden, um das zu bewerkstelligen.

»Ich glaube nicht, daß ich es hier noch länger aushalte.«

Jo war neben ihn getreten. Ihre Augen lagen in tiefen Höhlen, und ihre angenehmen Gesichtszüge waren maskenhaft versteinert. Sie trug ein einfaches, schwarzes Wollkleid, das lose von ihren breiten Schultern herabfiel und jede weibliche Rundung verbarg.

Hinter ihr stand Elizabeth. »Eve und ich wollten schon nach der Beerdigung gehen, aber Joshua hat darauf bestanden, daß wir noch mit hierherkommen. Er meinte, alles andere wäre schrecklich unhöflich.« Sie verwickelte Jo in ein Gespräch und enthob Ralph damit der Anstrengung, sich selbst etwas einfallen zu lassen, was er ihr sagen konnte. Mit stummem Dank erhob er sein Glas auf die Journalistin und dachte dabei, daß sie ungemein attraktiv aussah in ihrem perfekt geschnittenen, schwarzen Anzug, dessen Strenge von einer perlgrauen Seidenbluse mit Schalkragen gemildert wurde.

Er ließ seine Gedanken müßig um die Frage kreisen, warum er Jo eigentlich so ganz und gar nicht anziehend fand. Sie hatte schöne Beine, und die Tatsache, daß ihr Körper nicht so kurvig war, wie er es mochte, hatte ihn bei einer Reihe weit weniger attraktiver Frauen auch nicht abgehalten. War es vielleicht ihre ungeschliffene Art, dieser vollständige Mangel an Gefälligkeit oder Grazie? Vielleicht war es ein Relikt seiner Herkunft, daß er bei Frauen immer eine gewisse Eleganz suchte.

Da war die Frau, die seit neuestem für Eve arbeitete und die kürzlich so unerwartet bei ihm aufgetaucht war, schon viel eher nach seinem Geschmack. Sie hatte den Körper einer Walküre und die sanfte Frische eines eben gepflückten Pfirsichs. Für einige aufregende Minuten stellte er sich vor, wie sie unter ihren biederen Kleidern aussah, sah ganz deutlich ihre vollen Brüste und die langen, kräftigen Oberschenkel. Dann wischte er das Bild entschlossen beiseite, denn er hatte das Gefühl, daß ihm aus dieser Richtung irgendeine Gefahr drohte.

In dem hohen Raum stieg der Lärmpegel an, während die Trauergäste begannen, von allgemeineren Dingen zu reden. Gesprächsfetzen drangen an sein Ohr:

»Natürlich wollten Marjorie und Peter nicht, daß sie ihren Lebensunterhalt mit Kochen verdient, das war nicht gerade das, was sie sich für ihre einzige Tochter erträumt hatten, obwohl es ja inzwischen geradezu schick geworden ist.«

»Ruf mich am Montag doch mal an, ich hätte da wirklich einige heiße Tips für dich. Neulich habe ich meinen Eltern auch ein phantastisches Geschäft vermittelt – ich wünschte nur, Claire hätte sich in ihren Geldangelegenheiten von mir beraten lassen.«

»Waren Sie schon mal in der Bretagne? Es ist herrlich, und alles sieht so aus wie in England vor fünfzig Jahren.«

»Dieses ganze Theater mit dem Essen finde ich restlos übertrieben.«

»Das kann schon sein, aber sie haben Roberts einundzwanzigsten Geburtstag ausgerichtet, und ich muß sagen, das Essen war grandios, und die Organisation lief wie am Schnürchen.«

»Clive und ich haben an ihrem Festessen teilgenommen. Er hat neben ihr gesessen. Erst dachte er, Eve wäre seine Tischnachbarin, aber dann war er nicht allzu traurig darüber, daß es Claire war. Er hatte immer schon eine kleine Schwäche für sie. Und ich habe mich bestens mit einem unglaublich interessanten Mann unterhalten, der in der Modebranche tätig ist. Natürlich bin ich sofort zu meinem Arzt gegangen, als ich von der Lebensmittelvergiftung hörte, aber der meinte, wenn ich bis dahin keine Beschwerden hätte, bräuchte ich mir keine Sorgen zu machen. Aber es ist ja verständlich, daß man bei so etwas leicht in Panik gerät, wo man doch heutzutage gar nicht mehr weiß, was man überhaupt noch essen kann. Manchmal frage ich mich, ob wir uns eines Tages nicht alle von Proteintabletten ernähren müssen.«

»Ich dachte mir, wir sollten einmal in die Dordogne fahren – das Wetter dort ist viel besser als hier, und man trifft viele Engländer. Ich meine, ich habe ja nichts gegen die Franzosen, aber man will sich im Urlaub ja auch mal richtig unterhalten können.«

»Ich weiß nicht, ob diese Börsenspekulationen nicht etwas riskant sind, schließlich müssen wir unser Geld für die Ausbildung unseres Sohnes zusammenhalten.«

»Man sollte die Innenarchitektin, die unsere Wohnung am Eaton Square neu eingerichtet hat, an diesem Haus arbeiten lassen, die könnte sicher viel mehr daraus machen.«

Ralph sah sich in der Eingangshalle um. Sie hatte eine Täfelung aus Eichenholz, einen steinernen Fußboden, und entlang der Längswände verlief eine Galerie, die von schön geschnitzten Holzsäulen getragen wurde. Das hintere Ende des Raumes wurde von drei Erkerfenstern eingenommen, deren rautenförmige Scheiben in Blei gefaßt waren. Vor dem prasselnden Kaminfeuer hatten sich zwei große Jagdhunde ausgestreckt. All das repräsentierte für Ralph ein England, das bald der Vergangenheit angehören würde. Wahrscheinlich hatte sich dieser Ort während der vergangenen hundert Jahre kaum verändert, aber er mochte diesen altmodischen, unprätentiösen Stil. Als Monica ihr Haus in Highgate einrichten ließ, hatte er genau gewußt, was er wollte: ein Ambiente, das Erfolg, Eleganz und Geld ausstrahlte, ohne protzig und aufdringlich zu sein. Das ganze Haus mußte vom Keller bis zum Dach erneuert werden, nachdem sie es in einem völlig heruntergekommenen Zustand gekauft hatten. Aber hätten sie ein Haus wie dieses hier gefunden, hätte er es genau so belassen, wie es war.

Er sah auf seine Armbanduhr, stellte fest, daß sie nun lange genug geblieben waren und suchte Monicas Blick, die ihn aber nicht bemerkte, da sie zu sehr in ihr Gespräch mit Eve vertieft war. Das war heute schon das zweite Mal, daß sie nicht auf sein Zeichen reagierte, und das sah ihr eigentlich gar nicht ähnlich. Aber als er jetzt darüber nachdachte, fiel ihm auf, daß sie bereits seit einiger Zeit nicht wirklich sie selbst war, und ihre Fähigkeit, alle Fährnisse des Lebens souverän zu meistern, hatte sie mehr als einmal im Stich gelassen. Was war bloß los mit ihr? Mit seiner großen Hand ergriff er Monicas Arm und erzwang damit ihre Aufmerksamkeit. Sie warf ihm einen raschen Blick zu und wandte sich wieder an Eve. »Wir müssen jetzt gehen, meine Liebe. Fahren Sie zurück nach London oder in Ihr Landhaus?«

Nach kurzem Zögern antwortete Eve: »Nach London. Ich habe dort noch soviel zu tun, daß ich mein Wochenende auf dem Land verschoben habe. Elizabeth fährt statt dessen hin – sie will sich dort zu einem ihrer Entschlackungswochenenden zurückziehen. Wo ist sie denn überhaupt? Sie war doch eben noch hier – ich muß ihr die Schlüssel geben.«

»Ist sie das nicht da drüben, die sich mit dem alten Herrn im Zweireiher und der Eton-Krawatte unterhält?«

»Clive Thompson«, rief Joshua mit plötzlich erwachtem Interesse. »Was hat sie denn mit dem zu bereden?« In diesem Moment beendete Elizabeth ihr Gespräch mit dem Produzenten und kam zu den anderen zurück. Sie sah aus, als sei sie sehr zufrieden mit sich.

»Na, das war vielleicht ein erfolgreiches Gespräch.« Sie blickte in die Runde und meinte: »Und es hat überhaupt keinen Zweck, mich zu fragen, worüber wir geredet haben. Das bleibt nämlich mein Geheimnis – jedenfalls bis nach dem Wochenende, dann wird es offiziell.«

»Offiziell?« erwiderte Monica. »Das erinnert mich an diesen Inspektor, der neulich bei uns war. Ich glaube, ich habe für eine Weile genug von offiziellen Angelegenheiten.«

»Ja, aber manchmal haben wir keine andere Wahl, nicht wahr?« gab Elizabeth fröhlich zurück.

»Ach, hören Sie doch auf, so geheimnisvoll zu tun. Ich kann mir nicht vorstellen, was daran so interessant sein soll.« Jo zeigte sich von ihrer bissigsten Seite.

»Ach, meinen Sie? Na ja, wie dem auch sei, ich muß jetzt gehen. Alles, was ich noch brauche, sind die Schlüssel. Wirklich sehr lieb von Ihnen, daß Sie mir das Haus überlassen.«

»Aber nein, Sie tun uns einen Gefallen. Joshua wird das ganze Wochenende an seinem Computer sitzen können, und ich habe beschlossen, ihn zu bekochen. Und dann habe ich noch einiges in der Stadt zu erledigen. Außerdem ist es gut, wenn das Haus von Zeit zu Zeit gelüftet wird. Das Gästebett ist übrigens gemacht, aber ich fürchte, es sind keine Lebensmittel mehr da.«

»Lebensmittel sind wirklich das Letzte, was ich an diesem Wochenende gebrauchen kann. Ich werde mich ausschließlich von heißem Zitronensaft und Kräutertee ernähren.«

Elizabeth ließ den kleinen Schlüsselbund, den Eve ihr gegeben hatte, in ihre Handtasche fallen und verabschiedete sich mit einem kurzen Winken.

Joshua sah ihr stirnrunzelnd nach. »Sie hat irgend etwas herausgefunden. Ich kann mir zwar nicht vorstellen, was es ist, aber ich werde ihr am Montag die Hölle heiß machen. Es wird ihr noch leid tun, daß sie mich nicht eingeweiht hat. So, und für uns wird es jetzt auch langsam Zeit zu gehen.« Er verabschiedete sich von Jo und den Coxes, nahm Eves Hand und zog sie mit sich.

»Ich muß Jackie und Emily finden, ich habe versprochen, sie in meinem Wagen mitzunehmen«, sagte Jo, drehte sich abrupt um und ging durch die lichter werdenden Reihen der Gäste auf die Gruppe zu, in der sich die Sekretärin und die Aushilfskraft mit einem der Kunden des Wooden Spoon unterhielten.

Ralph führte Monica zu Claires Mutter, um sich von ihr zu verabschieden. Er wollte nun keine Minute länger bleiben. Als sie der erschöpft, aber gefaßt aussehenden Dame gegenübertraten, schoß ihm der schreckliche Gedanke durch den Kopf, wie er es überstanden hätte, wenn seine Tochter so plötzlich gestorben wäre.

Darina warf einen Blick auf die mehr schlecht als recht getippten Seiten vor sich. Einen Artikel zu schreiben, war so ziemlich die schwierigste Aufgabe, die sie je zu meistern hatte. Zumindest ergab der letzte Versuch einen Sinn, was man von den vorangegangenen nicht behaupten konnte, aber es war trotzdem lächerlich, daß es so schwer sein sollte, einige einfache Argumente zusammenzufassen. Blieb nur die Frage, ob diese Fassung auch für Elizabeth gut genug war.

Sie sah auf die Uhr, es war halb elf am Samstag morgen, und sie überlegte, ob sie es wohl wagen konnte, Joshua anzurufen und ihn noch einmal um Rat zu bitten. Schließlich hatte er gesagt, sie solle sich melden, wenn sie nicht weiter wußte. Sie suchte sich die Nummer heraus, wählte und hörte seine Stimme auf dem Anrufbeantworter, die sie aufforderte, eine Nachricht zu hinterlassen. Darina machte keinen Gebrauch davon. Anscheinend war er doch mit Eve ins Landhaus gefahren.

Nachdem sie eine Weile nachgedacht hatte, rief Darina die Auskunft an und fragte, ob es in der Nähe von Petersfield einen Anschluß auf den Namen Tarrant gab. Es gab einen. Vielleicht konnte sie ihm den Text ja am Telefon vorlesen, jedenfalls wollte sie es versuchen, denn sie hatte keine Lust, noch länger daran zu arbeiten.

Darina war derart überrascht, die Stimme von Elizabeth am anderen Ende der Leitung zu vernehmen, daß sie beinahe vergessen hätte, warum sie angerufen hatte. Dann sagte sie sich, das müsse ein Wink des Schicksals sein und beschloß, ihr zu erklären, daß sie und nicht Eve den Artikel schrieb. Sie schloß mit der Frage: »Könnte ich Ihnen den Text vielleicht schnell einmal vorlesen?«

»Nein, es wäre besser, wenn Sie bis Montag warten, ich kann so etwas am Telefon einfach nicht beurteilen.«

Darina sah enttäuscht auf die beiden Seiten in ihrer Hand. Wann sollte sie denn die Zeit finden, den Artikel neuzuschreiben, falls Elizabeth ihr am Montag sagen würde, er sei unbrauchbar? Kurzentschlossen fragte sie: »Wie wär's, wenn ich zu Ihnen komme und Ihnen den Text zeige? Ich habe am Wochenende nichts vor.«

»Oh Gott«, stöhnte Elizabeth, doch dann sagte sie: »Na gut, wenn es sein muß. Aber bitte nicht heute. Ich will einen ganzen Tag nur für mich haben zur Entspannung. Morgen vormittag geht es vielleicht, aber nur, wenn sie versprechen, daß sie mich sofort wieder allein lassen, wenn ich mir den Artikel durchgelesen habe.«

Darina versprach es, fragte nach dem Weg und hängte auf. Sie sah überhaupt nicht ein, warum sie ein schlechtes Gewissen haben sollte. Eine halbe Stunde von Elizabeths kostbarer Zeit war wohl kaum zuviel verlangt in Anbetracht des Schadens, den sie dem Wooden Spoon zugefügt hatte.

Sie nahm ein weißes Blatt Papier und spannte es in die Schreibmaschine, um das, was sie geschrieben hatte, noch einmal sorgfältig abzutippen. Dabei nahm sie sich vor, sich anschließend hinzusetzen und die Notizen durchzugehen, die sie gestern im Büro getippt und später am Abend handschriftlich ergänzt hatte. Es war Zeit, daß sie einmal objektiv beurteilte, wie weit sie im Fall von Claires Tod gekommen war.

Sie wollte auf keinen Fall nur auf das Läuten des Telefons warten, das in letzter Zeit ziemlich hartnäckig geschwiegen hatte. Zwar hatte sie während der Woche einige wenige Anrufe erhalten, aber keiner von ihnen kam von der Person, von der sie es sich am meisten wünschte. Aber gut, wenn ihm so wenig an ihrer Beziehung gelegen war, dann würde sie ihn erst recht nicht anrufen. Sie glättete die Seiten mit ihren Notizen und begann zu schreiben.

Während Darina langsam und sorgfältig ihre 750 Wörter tippte, brauste Inspektor William Pigram in seinem Classic Chevette auf der Autobahn in Richtung London. Am liebsten hätte er alles aus dem Wagen herausgeholt, was er an Geschwindigkeit zu bieten hatte, denn jetzt, nachdem er sich endlich zu dieser Reise entschlossen hatte, konnte er es kaum erwarten, in London zu sein. Aber er war sich seiner Verantwortung als Polizist zu bewußt, und eine Anzeige wegen Geschwindigkeitsübertretung wäre für seine Karriere sicher nicht besonders förderlich.

Wie oft hatte er in den vergangenen Tagen nach dem

Telefonhörer gegriffen und ihn wieder aufgelegt? Zweimal hatte er es sogar läuten lassen, aber niemand hatte abgehoben. War sie noch bei der Arbeit oder ausgegangen? Wenn ja, mit wem? Er verfluchte sein blödsinniges Verhalten am letzten Sonntag. Wie konnte er sich nur so lächerlich machen? Sie hatte ganz recht, ihm die herablassende Art zu verübeln, mit der er ihre Betroffenheit über den Tod der jungen Frau abgewertet hatte. Und warum hatte es so lange gedauert, bis ihm überhaupt klar wurde, wie herablassend er gewesen war?

Am Freitag hatte er entschieden, daß es unmöglich war, die Sache am Telefon zu klären. Am Sonntag hatte er Dienst, also kam ein Wochenende in London nicht in Frage, aber er konnte ihr ja vorschlagen, sie am Samstag zu besuchen. Und was, wenn sie Nein sagte? Besser schien es, einfach bei ihr aufzutauchen. Und wenn sie nicht zu Hause wäre, überlegte er jetzt, während sich der Wagen London näherte, dann würde er vor ihrem Haus parken und so lange warten, bis sie zurückkam.

Es wurde halb zwölf, bis er sich durch den samstäglichen Einkaufsverkehr in Chelsea gequält hatte und endlich vor Darinas Tür stand. Sein Herz klopfte wie wild, und er kam sich vor wie ein Teenager.

Eine ganze Weile tat sich nichts, dann, gerade als er sich umdrehen und wieder gehen wollte, öffnete sich die Tür, und Darina stand vor ihm. Sie trug abgewetzte Jeans und ein Sweatshirt, kein Make-up, aber einen Schmierfleck auf der Nase, und ihr honigfarbenes Haar war völlig zerzaust, als habe sie es in einem Anfall von Ärger gerauft. Sie sah einfach umwerfend aus.

»William!« Es war, als sei die Sonne aufgegangen, so strahlend war ihr Lächeln.

»Es tut mir leid, ich komme, um mich für den ganzen Blödsinn zu entschuldigen, den ich geredet habe, ich nehme alles zurück, und die sind für Sie!« Er mußte Luft holen und hielt ihr einen riesigen Blumenstrauß entgegen, den er zuvor auf der King's Road gekauft hatte.

Etwas verlegen geworden, nahm sie ihm die Blumen ab, schnupperte daran und sah ihm gleichzeitig fragend in die Augen. Dann trat sie mit einem Schritt zur Seite. »Was lasse ich Sie vor der Tür stehen? Kommen Sie doch herein. Und ich muß mich ebenfalls bei Ihnen entschuldigen, ich bin schließlich auch ziemlich grob geworden.«

In diesem Moment empfand er das unbändige Bedürfnis, sie in die Arme zu nehmen, den Duft ihrer wunderbaren Haare einzusaugen und sie nie wieder loszulassen. Aber sie führte ihn ins Wohnzimmer, sagte, daß sie die Blumen ins Wasser stellen müsse, und fragte ob er Kaffee oder Tee wolle. Er entschied sich für Kaffee und folgte ihr in die Küche, wo er zusah, wie sie den Kessel aufsetzte, eine Vase aus dem Schrank holte, sie mit Wasser füllte und die Blumen mit einigen eleganten Handbewegungen perfekt arrangierte. Dann mahlte sie den Kaffee und goß das kochende Wasser auf.

Seine Augen folgten jeder ihrer Bewegungen, und er genoß das sanfte Schaukeln ihrer Brüste unter dem Sweatshirt, die Lichtreflexe in ihrem Haar, die Art, wie sie mit ihren langen Beinen ausschritt, die Blicke, die sie ihm aus ihren grauen Augen zuwarf, die so funkelten, daß sie beinahe grün wirkten.

Dabei nahm er kaum wahr, was sie ihm erzählte.

Erst, als sie sich mit ihren beiden Tassen hingesetzt hatten, dämmerte ihm, daß sie wieder beim Thema dieser schrecklichen Pilzvergiftung war. Was hatte sie gesagt? Irgend etwas über eine Vielzahl von Motiven, daß jemand eine Geliebte loswerden wollte, oder daß es etwas mit dem Wooden Spoon zu tun haben könnte? Aber die Einzelheiten hatte er nicht mitbekommen, und er fürchtete, daß sie sich wieder streiten würden, wenn sie anfingen, darüber zu diskutieren.

Deshalb unterbrach er ihren ausführlichen Bericht über die Heimfahrt von einem Mittagessen, in dem sie eine unglückliche Liebe und ein falsches Alibi erwähnte: »Wenn ich Ihnen jetzt sage, daß ich gekommen bin, um Sie zum Essen auszuführen, und nicht, um einen möglichen Mordfall mit Ihnen zu besprechen, werfen Sie mich dann wieder hinaus?«

Einen Moment lang verschloß sich ihr Gesicht, und er hielt ängstlich den Atem an, aber dann erschien ein kleines Lächeln auf Ihren Lippen. »Sie sind wirklich ein Spielverderber, wissen Sie das? Ich meine, da könnten Sie mir mit Ihrer Erfahrung dabei helfen, ein Verbrechen aufzuklären, und statt dessen wollen Sie nichts weiter als ein bißchen nette Unterhaltung.«

»Ach wissen Sie, das andere habe ich jeden Tag«, sagte er entschuldigend, während sie sich mit einer graziösen Bewegung erhob. »Also gut, heute ist Ihr freier Tag, und Sie sind den ganzen Weg hierher gekommen, um mich zu sehen. Ich schätze, das mindeste, was ich da tun kann, ist, mich anständig anzuziehen. Eigentlich sollte ich Ihnen ja auch anbieten, selbst etwas zu kochen, aber das habe *ich* jeden Tag.« Sie lachte ihn an und verließ den Raum. Er seufzte vor Erleichterung. Alles schien wieder in Ordnung zu sein zwischen ihnen.

Es war ein wunderschöner Tag. Sie aßen zu Mittag im

Alastair Little's in Soho, einem von Darinas Lieblingsrestaurants, erstanden Karten für die Nachmittagsvorstellung eines Theaterstücks, das sie beide sehen wollten, gingen zum Tee ins Savoy, wo sie über das äußerst kontroverse Stück diskutierten, ohne daß sich ernsthafte Meinungsunterschiede zwischen ihnen ergaben, kehrten schließlich zu ihr nach Hause zurück und brieten sich ein paar Rühreier.

Doch obwohl der Tag so angenehm und friedlich verlaufen war, gelang es William nicht, ihr wirklich näherzukommen. Immer, wenn er einen zaghaften Annäherungsversuch wagte, zog sie sich zurück. Ganz charmant und freundlich, aber bestimmt. Und dann erklärte sie ihm ganz deutlich, so sehr sie sich darüber freue, ihn wiederzusehen, und so sehr sie seine Gesellschaft genieße, sei sie trotzdem noch nicht so weit, aus ihrer Beziehung mehr als eine Freundschaft zu machen. William versuchte, seine Enttäuschung zu verbergen und reagierte verständnisvoll. Beinahe hätte er sogar Claires Pilzvergiftung angesprochen, an dem ihr offensichtlich so viel lag. Wenn das der Weg zu ihrem Herzen war, warum sollte er es nicht ausnutzen? Aber dann unterdrückte er diesen Impuls. Er wußte mit absoluter Sicherheit, daß das nur in einem weiteren Streit enden würde, da ihn ihr dilettantisches Detektivspielen und ihre unausgegorenen Mordtheorien noch immer über alle Maßen provozierten. Es war also viel besser, auf neutralem Boden zu bleiben, um ihre freundschaftliche Beziehung nicht zu gefährden, die sich mit der Zeit, da war er ganz zuversichtlich, bestimmt vertiefen würde.

»Ich muß jetzt gehen«, sagte er widerstrebend, als die antike Uhr auf der Konsole Zehn schlug.

»Aber wir haben den Wein noch nicht ausgetrunken«, protestierte sie und nahm die Flasche in die Hand. »Sie hatten erst ein Glas.«

Er schüttelte ablehnend den Kopf und antwortete: »Ich trinke auch nicht mehr, wenn ich noch fahren muß.«

»Sie meinen, Sie wollen noch nach Somerset zurück? Ich dachte, sie bleiben bei Ihrer Tante und Ihrem Onkel.«

»Nein, ich habe morgen Dienst, deshalb sollte ich nicht allzu spät zurück sein.«

Sie sah ihn verblüfft an. »Dann haben Sie also wirklich die ganze Reise nur meinetwegen gemacht?« Bei diesen Worten wartete er gespannt und sagte nichts. Hatte er da nicht ein Zeichen in ihren Augen gesehen? Aber sie senkte ihren Blick und stand auf.

»Dann muß ich Sie wohl gehen lassen. Ich will schließlich nicht dafür verantwortlich sein, wenn bei der Polizei von Avon und Somerset alles drunter und drüber geht, besonders nicht an einem Sonntag.«

Als sie zur Tür kamen, sah sie ihn mit einem scheuen Lächeln an und sagte: »Ich bin froh, daß Sie gekommen sind.«

»Das bin ich auch.« Er beugte sich nach vorn und küßte sie leicht auf den Mund. Sie stand still und erwiderte seinen Kuß ebenso zart. Innerlich seufzte er vor Glück, aber ihr zeigte er nur ein fröhliches Grinsen und sagte: »Ich rufe dich morgen an.«

»Tu das, ich wüßte gern, daß du gut heimgekommen bist.« Sie öffnete die Tür, wartete, bis er ins Auto gestiegen war und winkte ihm kurz nach. Nach wenigen Minuten mußte er die Scheibenwischer einschalten, da inzwischen ein feiner Nieselregen eingesetzt hatte. Er hoffte, daß es nicht stärker regnen würde.

Am folgenden Morgen goß es in Strömen, so daß ihre Fahrt nach Sussex nicht gerade zu einem Vergnügen zu werden versprach. Darina wollte Elizabeth anrufen und ihr sagen, der Artikel könne nun doch bis Montag warten. Aber es meldete sich niemand. Also stieg sie ins Auto und machte sich auf den Weg.

Es war beinahe Mittag, als sie endlich den kleinen Ort fand, in dem Eve und Joshua ihre Wochenenden verbrachten, dankbar, daß Elizabeth ihr den Weg so genau beschrieben hatte, denn das Landhaus lag sehr versteckt. Nur die Telegraphenmasten entlang der schmalen Schotterstraße zeigten an, daß die Gegend bewohnt war, dann nahm sie eine scharfe Kurve und erblickte ein reetgedecktes Haus.

Winzige Sprossenfenster lagen unter dem tief herabgezogenen Dach, ein paar späte Kletterrosen umrankten die Türpfosten, und ein Pfad aus roh behauenen Steinen verlief zwischen den Rasenstücken vor dem Haus, eingefaßt mit Rabatten, in denen Kräuterpflanzen wuchsen. Eine hohe, immergrüne Hecke trennte den Garten von einem Bachgrund, und eine weitere Einfassung aus wildwachsenden Pflanzen schirmte das Haus zur Straße hin ab. Das Ganze sah aus wie die Illustration in einem Märchenbuch.

Eine kleine Steinbrücke führte vor dem Gartentor über den Bach, und eine zweite, wesentlich breitere endete auf einer freien Fläche neben dem Haus, auf der ein Auto parkte.

Darina überquerte die Brücke und hielt hinter dem BMW. Sie stieg aus, froh, daß der Regen nachgelassen hatte, blieb einen Moment stehen und sog die Stille in sich auf. Kein Verkehrslärm, kein Vogelgezwitscher, kein Traktorengeräusch – nichts. Darina sah, daß sich in der Hecke, die den Parkplatz vom Haus trennte, eine Gartenpforte befand, öffnete sie und folgte dem Pfad um das Haus, bis sie die Vordertür erreichte. Sie klingelte, aber es rührte sich nichts.

Nachdem sie eine Weile gewartet hatte, klingelte sie noch einmal. Der Regen fiel nun wieder stärker, und sie wünschte, sie hätte ihren Schirm mitgenommen. Warum öffnete Elizabeth nicht? Sie mußte im Haus sein, denn ihr Wagen war da, und ohne Auto kam man hier nirgendwohin. Es war außerdem nicht das Wetter für einen Spaziergang, und Elizabeth wußte, daß Darina kommen würde.

Darina ergriff den schweren Türklopfer, der an einem eisernen Ring hing, und die schwere Holztür bebte, als sie ihn mit aller Kraft niedersausen ließ, um ihre Anwesenheit kundzutun. Es rührte sich noch immer nichts.

Dann drehte sie sich um, ging zu einem der Fenster und spähte hinein. Drinnen war es so dunkel, daß sie nur die Umrisse der Möbel erkennen konnte. Auf einem Tisch am Fenster stand eine Reiseschreibmaschine, daneben lag ein Stoß Papiere. Anscheinend hatte Elizabeth an einem ihrer Artikel gearbeitet.

Darina ging zur Vorderseite des Hauses zurück und drehte am Türknauf. Die Tür war nicht verschlossen, und sie trat ein, dabei rief sie: »Elizabeth? Ich bin's, Darina!«. Zu beiden Seiten des kleinen Flurs lag eine Tür, und gegenüber der Haustür verschwanden die steilen, mit Teppichboden belegten Stufen einer Holztreppe in der Dunkelheit. Hinter der Treppe führte ein schmaler

Gang in den rückwärtigen Teil des Hauses. Der Fußboden war mit quadratischen, schwarzen und roten Keramikfliesen ausgelegt, an den weißgekalkten Wänden hingen gerahmte Illustrationen aus alten Kochbüchern, und die Decke zierte eine ehemalige Petroleumlampe. Der Raum strahlte eine durchdachte Eleganz aus, die ganz eindeutig Eves Handschrift trug.

Darina rief noch einmal nach Elizabeth und bekam wieder keine Antwort. Die Stille wurde allmählich bedrückend. Sie öffnete die rechte Tür und blickte in ein Eßzimmer, in dem ein runder Eichentisch mit ledergepolsterten Stühlen und eine Anrichte standen. Auf der anderen Seite des Flurs lag das Wohnzimmer, das sie durch das Fenster gesehen hatte. Vor der Kaminecke standen zwei Ohrensessel und ein kleines Sofa. Vervollständigt wurde die Einrichtung durch den Tisch und einen Windsorstuhl am Fenster und ein paar schöne Drucke an den Wänden.

Darina trat an den Kamin und stellte fest, daß die Asche kalt war. Eine Teetasse stand auf dem Sims. Dann ging sie zurück in den Flur und folgte dem Gang, der in eine Küche führte, die offensichtlich erst später an das Haus angebaut worden war. Die Einbauschränke aus Kiefernholz nutzten jeden Zentimeter Raum, und überall hingen Bündel getrockneter Blumen, Kräuter oder Gräser.

Sie kehrte wieder in den Flur zurück und stieg langsam die Treppe hoch. Nach einigen Stufen hielt sie inne, schnüffelte mit gerümpfter Nase und beschleunigte dann ihre Schritte. Oben angekommen, betrat sie ein winziges Vestibül, von dem vier Türen abgingen. Die erste führte in ein geräumiges Schlafzimmer mit Doppelbett, Kleiderschrank, Kommode und Schminktisch aus hellem Holz. Über dem Bett war ein Quilt ausgebreitet, und auch hier hingen zahlreiche Drucke an den Wänden. Darina öffnete die nächste Tür und prallte entsetzt zurück, als ihr der Geruch, der ihr schon auf der Treppe aufgefallen war, entgegenschlug. Es war ein entsetzlich fauliger, ranziger und säuerlicher Gestank.

Sie preßte ein Taschentuch auf ihre Nase und ging auf das völlig zerwühlte Bett zu. Elizabeth lag in einem Durcheinander von Laken und Decken, ihr Körper war verdreht und steif, ihre weit aufgerissenen Augen starrten ins Leere, und das Haar klebte ihr in feuchten Strähnen am Kopf. Überall waren Körperausscheidungen und Erbrochenes. Darina wollte sich umdrehen und aus dem Zimmer rennen, aber ihre Füsse waren wie festgewachsen. Ihr Magen revoltierte. Sie schloß die Augen und dachte an den Duft des Regens draußen. Nach einigen Sekunden öffnete sie die Augen wieder, und, die Gestalt auf dem Bett sorgsam aussparend, blickte sie sich rasch im Zimmer um. Es war in dem gleichen Holz möbliert wie das andere, mit einem Bett, einer Kommode, einem Schreibtisch, auf dem Kosmetika, Haarbürsten und Schmuck verstreut lagen und einem Stuhl, über den achtlos ein Bündel Kleider geworfen war.

Darina schlich sich leise hinaus, schloß die Tür hinter sich, und, immer noch das Taschentuch vor die Nase haltend, atmete sie langsam und tief durch. Nachdem sie die dritte Tür geöffnet und im Badezimmer ebenfalls die deutlichen Spuren einer tödlichen Erkrankung gesehen hatte, lief sie die Treppe hinunter und in die Küche, wo sie ein Fenster aufriß und begierig die regenfeuchte, saubere Luft einsog. Dann drehte sie den

Wasserhahn auf, füllte ein Glas, lehnte sich gegen den Spülstein und trank es aus. Allmählich gewann sie ihre Fassung zurück.

Nachdem sie das Glas gespült und in den Schrank zurückgestellt hatte, machte sie sich auf die Suche nach einem Telefon und entdeckte einen altmodischen, schwarzen Apparat im Wohnzimmer. Sie hob den Hörer ab und stellte fest, daß die Leitung tot war. Wie sehr sie auch an dem Gerät rüttelte, es blieb stumm. Also ging sie nach draußen. Als sie die Haustür hinter sich zuzog, fragte sie sich, ob sie das Haus nicht verschließen müsse, aber sie fühlte sich nicht imstande, es noch einmal zu betreten, um nach dem Schlüssel zu suchen.

Darina stieg in ihr Auto und fuhr bis zum nächsten Dorf, wo sie einen Pub fand. Von dort aus rief sie die Polizei an. Ein Arzt war offensichtlich nicht mehr nötig. Sie berichtete dem diensthabenden Beamten kurz, was sie entdeckt hatte, und versprach, wieder zurückzufahren und auf die Ankunft des Streifenwagens zu warten.

Als sie das Haus wieder erreichte, kam ihr die Idylle geradezu heimtückisch vor, wie die raffinierte Kulisse für einen Horrorfilm. Sogar das reetgedeckte Dach wirkte nun nicht mehr malerisch, sondern schien mit dem dunkelverhangenen Himmel zu verschmelzen, um das Haus in ein noch schattenhafteres Zwielicht zu hüllen.

Darina blieb regungslos in ihrem Auto sitzen und versuchte, zu begreifen, was sie gesehen hatte. Elizabeth muß an einer Vergiftung gestorben sein, anders waren die Spuren ihrer entsetzlichen Qualen nicht zu erklären. Aber vergiftet wodurch? Sie sah auf ihre Armbanduhr. Die Polizei würde sicher nicht in den nächsten zehn Minuten eintreffen. Kurzentschlossen zog sie sich ihre Handschuhe an, stieg aus dem Wagen und ging auf das Haus zu.

Sie mußte sich zwingen, die Tür zu öffnen und einzutreten. Der Gestank hatte sich inzwischen im ganzen Haus ausgebreitet. Sie ging direkt in die Küche und suchte nach Eßbarem, aber alles, was sie sah, war eine Schale mit Früchten auf einem Schrank hinter der Tür. Sie öffnete den Kühlschrank. In den Fächern standen eine Packung Diätmargarine, ein ungeöffneter Karton mit sechs Eiern sowie eine Dose Anchovis.

Dann durchsuchte sie die Schränke. Sie enthielten eine angebrochene Packung Kekse, zuckerfrei, eine halbleere Schachtel von Eves Kräuterteebeuteln, mehrere Tüten Pasta in verschiedenen Variationen, einige geöffnet, Naturreis, Hülsenfrüchte, einige Dosen mit Suppen, Bohnen, Thunfisch, Sardinen und etliche Gläser Selbsteingemachtes. Die Gläser und Dosen waren alle ungeöffnet. Darina versuchte, sich daran zu erinnern, was sie über Botulismus wußte, eine bakterielle und meistens tödliche verlaufende Lebensmittelvergiftung. Hatte Elizabeth vielleicht den Inhalt einer infizierten Dose gegessen?

Anschließend öffnete sie den Schrank unter der Spüle, wo sie den ordentlich mit einer Plastiktüte ausgelegten Mülleimer entdeckte. Sie nahm ihn heraus und untersuchte seinen Inhalt: mehrere Teebeutel, Obstkerne, der fruchtlose Stiel einer Traube, zwei Bananenschalen und drei Apfelgehäuse. Das schien alles zu sein. Keine leeren Dosen, weder korrodierte noch kürzlich geleerte.

Nach einigem Nachdenken öffnete sie die Hintertür,

die ebenfalls unverschlossen war. Vor dem Haus stand eine Mülltonne. Sie hob den Deckel ab und stellte fest, daß sie leer war. Also keinerlei Anzeichen dafür, daß Elizabeth außer ein paar Keksen, Obst und Kräutertee etwas zu sich genommen hatte. Oder war sie zum Essen ausgegangen? Aber wohin? Und mit wem?

Darina sah auf die Uhr und beeilte sich, zu ihrem Wagen zu kommen. Inzwischen hatte es aufgehört zu regnen, und sie ging um das Haus herum auf den kleinen Parkplatz zu. Vielleicht konnte die Spurensicherung noch feststellen, ob seit gestern ein anderes Auto vor dem Haus gehalten hatte, aber für den Laien sah es ganz so aus, als hatte der Regen jeden möglichen Hinweis darauf vollständig weggewaschen. Sie setzte sich in ihren Wagen und ließ den Motor an, um die Heizung einschalten zu können. Sie spürte die feuchte Kälte im ganzen Körper, und sie bemerkte, daß sie zitterte. Das allerdings war nicht nur auf das Wetter zurückzuführen.

Sie nahm ihre Überlegungen wieder auf. Unter der Voraussetzung, daß Elizabeth nicht auswärts gegessen hatte, war eine Lebensmittelvergiftung ziemlich unwahrscheinlich. Das bedeutete, daß es nun einen zweiten mysteriösen Todesfall gab. Oder einen zweiten Mord?

Aber wer hätte Elizabeth umbringen sollen? Darina hatte einmal daran gedacht, daß die Journalistin vielleicht Eve töten wollte, aber dann, als es immer wahrscheinlicher wurde, daß von Anfang an Claire das beabsichtigte Mordopfer war, war Elizabeth als Verdächtige mehr oder weniger ausgeschieden. Wenn ihre ursprüngliche Theorie allerdings stimmte und doch jemand Eve nach dem Leben trachtete, so konnte Elizabeths Tod der zweite Anschlag gewesen sein, der die Falsche getroffen hatte.

Wer konnte denn wissen, daß Elizabeth hier war? Schließlich hatte Eve erklärt, sie wolle das Wochenende allein in ihrem Landhaus verbringen, und auch Darina war davon ausgegangen, daß sie dort sein würde. Sie mußte sich also in letzter Minute anders entschlossen haben.

Darina fiel der helle Wagen ein, von dem Eve beinahe überfahren worden wäre. Wenn das der erste Anschlag auf ihr Leben gewesen war, dann war sie ihrem Mörder nun zum dritten Mal entkommen.

Darina verspürte einen Krampf in ihren Beinen, versuchte sie auszustrecken und stieg dann mit steifen Gliedern aus dem Auto, erleichtert, als der kribbelnde Schmerz nachließ. Die Luft war frisch und angenehm nach dem Regen, und sie ging ein Stück die Straße entlang. Die Pflanzen, die im Schatten der Hecken wuchsen, waren immer noch üppig grün, aber die Blätter fielen bereits von den Bäumen, und bald würde der Herbst in den Winter übergehen. Als die Straße enger und steiler wurde, kehrte Darina um. Beim Gehen ließ sie ihre Augen über die sanft gewellten Hügel und die umgepflügten Felder wandern. Wie friedlich das alles wirkte, nach der Hektik und dem Lärm in London. Darina konnte gut verstehen, daß Eve so gern in diese ländliche Abgeschiedenheit kam. Wie hatte sie es noch einmal genannt – 'Zurück zur Natur'?

Während ihr diese Worte durch den Kopf gingen, war es, als spule sich vor ihrem inneren Auge ein Film ab, und als erlebe sie noch einmal die Szene in der Vorführküche, kurz nachdem Claire gestorben war. Sie hörte Ralphs flammenden Vortrag über die tödlichen Gefahren, die in der Natur lauerten, wenn man unvorsichtig und unwissend war.

Auf dem Rückweg zum Haus rannte sie fast, bis sie den schmalen Streifen erreichte, der zwischen Hecke und Bach verlief. Dort hatte man das Gras wild und lang wachsen lassen, und dazwischen entdeckte Darina die Überreste einer Pflanze, die wie Bärenklau aussah. Darina ging den Streifen der Länge nach ab, mit den Augen sorgfältig den Boden absuchend. Am Ende der Gartenhecke, da wo die Straße bis zum Ufer des Baches heranreichte, dessen Lauf sich hinter einem Weißdornbusch verbarg, lief der Grasstreifen aus. Darina ging ein Stück zurück, bis sie zu einer bestimmten Stelle kam, wo sie in die Hocke ging, das hohe Gras auseinanderbog und die Erde untersuchte. Konnte es sein, daß dort jemand eine der Pflanzen ausgegraben und anschließend die Spuren verwischt hatte?

Das Hupen eines Autos ließ sie erschrocken zusammenfahren. Als sie sich erhob, sah sie einen Streifenwagen.

Ein junger Polizist stieg aus dem Wagen. Darina führte ihn ins Haus und warnte ihn vor dem Anblick, der ihn im ersten Stock erwartete. Er sah sie unsicher an, ging aber unverzüglich hinauf. Es dauerte nicht lange, bis er die Treppe wieder herunterkam und direkt durch die Haustür ins Freie lief. Darina wartete im Flur, und als er ein wenig blaß, aber gefaßt, wieder zurückkam, bot sie ihm eine Tasse Kaffee an.

»Ich könnte schon eine gebrauchen, Miss, aber ich glaube, wir sollten hier nichts anrühren. Ich habe den Inspektor über Funk gerufen, er müßte gleich hier sein. Und jetzt«, er zog ein Notizbuch und einen Bleistift heraus, »erzählen Sie mir doch bitte ganz genau, wie Sie die Leiche gefunden haben.«

Darina schlug vor, sich ins Wohnzimmer zu setzen, wo der Geruch noch nicht so stark war, denn sie hatte Angst, daß ihr wieder schlecht werden würde. Dann gab sie all ihre Schritte und Handlungen der letzten Stunden zu Protokoll, wobei sie nur ihre Untersuchung der

Lebensmittelvorräte ausließ, aber erwähnte, daß sie in die Küche gegangen war, nachdem sie die Leiche entdeckt hatte, und dort ein Fenster geöffnet und ein Glas aus dem Schrank genommen hatte. »Es tut mir leid, das hätte ich wahrscheinlich nicht tun dürfen, aber ich habe nicht daran gedacht, und ich brauchte einfach ...« Als sie zögerte, warf der junge Polizist tröstend ein: »Machen Sie sich keine Sorgen, Miss, das ist völlig verständlich.« Dann erhob er sich, als ein untersetzter Mann den Raum betrat. Er war etwa Mitte vierzig und trug einen dunkelblauen Anorak über einem grauen Pullover und schwarzen Cordhosen. Darina war sicher, daß er geradewegs vom Sonntagsessen gerufen worden war, dann bedauerte sie, daß sie ans Essen gedacht hatte. Auch er ging sofort nach oben, blieb aber wesentlich länger als der Polizist vor ihm.

Während sie auf den Inspektor warteten, fiel Darina auf, daß sie gar nicht bemerkt hatte, wie der Wagen des Inspektors vorgefahren war, wahrscheinlich hatte die hohe Gartenhecke jedes Motorengeräusch verschluckt und das Auto gleichzeitig den Blicken verborgen.

Als sein Vorgesetzter wieder herunter kam, begann der Polizist, ihm Darinas Aussage vorzulesen, wurde aber gleich vom Inspektor unterbrochen: »Ich würde es lieber aus erster Hand hören.«

Also wiederholte Darina ihre Geschichte, aber diesmal fügte sie noch hinzu, daß es ihrer Meinung nach einen Zusammenhang gab zwischen Elizabeth's Tod und dem von Claire Montague, und sie berichtete kurz, daß diese an einer Pilzvergiftung gestorben war.

Der Polizist machte sich Notizen, während sie redete. Zwischendurch kam der Arzt und wurde in den ersten

Stock geführt. Als sie geendet hatte, sah der Inspektor etwas verwirrt drein. »Sie sagen also, diese andere Frau, Claire – war das der Name? Richtig, also Claire ist nach dem Verzehr eines giftigen Pilzes gestorben. Glauben Sie denn, daß Ihre Bekannte da oben«, er machte eine Geste zur Decke hin, »ebenfalls an einem giftigen Pilz gestorben ist?«

»Nein. Jedenfalls, so weit ich das beurteilen kann. Ich glaube eher, daß sie mit etwas anderem vergiftet wurde – möglicherweise war es Schierling.«

Der Inspektor ließ sich auf einem der Sessel nieder und sah sie nachdenklich an. Darina dachte, daß ihm die ganze Geschichte äußerst unwahrscheinlich und kompliziert vorkommen mußte, und es fiel ihm offensichtlich schwer, sie zu begreifen.

»Gut, lassen Sie mich noch einmal wiederholen. Eine Frau ist an einem giftigen Pilz gestorben, und wir haben jetzt einen weiteren Tod, der auf eine andere giftige Substanz zurückzuführen ist, Sie meinen, es könnte Schierling sein, und vielleicht möchten Sie mir noch kurz erklären, wie Sie zu dieser Annahme kommen. Die Verstorbenen haben beide an einem Essen teilgenommen, zu dem das vergiftete Pilzgericht serviert wurde, und weil sie auch noch mit einer weiteren Frau befreundet waren, der dieses Landhaus gehört, glauben Sie, daß es einen Zusammenhang gibt zwischen den beiden Todesfällen?« Er seufzte schwer und wechselte einen vielsagenden Blick mit seinem Untergebenen.

»Die Londoner Polizei hat mit der Untersuchung von Claires Tod begonnen. Anscheinend halten sie es für wahrscheinlich, daß es Mord war«, sagte Darina geduldig.

Damit schien sie ins Schwarze getroffen zu haben,

denn der Inspektor erhob sich und rief: »Tatsächlich! Wenn das so ist, dann muß ich Sie jetzt bitten, dieses Haus zu verlassen, Miss Lisle. Wachtmeister, sichern Sie den Tatort, ach ja, und sagen Sie dem Arzt Bescheid. Ich gehe und benachrichtige die Kriminalpolizei.« Während der junge Polizist widerstrebend die Treppe hinaufging, führte der Inspektor Darina nach draußen. Er schlug vor, daß sie in seinem Wagen auf ihn wartete, aber Darina blieb lieber noch ein wenig an der frischen Luft.

Einige Minuten später trat der Arzt aus dem Haus, gefolgt von dem Wachtmeister, der neben der Tür Stellung bezog. Darina fragte sich, wem sie wohl den Zugang verwehren wollten.

»Sie ist seit ungefähr zwölf bis vierzehn Stunden tot. Höchstwahrscheinlich ist die Todesursache eine Vergiftung – die Pupillen sind extrem geweitet, und allem Anschein nach hatte sie starke Krämpfe, bevor sie starb. Ich würde vorschlagen, daß Sie das Haus durchsuchen und feststellen, was sie während der letzten Tage zu sich genommen hat.« Der Arzt, ein lebhafter, junger Mann, warf Darina einen neugierigen Blick zu.

»Danke, aber wir wollen Sie jetzt nicht länger aufhalten«, entließ ihn der Inspektor ohne Umschweife.

Nachdem sie mehrere Minuten gewartet hatten, fuhren zwei Autos vor. Zwei Männer, ein dünner mit schütterem Haar und ein jüngerer von unauffälligem Äußeren, stiegen aus und kamen auf den Inspektor zu.

»Tag, Dick«, grüßte der Dünne, »das nächste Mal bin ich dran, dir den Sonntag zu ruinieren. Der Polizeiarzt ist auf dem Weg, und die Jungs vom Erkennungsdienst ebenfalls. Und jetzt komm mal beiseite und erklär mir, worum es geht.«

Die drei Männer gingen zum Rand des Parkplatzes, der Inspektor redete, und die beiden anderen hörten aufmerksam zu. Dann kam der ältere zu Darina zurück und sagte: »So, Miss Lisle, ich möchte, daß sie jetzt mit Detective Sergeant Pearce hier zur Wache fahren und ihre Aussage noch einmal wiederholen. Jim, bevor du wieder herkommst, ruf doch bitte bei den Kollegen in London an und versuche, etwas über diesen anderen Todesfall zu erfahren.«

»Okay, Sir.«

Darina folgte dem Streifenwagen zur nächsten Wache, wo sie in einen spärlich möblierten Raum geführt und förmlich ins Kreuzverhör genommen wurde über ihre Ankunft im Landhaus, den Anlaß ihres Besuchs und alles, was sie über Elizabeth und deren Verbindung zu Claire und Eve wußte. Am Ende kam sie sich vor wie durch eine Mangel gedreht, obwohl der Polizist äußerst korrekt war und es auch nicht den Anschein hatte, als stünde sie unter irgendeinem Verdacht. Er war sogar so freundlich, gleich nach ihrer Ankunft einen Tee für sie beide zu bestellen, und Darina war dankbar für das heiße Getränk. Sie hatte zwar noch nichts gegessen, aber das war auch das Letzte, wonach ihr zumute war, und der Tee, der überraschend stark und süß schmeckte, war jetzt genau das Richtige.

Der Polizist ließ einfach nicht locker und ließ sich immer wieder dieselben Fragen von verschiedenen Blickwinkeln aus erklären. Irgendwann lehnte er sich in seinem Stuhl zurück und sah Darina an, als wüßte er nun gar nicht mehr weiter.

»Was ich immer noch nicht verstehe, ist, warum Sie

so überzeugt davon sind, daß die Frau an einer Schierlingsvergiftung gestorben ist.«

Darina wiederholte ihm die Unterhaltung, die nach Claires Tod in der Vorführküche stattgefunden hatte. Aber er sah wenig überzeugt aus.

»Ein bißchen zu weit hergeholt, finden Sie nicht? Ich meine, als Mordwaffe ist das doch ziemlich unwahrscheinlich.«

»*Amanita phalloides* – der Grüne Knollenblätterpilz – ist ein natürliches Gift, und für den Mörder war es sicher naheliegend, dieselbe Methode zu verwenden – wahrscheinlich ist es jemand, der oder die sich in diesen Dingen sehr gut auskennt. Zwar war diesmal kein tödlicher Pilz zur Hand, dafür aber eine ebenso tödliche Pflanze.« Für Darina lag alles auf der Hand.

»Aber Sie sagten doch eben, sie glauben, daß der Anschlag nicht der Frau gegolten hat, die jetzt tot ist?«

Noch einmal versuchte Darina die Ereignisse der letzten Wochen und das, was im Wooden Spoon vor sich ging, zu erklären. Eigentlich war es eine Erleichterung, endlich so offen über alles reden zu können.

Die Stunden vergingen mit weiteren Fragen und weiteren Antworten, und während sie alles noch einmal durchlebte, begannen zwei Worte in ihrem müden Kopf durcheinanderzuwirbeln: Gelegenheit und Mittel. Dann fügte sich plötzlich alles zu einem Ganzen, und sie hatte das Gefühl, die Lösung für das Rätsel der beiden Todesfälle gefunden zu haben. Man brauchte schon etwas Glück, um während des Essens unauffällig den vergifteten Pilz unter die Vorspeise mischen zu können, aber wenn es so gewesen war, ergab möglicherweise auch alles andere einen Sinn. Jedenfalls war es eine

Theorie, zu der alle Fakten und Indizien paßten. Darina sah den Polizeibeamten prüfend an – sollte sie ihm davon erzählen? Dann beschloß sie, daß sie noch darüber nachdenken mußte. Sie war völlig erschöpft, und vielleicht war alles nur Einbildung. Fast hoffte sie, daß es so war.

Anscheinend hatte der Beamte beschlossen, daß er nun genügend Informationen von ihr bekommen hatte, tippte das Protokoll in die Schreibmaschine und ließ es anschließend von ihr unterschreiben.

Sie konnte ihren Namen nur noch mit ungelenker Schrift unter die Aussage setzen und ging auf unsicheren Beinen hinaus. Nachdem sie einige Minuten in ihrem Auto gesessen und überlegt hatte, ob sie überhaupt noch imstande war, nach London zurückzufahren, ließ sie den Motor an und fuhr langsam auf die Landstraße.

Das Wetter hatte sich gebessert, und sie kam gut voran. Wahrscheinlich waren die Wochenendausflügler inzwischen wieder zu Hause. Als sie sich der Ausfahrt von Putney näherte, zeigte ihre Armbanduhr kurz vor neun. Das war wohl noch nicht zu spät, um bei Eve und Joshua vorbeizufahren.

Die beiden wußten bereits von Elizabeths Tod. Ein Polizist war am Nachmittag bei ihnen gewesen, hatte sie informiert und eine kurze Aussage zu Protokoll genommen.

»Joshua hat sich einverstanden erklärt, morgen zur Polizei zu kommen und die Identifizierung vorzunehmen«, sagte Eve. »Ihr einziger Angehöriger ist ein Bruder, den sie kaum gesehen hat – ich glaube, er lebt im Ausland.« Sie legte eine Hand auf den Arm ihres Mannes. »Es ist furchtbar, daß du das machen mußt, und ich wünschte, ich könnte mit dir kommen, aber wir müssen die Hochzeit am Dienstag vorbereiten.«

Die beiden saßen nebeneinander auf einem Sofa im großen Wohnzimmer. Joshua sah zu Tode erschöpft aus, dunkle Schatten lagen unter seinen Augen, und seine gebogene Nase wurde durch die eingefallenen Wangen noch betont. Aber Eve war voller Energie und redete ununterbrochen.

»Wenn ich nur auch da gewesen wäre, dann hätte ich etwas tun können. Zumindest hätte ich sie ins Krankenhaus bringen können. Was, um alles in der Welt, kann sie nur gegessen haben?«

»Welche Lebensmittelvorräte waren denn dort?« fragte Darina zurück.

»Eigentlich nur ein paar Dosen. Ich habe ihr gesagt, es sei praktisch nichts da, aber sie sagte, sie wolle auch nichts essen. Sie wollte eines ihrer Entschlackungswochenenden machen. Ab und zu hat sie sich für einige Tage zurückgezogen und gefastet, um ihren Körper von all den Giftstoffen zu reinigen und um ihr Gewicht zu halten.«

»Ich habe gestern morgen hier angerufen, um Joshua zu fragen, ob er sich diesen blöden Artikel nochmal ansehen könnte. Aber es hat sich nur der Anrufbeantworter gemeldet, ich dachte also, ihr seid beide ins Landhaus gefahren und habe es da versucht. Ich war ganz überrascht, als Elizabeth ans Telefon ging.«

»Ich habe am Freitag beschlossen, Joshua nicht allein zu lassen mit seinem Buch, und außerdem hatte ich noch einiges im Büro zu tun. Ich habe die Post erledigt, neue Gerichte zusammengestellt und diese Liste von Kunden erstellt, von der Jo gesprochen hat. Als Elizabeth hörte, daß das Haus in Sussex frei war, hat sie mich gefragt, ob sie es am Wochenende benutzen könne. Aber Joshua war den ganzen Tag zu Hause.«

Beim Klang seines Namens wandte Joshua seinen Blick vom Kamin, in den er bisher unablässig gestarrt hatte, zu Darina.

»Ich habe den Anrufbeantworter eingeschaltet, weil ich nicht gestört werden wollte.«

»Wann hat dich Elizabeth denn gebeten, ihr das Haus zu überlassen?«

Eve dachte einen Moment lang nach. »Das war am Freitag morgen. Ich habe bei ihr angerufen, um sie zu fragen, ob sie mit uns zu Claires Beerdigung fahren wollte – sie wohnt gleich um die Ecke –, und als sie wissen wollte, ob wir anschließend nicht nach Sussex weiterfahren würden, habe ich ihr von meinen geänderten Plänen erzählt, und sie hat gefragt, ob sie statt dessen das Wochenende dort verbringen könnte.«

»Aber alle anderen sind weiterhin davon ausgegangen, daß du dort sein würdest?«

Eve runzelte verwirrt die Stirn. »Ich nehme es an.« Dann dämmerte es ihr. »Du glaubst, daß jemand sie vergiftet hat und eigentlich mich meinte, stimmt's? Genau wie bei Claire? Oh mein Gott, das ist ja entsetzlich!« Tränen schossen ihr in die Augen.

»Ja«, antwortete Darina nur.

»Und ich selbst habe ihr während der Beerdigung noch die Schlüssel gegeben. Das war kurz bevor wir gegangen sind, als wir uns von allen verabschiedet haben.«

Darinas Gedanken wurden kurz abgelenkt, und sie fragte zerstreut: »Ach ja, Claires Beerdigung – wie ist es gelaufen?«

»Es war furchtbar deprimierend, nicht wahr, Liebling? Ich kann gut verstehen, warum Kenneth sich geweigert hat, teilzunehmen.« Dann hielt sie plötzlich inne und rief: »Mir ist gerade eingefallen, das war das letzte Mal, daß wir Elizabeth gesehen haben. Ist das nicht grauenhaft! Und du hast noch gesagt, daß du ihr am Montag die Hölle heiß machen würdest ... Oh je«, sie schlug sich erschrocken die Hand vor den Mund. »Das hätte ich nicht sagen sollen. Darina denkt jetzt wahrscheinlich, das müsse sie sofort der Polizei mitteilen.«

Joshua machte eine ungeduldige Handbewegung. »Unsinn, die würden so eine Bemerkung doch wohl kaum ernst nehmen.«

»Worum ging's denn?« fragte Darina neugierig.

»Ach, gar nichts«, antwortete Eve hastig, »es war bloß ein Scherz.«

Joshua seufzte. »Ich habe gesehen, wie Elizabeth mit Clive Thompson geredet hat, und als ich sie fragte, worüber, wollte sie es mir nicht sagen. Ich dachte, sie habe einen Hinweis auf seine Pläne für eine feindliche Übernahme und war sauer, weil sie so ein Geheimnis daraus gemacht hat. Sogar Jo meinte noch, sie müsse sich nicht so aufspielen. Ich habe das dann nur so dahingesagt, und wie Eve schon sagte, es war eigentlich ein Scherz.«

»Darina, das bleibt doch unter uns, ja?« Eve legte bittend eine Hand auf den Arm ihrer Freundin.

»Ich glaube nicht, daß mir die Polizei noch weitere Fragen stellen wird, jedenfalls nicht im Moment«, antwortete Darina. »Ich habe ihnen alles gesagt, was ich über Elizabeth und Claire und den Wooden Spoon weiß.«

Darauf trat eine Pause ein, bis Eve mit scharfer Stimme fragte: »Was hast du ihnen denn über den Wooden Spoon erzählt? Ich meine, was hat der damit zu tun?«

»Es kommt mir sehr wahrscheinlich vor, daß es einen Zusammenhang gibt zwischen Claires Tod und dem Elizabeths. Beides könnten fehlgeschlagene Mordversuche gewesen sein, die dir gegolten haben, also könnte deine Firma durchaus etwas damit zu tun haben. Ich mußte der Polizei sagen ...«, sie zögerte kurz, »daß die Firma finanziell nicht gut steht.«

Eve schnappte nach Luft. »Wovon redest du eigentlich? Woher willst du denn überhaupt wissen, wie wir finanziell stehen?«

Darina erwiderte ruhig den Blick aus ihren blitzenden Augen. »Ich habe mir am Freitag die Bücher angesehen. Erinnerst du dich, wir haben darüber gesprochen, daß ich das tun wollte, bevor ich mich entscheide, ob ich bei dir einsteige oder nicht?«

»Aber in Jackies Büchern kann man sehen, daß das Geschäft gut läuft.« Eves Stimme wurde schrill.

Joshua legte besänftigend seine Hand auf ihre Schulter. »Reg dich nicht so auf, Liebling.«

Sie schüttelte ihn mit einer ungeduldigen Bewegung ab. »Hier geht es um mein Geschäft. Und ich will verdammt nochmal wissen, was Darina meint.«

»Die Geschäftsbücher in deinem Schreibtisch ergeben ein anderes Bild.«

»Aber die Schublade in meinem Schreibtisch war verschlossen!«

Darina schwieg.

Joshua schaltete sich mit plötzlich erwachtem Interesse in das Gespräch ein. »Wollen Sie damit sagen, daß das Geschäft in finanziellen Schwierigkeiten ist?«

Eve warf den Kopf zurück. »Wir sind nur vorübergehend nicht so recht flüssig, das ist alles. Sobald neue Aufträge hereinkommen und die Lebensversicherung von Claire endlich ausgezahlt wird oder Darina ihre Anteile kauft, gibt es überhaupt keine Probleme mehr.«

»Du meinst, du brauchst die Lebensversicherung, um deinen Zahlungsverpflichtungen nachzukommen?«

»Nein!« Eve sprang vom Sofa auf und lief zum Fenster. Dann kam sie wieder zurück, ihr zierlicher Körper zitterte vor Spannung, blieb zwischen dem Sofa und Darinas Stuhl stehen und sah zwischen ihr und Joshua hin und her, wobei sie die Hände in ihre nicht vorhandenen Hüften stemmte. »Es ist so, daß die Kosten für den Umbau höher waren, als erwartet, aber ich kann jederzeit neues Kapital hereinbekommen. Wenn Darina nicht mitmachen will, finde ich sicher einen anderen Investoren. Dabei wäre alles so einfach, wenn Ralph mir noch einmal aushelfen würde. Schließlich hat er mit seinem verdammten Gemüsehandel mehr als genug verdient.«

Joshuas Mund wurde zu einem dünnen Strich. »Du hast ihn um Geld gebeten?«

»Es war eine rein geschäftliche Angelegenheit, und ich wollte es nur als Darlehen. Du kannst mir schließlich nicht helfen, das hast du ja klar und deutlich gesagt.«

Joshua antwortete mit gepreßter Stimme: »Du weißt doch, weshalb. Wir haben dieses Haus hier bis unter das Dach beliehen, damit du das in Marylebone kaufen konntest, und dann haben wir noch eine Hypothek auf das Haus in Sussex aufgenommen für die Umbauten hier. Du scheinst nicht zu begreifen, daß es für alles eine Grenze gibt. Aber daß du dann auch noch ausgerechnet zu Ralph gegangen bist!«

Eve schüttelte unwillig den Kopf. »Darüber brauchst du dir jetzt auch keine Sorgen mehr zu machen, er gibt mir kein Geld mehr.«

Darina fragte sich, aus welchem Grund.

Eve blieb eine Weile aufrecht stehen, dann wippte sie auf den Fußballen wie ein kleines Kind und sagte mit herabgezogenen Mundwinkeln: »Na ja, wenn Darina schon alles ausgeplaudert hat, sind wir ohnehin erledigt. Die Geier werden nicht lange auf sich warten lassen.« Mit einem erstickten Schluchzen warf sie sich in Joshuas Arme und flehte unter Tränen: »Ich habe solche Angst, Liebling, du mußt mir helfen.«

Er tröstete sie mechanisch. »Na, na, nicht weinen, wir werden schon eine Lösung finden, es wird alles gut.«

Darina erhob sich. »Es tut mir leid«, sagte sie, »ich mußte es ihnen sagen, aber ich bin sicher, die Polizei ist sehr diskret, und es wird niemand sonst erfahren. Möchtest du trotzdem, daß ich morgen früh in den Wooden Spoon komme?«

Eve wandte ihr ein tränenverschmiertes Gesicht zu, sah sie eine Weile mit stummem Vorwurf an und meinte dann: »Natürlich, wir schaffen es nicht ohne dich.«

»Gut, dann bis morgen. Bleib nur, ich finde selbst hinaus.«

Als Darina ihre Haustür aufschloß, hörte sie das Telefon läuten.

Es war William. »Wo warst du«, fragte er sofort. »Ich habe seit heute morgen ständig versucht, dich zu erreichen.« Er klang eher besorgt als ärgerlich.

Darina erzählte ihm in kurzen Stichworten, was vorgefallen war.

»Du Ärmste. Das muß schrecklich für dich gewesen

sein. Wie geht es dir denn jetzt? Soll ich mich ins Auto setzen und zu dir kommen?«

Darina genoß seine Teilnahme und das Gefühl, umsorgt zu werden, sagte aber trotzdem rasch:

»Aber nein, mir geht's gut. Ich mache mir jetzt einen starken Drink und etwas zu essen und gehe gleich ins Bett.«

»Erzähl mir doch noch einmal ganz genau, was passiert ist.«

Darina gab ihm einen ausführlichen Bericht aller Ereignisse und endete mit ihrem Besuch bei Eve und Joshua.

»Und du willst wirklich morgen wieder zur Arbeit im Wooden Spoon gehen?«

»Ja, aber erst, nachdem ich mit Clive Thompson gesprochen habe.«

»Mit wem?«

»Er ist ein bekannter Geschäftsmann, der auch an dem Festessen teilgenommen hat. Elizabeth hat sich kurz vor ihrem Tod auf Claires Beerdigung noch mit ihm unterhalten, und irgendwie habe ich das Gefühl, daß er mir weiterhelfen kann. Ich möchte morgen früh zu ihm gehen, so daß ich ihn noch antreffe, bevor er ins Büro fährt. Ich bin sicher, daß er mit mir reden wird.«

Schweigen am anderen Ende der Leitung.

»William?«

»Ich nehme an, es ist völlig zwecklos, dich zu bitten, das der Polizei zu überlassen.«

»Völlig zwecklos. Aber ich verspreche, daß ich sie sofort informiere, falls er mir etwas Wichtiges erzählen sollte.«

»Du bist wirklich die eigenwilligste Frau, die mir jemals begegnet ist.«

»Ich weiß«, gab Darina selbstbewußt zurück und fuhr fort: »Ich rufe dich morgen abend an, bist du zu Hause?« Dann legte sie auf, goß sich ein großes Glas Malt-Whisky ein, briet einige Rühreier und genoß die ungewöhnliche Zusammenstellung ohne Gewissensbisse, während sie in Gedanken damit beschäftigt war, Clive Thompson in ihre neueste Theorie einzufügen.

Beinahe 150 Meilen von ihr entfernt saß William ebenfalls bei einem Glas Whisky und starrte selbstvergessen auf das Telefon. Im Unterschied zu Darina hatte er Gewissensbisse, und er verfluchte sich, daß er am Tag zuvor nicht besser zugehört hatte, als sie ihm von ihrer Theorie erzählte. Je mehr er darüber nachdachte, was sie ihm eben am Telefon gesagt hatte, desto unwohler fühlte er sich. Schließlich seufzte er resigniert und griff nach dem Hörer.

Als Darina am Montag morgen im Wooden Spoon eintraf, fand sie Eve in Verhandlung mit einem Kriminalbeamten, den sie inständig bat, den Catering-Betrieb weiterführen zu dürfen.

»Elizabeth Chesney hat nicht einmal zur Firma gehört, ihr Tod hat nicht das geringste mit uns zu tun.« Sie trug ihre adrette Arbeitskleidung, die Locken mit einem weißen Band zurückgebunden, aber sie bebte förmlich vor Nervosität, und ihre Augen blickten flehentlich in die des Polizisten.

Der Beamte blieb fest und unerschütterlich. »Mrs. Tarrant, diese Frau ist in Ihrem Haus gestorben, anscheinend an einer Vergiftung, und das ist bereits der zweite Todesfall, der sich in Ihrer unmittelbaren Umgebung ereignet hat. Sie müssen verstehen, daß wir nun alle erdenklichen Vorsichtsmaßnahmen ergreifen müssen, um zu verhindern, daß es zu einer weiteren Vergiftung kommt, die mit Ihrem Essen zu tun haben könnte.«

Die Stimmen kamen aus Eves Büro, und als Darina eintrat, sah sie, daß Jo auch da war. Sie hatte ruhig am Schreibtisch gelehnt und das Gespräch aufmerksam verfolgt. Jetzt schaltete sie sich ein: »Ich glaube nicht, daß Sie dazu ermächtigt sind, unser Geschäft zu schließen. Meines Wissens nach kann das nur das Gesundheitsamt.«

Der Polizist wandte sich an sie und antwortete: »Da haben Sie ganz recht, Miss, und ich bin sicher, daß demnächst ein Beamter des Gesundheitsamtes hier erscheinen wird.«

»Das mag sein, aber bis dahin werden wir unsere Aufträge erfüllen. Sie wollen doch sicher nicht dafür verantwortlich sein, daß morgen ein unglückliches Brautpaar ohne Hochzeitsessen dasteht.«

»Na gut«, seufzte er. »Allerdings werde ich jetzt mit meinen Leuten das Haus durchsuchen, denn dazu sind wir ermächtigt.« Mit diesen Worten zog er einen Durchsuchungsbefehl aus der Tasche und reichte ihn Jo, die ihn sorgfältig durchlas und dann zurückgab.

»Komm«, sagte sie zu Eve, »da kann man nichts machen.«

Alle drei gingen in die Catering-Küche, wo sie gleich mit der Arbeit begannen. Darina bereitete einen Teig vor für Schiffchen, die mit Früchten gefüllt werden sollten, und während sie Butter, Eier und Zucker miteinander verrührte, entspannte sie sich allmählich und begann, die Informationen zu verarbeiten, die sie am Morgen von Clive Thompson erhalten hatte. Es war erstaunlich leicht gewesen, ihn zu einem Gespräch zu bewegen, denn sie hatte nur Claires Namen erwähnen müssen, und er gab bereitwillig Auskunft. Ihre Unterhaltung hatte nicht lange gedauert – sie war nur einige Minuten zu spät zur Arbeit gekommen –, aber was er gesagt hatte, hatte wieder einmal eine Theorie zunichte gemacht. Nun versuchte sie, die Puzzleteile, die sie während der letzten zwei Wochen zusammengetragen hatte, nach einem neuen Muster zu ordnen, einem Muster, das sich allmählich mit schrecklicher Klarheit herauskristallisierte.

Da der Imbiß für die große Hochzeitsgesellschaft in Brighton am nächsten Morgen zeitig ausgeliefert werden sollte, mußte alles bis zum Abend fertig vorbereitet sein. Das Essen kam in den Kühlraum und die Kochgeräte, wie die Friteuse für die Scampi und die Käse-Spinat-Strudel; die beiden tragbaren Umluftherde zum Aufwärmen der kleinen Quiches, der Fleischbällchen sowie zum Grillen der mit Speck umwickelten Muscheln und der Hühnerspieße; der Zweiflammenkocher und der Wasserkessel, die Arbeitstische und die Getränke und Gläser – alles mußte für den Transport vorbereitet und zusammengestellt werden.

Bis zum Mittag arbeiteten sie ohne Unterbrechung.

Während Darina eine kurze Kaffeepause machte, dachte sie mit einem Blick über die bereits zubereiteten Gerichte, daß Kenneth jetzt da sein sollte, um diese wunderbare Komposition im Bild festzuhalten: die herrlich goldbraun gebackenen Brandteigkrapfen, die schwedischen Fleischbällchen, rund und saftig, und die winzigen Lauch- und Sardellentörtchen mit einer weißen Haube aus Crème fraiche. Über einer gläsernen Karaffe lag ein Sieb aus Musselin, durch das frisch gepreßter Orangensaft tropfte. Daraus wurden später kleine, mit Orangenstückchen bestreute Früchtegelees, die Darina bereits geschnitten und in eine Glasschüssel gegeben hatte, in der man ihre kräftig leuchtende Farbe sah. Sogar die Falten des Musselinstoffes wirkten malerisch. Er sah aus wie ein Brautschleier. Darina bemerkte beiläufig, daß am Rand kleine Vierecke ausgeschnitten worden waren, und erinnerte sich an die Braut der letzten Hochzeit, für die sie das Essen geliefert hatten – war das wirklich erst zehn Tage her?

Sie hatte jung und doch selbstsicher ausgesehen, Hand in Hand mit ihrem stämmigen Bräutigam, der bereits zum zweiten Mal geheiratet hatte. Was ihm an gutem Aussehen fehlte, machte er durch Charme und Persönlichkeit wett. Wo immer während der Feier das lauteste Lachen erklang, sah man die Brautleute, und als die Reihe an den Bräutigam kam, eine Rede zu halten, wurde es eine der geistreichsten, die Darina je gehört hatte. Als er geendet hatte, wandte er sich an seine frischgebackene Ehefrau, sah ihr in die Augen und erhob sein Glas mit den Worten:

»Es heißt ja bekanntlich, daß eine zweite Heirat den Triumph der Hoffnung über die Erfahrung bedeutet. Dazu kann ich nur sagen, Robin ist all meine Hoffnung, und ich biete ihr all meine Erfahrung.« Seine Worte waren scherzhaft gemeint, aber die Art, wie er sie ansah, erklärte seinen Erfolg bei Frauen.

»He«, rief Jo, »streiken Sie?«

Darina richtete ihre Aufmerksamkeit wieder auf die Arbeit, ihre Hände bewegten sich jedoch nur noch mechanisch. Das letzte kleine Puzzleteil, nach dem sie so lange gesucht hatte, war nun auch an seinem Platz. Das Bild war vollständig.

Kurze Zeit später, als sie mit dem Kochen fertig waren

und im Getränkeraum die Weinflaschen zusammenstellten, wandte sich Darina an Jo und fragte: »Haben Sie Eve schon erzählt, daß sie die neue Miteigentümerin des Wooden Spoon sind?«

Die beiden Frauen, die in der Hocke vor dem Weinregal kauerten, hielten in ihrer Arbeit inne und starrten Darina an, Eve, als habe sie plötzlich angefangen, in einer Fremdsprache zu reden, und Jo mit ärgerlich gerunzelter Stirn. »Nein«, antwortete sie zögernd, »habe ich nicht.«

»Miteigentümerin des Wooden Spoon? Was redest du denn da? Jo hat doch wohl kaum das Geld, um bei uns einzusteigen.«

»Claire hat ihr ihre Anteile hinterlassen, und damit ist sie jetzt deine gleichberechtigte Geschäftspartnerin.« Darina lehnte sich gegen einen Stapel Kartons mit Champagnerflaschen und beobachtete die Wirkung ihrer Worte.

Eve sah aus, als hätte man ihr einen Schlag in die Magengrube versetzt. »Das glaube ich nicht«, stieß sie hervor.

»Doch, es stimmt«, meinte Jo trocken. »Der Notar hat es mir am Freitag bestätigt. Wir sind Partner.«

»Einen Dreck sind wir!« Eve war aufgesprungen, ihr Atem ging in schnellen Stößen. »Claire wollte ihre Anteile mir hinterlassen. Du mußt sie manipuliert haben. Was hast du mit ihr gemacht, damit sie ihr Testament ändert?«

Auch Jo erhob sich jetzt, sie war ganz ruhig, aber auf ihren Wangen hatten sich zwei flammend rote Flecken gebildet. »Hör zu, ich weiß, die Sache gefällt dir nicht, aber das ist noch lange kein Grund, hier gemeine Andeutungen zu machen. Claire hat beschlossen, daß es gerechter wäre, wenn ich ihre Anteile bekomme, das war alles.«

»Gerechter! Ich fasse es nicht, was soll denn daran gerecht sein? Ich habe die Firma zu dem gemacht, was sie ist.«

»Claire und du haben das zusammen gemacht«, korrigierte sie Jo, »und ohne mich wäre der Catering-Service in dem Moment zusammengebrochen, als du von Putney weggezogen bist und mit den Kochkursen angefangen hast.«

»Ach, du glaubst also, du bist so großartig, ja? Dann laß dir mal eines sagen: Wenn wir jemand anderen gehabt hätten, wärst du längst fristlos entlassen worden. Ich habe dich nur deshalb noch nicht gefeuert, weil wir keine Zeit hatten, uns nach einem Ersatz umzusehen.« Eve fuhr sich mit einer heftigen Bewegung durch die Haare und riß dabei das weiße Leinentuch herunter.

»Ich glaube nicht, daß Claire damit einverstanden gewesen wäre.« Jo blieb äußerlich ruhig, aber Darina sah, wie sich ihre Brust vor angestauter Wut rasch hob und senkte.

»Ach nein?« Eves Stimme war scharf und voller Sarkasmus. »Was du so alles nicht glaubst. Du würdest wahrscheinlich auch nicht glauben, daß Claire und ich uns fast ständig über dich und deine idiotischen Angewohnheiten totgelacht haben.« Sie schoß hinter einen Stapel Weinkisten, als Jo plötzlich die Fassung verlor und mit der flachen Hand nach ihr schlug. Darina sprang zur Seite.

»Ha!« rief Eve triumphierend hinter ihrer Deckung.

»Da hab ich wohl ins Schwarze getroffen, was? Das willst du nicht hören!«

Kraftlos ließ Jo ihre Hand sinken. »Du lügst. Ich glaube einfach nicht, daß sich Claire über mich lustig gemacht hat.«

Eves aufgelöste Locken umstanden in wildem Durcheinander ihr gerötetes Gesicht, und wie im Wahn starrte sie die Frau an, die behauptete, ihre Partnerin zu sein. Mehrmals öffnete sie den Mund, um etwas zu sagen, fand aber keine Worte, drehte sich dann auf dem Absatz um und marschierte zurück in die Küche, wo sie zitternd vor einer der Arbeitsflächen stehenblieb. Ihre blicklosen Augen waren auf die dort säuberlich angehäuften Teigwaren geheftet, die wegen ihrer weniger gelungenen Form aussortiert worden waren.

Jo folgte ihr. »Begreifst du denn nicht, daß du mit mir die Chance hast, das Geschäft wieder zu einem Erfolg zu machen?« Sie hatte sich wieder vollständig unter Kontrolle und sprach mit beinahe normaler Stimme.

»Dafür ist es zu spät«, sagte Darina, die zwischen die beiden getreten war. »Vielleicht hätte man noch etwas retten können, wenn nicht die Sache mit dem giftigen Pilz gewesen wäre, oder sogar, wenn Claire rechtzeitig erkannt hätte, was mit ihr passiert war. Aber jetzt ist daraus ein Mordfall geworden. Und nicht bloß dieser eine.« Beide Frauen sahen sie entsetzt an, keine sagte ein Wort.

»Und dabei ging es nicht nur ums Geld, richtig?« fuhr Darina fort. »Claire hatte eine Affäre mit Joshua.«

Eve schluchzte auf und wischte mit ihren Händen über die Vorderseite ihres weißen Overalls. Wie unter Zwang wiederholte sie immer wieder diese Bewegung und heulte: »Wie kannst du das sagen? Er hat sie nicht geliebt, er liebt nur mich, mich!«

Jo war blaß geworden. »Also ist es wahr?« flüsterte sie. »Ich konnte es nicht glauben, obwohl ich es geahnt habe – ich wollte es nur nicht wahrhaben.«

»Du hattest kein Geld mehr«, fuhr Darina unerbittlich fort. »Ralph hat dich zurückgewiesen, sowohl als Geliebte als auch als Geschäftspartnerin, und Joshua hatte sich in Claire verliebt. Du mußtest also das Gefühl haben, daß dir nichts geblieben ist. Und dann kam die Pilzwanderung. Wann ist dir denn die Idee mit dem giftigen Pilz gekommen? Hast du die Sache lange geplant, oder war es ein spontaner Einfall?«

Jo starrte Eve fassungslos an. »Sag, daß das nicht wahr ist. Das konntest du nicht tun, nicht mit Claire!«

Eve erwiderte ihren Blick mit ausdruckslosen Augen. Dann griff sie mit einer Hand zu den Speiseresten, nahm sich ein angeschlagenes Törtchen und führte es zum Mund. Zuerst knabberte sie nur zart daran, dann grub sie ihre perlweißen Zähne gierig in die Füllung.

»Du hast es so gedreht, daß es aussah, als wäre das vergiftete Gericht für dich bestimmt gewesen, und dann hast du noch die Geschichte mit dem Auto erfunden, das dich beinahe überfahren hätte, um den Eindruck zu erwecken, daß dir jemand nach dem Leben trachtet. Und dafür wären allerdings eine Menge Leute in Frage gekommen.«

Eve griff jetzt nach einem mißlungenen Brandteigkrapfen und stopfte ihn sich in den Mund.

»Wahrscheinlich hast du geglaubt, niemand könnte dir etwas beweisen, und du hast dich ganz sicher gefühlt, bis du gesehen hast, wie Elizabeth sich während Claires

Beerdigung mit Clive Thompson unterhalten hat. Clive Thompson, der während des Festessens neben Claire gesessen hat. Und dann muß Elizabeth etwas gesagt haben, das dich annehmen ließ, er habe sie darauf gebracht, daß du Claire vergiftet hast.«

»Elizabeth!« Eve zischte den Namen mit vollem Mund. »Sie hat sich wieder an Joshua rangemacht. Ich hab's doch auf der Beerdigung gesehen. Sie dachte wohl, jetzt, wo Claire aus dem Weg ist, könnte sie ihn zurückhaben, ich kenne sie doch.« Eve wühlte mit beiden Händen in den Teigwaren und schob sich ein Stück nach dem anderen in den Mund, während sie weiterredete: »Und dann hat sie mich so provozierend angesehen, daß ich genau wußte, worüber sie mit Clive gesprochen hat. Aber du kannst mir nichts beweisen, sie ist eines natürlichen Todes gestorben.« Sie stieß ein ersticktes, hysterisches Lachen aus. »Eine natürliche Todesursache, ein Werk der Natur.«

»Es war Schierlingstee, nicht wahr?« Darinas Stimme war emotionslos, doch ihre Augen blickten wachsam. »Ich bin durch den Musselin draufgekommen. Du bist am Samstag morgen hierhergekommen und hast die Vierecke aus dem Stoff geschnitten. Dann bist du nach Sussex gefahren, hast eine von den Schierlingspflanzen ausgegraben, die vor deinem Haus wachsen, hast die Blätter zerrieben und mit dem Stoff zusammengebunden, wie einen deiner Beutel mit Kräutertee. Vielleicht hast du ja noch etwas anderes dazugegeben, für den Fall, daß Elizabeth den eigenartigen Geschmack bemerkt?«

Eves Augen blitzten auf und schossen durch den Raum, aber ihre Hände hörten nicht auf, unablässig Essen in ihren Mund zu stopfen.

»Welche Ausrede hattest du denn, als du bei Elizabeth im Landhaus aufgetaucht bist? Daß du etwas abholen wolltest? Und war es dann nicht ganz einfach, die Teebeutel auszutauschen? Wahrscheinlich hast du sogar noch vorgeschlagen, Tee für euch zu kochen, damit du sicher sein konntest, daß sie ihn trank. Da Elizabeth kaum etwas gegessen hatte, mußte das Gift sehr rasch wirken. Ich nehme nicht an, daß du dich noch lange im Haus aufgehalten hast, aber bevor du gegangen bist, hast du noch das Telefon außer Betrieb gesetzt, damit sie keine Hilfe mehr holen konnte.«

»Du kannst mir nichts, aber auch gar nichts beweisen«, keuchte Eve, während ihr ein paar Krümel aus dem Mund fielen.

»Meinst du?« Darinas Stimme blieb fest und ruhig. »Dieser Musselinstoff war nicht ausgeschnitten, als ich ihn am Freitag aus dem Lager geholt habe. Es läßt sich sicher feststellen, daß die Teebeutel, die ich in Sussex im Mülleimer gefunden habe, Schierlingsblätter enthielten, die in denselben Stoff gewickelt waren. Und du hast selbst zugegeben, daß du am Samstag allein hier warst. Außerdem ist Clive Thompson bereit, auszusagen, daß Claire ihm erzählt hat, du seiest es gewesen, die sie gebeten hat, sich an deinen Platz zu setzen, und nicht umgekehrt. Du hast den Platztausch arrangiert, damit es so aussah, als sei die vergiftete Vorspeise für dich bestimmt gewesen, für den Fall, daß sich herausgestellt hätte, daß es kein Unfall war. Die Ironie an der Geschichte ist, daß Elizabeth am Freitag Clive Thompson gegenüber mit keinem Wort Claires Tod erwähnt hat, sie dachte vielmehr, daß er vorhatte, Ralph Cox ein Kaufangebot für seine Firma zu machen und wollte sich diese Vermutung von ihm bestätigen lassen. Natürlich hat er es abgestritten, aber er hatte den Eindruck, sie habe ihm nicht geglaubt.«

»Eve!« Keine hatte bemerkt, daß zwei Männer die Küche betreten hatten. Auf Joshuas Ruf wandten sich Jo und Darina zur Tür um, wo er stand und seine Frau anstarrte, die noch immer Essen in sich hineinschlang, die Wangen aufgebläht mit Halbzerkautem, das Gesicht verschmiert. »Eve, um Gottes willen, was ist los? Was geht hier vor?«

Seine Frau ließ das nächste Törtchen auf den Boden fallen, ging schwankend auf ihn zu und streckte eine Hand nach ihm aus. »Josh, hilf mir.« Ihre Stimme war kaum mehr als ein Krächzen.

Plötzlich erwachte Jo aus ihrer bewegungslosen Starre, rannte zu Eve, packte sie bei den Schultern und schüttelte sie mit wutverzerrtem Gesicht. »Du hast Claire umgebracht? Du hast sie getötet, die mir das Liebste auf der Welt war? Wie konntest du? Das wirst du mir büßen, hörst du? Dafür wirst du bezahlen!« Eves widerstandsloser Körper wurde von ihren kräftigen Armen vor und zurück geschleudert, von der Wucht des Angriffs flogen ihr halbzerkaute Bissen aus dem Mund. Darina packte Jo bei den Händen und zwang sie, ihren Griff um die schmalen Schultern zu lösen. Dann zog sie sie fort und hielt sie fest, bis das Zittern in Jos Gliedern allmählich nachließ. Als sie sich nach Eve umblickte, sah sie, wie diese zu Boden sank und auf die überall verstreuten Essensreste starrte. Ihre Augen füllten sich mit abgrundtiefem Entsetzen und sie begann, mit allen Fingern über Overall und Gesicht zu reiben, in dem verzweifelten Versuch, die Spuren ihres Freßanfalls zu beseitigen.

Joshua ging vor ihr in die Hocke. »Eve, was ist passiert, was hast du getan?« Seine Stimme war gequält, aber in dem Blick, mit dem er sie ansah, lag auch eine Spur Abwehr.

»Ich muß auf's Klo, ich muß sofort auf's Klo«, schrie Eve voller Panik und klammerte sich an ihn. »Bring mich zum Klo, Joshua!«

Er wich instinktiv vor ihr zurück, dann nahm er ihre Hand und sprach mit fester Stimme auf sie ein: »Nein, du mußt nicht auf die Toilette, Eve. Du stehst jetzt auf.« Wild um sich schlagend und heulend vor Schmerz und rasender Wut, widersetzte sie sich seinem Versuch, sie vom Boden hochzuziehen.

Wieder öffnete sich die Küchentür, und Darina sah William mit dem Polizisten eintreten, den sie am Morgen in Eves Büro angetroffen hatte. Sie hatte William zwar sofort erkannt, als er mit Joshua hereingekommen war, aber nicht bemerkt, daß er den Raum wieder verlassen hatte. Jetzt trat er neben sie, während der Polizist Joshua half, Eve auf die Füße zu stellen und sie anschließend wegen Mordes an Elizabeth Chesney verhaftete.

Während der nächsten Stunden herrschte ein ziemliches Durcheinander. Überall im Haus machten sich Polizisten zu schaffen. Eve wurde zur Wache gebracht, begleitet von Joshua, der immer noch ihre Hand hielt. Sie sprach kaum, nur ab und zu stöhnte sie, daß sie auf die Toilette müsse.

»Sie will sich bloß den Finger in den Hals stecken«, meinte Jo mit brutaler Deutlichkeit, als Darina sie fragte, warum Joshua sie nicht ließ. »Eve hat eine massive Eßstörung. Entweder sie ißt so gut wie gar nichts, oder sie stopft sich mit irgendeinem Zeug voll, so wie eben. Dann geht sie zur Toilette und erbricht sich. Sie hat furchtbare Angst davor, daß sie zunehmen könnte.«

Darina sah der jungen Frau nach, die gerade von zwei Polizeibeamten aus der Küche geführt wurde, und erinnerte sich an Honors Geschichte über ihre Magersucht.

Jo fuhr fort: »Claire hat es mir erzählt. Sie wußte davon, obwohl Eve vor anderen nie einen Freßanfall hatte. Das war heute das erste Mal, daß ich sie mehr habe essen sehen als nur winzige Bissen. Sie ist völlig gestört und bräuchte dringend psychiatrische Hilfe.«

»Ich glaube, sie hat mal eine Therapie gemacht.«

»Dann hätte sie damit weitermachen sollen. Sie kann doch nicht im Ernst glauben, daß ihr Eßverhalten normal ist.«

Darina antwortete nicht und wandte sich an William: »Was, um alles in der Welt, machst du denn hier?«

Er lächelte schief. »Ich habe mir deinetwegen Sorgen gemacht. Nach unserem gestrigen Gespräch hatte ich den Eindruck, daß du hinter einem Mörder her bist, der bereits zum zweiten Mal getötet hat, und da habe ich Angst bekommen, daß du dich in Gefahr begibst.«

Darina beruhigte ihn nachträglich. »Ich wußte, daß ich mit Eve umgehen kann. Sie ist nicht der Typ, um nach einem Küchenmesser zu greifen und zuzustechen – das wäre viel zu direkt. Allerdings«, und dabei warf sie ihm ein strahlendes Lächeln zu, »weiß ich deine Besorgnis zu schätzen. Mußtest du denn nicht arbeiten?«

»Ich habe meinen Vorgesetzten überredet, mir heute freizugeben, als Ausgleich für den Dienst gestern. Eigentlich wäre ich schon viel früher hier gewesen, aber ich hatte eine Reifenpanne auf der Autobahn.«

Dann verabschiedete William sich von ihr und versprach, am Wochenende wiederzukommen. Darina und Jo verbrachten den Rest des Tages auf der Polizeiwache. Als sie endlich ihre Unterschriften unter die Aussagen gesetzt hatten, sagte man ihnen, sie könnten die nächsten Tage nicht im Wooden Spoon arbeiten. Beide protestierten und meinten, man müsse ihnen wenigstens erlauben, das Essen, das sie für die Hochzeit vorbereitet hatten, auszuliefern.

»Hören Sie«, sagte Darina, »Sie haben den Musselinstoff, den ich für Ihre Untersuchung aufgehoben habe, und sonst gibt es in dieser Küche nichts, was Ihnen weiterhelfen könnte. Denken Sie doch mal an die arme Braut, wenn sie ihren 200 Gästen, mit denen sie den schönsten Tag ihres Lebens feiern wollte, nichts zu essen und zu trinken anbieten kann. Seien Sie doch nicht so herzlos.«

Die Beamten gaben nach, und nach einigen wenigen Stunden Schlaf verfrachteten sie und Jo die Serviererinnen, die Barmixer, das Essen und die Getränke in zwei Lieferwagen und mehrere Autos, brachten die Hochzeitsfeier an der Südküste erfolgreich über die Bühne und fuhren schweigend vor Erschöpfung wieder zurück nach London…

Am Samstag, nach dem Mittagessen in ihrem Haus, erzählte Darina William, daß sie nicht vor Mittwoch die Zeit gefunden hatten, miteinander zu klären, was nun aus dem Wooden Spoon werden sollte.

»Jo hat großartige Arbeit geleistet. Ich habe sie mit Frances bekannt gemacht, der Frau, die mein Geschäft übernommen hat. Sie meint, sie könne gut eine Hilfe brauchen, und Jo bringt so viele Kunden vom Wooden Spoon mit, daß der Catering-Service davon sicher profitieren wird. Ich glaube, die beiden werden ein gutes Team.«

»Und was wird aus dem Haus in Marylebone?« William saß wieder mit ausgestreckten Beinen in seinem Lieblingssessel vor dem Kamin.

»Die Firma wird aufgelöst, und Joshua versucht, dabei so viel Geld herauszuholen, daß alle Schulden bezahlt werden können. Er dachte ursprünglich daran, das

Haus zu verkaufen, aber inzwischen hat sich herausgestellt, daß Elizabeth ihm alles vermacht hat. Es gibt ein Testament, das sie vor seiner Hochzeit mit Eve aufgesetzt und anscheinend nie geändert hat. Und außerdem hat sie noch am Freitag, nachdem sie auf Claires Beerdigung mit Clive Thompson gesprochen hatte, ihren Börsenmakler angewiesen, eine große Zahl von Aktien von Ralphs Firma zu kaufen, und jetzt, da Clive Thompsons Konsortium tatsächlich ein offizielles Angebot für den Coxschen Obst- und Gemüsehandel gemacht hat, ist ihr Wert natürlich enorm in die Höhe geschnellt. Dann hatte sie noch etwas Barvermögen, und ihr Haus ist ziemlich viel wert. Aber Joshua meint, daß das Geld wahrscheinlich für Eves Anwaltskosten draufgehen wird, und vielleicht muß er dann doch noch das Haus in Putney und das Landhaus verkaufen.«

»Und wie geht es Eve?« William nahm einen Schluck von dem Wein, den Darina zum Essen ausgeschenkt hatte. Sie hatte Forellenfilets im Teigmantel an Limonen-Thymian-Mayonnaise gekocht, gefolgt von Briekäse mit frisch gebackenen Haferplätzchen und Trauben.

Darina blickte trübsinnig in die künstlichen Flammen des Gasbrenners und wünschte, sie hätte einen echten Kamin. »Nicht gut«, beantwortete sie Williams Frage. »Sie ist jetzt in psychiatrischer Behandlung. Ihr Anwalt sagt, es gebe die Möglichkeit, auf verminderte Zurechnungsfähigkeit zu plädieren. Anscheinend ist ihr gar nicht klar, was sie getan hat. Jetzt behauptet sie nämlich, daß der giftige Pilz gar keine tödliche Wirkung gehabt haben konnte und daß Claire an etwas anderem gestorben sein muß. Sie ist wie ein kleines Kind, das die

Schuld für ihre Missetaten anderen in die Schuhe schiebt. Hast du denn schon herausgefunden, was die Polizei gegen sie in der Hand hat?«

»Nicht viel. Wenn Eve kein Geständnis ablegt, glauben sie nicht, daß sie ihr den Mord an Claire nachweisen können – sie haben lediglich Indizienbeweise.«

»Aber sie hat gelogen, als sie uns allen erzählt hat, es sei Claire gewesen, die vorgeschlagen hat, die Plätze zu tauschen, damit es so aussah, als sei das vergiftete Pilzgericht für sie bestimmt gewesen und nicht für Claire.«

»Ja, das ist richtig, dagegen steht Clive Thompsons Aussage, daß es anders war, aber jeder gute Rechtsanwalt könnte es so hinstellen, daß er die Sache einfach mißverstanden hat.«

Darina schwieg einen Moment.

»Und was ist mit dem Mord an Elizabeth?« fragte sie dann.

»Tja, da bewegt sich die Polizei schon auf sichererem Terrain. Es war tatsächlich Schierling in den Teebeuteln, vermischt mit ein bißchen Kräutertee. Anscheinend wurde eine der Schierlingspflanzen, die vor dem Haus wachsen, ausgegraben – man hat die Überreste ein Stück weiter die Straße entlang in einem Graben gefunden. Die meisten Blätter waren abgetrennt und ein Stück von dem Stiel ebenfalls. Man nimmt an, daß sich Eve in ihr Auto gesetzt, die Blätter und den Stiel zerkleinert, ein bißchen Pfefferminze dazugegeben und das Ganze in die Vierecke aus Musselin gewickelt hat. Die Polizei hat in ihrem Auto winzige Pflanzenpartikel gefunden, sie hat den Wagen anschließend zwar gründlich ausgebürstet, aber man kann so etwas so schnell nicht entfernen. Außerdem hat man ein nicht verwendetes Stoffviereck in ihrer Jackentasche gefunden, und die Labortechniker haben bereits festgestellt, daß der Musselin, aus dem die Teebeutel bestanden, identisch ist mit dem vom Wooden Spoon. Joshua hat ausgesagt, daß er sie den ganzen Samstag nicht gesehen hat, bis er sie abends um sechs Uhr in der Küche traf. Er hat keine Ahnung, um welche Uhrzeit sie zurückgekommen ist, aber es kann nicht vor dem frühen Abend gewesen sein, denn er hat sie so gegen fünf Uhr vergeblich im Haus gesucht, weil er sie fragen wollte, ob sie eine Tasse Tee mit ihm trinken würde. Der Fall scheint also ziemlich klar zu sein.«

»Und was war mit dem Telefon?«

»Mit welchem Telefon?«

»Dem im Landhaus. War die Störung manipuliert?«

»Oh ja, natürlich. Die Schnur war aus dem Anschlußkasten herausgerissen, das ist eines dieser altmodischen Dinger, die man installiert hat, bevor es Steckdosen gab.«

»Siehst du!« rief Darina triumphierend, »ich wußte es, sie hatte dafür gesorgt, daß Elizabeth keinen Arzt oder Rettungswagen mehr zur Hilfe rufen konnte.« Ihr Gesicht umwölkte sich. »Diese Frau besteht aus furchtbaren Extremen. Auf der einen Seite ist sie imstande, zwei kaltblütige Morde zu begehen, und auf der anderen Seite ist sie verletzbar bis zur vollständigen Hilflosigkeit. Joshua sagt, er habe es nicht fertig gebracht, ihr zu gestehen, daß er und Claire sich ineinander verliebt hatten, weil er sicher war, daß sie das umbringen würde. Für sie war er eine Art Anker, der sie immer hält, egal, was passiert. Es muß ein furchtbarer Schlag für sie gewesen sein, als sie von der Affäre erfuhr.«

»Wie ist sie eigentlich dahintergekommen?«

»Das sagt sie nicht. Joshua nimmt an, daß sie in seinem Computer einen Brief an Claire gefunden hat, den er vergessen hat zu löschen. Ab und zu hat sie sein Gerät benutzt, um Rezepte zu tippen und auszudrucken.«

»Und wie hat er auf ihre Affäre mit Ralph reagiert? Oder wußte er nichts davon?«

»Er hat es geahnt, und dann hatte er den Eindruck, daß Ralph ihr den Laufpaß gegeben hat und daß das der Grund für ihre depressiven Anwandlungen in letzter Zeit war.«

»Hat ihm das denn nichts ausgemacht?«

»Er sagt, er hatte ein schlechtes Gewissen, weil er ihr nicht mehr helfen konnte. Er wußte ja, welche Probleme sie hatte und wie unsicher sie war. Es war nicht nur die Magersucht, hinzu kam, daß es in ihrer Familie nur Geistesgrößen gab, die ihr enormes kochkünstlerisches Talent immer ignoriert und geringgeschätzt haben. Da ist es kein Wunder, daß sie sich immer schuldig gefühlt hat, weil sie eine so enge Beziehung zum Essen hatte. Joshua hatte jedenfalls nicht mehr die Kraft, ihr weiterhin die lebensnotwendige Stütze zu sein, aber er brachte es auch nicht fertig, sich endgültig von ihr zu trennen.«

»Claire muß ein herrlich wohltuender Kontrast für ihn gewesen sein.«

»Ach, ich weiß nicht, ob sie ihn nach einer Weile, wenn er sich erst von dem Zusammenleben mit Eve erholt hätte, nicht eher gelangweilt hätte. Ich glaube jedenfalls kaum, daß er der Liebe seines Lebens so einen Brief geschrieben hätte, wie ich ihn in ihrem Ringbuch gefunden habe.«

»Wieso warst du eigentlich so sicher, daß er von Joshua war und nicht von Ralph?«

Darina lächelte. »Erstens, weil Ralph es mit einer Affäre nie so weit hätte kommen lassen, und zweitens hätte er auch niemals einen schriftlichen Beweis dafür hinterlassen. Denk doch nur daran, wie sehr Eve ihn unter Druck hätte setzen können, wenn er ihr Verhältnis in einem Brief zugegeben hätte.«

»Und was hat dich schließlich davon überzeugt, daß Eve die Mörderin war?«

»Das Gespräch mit ihr und Joshua, nachdem ich Elizabeths Leiche in ihrem Haus gefunden hatte. Bis dahin dachte ich eigentlich, daß es Jo war.«

»Aber sie hat Claire doch geliebt.«

»Ja eben, aber sie hätte glauben können, daß es Eves Teller war, auf den sie den Grünen Knollenblätterpilz gegeben hat. Sie kannte die Speisenfolge, die Sitzordnung, und sie wußte von der Pilzwanderung am Tag vorher. Als sie an das Sterbebett ihres Vaters gerufen wurde, hätte das die Gelegenheit sein können, um Eve loszuwerden, was ihr ermöglicht hätte, das Geschäft zusammen mit Claire zu übernehmen. Alles, was sie tun mußte, war, einen giftigen Pilz zu finden – und sie hat ein Pilzbuch zu Hause, das ihr geholfen hätte, den richtigen zu wählen –, dann am Sonntag, vor dem Essen, als alle abgelenkt waren, durch eine Seitentür ins Haus zu schlüpfen, den Pilz auf Eves Teller zu plazieren und zu ihren Eltern weiterzufahren. Von den vertauschten Plätzen hätte sie nichts wissen können, und sie ist ja auch sofort zurückgekommen, als sie hörte, daß Claire erkrankt war. Außerdem hätte sie leicht irgendwann während der letzten Woche die Beutel mit den Schierlingsblättern in Eves Landhaus schmuggeln können – Jackie hat einen Ersatzschlüssel zu dem Haus in ihrer Schreibtischschublade. Aber an dem Abend, als ich mit Joshua und Eve sprach, ist mir klar geworden, daß Jo gesehen hatte, wie Eve Elizabeth die Schlüssel übergab. Und Eve schien auch sehr daran gelegen zu sein, die Tatsache herunterzuspielen, daß Elizabeth mit Clive Thompson gesprochen und sich dann geweigert hatte, den anderen zu sagen, worüber. Also begann ich noch einmal von vorn. Ich überlegte mir, daß vielleicht jemand Elizabeth aus dem Weg haben wollte, bevor sie die Möglichkeit hatte, zu sagen, worüber sie und Clive Thompson gesprochen hatten, beziehungsweise, wie sich jetzt herausstellt, worüber Eve dachte, daß sie gesprochen hatten.«

»Eines verstehe ich noch immer nicht«, William sah mit gerunzelter Stirn in sein Weinglas, »und ich denke seit Montag die ganze Zeit darüber nach.«

»Was denn?« Darina stand auf und schenkte ihm noch etwas Chablis nach.

»Nun ja, du hast doch mit Clive Thompson gesprochen, bevor du zum Wooden Spoon gegangen bist. Da mußt du doch bereits gewußt haben, daß Eve die Mörderin war – warum hast du dann bis zum Nachmittag gewartet, bevor du etwas unternommen hast?«

»Ach, das meinst du. Dafür gab es zwei Gründe. Erstens begriff ich erst, als ich den Orangensaft durch den Musselinstoff tropfen sah, wie es Eve gelungen war, Elizabeth den Schierling zu verabreichen, und ohne dieses Indiz hätte ich der Polizei keinen wirklichen Beweis in die Hände geben können. Der zweite Grund …« Sie unterbrach sich und grinste ihn an. »Kannst du's dir nicht denken?«

Er schüttelte den Kopf.

»Wie hätten wir das Essen für die Hochzeit schaffen sollen, wenn Eve schon am Morgen verhaftet worden wäre?«

William warf den Kopf zurück und lachte laut.

»Du hast recht, da hätte ich auch selber draufkommen können. Was mich nur wundert, ist, daß du nicht bis nach der Hochzeit gewartet hast.«

»Unsinn«, gab Darina entrüstet zurück. »Ich kenne schließlich meine Pflichten.«

»Was glaubst du, wird jetzt aus Joshua, nachdem er seine Frau, seine Geliebte und seine Ex-Freundin verloren hat?«

»Ach, ich glaube, er kommt darüber hinweg. Er hat seine Arbeit, und irgendwie war keine dieser drei Frauen die Richtige für ihn. Eve war zu neurotisch, Claire nicht intellektuell genug und Elizabeth zu alt. Ich schätze, er wird einen neuen Bestseller schreiben, einige Affären haben, sich dann von einer hübschen, jungen Frau einfangen lassen und in der nächsten unglücklichen Ehe enden.«

»Du scheinst ziemlich zynisch geworden zu sein«, sagte William ernst.

Darina rutschte unbehaglich auf dem Sofa hin und her. »Ich glaube, ich bin einfach desillusioniert, was Beziehungen betrifft. Jeder scheint ständig irgend etwas haben zu wollen, und niemand kümmert sich um die Gefühle der anderen, nicht einmal um die des Menschen, den man angeblich liebt – und dafür muß dann der sexuelle Trieb als Rechtfertigung herhalten. Sieh sie dir doch an, Eve, Ralph, Joshua, sogar Claire, alle sind in irgendwelche dubiosen Verhältnisse verstrickt und zerstören dabei Beziehungen, die wirklich wichtig sind. Ich denke auch daran, was Liebe und Sex mit Jo gemacht haben. Nachdem ihr Vater sie mißbraucht hatte, konnte sie nie wieder einen Mann in ihrer Nähe ertragen. Und als sie sich dann zum ersten Mal in ihrem Leben verliebt hat, war es eine Frau, die eine heimliche Affäre mit einem verheirateten Mann hatte. Ich sage dir, William, die Liebe ist ein gefährliches Spiel.«

»Ist das der Grund, warum du dich selbst so hartnäckig weigerst, ihr einen Platz in deinem Leben einzuräumen?« fragte er ruhig.

Seine Worte trafen sie völlig unvorbereitet und explodierten förmlich in ihrem Kopf. Sie sah ihn an, wie er entspannt in seinem Sessel lehnte, ein lediglich distanziertes Interesse vortäuschend, hinter dem sie jedoch eine innere Wachsamkeit und ein tiefes Gefühl spürte.

»Schau mich nicht so verschreckt an, du willst doch wohl nicht abstreiten, daß du vor jeder emotionalen Annäherung zwischen uns zurückgewichen bist, und das, seit wir uns kennen. Ich würde ja annehmen, daß du meine Gefühle für dich einfach nicht erwiderst, wenn ich nicht gleichzeitig den Eindruck hätte, daß dir meine Gesellschaft ganz und gar nicht unangenehm ist, besonders, wenn es darum geht, den einen oder anderen Mordfall mit mir zu diskutieren.«

Darina drehte ihr leeres Weinglas zwischen den Fingern und holte dann tief Luft. »William, ich war nicht fair zu dir. Es tut mir leid, es ist nicht so, daß ich dich nicht mag – im Gegenteil, ich mag dich mehr als sonst jemanden –, aber ich habe Angst davor, mehr als das für dich zu empfinden. Ich weiß selbst nicht, warum, aber es ist so.«

»Um Himmels willen«, sagte er, »ich verlange doch keine Liebesschwüre, nicht einmal eine ausgemachte Affäre, sondern nur, daß ...«

»Nur daß wir gemeinsam ein paar Möglichkeiten erforschen?« Darina schenkte ihm ein kleines Lächeln.

Er stieß seinen Atem in einem langen Seufzer aus. »Wenn du dich entspannst und die 'gefährliche Sexualität' vergißt, dann kannst du so warm, so liebevoll sein. Dann will ich dich nur in meine Arme nehmen, dich von den Augen bis zu den Zehen mit Küssen bedecken und auf dem Weg jeden einzelnen, wunderbaren Zentimeter von dir genießen.«

»Jeden Zentimeter! Da würdest du dich wahrscheinlich schon langweilen, bevor du mein Kinn erreicht hast.«

»Da haben wir's wieder: Du weichst dem Problem aus und flüchtest dich in Ironie. Warum tust du das?«

»Wahrscheinlich, weil ich mich davor schützen will, daß mir weh getan wird«, antwortete sie tonlos.

»Weil du es in der Vergangenheit so erlebt hast, nehme ich an?«

Sie schlug die Augen nieder, um seinem intensiven Blick zu entgehen, aber sie spürte, daß sie um eine Antwort nicht mehr herumkam.

»Als ich nach London kam, habe ich jemanden kennengelernt. Ich dachte, er empfindet das gleiche für mich wie ich für ihn, aber er hat mich wegen einer anderen Frau verlassen.«

»Und?« drängte er, als sie nicht weiter sprach.

»Was und?«

»Und wer noch? Das heißt, außer deinem Cousin.«

»Digby?«

»Natürlich Digby, oder hast du noch andere charismatische Cousins, von denen ich nichts weiß? Glaubst du denn, ich hätte nicht bemerkt, welche Anziehungskraft er auf dich ausgeübt hat?«

Darina lächelte wehmütig. »Ja, du hast sicher recht, ich war in ihn verliebt, obwohl es mir erst bewußt wurde, als er tot war.«

»Und?«

»Was meinst du mit 'und'?«

»Und wer noch?«

»Niemand sonst.«

»Sonst niemand?«

»Niemand sonst.«

»Du willst mir also erzählen, daß du wegen einer unglücklichen Affäre und einer totgeborenen Beziehung zu deinem Cousin für den Rest deines Lebens den Männern und der Liebe abgeschworen hast?«

»Nein!« Darina wurde ärgerlich – er tat so, als sei sie eine verklemmte und frustrierte Jungfer, die sich hinter dem Schutzpanzer ihrer verdrängten Gefühle verstecken mußte.

»Natürlich nicht, es ist nur so, daß ich einfach viel zu beschäftigt war …«

»Mit Kochen, ja?«

»Jawohl, mit Kochen. Das … äh … ist nämlich ein wirklich aufreibender Beruf.« Sie warf ihm einen schrägen Blick zu, um zu sehen, ob er es wagte, zu lachen.

Es half nichts, eine Weile hielt er stand, dann verzog sich sein Gesicht, und all die emotionale Intensität, mit der er sie befragt hatte, löste sich in schallendem Gelächter auf.

Einen kurzen Moment lang war sie wirklich wütend,

wie konnte er es wagen, sie nicht ernst zu nehmen! Aber dann wurde sie selbst von der Absurdität der Situation überwältigt.

Beide lachten, bis ihnen die Tränen kamen. Mehrere Male verebbte das Gelächter, dann trafen sich ihre Blicke, und sie prusteten wieder los vor Vergnügen. Schließlich bekam Darina einen Schluckauf und hielt sich den Bauch.

»Na ja, Liebesknochen statt Liebesfreuden, das ist wohl kein besonders brauchbares Lebensrezept.« Sie kicherte noch einmal kurz, schob das Taschentuch, mit dem sie sich die Lachtränen aus den Augen gewischt hatte, wieder in den Ärmel zurück, sah auf und fand sich – vollkommen schutzlos und unvermutet – von einem neuen Licht in den grauen Augen des Mannes ihr gegenüber gefangen.

Ihr Atem stockte mit einem letzten Schluckauf, der ihr direkt ans Herz zu fassen schien. Jede Faser ihres Körpers bebte vor gespannter Erwartung, während sie beobachtete, wie sich sein Gesichtsausdruck veränderte, eine drängende Frage in seinem Blick erschien und er mit ruhigen Schritten auf sie zukam.

Dann zerfiel auch der Rest ihrer Schutzmauer, sie vergaß alle Gefahren und überließ sich ihren Gefühlen. Ihr Weinglas fiel zu Boden, und sein Kaffee auf dem Kaminsims wurde kalt.

ECON KRIMI

Diane Mott Davidson
Hochzeitsschmaus mit Todesfall
Ein Goldy-Bear-Krimi
384 Seiten
TB 25093-0
Deutsche Erstausgabe

Es sollte der glücklichste Tag in Goldys Leben werden. Endlich hat sich die Besitzerin von »Goldilocks' Partyservice« entschlossen, Detective Tom Schulz zu heiraten, der ihre Leidenschaften für gutes Essen und spannende Kriminalfälle teilt. Just als Goldy letzte Hand an den Hochzeitsschmaus legt, erreicht sie ein Anruf von Tom. Die Hochzeit fällt ins Wasser, und der Grund ist – Mord!

»Ein außergewöhnlicher Genuß, der garantiert allerorten die Geschmacksknospen von Krimi-Gourmets aufblühen läßt.« *Dorothy Cannell*

»Eine köstliche Kombination von einzigartigen Personen, erstklassigen Rezepten und anhaltender Spannung.«
Publishers Weekly

ECON KRIMI

Elizabeth Peters
Ein todsicherer Bestseller
TB 25136-8

Die Schriftstellerin Jacqueline Kirby erhält den Auftrag ihres Lebens. Sie soll die Fortsetzung zu einem Bestseller der berühmten Kathleen Darcy schreiben, die vor über sieben Jahren spurlos verschwand. In Pine Groves, der Heimatstadt Kathleens, gerät Jacqueline immer stärker in den Bann ihrer geheimnisumwitterten Kollegin. Warum sollte sich die attraktive, kluge Frau umgebracht haben? Was hat es mit der mysteriösen Familie Kathleens auf sich? Und warum ist der Leichnam nie aufgetaucht? Jacqueline gelingt es bald, Licht in das dunkle Geheimnis um die totgeglaubte Autorin zu bringen.
Bis ihr merkwürdige Unfälle passieren und sie einen anonymen Drohbrief erhält – mit Kathleens Unterschrift.

»Ein ausgezeichnetes Lesevergnügen.« *Washington Post*

ECON TASCHENBÜCHER ECON

Sydney Hosier
Kein Fall für Mr. Holmes
Kriminalroman
208 Seiten
TB 25182-1
Deutsche Erstausgabe

Emma Hudson, die bewährte Haushälterin des legendären Sherlock Holmes, beweist in diesem Kriminalroman, daß sie einiges von ihrem Lehrmeister gelernt hat.
Als Lady St. Clair plötzlich stirbt, sprechen die Angehörigen von natürlichem Tod. Ihre Hausangestellte Vi ist da ganz anderer Meinung und wendet sich an Sherlock Holmes. Da dieser gerade auf Reisen ist, nimmt sich seine emsige Haushälterin Emma des Falls an. Eine grausige Entdeckung verschafft bald Gewißheit: Auf dem Gut der St. Clairs findet man eine Leiche, die bestimmt keines natürlichen Todes gestorben ist …

Heron Carvic
Miss Seeton riskiert alles
Kriminalroman
144 Seiten
TB 25179-1

Ein Verbrechersyndikat erpreßt in bester Mafiamanier die Spielcasinos in London. Die Ermittlungen der Polizei führen immer wieder ins Nichts. Da wird Miss Seeton unter falscher Identität in die Szene eingeschleust, um die Täter zu entlarven. In ihrer gewohnt tolpatschigen, aber erfolgreichen Art macht sie sich – bewaffnet mit Hutnadel, Regenschirm und Zeichenblock – auf die Jagd nach den Verbrechern.

Heron Carvic
Miss Seeton und der Hexenzauber
Kriminalroman
208 Seiten
TB 25184-8

In einem kleinen englischen Dorf geschehen gar wunderliche Dinge: Von schwarzen Messen und anderen okkulten Ritualen ist die Rede. Keine Frage, wen Scotland Yard als Geheimwaffe ins Feld führt: Miss Seeton tanzt den Hexentanz.